LES DAMES DE
BRETAGNE

Tone 1

Les DAMES DE BRETAGNE

TOME 1
1484~1488

Farouches

Jean Nahenec

A·D·A
éditions

Éditeur : François Doucet
Révision linguistique : Féminin pluriel
Correction d'épreuves : Nancy Coulombe, Katherine Lacombe
Conception de la couverture : Mathieu C. Dandurand
Photo de la couverture : © Thinkstock
Mise en pages : Sébastien Michaud
ISBN papier 978-2-89733-952-4
ISBN PDF numérique 978-2-89733-953-1
ISBN ePub 978-2-89733-954-8
Première impression : 2014
Dépôt légal : 2014
Bibliothèque et Archives nationales du Québec
Bibliothèque Nationale du Canada

Éditions AdA Inc.
1385, boul. Lionel-Boulet
Varennes, Québec, Canada, J3X 1P7
Téléphone : 450-929-0296
Télécopieur : 450-929-0220
www.ada-inc.com
info@ada-inc.com

Diffusion

Canada :	Éditions AdA Inc.
France :	D.G. Diffusion
	Z.I. des Bogues
	31750 Escalquens — France
	Téléphone : 05.61.00.09.99
Suisse :	Transat — 23.42.77.40
Belgique :	D.G. Diffusion — 05.61.00.09.99

Imprimé au Canada

Participation de la SODEC. ꙅODEC
Nous reconnaissons l'aide financière du gouvernement du Canada par l'entremise du Fonds du livre du Canada (FLC) pour nos activités d'édition.
Gouvernement du Québec — Programme de crédit d'impôt pour l'édition de livres — Gestion SODEC.

Catalogage avant publication de Bibliothèque et Archives nationales du Québec et Bibliothèque et Archives Canada

Nahenec, Jean, 1967-

 Les dames de Bretagne
 Sommaire : t. 1. Farouches -- t. 2. Rebelles.
 ISBN 978-2-89733-952-4 (vol. 1)
 ISBN 978-2-89733-955-5 (vol. 2)
I. Nahenec, Jean, 1967- . Farouches. II. Nahenec, Jean, 1967- . Rebelles. III. Titre. IV. Titre : Rebelles. V. Titre : Farouches.

PS8557.A576D35 2014   C843'.54   C2014-940954-0
PS9557.A576D35 2014

Pour Marie-Anne Le Nahenec, mon arrière grand-mère bretonne, de Guémené-sur-Scorff, terre des Rohan.

Mon père nous appelait Bretagne.

Il nous regardait longuement, mes frères, mes demi-sœurs, Anne et Isabeau, et moi, et il répétait ce mot avec des sanglots dans la voix. Il nous parlait de nos terres et de notre devoir envers nos peuples, jusqu'à ce que ses joues deviennent moites, que penche sa pauvre tête lourde des soucis qui le tuaient à petit feu, jusqu'à ce que son sourire si doux se transforme en une grimace d'impuissance.

Je voyais souvent cette expression sur le visage de mon père. Il la gardait comme on garde une douleur secrète, une espérance que l'on devine à l'avance promise à une mort certaine.

Ensuite, il nous prenait dans ses bras et il murmurait à Anne plus qu'à nous, me semblait-il, qu'elle était sa Bretagne à lui. Qu'elle était ce roc sur lequel, fatigué et exsangue, il voulait un jour se reposer ou bien se laisser mourir.

À cette époque, la Bretagne, pour moi, c'était surtout la fougue et les yeux limpides de Pierre. Des yeux couleur de ciel d'hiver quand la brume joue avec le marin, quand l'aube déjà belle et transparente s'étire, immense, au-dessus de la mer agitée et glacée.

Ce jeune palefrenier sans qui les choses eurent pu être toutes différentes et même pires qu'elles ne l'ont été pour moi et les malheureux membres de ma famille...

Françoise

Table des matières

CHAPITRE 1

Les démons

Nantes, nuit du 7 avril 1484

Françoise fit cette nuit-là un nouveau cauchemar. C'était le troisième en quatre jours. Elle revoyait les mêmes êtres maléfiques penchés sur son lit — ces grands escogriffes en armure dont les yeux étaient aussi brûlants que des braises ardentes. Derrière ces démons, elle entendait pleurer ses demi-sœurs. La peur de la jeune fille fut si vive qu'elle se réveilla en sursaut.

Sa chambre jouxtait celle de ses cadettes. Elle enfila sa cape de velours bordeaux et alla réveiller la comtesse de Dinan-Laval, qui était la gouvernante d'Anne et d'Isabeau. Françoise n'aimait pas avoir affaire à celle qu'elle surnommait dans son cœur « la Dinan », car celle-ci la traitait volontiers avec dédain.

— J'ai encore fait le même cauchemar, commença la jeune fille d'une voix haletante.

Elle voulut ajouter : « C'est un mauvais présage. » Mais la Dinan était d'humeur exécrable et elle la tança vertement :

— Qu'avez-vous donc encore à jouer les Cassandre en ce château ! Je ne tolérerai pas davantage votre arrogance.

Françoise pâlit. De funestes événements s'étaient déjà produits par le passé à la suite d'une même série de cauchemars. Antoinette de Maignelais, sa mère, était en effet morte après que Françoise eut vu par trois fois les ailes noires du diable flotter au-dessus de son lit.

— Dois-je vous rappeler votre rang ? la morigéna la comtesse.

Françoise se mordit les lèvres. Ses yeux jetèrent des éclairs, mais elle finit comme toujours par baisser le front. Une morgue glacée s'installa sur le visage sévère de la Dinan. « Tant pis ! » se dit Françoise, et elle se redressa avec effronterie. Elle lança ensuite un sourire tendre à ses demi-sœurs réveillées, puis sortit sans ajouter un mot.

Qu'aurait-elle pu dire d'autre, d'ailleurs, pour faire comprendre l'imminence du danger à ce tyran féminin que son père, influencé par le trésorier Landais, avait eu la faiblesse de choisir pour les régenter !

Françoise regagna son lit froid, ôta rageusement sa robe de chambre, moucha sa chandelle, remonta sa couverture en grosse laine sous son nez et se rendormit. Très vite, les mêmes images revinrent la hanter. Était-elle plongée dans un demi-sommeil ? Son sang bouillait tant des odieuses remontrances de la comtesse qu'elle s'imagina tenir une épée à la main. Elle ne savait pas s'en servir et regrettait amèrement que le maniement des armes ne soit pas enseigné aux filles, mais c'était bien une lame de maraudeur qu'elle brandissait. Et foi de Montfort, elle donna aux démons tant de moulinets qu'elle en eut bientôt les bras douloureux et le visage trempé de sueur.

Les assaillants furent boutés hors de sa chambre. La sensation de victoire que ressentit la jeune fille se répandit comme du feu dans ses veines. Elle s'encanailla et les pourchassa dans tout le château en poussant des cris rauques qui étaient ceux des bandits dans les contes pour enfants qu'elle lisait parfois à ses sœurs.

Dans le rêve de Françoise, le château était tel que dans la réalité. Elle dévala donc les escaliers du Grand Logis et se retrouva dans la cour. La tête lui tournait un peu. L'air glacé transperçait le lin fin de sa chemise de nuit. Un vent chargé de soufre agita ses longues mèches blondes. Des démons la guettaient-ils encore ?

Elle en vit un sauter sur les merlons du chemin de ronde et courut sus au spectre. Sa lame allait le transpercer quand elle bascula soudain dans les douves.

— Holà !

Une poigne solide la retint par le col. Le tissu se déchira. Elle sentit alors des mains calleuses se nouer sur sa taille nue.

— Holà ! répéta la voix.

Françoise battit des paupières et fut victime d'un violent étourdissement.

— Demoiselle, est-ce que vous allez bien ?

Cette voix était-elle celle d'un diable ou d'un ange ?

La jeune fille tremblait de froid. Le visage de l'inconnu était sombre, ses yeux, très bleus. Elle se rappela sa tenue plus que légère, remarqua le sourire médusé et assez agaçant d'un jeune homme d'à peu près son âge, qui se tenait devant elle sur le chemin de ronde.

Françoise poussa un cri rauque. Des torches placées sur les merlons jetaient dans l'air leurs lueurs fauves. Non loin, les sentinelles se réchauffaient les mains sur des feux improvisés.

— Je… je… balbutia-t-elle en comprenant qu'elle se trouvait non plus dans son lit, mais vraiment dehors, sur le rempart qui dominait l'esplanade du château.

L'air vif lui fouetta le corps. Son sauveur n'était ni un démon, ni un ange, ni un seigneur, mais un simple palefrenier vêtu de hardes.

— Vous aviez l'air perdu, dit ce dernier en remarquant la déconvenue de la jeune fille.

— Je ne suis pas perdue, comme vous dites, mon garçon, rétorqua-t-elle. Et d'abord, cessez de sourire comme ça, vous êtes grotesque.

Le jeune homme se renfrogna. Cette donzelle avait un sacré culot.

— Et puis, retournez-vous.

Pierre Éon Sauvaige ne bougea ni ne baissa les yeux. La fille se couvrit alors nerveusement les épaules avec ses bras. Ses yeux lançaient des éclairs. Ses lèvres tremblaient non plus de froid, mais de rage.

— Détournez-vous !

Les sentinelles tournèrent la tête. Ce que, vu sa tenue, Françoise craignait par-dessus tout.

Le palefrenier souriait toujours. Que n'aurait-elle donné pour lui enfoncer son expression niaise dans le visage ! Il esquissa le geste de lui tendre son manteau tout déchiré. La moue de dégoût de Françoise fut à ce point édifiante qu'il recula enfin…

… et haussa les épaules, sans toujours détacher son regard du sien.

Au moins ne poussait-il pas l'indécence jusqu'à la déshabiller des yeux !

— Vous hurliez que des démons avaient envahi le château, lâcha-t-il d'un ton brusque. Mais en vérité, vous vous jetiez tête première dans les douves !

Françoise revit les spectres. Le jeune homme considéra son air effrayé.

— Vous allez attraper la mort, dit-il.

Il la força à accepter son manteau, l'enroula dedans. Le haillon sentait le vieux cuir et l'urine de cheval. Quelque chose céda en elle. Sa colère ou bien sa frayeur. Le bras du garçon était solide. Il la prit doucement contre lui. La chaleur de son corps la calma un peu.

— Il est tard. Je vais vous reconduire.

Elle le regarda vraiment pour la première fois. Un arrogant gaillard de seize ans au plus, avec déjà des mains d'homme. Un garçon fort sale qui arborait cependant une figure avenante et un air assuré qui n'était d'ordinaire pas la marque des domestiques.

La fierté de la jeune fille se raviva dès qu'elle sentit ses forces revenir.

— Me reconduire ? Vous n'y songez pas !

Il éclata de rire. En contrebas, les sentinelles les observaient, incrédules.

Le garçon ne baissait toujours pas ses satanés yeux bleus ! À la lueur des flambeaux, elle vit son regard se durcir. Il lâcha un juron bien tourné, en breton, et ajouta :

— À votre guise.

— Vos manières, balbutia-t-elle...

Elle vit alors le bijou en argent lesté de cuir qu'il tenait dans sa main droite. Ses pupilles se rétrécirent. Elle lui arracha l'objet.

— Je connais ce médaillon !

Le garçon ravala enfin son sourire. Il allait se justifier — n'avait-il pas imaginé une petite histoire à déclamer au cas où il se ferait prendre ? Mais au lieu de s'exécuter, il bâillonna la bouche de la fille avec sa grande main.

— Silence…

Françoise était terrorisée. Ce gaillard allait-il l'égorger parce qu'elle avait surpris son secret ?

Il fixait résolument le porche d'entrée.

— Le pont-levis est baissé, murmura Pierre.

Ils virent un groupe de cavaliers entrer sur l'esplanade. Les hommes descendirent en silence de leurs montures. À la lueur des torches, les deux jeunes gens assistèrent ensuite à une scène qui les glaça d'effroi.

Accompagnés d'une poignée de soldats portant cuirasses et hallebardes, ces inconnus maîtrisèrent les gardes du château. Un sifflement modulé retentit. Aussitôt, des gueux pénétrèrent à leur tour dans l'enceinte. Un garde fit mine de leur résister : une épée lui traversa le corps.

Françoise sentit un cri monter dans sa gorge. Le garçon l'empêcha d'émettre le moindre son. Elle lui mordit les doigts, puis s'écria :

— Je veux voir !

Le garde gisait sur le dos. À cette distance, on ne distinguait rien de son expression. D'autres sentinelles s'empressaient d'obéir aux ordres de trois personnages en armure.

Françoise réfléchissait à toute vitesse. Elle se souvenait des paroles échangées entre le trésorier Landais, le conseiller Montauban, le poète Jean Meschinot et son père. En réaction au décès de Guillaume Chauvin, son ancien conseiller, le duc craignait un acte de rébellion de la part de ses principaux barons.

Elle considéra le palefrenier.

— Vous vous appelez comment, mon garçon?

Sans répondre, Pierre la plaqua contre le mur. Il ne s'effrayait pas facilement, d'habitude. Mais il n'était pas certain de comprendre l'opération militaire en cours. Françoise s'arracha à son étreinte et murmura d'une voix blanche :

— Les démons…

Puis, serrant toujours dans sa main le médaillon pris au garçon, elle s'engouffra en courant dans le Grand Logis.

CHAPITRE 2

La nuit des traîtres

Des soldats envahissaient l'enceinte et brandissaient torches et épées. Le premier réflexe de Pierre fut de se cacher et de pester à cause du bijou volé. Qui était cette fille arrogante en chemise de nuit qui avait surgi telle une diablesse sur le chemin de ronde ? Au bout de quelques secondes d'effroi — il risquait d'être fouetté si elle parlait —, il se rappela les soldats étrangers et résolut finalement de gagner les écuries. Dans les dépendances du château, on réveillait les serviteurs à coups de pied. Devant chaque issue et jusque sur le grand escalier extérieur se postaient des hallebardiers.

Pierre usa de malice et se mêla aux hommes des barons. En s'approchant des écuries, il entendit crier ses camarades. Il saisit une fourche et se glissa sous un charreton de foin. Un soldat lambinait : il lui faucha les chevilles. Assommé, le malheureux fut traîné sous les roues et dépouillé de sa cuirasse, de son épée et de son surcot aux armes de la maison des Rohan.

Pierre ne réfléchissait plus. Un autre que lui entrait dans sa peau. Où était passé le garçon poli, prudent et en général bien élevé ? Un être plus dur le remplaçait et agissait avec détermination.

Simon, dit le Gros, son compagnon de travail et meilleur ami, hoqueta de frayeur en le voyant apparaître. Pierre souleva la visière de son heaume cabossé et lâcha :

— C'est moi.

Simon portait bien son surnom. Pierre savait qu'il était surtout d'une franchise et d'une fidélité à toute épreuve, par ailleurs gentil, légèrement simple d'esprit quoique nanti d'un corps de géant. Les réactions de son ami pouvant être exagérées, il le poussa dans un coin. L'odeur musquée des chevaux était plus forte que d'habitude, signe que les bêtes aussi étaient effrayées.

À quelques pas, trois soldats s'occupaient de maîtriser la demi-douzaine de garçons d'écurie. Simon sourit de ses dents noires et mal plantées.

— Où que t'étais ?

Sa blondeur et son visage poupin faisaient oublier qu'il n'avait pas toute sa tête. Trop heureux de revoir son ami, il le serra dans ses bras puissants.

— Reste caché là, souffla Pierre. Et ne fais surtout pas l'idiot. Je vais revenir.

Une moue piteuse se dessina sur la figure de Simon, car en fait de folie, c'est Pierre qui avait revêtu l'uniforme rapiécé d'un soldat et c'est lui, encore, qui repartait tête baissée en direction du château…

* * *

Françoise regagnait le corridor menant à l'appartement des jeunes duchesses. Elle entra dans sa petite chambre, chercha son manteau de brocart, l'enfila. Elle tenait toujours dans sa main le médaillon volé qu'elle avait repris à cet étrange garçon tout à l'heure. Elle le fourra dans son escarcelle et tendit l'oreille. Où donc étaient passés Anne, Isabeau, Antoine ainsi que la Dinan?

Elle courut jusqu'aux pièces dévolues à son père et entra, haletante, dans le vestibule de la chambre carrée où était née Anne — sise dans la grande tour du Nouveau Logis. La pièce principale étant obstruée par des soldats qui n'étaient pas ceux du duc, elle se cacha dans l'angle d'un buffet.

Qu'étaient devenus les hommes de la garde?

Françoise sentait monter en elle les frissons glacés de la panique. Ainsi, les événements lui donnaient une fois de plus raison. Elle entendit les plaintes abasourdies de son père tiré du lit par trois seigneurs. Ceux-ci se dressaient dans le chambranle de la porte. À la lueur tremblotante des chandeliers, elle crut les reconnaître : le maréchal Jean de Rieux, son complice le vicomte Jean de Rohan ainsi que Jean de Chalon, le prince d'Orange — le propre neveu de son père! Ces grands personnages parlaient fort et très mal à leur suzerain.

« Les démons », se répéta Françoise en se mordant les lèvres.

Elle serra les poings d'impuissance. Marguerite, la seconde épouse de son père, poussait des petits cris effarouchés. Des soldats emmenèrent aussi une fille blonde à demi vêtue. Françoise reconnut la fraîche et très pulpeuse Awena, que les seigneurs firent sans doute asseoir sans douceur, car elle eut un hoquet de surprise.

Françoise attendait. Mais quoi? D'être capturée aussi? Lorsqu'elle comprit qu'elle espérait voir surgir un grand jeune homme pâle qui aurait ordonné aux barons de montrer enfin du respect à son père, elle soupira. À quoi bon souhaiter que François d'Avaugour, son frère aîné, se conduise enfin en homme?

Regrettant plus que jamais de n'être qu'une fille, elle tenta de rejoindre Antoine et ses sœurs.

Elle pénétra dans l'appartement une minute seulement avant les soldats. La comtesse de Dinan serrait Isabeau dans ses bras. Debout en chemise de nuit à côté d'elle, Anne se tenait très droite. Une servante allumait en hâte les lampes à huile.

Le château résonnait de mille bruits effrayants. De la cour montaient des appels, des plaintes. Le vent jouait avec la flamme des torches et jetait des ombres menaçantes sur les tapisseries, sur les boiseries.

Des raclements métalliques d'éperons faisaient gémir la marqueterie. Le claquement sec des capes, le cliquetis des fourreaux d'épée contre les jambières de métal mettaient la peur au ventre. Soudain, le maréchal de Rieux et Jean de Rohan emplirent la chambre de leur présence.

Le nom que Françoise avait déjà entendu à plusieurs reprises retentit de nouveau. « Landais ».

Ces rustres cherchaient donc le grand trésorier! Mais à sa connaissance, le favori avait quitté le château en fin d'après-midi.

Françoise n'avait vu les deux seigneurs qu'à quelques reprises, toujours de loin et en plein jour. À cette époque, elle n'avait d'eux qu'une vague impression que résumaient fort bien ces trois mots : « arrogants », « prétentieux » et « forts en gueule ». À ces qualificatifs s'ajoutaient maintenant l'odeur épicée de leur peau et celle, teintée à la fois de peur et de colère, de leurs surcots et manteaux. L'éclat un peu sanglant de leur regard lui rappelait tout à fait les spectres de son cauchemar.

Rohan portait de longs favoris sombres et des joues mangées par une barbe de plusieurs jours. Il devait avoir la jeune trentaine. Françoise se souvenait qu'il avait deux fils de quelques années de plus qu'Anne. Le maréchal de Rieux était encore plus imposant que son complice. Rond de bedaine, large de torse et d'épaules, il puait l'ail et la viande faisandée, et était encore plus malin et retors que le précédent.

Ils renversèrent les coffres, bousculèrent l'oratoire, inspectèrent les lits jusqu'aux poupées d'Anne en crachant ce nom, « Landais », comme s'il s'agissait d'un scélérat qu'ils devaient extirper du château à grands coups d'épées.

Enfin, François d'Avaugour entra, échevelé et à demi endormi. Chaque fois que la jeune fille voyait son frère aîné, celui-ci la décevait. Soit par son indolence, soit par sa conduite parfois méprisante, soit par sa bêtise. Cette nuit-là, en se laissant lamentablement pousser contre une tapisserie, le jeune bâtard de Bretagne fit preuve des trois à la fois.

— Vous vous égarez ! s'écria alors la comtesse de Dinan-Laval.

Puis, s'adressant au maréchal qui était son cousin :

— Pour l'amour du Christ, Jean, vous déraisonnez. Sortez !

Françoise dut admettre qu'en la circonstance, la comtesse faisait preuve d'un certain courage.

Son attention fut ensuite attirée par un soldat qui se tenait derrière ses camarades. Sa lance entre les mains, il semblait ne pas savoir trop qu'en faire. Elle eut l'impression que ce jeune homme la toisait, qu'il pouvait à tout instant brandir son arme et piquer la carotide d'un de ces arrogants personnages. Mais sans doute était-ce son imagination !

Françoise observait aussi Anne, qui n'avait que sept ans. Le visage de la fillette demeurait calme. Seule sa mâchoire se contractait. Ses paupières clignaient de temps en temps comme si, sereine en apparence, elle était en vérité la proie d'une violente colère intérieure.

La jeune fille savait qu'Anne était, dans l'esprit de leur père, destinée à monter après lui sur le trône de Bretagne. Dans cette perspective, elle recevait une éducation très soignée dont pouvait à l'occasion bénéficier son aînée. Étaient-ce ses leçons de politique et de savoir-vivre qui permettaient ainsi à Anne de se tenir aussi fière et altière devant les barons ? De les toiser tandis qu'ils mettaient la chambre sens dessus dessous ?

Soudain, le maréchal de Rieux saisit le jeune d'Avaugour à la gorge. Françoise lui jeta alors à la figure les premiers mots qui lui vinrent à l'esprit. Le baron la repoussa, non sans toiser Anne, comme s'il cherchait à lui montrer qui était le maître.

Lorsque Françoise se releva, le soldat à la pique avait disparu.

* * *

Pierre gravissait l'escalier menant au dernier étage du Grand Logis. Il devait coûte que coûte retrouver la fille qui lui avait volé le médaillon. À la texture de son vêtement, à ses manières hautaines, elle devait appartenir au peuple des soubrettes de la maison du duc.

Il s'introduisit dans une enfilade de petites pièces malsaines et ne rencontra que des femmes de chambre terrifiées. Son angoisse monta d'un cran. Peu importe ce qui se passait cette nuit, si la fille parlait de leur rencontre ou si elle osait rendre le pendentif, c'en était fait de lui !

Il entendit des éclats de voix. Les assaillants recherchaient un homme en particulier. Les uns assuraient que le duc devait garder Landais près de lui dans ses appartements. D'autres prétendaient qu'on l'avait plutôt caché avec les petites duchesses. Des rires gras fusèrent. Ce serait bien drôle, en effet, de traquer l'affreux conseiller jusque sous les jupons de la comtesse de Dinan !

Une fois encore, le Pierre qui se moquait du danger prit l'initiative et laissa son double raisonnable hoqueter de frayeur. Il s'engouffra dans le corridor principal et n'eut qu'à suivre la lueur tremblotante des flambeaux pour trouver l'appartement des duchesses.

Afin de ne pas se trahir, il demeura à l'écart. L'attitude des deux seigneurs, leur obstination à déplacer autant d'air le dégoûta.

Un grand jeune homme pâle et mollasson fut poussé dans la chambre. Pierre reconnut le frère aîné des duchesses, car ce dernier venait souvent se pavaner près des écuries, choisissant un cheval qui n'était pas toujours le sien et le forçant au-delà de ses limites, juste pour montrer à tout le monde qu'il était le fils du maître. Pierre n'était pas mécontent de voir ce bâtard la face contre le mur.

En faisant le compte des gens regroupés, il eut soudain l'impression de suffoquer sous son casque. Il y avait là plusieurs gardes, les deux barons, une servante apeurée, la gouvernante, la duchesse Anne ainsi que sa jeune sœur Isabeau, qui pleurait dans les bras de la comtesse. Il y avait aussi le garçon un peu gras que ses sœurs appelaient affectueusement «Dolus», ce qui signifiait «petit malin» ou «petit diable».

Mais il y avait surtout la *fille*!

Cette fois, elle avait pris la peine de ramener ses cheveux blond roux sur sa nuque fine, ce qui laissait à nu son visage étroit et grave. Il la voyait enfin «au complet». Et, enfin, il reconnaissait Françoise de Maignelais, la fille aînée bâtarde du duc. Une jeune personne moins bravache et gémissante que son frère, mais tout aussi froide et distante.

Le jeune d'Avaugour fut pris au collet par un des seigneurs. Où était Landais? Le bâtard de Bretagne balbutia d'une voix étranglée qu'il ne savait pas. Sa sœur, alors, apostropha les barons:

— Allez au diable!

Pierre hocha la tête. C'était une répartie qu'il n'aurait pas détesté lancer s'il avait été à sa place.

Quand le seigneur la repoussa contre un mur, le geste lui déplut, et il serra le manche de sa pique. Mais à cet instant précis, le garçon raisonnable reprit le dessus. Plutôt que d'entamer un combat perdu d'avance ou bien, ce qui aurait été aussi stupide, entreprendre une fouille de la jeune fille pour récupérer son médaillon, il ressortit et gagna la salle des gardes située deux étages plus bas.

N'étant pas certain de savoir où se trouvait vraiment cette pièce, il avançait à l'aveuglette. Des paroles entendues autrefois de la bouche de son père lui revenaient à la mémoire. Il se laissa guider par son instinct.

L'aube teintait le ciel de taches mauves et roses. Une cloche puis une deuxième sonnèrent dans la cité. Des bancs de nuages s'étiraient vers l'est au-dessus des toits.

Dans la salle des gardes, plusieurs personnes étaient tenues à la pointe des hallebardes. Pierre salua la sentinelle placée à l'entrée, puis l'assomma d'un coup de gantelet. Avec sa pique, il fit trébucher un second soldat. La chute du corps harnaché fit grand fracas sur le parquet.

Un homme d'une quarantaine d'années au visage à la fois soucieux et honnête se tenait voûté sur un banc. Pierre ôta son heaume et se présenta. Puis il lui révéla ce qu'il savait.

— Vous êtes sûr ? se récria le conseiller Philippe de Montauban.

Pierre avait vu ce qu'il avait vu.

— Alors, clama l'homme, il faut agir.

Il secoua son manteau aux revers damassés, raffermit les lacets en cuir de ses chausses fourrées et se mit debout comme quelqu'un résolu à marcher à la bataille.

Accompagnés par un garde, ils entrèrent dans un passage dérobé et gagnèrent le chemin de ronde. Le garçon entendait encore résonner les paroles du conseiller qui s'était adressé à lui en le vouvoyant. Les circonstances étaient si exceptionnelles que Pierre s'en piquait d'orgueil et en oubliait son méfait de la veille !

Parvenu sur les murailles, le conseiller harangua les ouvriers qui allaient et venaient en silence sur le chemin longeant les douves.

— Bonnes gens, le duc est en grand péril ! À la force ! Ses barons le retiennent prisonnier avec sa famille !

Des têtes se levèrent. Un sergent en poste aux portes de la ville, et qui terminait son quart, s'approcha. On se demandait qui était ce noble en manteau debout sur la muraille. Le sergent reconnut formellement Philippe de Montauban — un homme qui n'avait pas l'habitude de raconter n'importe quoi. En quelques minutes, un petit groupe se forma. Des marins alertés montèrent des quais de la Fosse. Plusieurs d'entre eux tiraient des couleuvrines, qu'ils pointèrent sur la porte et les murailles du château.

Les sentinelles laissées sous le pont-levis par les barons abaissèrent la herse. Ce geste conforta les gens de Nantes : il se tramait bel et bien quelque chose de louche dans la demeure du duc !

Philippe de Montauban répéta qu'il fallait aider leur seigneur et les petites duchesses. On appela la milice. Des artisans, des marchands, mais aussi des journaliers se mêlèrent aux baleiniers devant le pont-levis.

Pierre vit que certains d'entre eux étaient armés et soupira. Il ignorait au juste ce qui se passait, mais ces gens pouvaient influer sur ce qui allait maintenant se produire.

De fait, les soldats, accompagnés d'un noble qui se prétendait le propre neveu du duc, montèrent sur le chemin de ronde. Le prince d'Orange tenta d'apaiser la foule. On lui enjoignit de prouver sa bonne foi en relevant la herse. Comme il n'entendait pas se laisser dicter sa conduite par des manants, le prince ordonna aux soldats de se saisir de Montauban.

Le garde qui les accompagnait s'élança. Pierre se retrouva pris entre les agresseurs et le conseiller. Il tendit sa pique, mais se la fit arracher des mains. Il lança son poing en avant : son adversaire fut plus prompt. Pierre sentit alors le goût de son propre sang dans sa bouche, ses jambes se défilèrent sous lui et son front heurta le merlon de pierre.

* * *

Au même moment, Françoise regardait par la croisée. Près des douves, entre les fougères, la fraîcheur de la rosée montait du sol. Le jour faisait doucement pâlir la nuit. Avec un peu de chance, il chasserait aussi Rieux, Rohan et leurs complices, qui venaient de quitter la chambre. La Dinan réussit enfin à calmer Isabeau. Antoine s'agrippait à sa sœur aînée. Personne ne semblait se préoccuper d'Anne, qui s'approchait elle aussi de la fenêtre.

Elle reconnut le conseiller Montauban sur les créneaux.

— Ce fou va se faire occire ! prédit la comtesse.

Françoise vit deux soldats près de l'ami de leur père. L'un après l'autre, ils furent renversés par les rebelles, qui mirent ensuite la main au collet de Montauban.

Mais le mal — ou le bien, selon les points de vue — était fait. Une foule grosse d'une centaine de gens s'était massée devant les douves et elle exigeait que la herse soit levée. Les gens brandissaient des pics. Ils hurlaient qu'ils ne laisseraient personne faire du mal au duc ou à ses enfants.

Anne sourit légèrement. Elle était blême et paraissait épuisée. On l'aurait été pour moins. La Dinan distribuait déjà des ordres aux servantes pour que la chambre fût nettoyée et rangée, et les planchers nettoyés à grande eau. Il fallait, disait-elle, faire disparaître l'horrible odeur de ces rustres, et jusqu'à leur souvenir ! Elle prenait un vase, un crucifix, les caressait comme si elle tentait, par ces gestes illusoires, de s'assurer que rien n'avait changé, même si les yeux d'Anne demeuraient fixes et que ses petits poings étaient durs comme des cailloux.

— Allez ! Allez ! pressait-elle les domestiques.

La comtesse se tint devant Françoise. S'adressait-elle également à elle ? La jeune fille n'en aurait pas été étonnée. Cependant, au lieu d'obtempérer, elle toisa son frère aîné qui, sans grands états d'âme, déclarait avec nonchalance qu'il était fatigué.

— C'est ça, va te coucher ! lui lança Françoise sur un ton cinglant.

L'haleine épicée des barons planait encore sous les plafonds à caissons. L'angoisse qu'ils avaient su faire naître serrait encore les gorges. Françoise prit Dolus par les épaules, posa un baiser sur sa joue et fit une caresse à Isabeau, qui s'endormait d'épuisement dans son petit lit ; elle échangea aussi un regard rapide avec Anne, qui avait été, depuis le début, une sorte de roc silencieux sur lequel ils s'étaient tous inconsciemment raccrochés.

Françoise quitta ensuite l'appartement — la Dinan lui reprochait sa paresse — en songeant combien Anne était forte. Oh ! Elle avait sûrement eu peur. Mais elle l'avait bien caché. Et c'était là une prouesse digne d'une âme déjà bien trempée !

Dans le couloir, elle croisa leur père conduit par Rohan et le maréchal de Rieux jusqu'aux murailles. François II était aussi pâle qu'un mort. Soutenu par sa femme et par sa jeune maîtresse, il passa devant la porte ouverte des appartements d'Anne et d'Isabeau, et murmura d'une voix éteinte qu'elles n'avaient rien à craindre. Que tout allait… bien.

Françoise fut-elle la seule à percevoir combien il y avait de rage et d'impuissance dans ce dernier petit mot ? Rieux et

Rohan affichaient l'arrogance grave de ceux qui, seuls, connaissent vraiment la vérité.

Anne regarda passer son père. À cet instant seulement, une larme coula de son œil gauche. Le gauche, et pas le droit. Françoise était sidérée. Elle se rua vers une croisée plus proche des remparts. Elle devait absolument voir ce qui allait se produire. En même temps, elle repensait à Montauban et aux gardes qui l'avaient défendu. L'image furtive du soldat à la pique revint à sa mémoire. Sans savoir pourquoi, son ventre se noua, et elle avala péniblement sa salive. Elle repensa au médaillon qu'avait sans doute volé le garçon insolent de cette nuit et qu'elle avait en quelque sorte confisqué. Elle le tenait d'ailleurs encore à l'abri dans son escarcelle.

Toute honteuse, elle assista aux efforts pathétiques de son père pour calmer les Nantais. Tout allait bien, répétait-il. Les seigneurs étaient ses invités. D'ailleurs, ils allaient repartir. Le duc proposait même de leur offrir une escorte ! Il fallait donc les laisser passer et ôter pour cela ces bouches à feu qui menaçaient le château.

Le sergent du guet et les baleiniers soupçonnaient quelques malices. Après tout, deux gardes du château avaient été agressés, et le conseiller Montauban était toujours serré entre trois soldats, sous leurs yeux, au sommet des murailles.

— Nous voulons voir les petites duchesses ! exigea le sergent.

Sa demande fut aussitôt reprise par des dizaines d'autres. Certes, la herse se relevait lentement. Mais on tenait à voir Anne et Isabeau.

Le duc promit. Il avait repris quelques couleurs et souriait en dévisageant ses barons.

Finalement, Anne, Isabeau et la comtesse de Dinan furent escortées jusqu'aux merlons. Françoise serrait la mâchoire. N'aurait-on pas plutôt dû les laisser se reposer ? Mais, elle le savait, cette mise en scène était de la pure politique.

Elle sentit lui venir un haut-le-cœur. La figure saine, les yeux bleu clair du garçon de cette nuit vinrent danser sous ses yeux. Elle s'adossa contre le chambranle, se força à respirer plus calmement. Elle voulait oublier ses cauchemars et ce don maudit de clairvoyance qu'elle semblait posséder, retrouver, ne serait-ce que quelques instants, le réconfort doux et tiède qu'elle avait fugitivement éprouvé alors qu'elle était blottie contre ce garçon inconnu.

* * *

Pierre se battait contre mille diables. L'un d'eux avait un visage de femme — la femme qui avait tenu durant la nuit la petite Isabeau dans ses bras. En constatant que cette femme était la noble dame à qui il avait dérobé le médaillon, le garçon ressentit un frisson glacé.

Il se réveilla en poussant un cri. Alors, une douleur dans l'aine lui rappela la lame qui avait entaillé ses chairs.

Une face ronde obscurcit son horizon. Simon souriait. Pierre lui fit signe d'approcher plus près.

— Je l'ai perdu, murmura-t-il en parlant du médaillon.

L'autre ne comprenait pas.

— Ce n'est pas grave, ajouta Pierre dans un souffle rauque. On n'en a pas vraiment besoin.

Puis, très faible, il perdit de nouveau connaissance.

CHAPITRE 3

« À votre ouvrage, ma chère ! »

Françoise détestait s'adonner à la broderie. Surtout quand le soleil d'après-midi dorait les champs et que du dehors montaient les conversations et les rires des courtisans, qui pouvaient, eux, aller et venir à leur guise.

Elle se piqua encore le doigt, mais renonça à se plaindre. La comtesse, de toute façon, ne l'aurait pas supporté. La Dinan faisait la leçon à Anne. Assise devant un bureau, la petite duchesse écoutait sa gouvernante lui lire un vieux traité de politique. De temps en temps, la comtesse prenait une pause, comme si elle savourait ce qu'elle venait de déclamer.

Elle était, disait-on, une des dames les plus éduquées et aussi une des plus riches du duché. Versée autant en langues qu'en savoir-vivre, elle bénéficiait d'une réputation irréprochable, adorait Dieu avec un zèle qui plaisait au clergé et avait de plus la grâce d'être une bonne amie du duc, avec lequel elle partageait le goût des arts et du beau.

Françoise savait par ailleurs qu'elle avait été mariée très jeune et que sa vie conjugale n'avait pas été heureuse, détails qui ne la lui rendaient pas sympathique pour autant.

En cette heure, la comtesse parlait à Anne du traité de Guérande, signé en 1365, qui avait mis un terme à la guerre de Succession de Bretagne. Elle pencha son long cou sur son élève, lui octroya une caresse sur la joue, insista sur un point qui lui apparaissait sans doute capital.

— Ce traité est d'importance, Anne. Il stipule que les Montfort garderont la couronne aussi longtemps qu'ils auront une descendance mâle. S'ils n'engendrent plus de fils légitime, le traité est catégorique : la couronne reviendra à la noble famille de Penthièvre.

Le front strié de fines rides de contrariété, Anne écoutait.

Françoise pestait intérieurement. Pourquoi la Dinan, qui était censée être une partisane du duc, parlait-elle de ce traité qui était si défavorable à leur famille ? Étant une Montfort légitime, comme disait la comtesse, Anne n'en était pas moins une fille. Qu'essayait-elle d'insinuer dans l'esprit de sa jeune élève ?

— Il y a quatre ans, ajouta-t-elle, feu le roi Louis a racheté à Nicole de Blois-Bretagne, comtesse de Penthièvre, les droits qu'elle détenait sur la Bretagne…

Les lèvres d'Anne tremblaient légèrement. Élevée en future duchesse par son père, elle trouvait sans doute étrange, sinon déplacé, que la comtesse insiste autant sur un traité qui niait aussi catégoriquement ses droits sur la couronne de Bretagne !

Un des chats bondit sur la fillette, ce qui calma ses appréhensions.

Il était difficile pour Françoise d'assister aux leçons en sachant que la Dinan la tenait pour aussi insignifiante. Elle était pourtant, à quinze ans révolus, presque une femme à part entière !

La comtesse surprit le regard réprobateur de la jeune fille.

— Votre ouvrage se laisse désirer, ma chère, laissa-t-elle tomber d'un ton morgue.

Françoise baissa les yeux. La comtesse sentit sans doute le froid qui se glissait dans la pièce entre elle et les deux jeunes filles, car elle ajouta :

— Malgré tout, Anne, il est bon que vous sachiez que les lois de succession du duché à la couronne ducale ne tiennent pas compte, traditionnellement, de la loi salique française qui interdit à une femme de régner. Je vous dis cela afin que vous compreniez bien l'écheveau des complications juridiques dans lequel se débat votre pauvre père.

Entre les leçons d'histoire, de français, de latin et de maintien se glissaient quelquefois des cours de chant et de danse. Hélas, ce jour-là, none, l'heure qui annonçait le milieu de l'après-midi, approchait déjà à grands pas.

La porte de la salle d'étude s'ouvrit soudain toute grande. Entra le duc, accompagné de son fils bâtard François d'Avaugour, de Philippe de Montauban, qui était son ami et le lieutenant-général de la ville de Rennes, et du grand trésorier Landais.

— Ma fille ! s'exclama François II en ouvrant ses bras à Anne.

Françoise resta de glace. En public, elle savait que la préséance allait toujours aux enfants légitimes. Ce qui n'empêcha pas François d'envoyer *aussi* un sourire tendre dans sa direction. Le duc salua ensuite la comtesse avec effusion.

Isabeau jouait dans un coin de la pièce, sur une large tache de soleil, en compagnie d'Antoine. Tous deux vivaient souvent retirés dans un monde à eux : une réalité à part entière faite de chevaux de bois pour Dolus, et de poupées de chiffons et de grains pour la fillette.

Françoise sentait bien que d'aller vers son père n'était pas, en la circonstance, la meilleure chose à faire. Elle lança un regard frondeur à son frère aîné, qui avait la chance de pouvoir côtoyer leur père plus ouvertement qu'elle. Souffrait-il moins — ou alors différemment — de leur bâtardise ? Avec d'Avaugour, comment savoir ? Malgré cela, en bon prince, le duc se faisait un point d'honneur de traiter tous ses enfants sur un même pied d'égalité.

La jeune fille soupira. Son père aussi vivait dans un monde imaginaire fort éloigné du leur et souvent plus opaque qu'une chape de brouillard.

— Anne, répéta le duc, il s'est produit de nouveaux événements, et je me dois de t'en informer.

François II n'avait que cinquante ans. Cependant, sa vie dissolue, presque entièrement consacrée à la recherche des plaisirs, l'avait prématurément vieilli. Il se vêtait pourtant avec beaucoup de goût et trouvait autant de satisfaction au choix d'un bon tissu que dans l'achat d'un meuble, de bijoux finement ouvragés ou bien d'œuvres d'art.

Ses entrées fracassantes et non annoncées durant les leçons étaient courantes, ces derniers temps. Le lendemain de l'invasion du château, par exemple, Françoise avait déjà assisté en catimini aux explications de leur père. À l'entendre, les barons frustrés de la présence d'un aussi bon conseiller que Landais à ses côtés s'étaient rebellés sous le prétexte que le duc ne leur accordait pas la place qu'ils pensaient mériter au conseil.

— Rohan, Rieux et même d'Albret, martela le duc de sa voix douce malgré sa rage impuissante, sont des diables d'hommes toujours agités, toujours en mouvement. Après leur tentative manquée, les deux premiers se sont repliés sur Ancenis. Mes espions m'ont appris qu'ils se sont, depuis, rendus en France, sans doute pour chercher appui auprès d'Anne de Beaujeu et son mari. Ce sont tous des manants en manteaux de velours !

Il surprit le regard offensé de la Dinan, et parlant d'Alain d'Albret en particulier — le seigneur de la Navarre —, il précisa :

— D'Albret, votre demi-frère, comtesse, ne lorgnet-il pas lui aussi la Bretagne et la main de notre très chère fille ?

— C'est un vaillant homme, monseigneur, répondit finement la Dinan. Vous savez bien qu'il pourrait, mieux qu'un quelconque souverain étranger, faire respecter les droits de notre petite Anne.

La fillette se crispa. Dans l'atmosphère tendue qui planait sur leurs épaules, Françoise fut sans doute la seule à s'en apercevoir.

— Ces hommes, Anne, la prévint François II d'un ton las, sont d'aussi bons sujets que des serpents. Ne les sousestime jamais.

À ces mots, la comtesse se fit violence pour contenir son indignation. Landais demeurait dans l'ombre de son maître. La Dinan devinait trop bien qu'il avait fait la leçon au duc avant de venir !

De son côté, Françoise n'aimait pas quand son père parlait comme s'il n'était déjà plus de ce monde. Certes, il lui arrivait de tomber malade. Ses nerfs fragiles lui amenaient des fièvres et des coliques qu'elle-même, Awena et Marguerite soignaient de leur mieux.

Même si son avis ne comptait en rien, Françoise partageait les craintes de leur père. La couronne ducale était fragile. Tant de seigneurs la voulaient pour eux ! À sept ans à peine, Anne entendait-elle quelque chose à toutes ces manigances, malgré sa précocité et sa grande intelligence ?

Tout en suçant son index endolori, Françoise ne pouvait s'empêcher de penser qu'il existait d'autres explications à la véritable motivation des barons. Sans en avoir l'air, en se frottant aux domestiques, elle avait entendu dire que c'était en fait la mort injuste et cruelle de l'ancien conseiller ducal, Chauvin, condamné et emprisonné sur les ordres de Landais, qui avait mis le feu aux poudres. Sans doute la vérité se trouvait-elle quelque part entre ces deux théories.

Elle ouvrit la bouche pour parler. Mais, une fois encore, les mots restèrent coincés dans sa gorge.

Peu après avoir terminé son discours sur l'envie fielleuse qu'avaient Anne de Beaujeu, régente de France, et son mari, Pierre, d'annexer la Bretagne, le duc retourna à ses affaires. La comtesse reprit sa leçon de politique, qui dura jusqu'aux vêpres. Lorsque Norbert Aguenac, un des quatre chanoines de la cour, s'approcha à petits pas, Françoise avait grand faim.

Elle n'avait pas entendu venir l'ecclésiastique. Cela n'avait rien de surprenant, car cet homme taciturne et bossu de surcroît était aussi silencieux et discret qu'un des chats qui peuplaient le château.

La Dinan rappela à Françoise qu'il était temps pour elle d'aller se confesser. En se levant, la jeune fille déchira malencontreusement son aumônière sur un vieux clou. Le bruit de la déchirure ne fut rien en comparaison de la chute du médaillon en argent sur le parquet.

Les yeux de la comtesse s'agrandirent d'effroi. Elle posa une main sur son sein.

— Par le Christ! Je pensais me l'être fait voler.

Anne contempla sa sœur aînée. Elle savait, certes, qu'entre la comtesse et Françoise sourdait une querelle quasi ininterrompue depuis des lustres.

Le visage de la comtesse était cependant rayonnant. Le chanoine ramassa le bijou. La Dinan tendit gracieusement sa main pour le récupérer.

— Je crois, minauda-t-elle vis-à-vis de Françoise, que vous avez fort à confesser à Notre Seigneur…

Sa voix au timbre bas et voilé n'augurait rien de bon. Le cœur de la jeune fille cognait dans sa poitrine.

— Je suis innocente! s'exclama-t-elle, plus pour Anne que pour la gouvernante.

— Le Seigneur jugera, rétorqua la comtesse en emmenant Anne et Isabeau par la main.

Hébété, Antoine considéra sa demi-sœur aînée. Puis il suivit Isabeau. Le chanoine ouvrit à la jeune fille le chemin jusqu'à la chapelle.

Après maintes hésitations, Françoise avait décidé de ne parler à personne du garçon aux yeux bleus. Cette rencontre nocturne devait demeurer son secret, tout un monde romantique à souhait sur lequel elle pouvait broder en pensée bien mieux encore que sur son ouvrage !

Hélas, le regard chafouin de l'ecclésiastique, qui était une créature de la Dinan, se délectait déjà de lui tirer les vers du nez.

CHAPITRE 4

Un contretemps divertissant

Les complies, la prière du soir, se récitaient du bout des lèvres dans les couvents de Nantes. Profitant de l'heure tardive, une silhouette sortit de l'ombre des remparts de la ville et se faufila en boitillant sur une béquille entre les joncs jusqu'à la Loire.

Pierre était sorti en catimini. Après les événements de la nuit du 7 avril et sa blessure à l'aine, il s'était reposé. Mais le repos forcé ne seyait guère au tempérament de feu du jeune homme. Rien, pas même la lame d'une épée, ne devait retarder plus longtemps la mise en application de son grand projet secret.

Pierre avait grandi à la cour avec d'autres enfants de domestiques. Il suivait quelquefois la famille ducale dans ses nombreux déplacements, mais restait la plupart du temps à Nantes ou à Rennes, d'où était originaire sa mère, qui avait été la première nourrice de la petite duchesse Anne.

Pierre se souvenait encore du temps où sa mère tenait Anne sur son sein et lui chantonnait des comptines en langue bretonne — cette langue qui n'était hélas parlée ni à la cour ducale, ni par la noblesse, ni même par les bourgeois des villes, mais seulement par les marchands, les marins et le petit peuple.

La mélodie jouait encore dans sa tête tandis qu'il déambulait, sa béquille calée sous l'aisselle gauche, le corps ballotté par le vent âpre et froid.

En aval du château s'écoulait un bras d'eau qui venait nourrir les douves. La berge y était difficile d'accès. Sur le chemin, le garçon dut se cacher à plusieurs reprises. Il atteignit finalement le bon endroit, non sans s'être trompé à trois reprises, tant il faisait noir. Le lieu paraissait désert. Il entendait au loin le cri des sergents du guet. Des maisons fermées à double tour filtraient parfois les lueurs d'une ou deux chandelles. Pierre étouffa une plainte et laissa ses yeux s'habituer aux reflets glauques des eaux de la Loire.

Au bout d'une corde clapotait une barque recouverte d'une vieille bâche et d'un treillis de branches. Il saisit l'amarre et sourit. L'ingéniosité de son système de camouflage le remplissait de fierté. Des gens d'armes du duc cherchaient en effet encore, dans la ville et le long du fleuve, les gaillards qui avaient aidé le capitaine à remettre, la nuit de l'invasion, les clés du château au maréchal de Rieux. Deux lascars avaient déjà été serrés et fouettés. On devisait à la cour sur la nécessité de les pendre.

En attendant l'arrivée de Simon, qui devait partir une demi-heure après lui — il ne fallait pas éveiller les soupçons du maître d'écurie qui se prenait volontiers pour un petit seigneur —, Pierre fit l'inventaire de ce qu'il appelait ses « outils d'artisan ». Un poinçon de métal, deux couteaux aux lames de différentes grosseurs, une pierre à aiguiser, deux limes, le tout soigneusement rangé dans une trousse en cuir héritée de son père.

Le jeune homme sortit ensuite le médaillon qu'il avait façonné de mémoire dans une petite pièce de bois brut. Il y avait mis du temps et des efforts, mais il prenait lentement forme.

Son regard erra sur ses autres affaires : couvertures et ustensiles de cuisine, bottes, vêtements de rechange, canne à pêche — objets essentiels s'il en était ! —, qu'il avait mis des mois à rassembler. Deux rames que Pierre avait lui-même taillées avec la hache de son père complétaient son paquetage. Il rêvassait à son projet téméraire, mais réalisable selon lui de descendre le fleuve et de gagner la mer. De nuit, bien sûr, et par étapes prudentes. Là-bas, il respirerait l'air vraiment salin de la Bretagne profonde, celle du vrai peuple. Celle, aussi, de la liberté. En se mordillant les lèvres, il songeait aux quolibets de ses camarades palefreniers. Avait-il été « raccourci » par la lame du soldat, là-haut sur les murailles ?

Pierre grimaça, car sa blessure tardait à guérir malgré les soins, les herbes et les onguents de l'apothicaire. La lame était passée vraiment près !

Des bruits de pas retentirent. Sans doute Simon avait-il fini par trouver la berge. Pierre se hissa nonchalamment sur un coude. Il avait tant à conter à celui qui avait accepté de le suivre dans son long périple ! L'image furtive de la fille de l'autre nuit vint flotter devant ses yeux. Il la revit d'abord les cheveux plaqués sur sa figure mystérieuse et fiérote, et ensuite, bien coiffée dans la chambre des duchesses, ses mèches blond roux tirées sur sa nuque, son visage étroit, sa bouche un peu trop large, ses yeux bruns chauds rivés sur les siens. Elle n'était pas vraiment belle, et pourtant… L'intensité de ce souvenir le mit mal à l'aise. Pour s'en défaire, il songea que celle que les domestiques et les courtisans appelaient « la bâtarde de Bretagne » était juste une arrogante de second rang.

Il se répétait ces paroles quand une poigne le saisit brutalement au collet. Trois soldats sautèrent dans la barque. L'un d'eux clama que le maraud voulait s'enfuir. On brandit une torche sous son nez.

— C'est bien lui !

Pierre fut aussitôt bâillonné et ligoté. Un homme abattit sa hallebarde sur le frêle esquif. À quelques mètres, Simon était bourré de coups de pied par d'autres soldats.

* * *

Le garçon passa la nuit en prison avec les larrons accusés d'avoir trahi le duc. Il ignorait pourquoi il avait été arrêté. Était-ce parce que le maître d'écurie avait rapporté son absence ? À cause de sa rencontre avec la bâtarde ? À cause du médaillon ? À l'aube, des idées noires lui tournaient encore dans la tête et lui gâtaient les entrailles.

Le commandant de la garnison le tira de la cellule. La lumière du jour lui éclata au visage. Poussé au centre de la cour, il vit avec effroi un billot de bois. Des femmes se tenaient parmi les courtisans. Pierre tournait de l'œil. Il n'avait rien mangé depuis la veille. Et encore, son quignon de pain noirâtre était loin ! Dans les cellules voisines, il n'avait pas, non plus, revu Simon.

Son regard fut attiré par celui, grave et hautain, d'une noble femme qui se tenait emmitouflée dans sa longue houppelande doublée d'agneau. Il reconnut à son cou le médaillon d'argent qu'il avait dérobé et craignit enfin de comprendre.

Les gardes le jetèrent au sol. Pierre vit des cordes, et parmi les domestiques qui se pressaient pour assister au spectacle, le maître d'écurie ! Ce vieux grincheux ne l'avait jamais aimé, même si Pierre s'appliquait dans ses tâches et ne cherchait noise à personne.

La femme noble se pencha vers le commandant. Norbert Aguenac crut de son devoir de prendre la parole :

— En ces temps troublés et incertains où le Seigneur nous met tous à l'épreuve, lança-t-il, il convient hélas de faire un exemple.

Son ton plaintif sentait l'hypocrisie à cent pas.

— Pour se repentir d'un tel larcin, annonça le commandant, il faut être prêt à perdre au moins une main.

Le sang de Pierre ne fit qu'un tour. Une main ! Autant dire sa vie ! Deux soldats le traînèrent vers le billot. Tandis qu'on le maintenait fermement agenouillé, un homme tira son bras droit. Une corde fut nouée autour de son poignet. Brusquement, on amena sa main et son avant-bras sur la pièce de bois. Au-dessus du garçon se dressait un lascar qui tenait une lourde épée.

Il la brandit.

Pierre revivait en accéléré ses seize misérables années passées sur terre. Naissance, petite enfance incertaine, mort de sa mère, puis celle de son père, qu'il n'avait jamais vraiment connu et dont on lui avait juste dit qu'il faisait partie de la garde personnelle du duc.

Le garçon attendait, le souffle court, que sa main lui soit tranchée à vif. Les secondes s'égrenaient. Mille paires d'yeux assistaient à son humiliation. Parmi ces gens se trouvait une jeune fille au visage de pierre et à la peau blême.

Un noble portant chausses, bottes de cuir et lourd manteau de brocart doublé de fourrure s'écria soudain :

— Un instant !

Il y eut un conciliabule entre lui et le commandant. Pas commode, la noble dame s'en mêla.

— Depuis quand, Monsieur de Montauban, protégez-vous des malandrins ? fit-elle, vexée.

— Madame, répliqua-t-il, c'est un héros qui gît là devant nous.

La Dinan se gaussa. On poussa Françoise, qui fut obligée d'avouer qu'elle avait vu Pierre avec le médaillon de la comtesse entre les mains.

Le conseiller cligna plusieurs fois des paupières.

— Dieu tout puissant, gronda-t-il, troublé, cela est-il exact, mon garçon ?

Pierre avait du métal dans la bouche.

— Je ne suis pas un voleur, Seigneur, bafouilla-t-il.

Les mots lui venaient difficilement. Il craignait aussi, devant autant de gens, de révéler son manque d'instruction et d'assurance. Où donc était le Pierre décidé et capable de bravoure ?

Il ajouta qu'il était plutôt un artiste. Ce médaillon, il ne l'avait en fait qu'à demi volé. « Emprunté » serait un terme plus exact. En vérité, il l'aurait rendu la nuit même. Sans la rébellion des barons, la dame ne se serait aperçue de rien.

Des rires saluèrent son discours décousu. Avait-on déjà entendu parler d'un « demi-voleur » ?

Un palefrenier s'avança en boitillant. Pierre reconnut Simon. Son visage et ses bras étaient boursouflés. Son ami tenait un objet dans sa main. Montauban le prit et l'observa.

— Un artiste… répéta-t-il en hochant la tête sans quitter Pierre des yeux.

Il remit à la comtesse de Dinan-Laval la copie du médaillon volé, retrouvé par Simon près des restes de leur embarcation. Des courtisans se pressaient maintenant sur l'esplanade. Des visages pointaient aux fenêtres du Grand Logis. Les badauds s'écartèrent brusquement devant le duc François II, d'Avaugour et le trésorier Landais, accompagnés par un moine et un jeune homme d'une vingtaine d'années aux yeux bleu foncé et au visage pâle et étroit. Ces deux derniers étaient crottés des pieds à la taille, preuve qu'ils avaient chevauché une bonne partie de la nuit avant de gagner Nantes.

Le duc et le grand trésorier avaient l'air affreusement confus. Cette vindicte étalée en plein jour dans la cour du château tombait vraiment mal. Devant eux se tenait la petite duchesse Anne.

Point de mire malgré lui, Pierre toisa Françoise. Elle l'avait dénoncé. Il y croyait à peine. Pourtant, qu'y avait-il à attendre de ces gens-là ?

Agacée de voir que la visite impromptue du prince-duc Louis d'Orléans, l'héritier présomptif de la couronne de France, et de son homme de confiance gâchait sa vengeance, la comtesse de Laval courba brièvement la nuque devant les deux ducs, puis elle se retira en emmenant la petite Anne.

Celle-ci lâcha la main de Françoise. Mais, en partant, elle tourna la tête à plusieurs reprises, comme si elle voulait s'imprégner de l'expression à la fois confuse, triste, affolée et tourmentée de sa demi-sœur.

— Monseigneur, expliqua Montauban au duc François II, voici Pierre Éon Sauvaige.

Ce nom n'était pas inconnu au duc. Il hocha vaguement la tête. Montauban précisa que Pierre était le fils de son regretté homme d'armes et de Marie, la nourrice d'Anne.

— De plus, c'est ce garçon, annonça-t-il en haussant volontairement la voix, qui est venu me prévenir des terribles conditions dans lesquelles les barons gardaient vos enfants, l'autre nuit. Après m'avoir délivré, il m'a accompagné sur les murailles au péril de sa vie.

Françoise fronça les sourcils. Sa mâchoire s'affaissa un peu plus. Pour couper court à la situation qui devenait franchement incommodante, Montauban prit sur lui d'épargner la main de Pierre. Mais comme il convenait de montrer l'exemple et de décourager le vol autant que la rébellion, le garçon fut attaché entre deux poteaux.

On lui infligea dix coups de fouet — le minimum, vu son larcin. Alors que claquait la lanière en cuir cloutée, le grand trésorier Landais déclara qu'il était temps que leurs hôtes aillent se changer et se reposer. Ce contretemps certes divertissant avait en effet assez duré.

Seules trois personnes assistèrent jusqu'à la fin à la punition de Pierre : Simon, qui essuya ensuite le sang dans le dos de son ami et le prit dans ses bras, Montauban, qui lui murmura quelques paroles d'encouragement à l'oreille, et Françoise, qui n'eut pour sa part ni la force ni le courage de s'approcher. Les lèvres tremblantes, elle fit volte-face et partit en courant vers le château.

À demi conscient, Pierre croyait rêver. Il courait dans un pré en fleurs et riait en compagnie de plusieurs jeunes filles, dont une, en particulier, lui souriait. Sauf qu'il était incapable de dire s'il s'agissait ou non de la fille hautaine qui l'avait si vilement trahi.

CHAPITRE 5

Le duc d'Orléans

Françoise n'aurait jamais pensé que le son d'une lanière en cuir puisse la mettre dans tous ses états. Le feulement du fouet l'avait jetée dans une rage folle. Durant la soirée, elle garda les lèvres scellées et déclina toutes les invitations que lui adressèrent des seigneurs bretons et français. Pavanes, gaillardes, gavottes et trioris, toutes ces danses se passeraient d'elle, d'autant plus que dans l'espoir d'oublier l'affreuse scène de torture de l'après-midi, elle avait bu plus que de coutume.

Elle regagna sa chambre à une heure avancée de la nuit en se tenant aux murs, accompagnée par deux servantes qui tremblaient de froid sous leur mince chemise de coton. Isabeau était couchée depuis longtemps. Anne avait fièrement présidé au repas aux côtés de ses parents. Elle remontait, elle aussi, de même que Dolus, assoupie et poussée par une dame de compagnie. Les domestiques préparèrent les chambres, laissèrent des chandelles allumées, puis allèrent s'occuper d'Anne, dont le service du déshabillage requérait plusieurs personnes — entre autres le chapelain Norbert Aguenac pour la prière du soir.

Une pluie lourde tambourinait sur les toits et aux croisées. Demain, les champs seraient détrempés. La tête lourde, l'estomac à l'envers, Françoise sombra dans un demi-sommeil peuplé de rêves troubles ponctués par le claquement sec de ce maudit fouet.

Pierre, c'était le nom que Philippe de Montauban avait donné au jeune « demi-voleur », était donc le fils d'un soldat et d'une des nourrices d'Anne. Pas étonnant, alors, qu'il ait grandi dans le vivier des domestiques qui gravitaient autour des membres de la cour ducale, courtisans et seigneurs pensionnés dont le nombre dépassait les trois cent cinquante personnes. Si, au fond de son cœur, Françoise regrettait d'avoir été obligée de dénoncer Pierre, elle regrettait plus encore de l'avoir rencontré.

Quoique.

Depuis cette fameuse nuit du 7 avril, force était d'admettre que quelque chose avait bougé en elle. Un battement d'ailes de papillon. Et que ce battement la prenait au dépourvu. Le pire était de savoir que ce flux ou cette chaleur intérieure s'accentuait au fil des jours. Refusant par orgueil de se laisser entraîner sur cette pente obscure et incertaine, Françoise s'abandonna au sentiment d'ivresse qui la berçait doucement. Elle imagina d'abord qu'elle dansait, même si, plus tôt, elle avait refusé une gavotte à François de Dunois, comte de Longueville, le propre cousin du duc Louis d'Orléans. Un Français savait-il d'ailleurs danser une gavotte comme un Breton ? Des quolibets s'étaient élevés des tables voisines sans que Françoise permette aux nobles présomptueux de faire la démonstration de leur propre talent.

Peu après, ou alors plusieurs heures plus tard — l'effet du vin aidant —, elle fit un rêve beaucoup plus lent et clair dans lequel un jeune homme lui jurait, sur un morceau de la vraie croix, son amour éternel et sa fidélité. Fidélité... Mis dans la bouche d'un homme, ce mot était une affreuse vantardise. Qui avait déjà entendu parler d'un seigneur honnête, aimant et surtout fidèle à son épouse! «Comme, songea Françoise, d'un "demi-voleur".» À la fois originale et ridicule, l'expression la fit rire jusque dans son rêve.

À moins que le seigneur qui jurait ainsi n'en soit pas vraiment un!

Des gémissements ponctuèrent la fin de cette rêverie dans laquelle ce même homme devait ensuite partir en guerre. Françoise se faisait violence pour ne pas le suivre. Par ailleurs, elle le savait en danger, et même couvert de sang. Plus tard, dans ce rêve qui tournait inexorablement au cauchemar, elle comprit qu'elle devait faire un choix douloureux entre deux sortes de vies. La première serait confortable et même glorieuse, quoique futile et vaine. La seconde, plus dangereuse, en marge des convenances, périlleuse et souvent semée d'embûches. Françoise se retrouva ensuite une épée à la main. Des hommes tentaient de l'assassiner. Sa lame se teinta alors de sang.

Elle s'éveilla en sursaut et comprit que les gémissements, contrairement à ceux de son rêve, étaient réels. Ses cheveux coulaient librement en cascade sur ses épaules. Elle se dressa sur un coude. Sa bouche était sèche, son cœur, proche de ses lèvres. Le crépitement de la pluie était plus accentué qu'au moment de son coucher. De temps en temps, d'affreux grondements de tonnerre secouaient la campagne.

Un éclair zébra le ciel. Les petits cris retentirent de nouveau, encore plus exacerbés. Françoise alluma sa chandelle et se rendit par un huis dissimulé sous une tenture dans la chambre d'Anne et d'Isabeau.

Les fillettes se tenaient serrées l'une contre l'autre. Une tête brune émergea soudain des draps. C'était Antoine ! Le garçon ne paraissait pas plus rassuré que ses jeunes sœurs.

Françoise avisa, tremblante dans un coin de la pièce, la servante qui était censée veiller sur les petites duchesses. Dans un demi-sourire, elle convint qu'une fois encore la Dinan s'était attardée au banquet.

Dans la grande salle du château retentissaient encore les entrechoquements sourds des chopes de bière et des gobelets de vin. Des chapelets de rires, des échos de voix gaillardes s'élevaient également. La gaieté des agapes se poursuivrait sans doute tard dans la nuit. Des notes de musique — violes, flûtes, violons et tambourins — en donnaient joyeusement le ton.

Isabeau tendit à Françoise ses petits bras dodus. La jeune fille monta sur le lit et rassembla autour d'elle ses demi-sœurs et frère.

— Chante, Françoisine ! lui demanda alors Dolus.

Le cœur de la bâtarde fondait toujours en entendant le tendre surnom dont la gratifiait son frère. Les tenant bien serrés, elle entama une comptine en breton, langue dont elle ne connaissait que les quelques rudiments et tournures entendus de la bouche même de Marie, la mère de Pierre.

Tout en chantant de mémoire, la jeune fille échangeait des regards avec Anne. La fillette ne parlait pas beaucoup. Sans doute avait-elle déjà tenté de rassurer Antoine et

Isabeau. À son expression, il était clair, toutefois, que la venue de leur grande sœur la soulageait d'un poids immense.

D'autres éclairs illuminèrent la pièce, d'autres grondements de tonnerre firent tressaillir les bois de charpente. Ils rirent en entendant la domestique affirmer que le Seigneur Jésus était courroucé.

— C'est donc que tu ne t'es pas encore assez confessée ! lança Françoise en guise de boutade.

Le front d'Anne se plissa légèrement. Très dévote, la comtesse de Dinan-Laval ne badinait pas avec Dieu, qui devait, à son avis, être aussi craint qu'aimé et peut-être même davantage ! Précepte qu'elle avait inconsciemment transmis à sa pupille.

— Tu crois que Dieu nous écoute et nous punit ? s'enquit Dolus, ses sourcils bruns tordus comme des accents circonflexes au-dessus des yeux.

— Non pas, jeune diablotin ! le rassura Françoise. Ce n'est que de la pluie. Je vais chanter encore un peu, et puis il faudra tous aller nous rendormir.

Ce qu'ils firent, épuisés d'avoir eu si peur, dans la chaleur et un certain réconfort. En aussi bonne compagnie, Françoise espérait pour sa part ne plus être la proie de ce terrible pouvoir qu'elle avait de changer ses rêves en tristes réalités.

Qu'avait-elle d'ailleurs raconté au chanoine Norbert Aguenac à ce sujet ? Des histoires pour ne pas lui avouer ses peurs secrètes. En retour, elle avait récolté quatre *Notre Père* pour ses « péchés », soit celui, entre autres, d'avoir rencontré de nuit ce palefrenier qui n'avait en aucun cas le droit de pénétrer dans le Grand Logis.

L'aurore les surprit encore tous endormis. La jeune et gentille duchesse Marguerite, la mère d'Anne et d'Isabeau se tenait, aussi souriante qu'à l'accoutumée, dans la ruelle du lit. La Dinan n'avait pas l'air de trouver le spectacle réjouissant et tirait quant à elle une vilaine grimace.

Avant que Françoise ne s'esquive dans sa propre chambre, la comtesse lui lança rageusement un objet en bois rond et poli. La jeune fille l'attrapa au vol tout en la toisant, ce qui sembla, plus encore que son adresse, horripiler la comtesse.

— En souvenir d'hier ! lâcha la Dinan entre ses dents.

« Vraiment ! », se dit Françoise, étonnée et attristée qu'une aussi grande dame bretonne puisse se laisser aller à de mesquines colères à cause d'un médaillon dérobé et somme toute rendu.

Était-ce une preuve de maturité de la part de la jeune fille ? Il semblait en tout cas que la comtesse avait le cœur et l'âme cernés de gros nuages noirs venus de sa jeunesse tumultueuse, ou bien alors de ses espoirs déçus, le cas échéant, sans doute des deux à la fois, au point où la timide et cependant enjouée duchesse Marguerite elle-même s'en aperçut !

— Allons, allons, dit-elle joyeusement, voyez, le soleil s'est enfin levé !

* * *

Pierre le savait : s'occuper des chevaux nécessitait un dévouement et une attention de chaque instant. Le duc aimait ses bêtes et demandait à ses palefreniers de faire preuve, dans leur ouvrage, d'autant de passion que lui. Le souverain assistait aussi souvent que possible aux mises bas. Ce matin-là, il se présenta, sanglé et prêt à chevaucher, en compagnie du duc Louis d'Orléans et de leur cousin François de Dunois.

Le jeune héritier de la couronne de France avait le corps aussi long et mince que son visage était étroit et pointu. Il se tenait pourtant fort droit et semblait attentif à chaque chose. De quinze ans son aîné, son compagnon était d'apparence à la fois plus mâle et plus mature. Tous deux paraissaient reposés de leur chevauchée de la veille et d'excellente humeur. Si le comte François de Dunois était le fils du fameux compagnon de Jeanne d'Arc, le second était celui de Charles, duc d'Orléans, dit le duc poète, qui avait passé une bonne partie de sa vie emprisonné en Angleterre.

Les trois compères se présentèrent accompagnés d'Anne, bien mise dans une courte houppelande en cuir brun doublée de martre grise, ainsi que de Françoise et du jeune d'Avaugour.

Malgré la pénombre et le mouvement constant des chevaux et des autres garçons d'écurie, Françoise remarqua tout de suite Pierre, qui se tenait, voûté, dans un coin. Le garçon ne semblait aucunement se préoccuper des nouveaux venus. Brossant la haquenée blanche préférée d'Anne, il semblait en même temps entretenir avec elle toute une discussion.

D'Avaugour se dirigea vers son propre étalon. Un palefrenier se présenta pour l'aider à le seller, mais le bâtard de Bretagne l'écarta d'un geste belliqueux. C'est alors qu'il reconnut le voleur puni la veille…

Françoise craignit aussitôt que son frère ne se livre à quelques bravades, ne serait-ce que pour se donner bonne figure devant les deux Français.

— Déjà debout, manant! pérora d'Avaugour en feignant de grimacer et de se tenir le dos.

Un autre que Pierre aurait peut-être baissé les yeux. Mais le garçon avait de la trempe.

— Je ne suis pas un voleur, rétorqua-t-il en osant toiser le fils du duc.

D'Avaugour n'avait pas l'habitude de se faire ainsi répondre, et par un palefrenier en plus ! À défaut de son épée, il leva sa cravache.

— Mon fils ! le retint François II.

Il y eut quelques secondes de flottement. Les autres garçons avaient suspendu leurs gestes. Le maître d'écurie lui-même attendait la réaction du duc avant de prendre parti. Dunois souriait. Arrivé au château la veille en début de soirée, il avait manqué la punition. Mais sans doute son cousin D'Orléans lui avait-il raconté l'incident. Le prince, d'ailleurs, s'avançait au-devant de Pierre. Il se plaça entre lui et la cravache menaçante, et dit sur le ton de la conversation :

— Mon garçon, j'ai rarement vu homme recevoir pareille bastonnade et, comme vous, garder tout du long les dents serrées.

Il se déganta et lui serra la main. Sans gêne apparente, Pierre saisit la poigne du prince. Le duc François II applaudit. Le comte de Dunois se fit l'écho de son cousin et appuya le compliment d'une tape sur l'épaule de Pierre.

La déconfiture du jeune d'Avaugour n'échappa à personne, cependant qu'Anne avait, tout comme Françoise, suivi l'affrontement verbal avec beaucoup d'intérêt. La suite ducale, composée de quelques cavaliers, d'une litière, de draps propres et de provisions, étant prête, François II donna ensuite le signal du départ.

Isabeau fut installée dans la litière avec des coussins tandis qu'Antoine et Anne montaient ; la fillette, la belle haquenée blanche, et Antoine, un jeune palefroi noir. Françoise choisit une jument à la robe brune tachetée d'ocre nommée Doucette.

Au moment de monter en selle, elle surprit les regards obliques que lui lancèrent les dames de la cour. La jeune fille haussa ses rondes épaules.

« Si elles veulent rester élégantes avec leurs longues traînes et monter en amazone, grand bien leur fasse ! »

Comme les hommes, Françoise préférait monter à califourchon et ne voulait rien savoir d'être ficelée sur sa selle et de poser les pieds sur la planchette fixée près de l'étrier.

Le convoi s'ébranla dans la poussière dorée du petit matin. La lumière étant déjà vive, Françoise ne put dire si Pierre la vit maladroitement sautiller dans la cour avant de prendre en main Doucette, qui, ce matin, paraissait si mal porter son nom. Elle put par contre voir le méchant rictus qui déformait la mâchoire de son frère !

Organisée dans la foulée des festivités accompagnant la venue en Bretagne de l'héritier de France, cette balade à cheval le long des rives de la Loire avait un but précis non avoué. Ce dont la jeune fille se douta immédiatement en surprenant des bribes de conversation...

— Mon cousin, disait le duc François II en s'adressant autant au comte qu'à Louis d'Orléans, votre venue m'enchante et me rassure. Malgré la mort du roi, l'ogre n'est en effet point à terre !

Il voulait parler des récents états généraux convoqués à la fois par les grands du royaume et par la régente Anne de

Beaujeu. Le résultat des délibérations avait été fatal aux prétentions du parti du duc d'Orléans, qui s'était vu refuser la gloire d'une régence qu'il pensait tout naturellement mériter.

Les trois hommes échangèrent des coups d'œil entendus. Louis d'Orléans avait, c'est vrai, prétendu à la régence. À ce jour, il demeurait convaincu d'être le mieux placé pour conduire les affaires du royaume en attendant la majorité prochaine du jeune Charles VIII, son cousin. Hélas, la régence avait en quelque sorte été plutôt accordée par les états à la comtesse Anne de Beaujeu, la fille aînée de feu Louis XI. Cette dernière devait officiellement se contenter de veiller sur son jeune frère, Charles VIII, et rappeler les états un an plus tard. Mais personne n'ignorait à la cour que malgré son statut de femme, Anne de Beaujeu avait tout autant de cervelle que son défunt père. De plus, secondée par Pierre, son mari, qui avait été un proche conseiller du précédent roi, la régente ne se contenterait sûrement pas d'un rôle subalterne.

Les trois hommes étaient des alliés de longue date. Dunois était un fidèle de Louis et prenait part à presque toutes ses initiatives. Le duc François II et l'héritier présomptif du trône de France luttaient pour une cause qui était également celle de tous les grands seigneurs inféodés du royaume : empêcher la royauté de démanteler les principautés, duchés et comtés qui gravitaient autour des fiefs de la couronne.

En la personne de Louis d'Orléans étaient donc concentrés tous leurs espoirs. Lui seul paraissait assez puissant pour tenir tête à la fille du roi défunt que ce dernier appelait, avec une réelle fierté, « l'être le moins fol de France ».

— Cousin, déclara Louis d'Orléans au cours d'une halte, nous devons parler de nos affaires…

Le ton fleurait bon les sous-entendus. En effet, si Louis était officiellement venu rendre une visite de courtoisie à son cousin de Bretagne, ses véritables raisons étaient autrement plus impérieuses.

Françoise nota le regard que le premier prince du sang coula en direction d'Anne.

Plus tard, au milieu d'un champ inondé de soleil, alors que les dames de compagnie dressaient la table à déjeuner sous un dais installé par des soldats, Anne prit sa sœur aînée par le bras.

Elles marchèrent un peu à l'écart, entre rive, joncs et fleuve, suivies de loin par trois solides hallebardiers.

— J'ai peur, murmura la fillette en enfonçant les bords de sa large coiffe sur sa tête.

Un tel aveu était la preuve d'une réelle maturité chez cette enfant.

Françoise tapota le bras de sa sœur.

— Père t'a, semble-t-il, trouvé un nouveau prétendant.

Anne avait déjà eu plusieurs soupirants. Dès l'âge de cinq ans, elle avait été promise aux fils du roi d'Angleterre, Édouard IV. Malheureusement, Édouard, le prince de Galles, et son jeune frère, le duc d'York, avaient été fait égorger par leur oncle Richard III. Ce crime odieux avait mis un terme au traité d'« alliance perpétuelle » signé entre Édouard IV et le duc François II.

La fillette avait ainsi failli devenir reine d'Angleterre. En apprenant le drame, elle avait sincèrement pleuré ses deux petits fiancés. Ce qui n'avait pas empêché son père de la promettre sitôt après à d'autres rois et seigneurs, dont le plus affreux, parce que vieux, laid, poilu, vulgaire et trop paillard, n'était autre que le seigneur Alain d'Albret, de trente-sept ans son aîné !

Tous ces souvenirs, accompagnés par les émotions qui y étaient rattachées, passaient dans les yeux limpides d'Anne.

— Au moins, lui dit Françoise, Louis d'Orléans n'est pas trop vieux. Et puis, il est plein de charme. Il semble de surcroît avoir à la fois bon cœur et bonne vertu. Ce qui est loin d'être le cas de tes autres prétendants.

Elles observèrent les trois hommes en train de discourir, de plaisanter et de rire au soleil. On but des chopines de vin blanc frais. Des cibles furent ensuite placées à vingt pas, et l'on apporta des arcs. Louis d'Orléans impressionna le duc par son adresse. Françoise voyait enfin leur père prendre du plaisir « hors des bras d'Awena et de Marguerite… », se dit-elle, chose dont il n'avait guère le loisir, enfermé qu'il était des heures entières dans son bureau en compagnie du triste Landais !

On disait que le grand trésorier avait poussé François II à prendre des mesures exceptionnelles pour punir les barons qui s'étaient dernièrement révoltés. Ces sombres considérations étaient, en cette journée ensoleillée, heureusement très éloignées de la joie que ressentaient Anne et Françoise, mais aussi Isabeau et Antoine, qui gambadaient main dans la main au milieu des herbes hautes.

La duchesse Marguerite recevait, sous le dais, les hommages du comte de Dunois. Anne et Françoise s'amusèrent de leur frère d'Avaugour, qui tentait d'égaler les prouesses du duc d'Orléans. Elles parièrent en catimini sur l'échec de leur aîné, calcul qui s'avéra exact. Si Anne rit en considérant la déconvenue de leur frère, Françoise vit la tension se cristalliser sur le visage du grand jeune homme pâle et ses yeux devenir aussi durs que des cailloux.

Le retour au château se fit dans la chaleur brûlante d'après-midi, au son des insectes qui s'ébattaient après l'hiver rigoureux. En quelques jours, la froideur du mauvais temps avait cédé sa place au printemps. Ils croisèrent nombre de paysans et de marchands, que la troupe salua avec entrain.

— Votre peuple vous aime, mon cousin! déclama Louis d'Orléans sur un ton flagorneur en arrêtant son cheval dans la cour.

Un palefrenier aussi grand et ample qu'un moine bien nourri attrapa la bride de son cheval. Françoise reconnut le garçon qui avait emmené Pierre après la bastonnade. Anne remarqua le geste vif de sa sœur qui sortait un objet rond en bois poli de son aumônière.

— Tiens, souffla Françoise à l'oreille du gros garçon en se penchant sur l'encolure de sa jument. C'est pour ton ami.

Elle mit ensuite pied à terre et, sans se retourner, se hâta vers le Grand Logis…, laissant Anne et le pauvre Simon interloqués.

CHAPITRE 6

Derrière la tapisserie

D urant la soirée, Françoise demeura une fois encore rêveuse et lointaine. La duchesse Marguerite ne la haïssait point. Elle vint la trouver et, par sa bonne humeur, lui arracha finalement un sourire. Ce qui n'empêcha pas Françoise de repasser dans sa mémoire les images de Pierre en train de faire bravement face à son frère d'Avaugour. Pierre, qui, sans paraître le moindrement gêné, recevait le compliment du prince et l'accolade du comte. Cette attitude était celle d'un gentilhomme vrai, et non pas celle d'un de ces nobles corrompus qui pullulaient à la cour de Nantes.

Ce qualificatif — gentilhomme — lui était venu naturellement. C'est à ce moment-là, d'ailleurs, qu'elle avait ri. Ce rire la libérait d'une sorte de fascination. Elle secoua sa chevelure toujours trop emmêlée à son goût, but à petites gorgées ce vin blanc frais de Pallet qui plaisait tant. Elle, fascinée par un palefrenier ! Le mot, cette fois, lui déplut, et son humeur s'assombrit de nouveau.

En bout de table se tenait d'Avaugour. Son frère s'empiffrait sans retenue, parlait fort et tâtait les cuisses et le ventre des filles, courtisanes et drôlesses confondues. Françoise songeait à ce frère aîné qui agissait non pas en bâtard, mais en fils légitime. Conduite on ne peut plus dangereuse, quand tous les regards convergeaient vers Anne…

Françoise rêvassait à tout cela quand elle sentit une ombre obscurcir le haut de son front. Prête à fustiger l'impudent, elle leva les yeux, mais perdit aussitôt tous ses moyens. Un objet rond en bois poli tomba dans son assiette. Vêtu de la livrée des gens de bouche, Pierre s'en alla aussitôt verser la soupe à une autre donzelle.

La jeune fille capta le regard malicieux de Philippe de Montauban. Elle récupéra la fameuse copie du médaillon volé, car visiblement son auteur ne le voulait plus. Davantage que le geste, ce fut la motivation du garçon qui décontenançait Françoise. Elle avait pourtant cru agir avec générosité en le lui rendant par l'intermédiaire de son ami !

Elle quêta de nouveau, mais sans y parvenir, l'attention de Montauban, qui discutait âprement de politique avec le duc, le comte de Dunois, le trésorier Landais et Louis d'Orléans. Elle se laissa ensuite bercer par les aubades jouées à la viole par quelques seigneurs qui se prenaient pour des musiciens — dont le duc Louis d'Orléans lui-même !

Et lorsqu'elle vit repasser Pierre, qui ramassait les reliefs du plat de civelles, elle laissa à son tour tomber dans son plat un petit sachet de coton contenant une motte d'onguent au miel et aux sucs de plantes dont on se servait pour désinfecter les blessures. Elle l'avait bien observé, ces derniers jours. Et à sa façon de marcher, le dos penché en avant et les lèvres plissées, elle avait songé que cette médication serait fort utile au garçon.

Pierre empilait les assiettes un peu trop rudement pour un serveur de salle. Il emporta le tout sans daigner lui faire grâce du moindre signe.

Françoise n'attendait certes pas de remerciement. Quoique. Déçue sinon indignée, elle se leva de table et remonta dans les étages. Elle avait hâte de fuir le bruit futile des conversations, les rires gras, l'écho de ces poèmes déclamés par tel courtisan et adressés à telle ou telle gente dame ou drôlesse.

Au moment de gagner sa petite chambre, elle aperçut une silhouette tenant un bougeoir. L'homme s'engageait dans un passage dérobé près des appartements de ses demi-sœurs.

Intriguée, elle se faufila entre le mur froid et une épaisse tapisserie, et se raidit en reconnaissant la voix de la Dinan. L'homme avait mouché sa bougie. Tapi, immobile, il observait ce qui se passait dans la pièce à travers un œilleton percé dans le motif de la tapisserie.

Ils se trouvaient bel et bien dans la chambre d'Anne, et la scène qui s'y déroulait était son coucher officiel. Avant de la mettre au lit, ses dames ôtaient un à un ses vêtements. Un livre ouvragé dans les mains, la Dinan lisait à voix haute un des épisodes de la vie héroïque de Nominoë, le premier souverain de Bretagne.

Le dos de la fillette était à nu, et elle grelottait. Il sembla à Françoise que la gouvernante laissait sa pupille dévêtue plus longtemps qu'il n'était nécessaire — au risque de lui faire attraper la mort! —, lui demandant même de tourner sur elle-même comme pour un ballet. Sous l'éclat des chandeliers, la blancheur de la peau prenait des teintes chaudes. Impubère et assez maigre, on devinait ses hanches fines, ses chevilles osseuses. Elle fit un pas, réclama sa chemise de nuit. Alors, la Dinan tourna la tête en direction de la tapisserie, et son regard se posa à l'endroit précis où se tenait l'homme dissimulé.

Françoise était outrée. Elle tendit sa main et osa la poser sur l'épaule du goujat. Celui-ci sursauta comme un voleur. L'instant d'après, la tapisserie ondula violemment, car il regagnait le passage secret. Françoise l'y suivit, et ils ressortirent tous deux. Ce fut au tour de la jeune fille, alors, de s'étrangler de surprise.

— Vous, monseigneur?

Pris la main dans le sac, le duc Louis d'Orléans se recomposa vite un visage. Cependant, ses lèvres tremblaient encore, et il clignait des paupières. Finalement, il baissa la tête.

— Nous sommes presque fiancés, Anne et moi, balbutia-t-il.

Françoise ne voyait pas le rapport. Dunois vint les trouver.

— Alors? s'enquit-il.

Il reconnut Françoise. Considérant la mine offensée de la jeune fille, il la salua, imité par l'héritier de France. Puis tous deux s'en furent dans l'obscurité. Françoise n'en revenait toujours pas. La porte des appartements d'Anne s'ouvrit brusquement. En jaillit la comtesse de Dinan-Laval.

— Vous! éructa la gouvernante. Savez-vous seulement ce que vous avez failli faire, jeune effrontée?

— Moi! se récria Françoise sur un ton outragé.

La Dinan la saisit par le bras. La jeune fille sentit les ongles de la gouvernante entrer dans ses chairs.

— Vous, répéta-t-elle. Espèce de sotte! Où diable aviez-vous la tête?

— Comtesse, je…

— Silence !

Le chapelain Aguenac sortit à son tour des appartements. Combien d'hommes avaient donc assisté au déshabillage d'Anne ?

— Monsieur l'abbé, fit la Dinan, ramenez Françoise chez elle et assurez-vous qu'elle récite bien ses prières du soir.

Avant de retourner auprès d'Anne et d'Isabeau, elle posa de nouveau son regard froid et noir de corbeau sur la jeune fille.

— Ne croyez pas que votre père soit fâché d'apprendre ce qui vient de se passer, dit-elle. Vous pourriez encore être celle qui serait le plus à blâmer.

Elle étouffa un juron — elle qui était pourtant si dévote ! — et disparut.

Abasourdie à la fois par la scène indécente à laquelle elle venait d'assister et par les menaces de la gouvernante, Françoise se laissa reconduire chez elle.

*   *   *

Le duc d'Orléans regagna incontinent la salle du banquet. Après les émotions qu'il venait de vivre, l'air alourdi par les appétissants fumets de cailles, de poulardes et de brochets lui parut presque rafraîchissant. Voir Anne nue faisait partie des exigences qu'il avait formulées avant de donner son accord au duc François. Pourtant, des femmes, il en avait déjà connu par dizaines, et pas moins de quatre uniquement depuis son arrivée à Nantes ! Courtisanes ou drôlesses

s'étaient en effet pâmées dans ses bras sous le riche baldaquin de son lit. Elles lui tombaient toutes chaudes et douces
entre les mains. Mais Anne, c'était une autre affaire…

— Alors? répéta Dunois en lui servant un gobelet de vin
blanc.

Le regard égrillard de son cousin se doublait d'un demi-
sourire de connivence. Louis hocha la tête ; il était rassuré.

Survint le duc François II accompagné par Marguerite et
par la tendre et tout aussi jolie Awena. Louis donna une tape
sur l'épaule de Dunois, qui aurait bien fait de cette jeune
caille le dessert de son gargantuesque festin. Le duc serait-il
consentant ?

François II était fin rond. Cependant, Louis savait qu'en
matière de stratégie matrimoniale, le père d'Anne et
d'Isabeau était un maître. Comme le duc avait dans les yeux
la même question que Dunois, Louis répéta :

— Je suis convaincu.

Le duc comprit que son hôte était en vérité soulagé.

— Elle n'est atteinte que d'une légère claudication, lâcha
Louis. Vous aviez raison.

Le duc approuva. Excepté cette insignifiante tare, Anne
était parfaite.

— Nubile, elle sera d'une grande beauté, affirma-t-il. Et
avec son intelligence, sa droiture et son cœur qui est tout
entier chrétien, elle deviendra…

Persuadé que ses hôtes suivaient parfaitement le fil de sa
pensée, il n'eut pas besoin de terminer sa phrase. François
appréciait beaucoup son jeune cousin D'Orléans. Outre le
fait qu'ils partageaient un même point de vue politique, ils
étaient tous deux amoureux du beau, des arts, du vrai et

d'une certaine douceur de vivre. François savait en outre que Louis avait été marié de force à l'âge de treize ans à Jeanne de France. Cette fille cadette de Louis XI était un laideron fini. Une malheureuse, bossue derrière et devant. Ces épousailles, autant dire cette « humiliation imposée », avait un but sournois et presque démoniaque. Craignant les visées de ses cousins D'Orléans sur le trône, c'est délibérément, en effet, que Louis XI avait livré Jeanne à Louis, persuadé que sa fille serait bien incapable, jamais, d'enfanter.

Louis jura sur les Évangiles qu'il n'avait jamais touché sa femme. Raison pour laquelle, d'ailleurs, il était persuadé de pouvoir facilement obtenir de Sa Sainteté le pape la dissolution de son union.

— Cousin, répéta Louis en essuyant ses lèvres fines d'un revers de manche, vous avez mon accord.

François II sourit. Dans la circonstance actuelle, puisque le projet de mariage avec l'Anglais n'était plus de mise, seule une alliance avec le plus puissant prince des lys pouvait, face à la gourmande couronne de France, garantir l'indépendance de la Bretagne.

— Et vous avez le mien, cher cousin, répliqua le duc.

Il but une autre gorgée de vin, ajouta sur un ton plus bas :

— Vous devez toutefois obtenir l'annulation de votre mariage avant un an.

— Bien sûr…

Dunois cacha le bas de son visage dans sa coupe. Il ne voulait rien dire, même s'il sentait que ses compagnons attendaient de lui un commentaire ou, à défaut, son assentiment. Car il le savait — tout comme Louis, d'ailleurs —, cette obtention ne serait ni facile ni rapide à arracher des mains du pape, qui se devait aussi, diplomatie oblige, de faire bonne figure à la régente, qui était la propre sœur de Jeanne!

L'arrivée d'un garçon de bouche fit heureusement diversion.

— Ah! C'est vous! s'exclama Dunois, bien heureux de couper court aux attentes des ducs.

Pierre n'était pas fâché, non plus, d'avoir été reconnu. Il remplit les gobelets, et il s'en allait quand Dunois le prit par une épaule.

Le garçon gémit de douleur. Alors, le comte s'excusa. Aussi surprenant que cela pût paraître aux yeux des courtisans bretons qui les entouraient, Louis demanda :

— Asseyez-vous un instant.

Sans doute le vin y était-il pour quelque chose. Le duc François lui-même insista :

— Oui, prenez place. Qu'on avance un banc pour ce jeune homme. Si votre père n'avait été une aussi fine lame, je ne serais pas ici présent pour vous en prier.

Jean Éon Sauvaige avait été un coriace. Et depuis la punition publique subie par Pierre, tous le savaient : son fils était son digne héritier.

— J'aurai besoin de milliers de braves tels que vous pour protéger mon trône contre mes ennemis, dit encore le duc.

La discussion s'orienta ensuite vers les barons qui ne cessaient de s'agiter. Les uns et les autres avaient des vues sur la couronne de Bretagne. Et aux dires du duc, qui n'avait pas tort, la dame de Beaujeu pourrait utiliser leurs frustrations pour faire main basse sur ses terres.

— Moi qui, s'exclama-t-il, à la fois soutenu par sa femme et par sa maîtresse, ne cherche que la paix, le beau et les plaisirs!

François d'Avaugour leva sa chopine en l'honneur de son père et promit de combattre à ses côtés. Un silence gêné suivit cette déclaration à l'emporte-pièce. Mais le fils bâtard était trop saoul pour s'en apercevoir. Le duc, Louis d'Orléans et son cousin Dunois se remirent à deviser à voix basse. Soulagé d'échapper à l'attention de tous, Pierre reprit son service. La présence de ces nobles le mettait décidément mal à l'aise.

Il lança un regard à la ronde, à la recherche de quelque chose ou plutôt de quelqu'un, et fut déçu de ne pas le trouver. En regagnant les écuries où il vivait toujours, même s'il avait accepté pour un temps de servir aux cuisines, Pierre songeait à Françoise. Où diable avait-elle disparu?

Le vent était encore froid. Il remonta le col de sa cape, attacha ses cordons de cuir, s'assura que l'onguent offert par la jeune fille se trouvait bien dans son escarcelle. À dix pas allaient et venaient les sentinelles de la garde. D'autres hommes se chauffaient les mains sur de grands braseros allumés sous le porche de la tour menant au pont-levis.

En une fraction de seconde, Pierre revécut les instants à la fois exaltants et effrayants de cette nuit, lorsque les barons s'étaient introduits dans la demeure ducale. Il crut voir, au milieu des sentinelles, une fragile silhouette à la chevelure emmitouflée dans un capuchon de fourrure. Un court instant, une main blanche jaillit d'une manche ample en velours mauve. Elle tenait un pli cacheté. Un garde s'en empara.

Pierre cligna des yeux. Lorsqu'il voulut confirmer sa vision, la silhouette avait disparu, et les sentinelles continuaient de rire et de tendre leurs paumes ouvertes au-dessus des flammes…

CHAPITRE 7

L'être le moins fol de France

Cour de France, fin avril 1484

À vingt-trois ans à peine, Anne de Beaujeu venait de remporter la première grande bataille politique de sa jeune vie. Détentrice d'une sorte de régence officieuse, elle avait en effet les pleins pouvoirs. Louis d'Orléans avait beau pérorer qu'une femme n'avait ni le droit ni les capacités de gouverner, cela ne changeait rien. Fille préférée du défunt Louis XI, elle avait été en grand secret son élève attentive et assidue. Sa manière d'agir durant les états généraux, consistant à saper les appuis du duc d'Orléans par la ruse, avait clairement prouvé à ceux qui la soutenaient qu'elle était passée du statut d'élève à celui de maître.

C'est d'ailleurs en maître qu'elle marchait en rond à petits pas dans la salle du conseil, les mains derrière le dos, tandis que ses ministres débattaient des affaires en cours. Et en premier lieu, du sort de la Bretagne…

— Les droits de la couronne sur le duché de Bretagne sont à présent bien établis, prétendait un clerc. Votre père, madame, les a achetés à…

— Je suis au courant, le coupa-t-elle. Comme je sais que le document qu'a présenté le duc François pour réfuter la validité du traité de Guérande est un faux, rédigé sur sa demande par un de ses proches conseillers.

La dame s'arrêta brusquement. D'aspect menu dans sa longue robe de satin noire rehaussée d'un col en hermine grise, elle portait une haute coiffe en lin blanc et de longs cheveux sombres qui tombaient de chaque côté de son visage. Avec ses yeux un peu ronds et fixes, et cette manière de se tenir légèrement penchée en avant, elle rappelait à tous son redoutable père. Elle était jolie fille, pourtant ! Toujours bien mise, très intelligente, des manières aristocratiques. Pour tous, cependant, l'ombre du terrible Louis XI planait sur elle.

Il faisait froid dans la salle. À part quelques tapisseries et de vieux portraits, les murs étaient nus. Les feux de cheminée peinaient à faire oublier l'épaisseur des colonnes de pierre. Les bûches qui craquaient brusquement et le soleil timide qui perçait aux épaisses croisées entretenaient en chacun un malaise pesant.

— Ce que je vous demande, messieurs, reprit-elle en les toisant, ce sont des solutions.

Elle échangea un regard complice avec Pierre, son vieux mari, qui avait vingt ans de plus qu'elle. En politique, ils étaient tous deux sortis du même moule. Pierre de Beaujeu hocha la tête. Il la suivait dans sa manière de mener le conseil et préférait quant à lui se tenir en retrait.

Le départ précipité de Louis d'Orléans de Blois, quinze jours plus tôt, inquiétait les ministres. Qu'était-il vraiment allé faire en Bretagne ?

— Louis est encore frustré de s'être vu privé de la régence, en déduisit la dame. Il est aussi dans sa nature de se montrer impulsif.

Il y eut quelques raclements de gorge. La dame cligna rapidement des paupières plusieurs fois. Croyait-on qu'elle essayait de couvrir le premier prince du sang alors qu'il était en passe de devenir son ennemi juré ?

Nouveau coup d'œil complice vers son mari, qui souriait à demi dans sa barbe. Elle se plaça dans une tache de soleil, tant pour être mieux vue de ses gens que pour se régaler de la chaleur de ses rayons.

Elle continua en détachant chacun de ses mots :

— Sachez que, tout comme vous, je me méfie de mon cousin D'Orléans. Il est jeune et fougueux, et il pense, ce qui est plus dangereux encore, être dans son bon droit.

Pierre de Beaujeu baissa la tête. Là, il n'était pas d'accord avec sa femme. Mais il ne dit rien, même si plusieurs tentèrent de lui soutirer un commentaire. On disait en secret que Louis et la dame, qui étaient du même âge, se plaisaient mutuellement. Anne avait haussé ses fines épaules. Il n'était pas question d'une aventure entre elle et ce galant à la tête folle. Elle était fidèle, dévote et d'un sérieux à toute épreuve, et Pierre de Beaujeu lui faisait entièrement confiance.

La dame esquissa un geste brusque de la main — le même que faisait jadis son père quand il était temps de changer de sujet.

— Parlons de… (Son regard se posa sur l'unique chaise vide autour de la grande table.) Parlons, reprit-elle d'un ton plus enjoué, du sacre du roi.

En vérité, seul un manteau de beau velours côtelé brun occupait cette chaise. Il rappelait à tous celui qui devait se tenir au milieu d'eux et qui, justement, n'était pas là. Les ministres virent les yeux de la dame s'assombrir. Elle détourna la tête une fraction de seconde, s'adressa muettement à une jeune silhouette blottie derrière une colonne qui la contemplait sans bouger. Elle poursuivit ensuite sans que le ton de sa voix trahisse la moindre émotion :

— Le sacre du roi est prévu pour le 15 mai. Tout est-il prêt, à Reims, pour accueillir dignement mon jeune frère ?

* * *

Une fillette brune et agile âgée de huit ans se glissa hors de la salle du conseil et fila telle une flèche dans l'austère galerie entre les courtisans médusés. Elle descendit quatre à quatre les escaliers et se retrouva dehors. Un bref instant, elle se tint immobile en pleine lumière, comme la dame avant elle, et respira à longs traits l'air frais, mais aussi le jour qui inondait le ciel. Pour elle, mais aussi pour la dame, qui ne pouvait pas le faire.

Lorsque sa tante l'avait dévisagée, la jeune Louise de Savoie avait tout de suite compris qu'elle lui confiait une sorte de mission. Elles n'avaient pas besoin de se parler pour se comprendre. À lui seul, ce « secret » faisait tout le bonheur de l'orpheline. Marguerite de Bourbon, sa mère, était en effet morte l'année précédente. Confiée à Anne de Beaujeu, Louise vivait depuis à la cour de France. À cause du caractère très particulier du défunt roi, on disait que la cour de France était la plus lugubre d'Europe. Elle ne valait certes pas en faste et en raffinement celle de Bretagne, mais Louise y était heureuse.

Elle déboula dans les jardins et s'arrêta, le cœur battant, tendit l'oreille…, écouta. Il ne lui fallut pas plus de trois minutes pour trouver celui qu'elle était venue chercher.

Les cris et les halètements poussés par l'adolescent étaient, pour Louise, reconnaissables entre tous. C'est en souriant malgré sa longue course qu'elle rejoignit son oncle, le tout jeune roi de France.

Charles était en train de simuler un combat à l'épée. Vêtu d'un justaucorps en velours taupe et de chausses moulantes, et joliment chapeauté d'un feutre à large bord blanc, il était aussi beau qu'un dieu. Ses longues poulaines claquaient sur le sol au rythme de sa danse.

Louise faisait bien sûr abstraction de son nez un peu trop long et crochu, de ses lèvres charnues et boudeuses, et de son regard brun velouté un peu flou. Elle ne voyait en fait que le roi, en cette heure investi en plein combat héroïque contre un bosquet taillé en pointe par un jardinier. Ses mèches brunes tressautaient sur son front. Toute sa personne, d'ailleurs, était sautillante dans cette belle lumière de printemps.

— Charles ! répéta-t-elle.

Le regard de Louise tomba sur la spectatrice, une toute jeune enfant, presque un bébé : Marguerite d'Autriche, venue l'année précédente des Pays-Bas, la fiancée de Charles. Entourée de sa nourrice et de son chambellan, le front blond, les yeux clairs, les joues rouges, la petite battait joyeusement des mains.

Louise s'assombrit aussitôt, comme la dame avant elle dans la salle du conseil. Cette intruse dans son paradis lui faisait de l'ombre. Ne pouvant malheureusement pas le montrer, elle se composa un visage avenant et annonça :

— Charles ! Votre sœur vous mande. C'est d'importance !

Le jeune roi donna un dernier coup d'épée dans le ventre de son ennemi imaginaire. Puis il laissa retomber son arme, qu'un serviteur cueillit au bond. Louise venait de briser son jeu en mille morceaux. Il ne lui en voulait certes pas ; elle était, comme tout le monde ici, aux ordres de sa si merveilleuse grande sœur !

Il avisa sa minuscule fiancée, qui le regardait avec adoration, et tomba à genoux comme un chevalier devant sa belle. Il prit ses fragiles menottes dans ses mains, les baisa. Enfin, la saluant à grands gestes de son feutre empanaché, il ronchonna et emboîta le pas à Louise de Savoie, qui lui disait que sa sœur avait remarqué son absence, que c'est de son sacre que les ministres discouraient et qu'il fallait bien qu'il soit pour l'heure présent, toutes choses qui ennuyaient royalement l'adolescent de quatorze ans.

* * *

Un messager se présenta dans l'antichambre. Bien qu'il soutînt être un homme de la dame, on le fit patienter. Dans la salle, la présence du jeune roi avait stimulé les ministres. Anne de Beaujeu et son mari pouvaient en effet ainsi mieux prétendre être ses porte-parole.

On passa en revue les différentes étapes du sacre.

Si Charles levait de temps à autre ses lourds sourcils fournis, c'était pour demander des précisions à sa sœur — explications qu'elle lui donnerait plus tard, comme la symbolique complexe du sacre, mais aussi la nécessité, pour le jeune roi, de se faire adouber chevalier.

— Qui ? fut sa question toute innocente.

La dame se racla la gorge. Il était de tradition qu'un chevalier aguerri adoube le roi encore mineur et que ce chevalier soit un noble ou bien un prince proche de la famille royale.

— Sera-ce Louis ? lança-t-il ingénument.

L'assistance se renfrogna. La dame hocha du chef. Louis d'Orléans devait en effet avoir cet honneur. Charles se déclara fort satisfait, car il aimait son cousin plus âgé, qu'il prenait un peu comme un grand frère.

La dame frappa dans ses mains. Il était temps de passer à un autre sujet, en l'occurrence trouver une parade officielle à tous ceux qui — comme, justement, le duc d'Orléans — prétendaient encore que la place d'une femme ne devait pas être aux côtés de Charles.

— Il nous faut un texte, décida la dame, qui insiste sur l'importance de ma présence en tant que sœur et conseillère, sans pour autant porter sur un prétendu besoin de gloire de ma part.

Son mari lui remit un document scellé.

— Ceci est un texte divinatoire et prophétique rédigé par Regnault Havard, dit-il.

Malgré l'emprise du clergé, l'époque était à la divination et à l'interprétation de la destinée au moyen de la kabbale. Il n'était pas un noble qui ne fasse appel à des astrologues.

— C'est en apparence une chronologie des principaux événements de l'histoire de notre pays, ajouta-t-il.

La dame dévisagea son rusé époux et se fit résumer le texte par un clerc qui avait secondé l'auteur.

— Notre pays, la Francia, ânonna celui-ci, est placé sous la sauvegarde de trois femmes dont les prénoms commencent par une des trois dernières lettres du doux nom de notre royaume. Ces femmes apparaissent toujours à un moment tragique de son histoire.

— Un moment comme le nôtre, fit la dame d'un ton entendu.

— Exact. La première était la femme de Clovis, la reine Clotilde. La deuxième fut Jeanne d'Arc. Notez ici que le J peut se lire comme un I. La troisième…

— … se prénomme naturellement Anne, conclut la dame.

Le clerc hocha sa longue figure pâle.

— Ainsi donc, fit Anne de Beaujeu, il est de mon devoir prophétique de seconder mon jeune frère, le roi.

Elle réfléchit un moment dans le silence, puis sourit.

— J'aime cette idée. Je guiderai donc mon frère en ces temps troubles et difficiles où les princes et les grands seigneurs jappent et bavent pour réclamer la charge du royaume.

Les ministres applaudirent. Charles lui-même semblait avoir pour une fois tout compris.

— Allez diffuser ce texte dans les abbayes, dans tous les parlements, les universités et les assemblées de notables, ordonna la dame. Cela devrait clouer le bec aux insatisfaits.

Les ministres et les clercs comprirent qu'elle désignait surtout l'ambitieux duc d'Orléans, qui ne donnait signe ni de conciliation ni de soumission. Ne se trouvait-il pas toujours à Nantes auprès du duc François?

— Il est de son devoir d'assister au sacre du roi, martela encore la dame.

À cet instant, le messager retenu s'introduisit dans la salle et remit un pli scellé à Pierre de Beaujeu.

— Que faire s'il refuse de s'y présenter? s'inquiéta un ministre.

La dame nota mentalement le nom du pessimiste. Elle ne tolérerait aucun homme faible à son conseil.

— Il viendra, assura-t-elle. À petits pas, peut-être, et à reculons, mais il viendra. Les princes ont toujours besoin d'or.

Elle tendit sa belle main blanche, paume vers le haut.

— Louis sait où en trouver, ajouta-t-elle en remuant les doigts. Il viendra comme l'oiseau vient au pigeonnier.

Pierre de Beaujeu se leva de nouveau. Il avait en sa possession le rapport que leur adressait leur espion présent à la cour du duc François II. Il toisa sa jeune femme. Celle-ci serra les dents.

— S'il s'avère, tonna-t-elle, que Louis cherche réellement à sceller des épousailles entre lui et la jeune Anne de Bretagne, je jure sur les Évangiles qu'il lui en cuira!

Ces paroles sinistres annoncèrent la fin du conseil. Il convenait maintenant de présenter un résumé dynamique et visuel à Charles, à qui il ne fallait pas tenir de trop longs discours.

— Est-ce vraiment mon cousin qui va me faire chevalier? demanda le jeune roi, lorsque les ministres eurent quitté la salle.

La dame avait mal à la tête. Vite, un peu d'eau additionnée d'huile de rose pour la soulager des tensions qui chauffaient ses tempes ! Elle prit son jeune frère contre elle. Malgré leur différence d'âge, ils étaient de la même taille. Charles appréciait ces moments d'intimité. Leurs deux parents étaient morts une année auparavant. Leur père en août, leur mère en décembre. Si Charles n'avait connu son père que de loin — sachant seulement qu'il l'aimait beaucoup —, sa mère avait été plus proche de lui.

La dame de Beaujeu le serrait sur son sein. Il profitait de ses mains douces posées sur ses cheveux, il respirait l'odeur fleurie et tendre de sa peau et il rêvassait que sa mère était toujours là. Sachant que l'adolescent admirait beaucoup son cousin D'Orléans, la dame ne voulut pas lui faire trop de peine. Elle tenta même de le réconforter :

— Sois heureux, Charles. Louis fera bientôt de toi un vrai chevalier. Puis tu deviendras enfin roi aux yeux de Notre Seigneur.

Elle le regarda partir en sautillant, vivant reflet de la jeunesse en ce château où tout, pourtant, était pesant, les murs comme les courtisans. Elle avait fait de son mieux pour introduire à la cour des musiciens, des jongleurs et surtout des hommes de lettres. Pour que son frère s'ouvre sur le monde. Pour essayer aussi de modifier le regard que les puissances étrangères posaient sur elle et sur la cour de France. Car même si son mari était cultivé, elle manquait cruellement, disait-elle, de stimulations artistiques. Et puis, le soutien des nobles, du clergé et du tiers étant toujours sujet à caution, il y avait surtout l'État, qu'elle et Pierre de Beaujeu portaient tout entier sur leurs épaules !

Avisant un clerc, elle lui demanda de joindre Adam Fumée, un ancien médecin de son défunt père.

— Qu'il me rédige ce mémoire qu'il m'a promis sur la Bretagne.

Car si Louis d'Orléans ne rentrait pas bientôt dans le rang et n'acceptait finalement de se conduire en époux convenable pour leur sœur Jeanne, il faudrait abattre impitoyablement chacun de ses alliés, et en premier lieu François II, qui était le plus puissant d'entre eux. Pour mettre du baume sur sa conscience, elle songea que, de toute manière, s'emparer de la Bretagne avait été dans les plans de son père. En achevant le vieil arbre moribond de la féodalité, elle ne ferait donc que poursuivre son œuvre d'édification d'une France nouvelle.

CHAPITRE 8

L'anneau d'or

Un feu de cheminée ronflait dans la pièce voisine de la salle d'eau. Un à un, des domestiques entraient et versaient des seaux d'eau brûlante dans le grand baquet en fonte doublé de toile, tandis que des servantes préparaient les serviettes et les huiles de bain. Derrière les portes closes se pressaient les gens de bouche, avec leurs pâtisseries fines et leurs alcools prêts à servir. Les musiciens accordaient leurs instruments : violes, luths et harpes.

François, comte de Laval, s'apprêtait en cette fin de soirée à prendre non un bain pour se laver, ce qui était déjà un luxe, mais un bain pour se prélasser en galante compagnie.

Des chandeliers jetaient sur les jupons, les dentelles, les draperies et les visages une lumière ocre et douce propice aux rapprochements. En entrant dans le baquet, le jeune comte se pourléchait les babines. Réfugié dans son domaine de Châteaubriant sur ordre de sa mère, qui craignait encore pour sa sécurité après les violents événements du 7 avril, il entendait quand même vivre selon son rang, et tout d'abord profiter au mieux de la présence de ses jolies servantes, qui se prenaient sans doute, ce soir, pour des filles de gentilhomme.

D'excitation, la peau du comte virait au rouge. Il ordonna à tout le monde de sortir et aux violoneux d'entamer leurs aubades derrière la lourde porte. L'eau était assez chaude, tudieu, les plateaux, assez garnis et les donzelles, mûres à point. L'heure était venue d'honorer les anciens dieux et déesses, Dionysos, Apis et Aphrodite, et de laisser aux ardeurs de toute nature le soin de s'exprimer librement.

Contrairement à ses maîtresses, le comte n'avait encore mangé aucune pâtisserie, se contentant de boire beaucoup tandis qu'elles couvraient son corps de baisers et de caresses tout en riant et en s'éclaboussant mutuellement.

Quand, soudain, de violents coups de poing retentirent aux portes de la demeure…

Le comte percevait-il, dans son ivresse, le fracas des sabots dans la cour? L'écho des cris de ses serviteurs, que l'on chassait à coups de pied? Entamant le bal des amants avec l'une des donzelles, il fut dérangé dans son ouvrage par le fracas de sa porte défoncée à coups de hache.

Quatre chevaliers se présentèrent tout harnachés, les bottes dégoulinantes de boue. L'un d'eux, un capitaine portant un surcot aux armes du duc de Bretagne, avança d'un pas.

François de Laval repoussa les donzelles, qui tombèrent hors du baquet, et se saisit avec maladresse de sa lourde épée, qu'il avait eu la prudence de garder à portée de main. Quatre lames lui chatouillèrent le menton, le ventre et les mamelons.

— Paix, gentilshommes! s'exclama-t-il alors en laissant retomber sa lame.

Le capitaine éloigna une des filles qui, à peine couverte, frôlait son gantelet. Rouge à souhait, l'autre donzelle sortit en ricanant.

— Comte, déclara le capitaine en tendant à l'homme un pli orné du sceau ducal, voici les ordres de votre suzerain.

François de Laval faillit éclater de rire, car il ne considérait pas l'indécis duc de Bretagne comme son seigneur. Cependant, l'embarras de sa situation ne lui permettait guère de faire le fanfaron. Il se couvrit le bas du corps, déchira le sceau. D'un air prétentieux, un chevalier lui fit l'aumône d'une chandelle.

François écarquilla les yeux.

— Par le sang de Jésus-Christ ! s'exclama-t-il.

Un des hommes leva son épée. Les circonstances ne se prêtaient pas non plus à un tel juron. Le capitaine daigna donner quelques explications au jeune noble.

— La nuit du 7 avril dernier, vous avez été reconnu, comte, au nombre des rebelles. Le duc ne pouvant souffrir une telle injure, vos terres ont été confisquées.

Le comte s'empourpra de colère.

— Ma mère, balbutia-t-il…

Le capitaine le souffleta du bout des doigts, puis il fit volte-face et claqua bruyamment ce qui restait de la porte. François de Laval entendit le choc des marteaux sur les volets de sa demeure. Des avis étaient placardés. Tous devaient savoir, paysans, domestiques et hobereaux, que leur seigneur était frappé de disgrâce.

Longtemps, le jeune comte demeura les pieds dans son baquet. Enfin, une de ses amantes revint et l'aida à se rhabiller. François prit alors conscience qu'il avait tout perdu. Il se laissa choir sur un banc et se prit le front dans les mains.

Une caresse sur la nuque lui fit redresser la tête. Il sourit à la donzelle.

— Tu as raison, fit-il en souriant à demi. Ma mère…

Il n'osa poursuivre, mais sa figure reprenait déjà quelques couleurs. Il avisa son secrétaire particulier :

— Apporte vite du papier, de l'encre, mon sceau et du vin !

* * *

Ce jour-là, Françoise était en retard. Elle revenait d'une promenade en compagnie d'autres dames de la cour et remontait en hâte le grand escalier quand des bruits étouffés venus d'une alcôve la clouèrent sur place. Qui osait s'ébattre derrière la tenture ? Elle approcha sa main. Au dernier moment, une gêne la saisit au creux du ventre. Elle songeait au couple qui se tenait blotti. Le visage et le regard vif d'un garçon en particulier passèrent devant ses yeux, et elle rougit.

Lorsque le rideau s'écarta de lui-même, elle fut saisie de surprise devant le grand jeune homme en pourpoint qui se tenait devant elle.

— François ?

D'Avaugour avait la figure fendue d'un sourire arrogant et carnassier. La servante qu'il venait de trousser baissa humblement la tête et salua avant de disparaître, telle une belette effrayée.

François rajusta ses chausses.

— Ne me dis pas que cela te choque ! flagorna-t-il.

Françoise n'aimait ni les airs de seigneur ni la vulgarité excessive de son frère. Ces paroles, mais surtout leurs sous-entendus l'irritèrent, et elle se renfrogna. Déjà, un vacarme retentissait derrière les murs. Les jeunes gens se dévisagèrent.

— La comtesse est dans ses chaleurs, plaisanta François en parlant de la Dinan, dont l'appartement jouxtait le corridor. À mon avis, elle a du mal à avaler la dernière décision de notre père.

Comme Françoise n'avait pas l'air de comprendre, il la traita d'ignorante. Il fallait en effet vivre bien à part des autres pour ne pas savoir que Landais avait encore dernièrement forcé la main du duc. Les terres des seigneurs coupables du coup de force du 7 avril avaient été brutalement confisquées.

— Les Rohan, les Rieux et les Laval, entre autres, en sont pour leurs frais, ajouta-t-il avant de s'éloigner.

Françoise ne savait jamais si son frère se sentait ou non concerné par les événements ni s'il prenait position, attitude qui en faisait un être difficile à cerner.

Elle entra à son tour dans l'alcôve et tendit l'oreille. Dans la pièce voisine, la comtesse semblait dans tous ses états. La jeune fille ferma les yeux et imagina la scène. La gouvernante avait sans doute appris une mauvaise nouvelle. On racontait que son fils, François de Laval, le seigneur de Châteaubriant, avait figuré au nombre des rebelles. Certes, il avait porté un casque et feint de ne pas se faire trop remarquer. Philippe de Montauban ne l'en avait pas moins reconnu !

La comtesse brisait vases, peignes et miroirs. Françoise visualisa sa figure rouge de rage.

La gouvernante n'en revenait effectivement pas. Comment le duc, qui avait été son ami — et qui l'était toujours à ce jour, puisqu'il lui avait fait l'honneur de lui confier l'éducation de ses filles —, pouvait-il inclure son fils au nombre des rebelles et lui voler ses terres! La Dinan connaissait bien son rejeton. C'était un bon vivant, mais aussi un faible et un indécis dont le caractère s'apparentait assez au fils bâtard du duc. Son François avait dû se laisser entraîner. Un cruchon de vin de trop, quelques promesses de la part de Rieux ou de Rohan, une fille trop facile, et il avait accepté de faire partie de la conjuration. Pour la beauté du geste. Pour le simple plaisir d'une bravade et d'une cavalcade.

La comtesse finit par se calmer. Elle irait voir le duc. Elle lui parlerait à l'écart de ce serpent de Landais. Et si elle ne pouvait le faire revenir sur sa décision, foi de Dinan-Laval, elle lui en tiendrait rancune pour la vie entière!

* * *

Dans un coin des écuries, derrière les croupes de plusieurs destriers se cachaient deux palefreniers en grande conversation.

— Je ne pensais plus te revoir, souffla Simon en posant la lourde selle de cuir sur l'encolure du cheval.

Pierre sourit. Qu'est-ce que son ami croyait? Qu'il avait accepté pour toujours la place de domestique que lui avait proposé Philippe de Montauban!

— J'ai un plan, rétorqua Pierre en baissant le ton.

Son ami l'imita. Cette précision le rassurait. Après la découverte de leur barque, sa destruction, la confiscation de tous leurs effets personnels et la punition exemplaire qu'avait reçue Pierre, Simon avait cru que leur vie ne changerait plus, qu'ils devraient comme tous les autres demeurer des serviteurs — autant dire des prisonniers — toute leur vie.

— Garde espoir, lui glissa encore Pierre à l'oreille tandis que le maître des écuries les menaçait de leur faire goûter au cuir de sa cravache.

— Quant à toi, jeune domestique, siffla ce dernier à Pierre, tu n'as plus rien à faire ici.

Son ton était sarcastique. D'autres palefreniers ricanèrent, car pour eux, qui étaient fiers de s'occuper des chevaux, servir aux tables de banquet était une tâche avilissante. Si Pierre avait cru faire là une bonne affaire, il se trompait !

« Riez tant que vous voulez, se dit le jeune homme. Je sais, moi, ce que je fais et ce que je vaux. »

Cette vérité se lisait effrontément sur son visage, ce qui agaça le maître des écuries. Voyant que Pierre ne décollait pas, il leva son bras pour le frapper. Fort heureusement, une voix résonna à l'autre bout du bâtiment :

— Le faux chevalier !

À cette flagornerie sous laquelle sourdait un rire retenu, toutes les têtes se tournèrent. Le duc Louis d'Orléans se tenait dans une tache de soleil. Campé droit dans son armure à l'écrevisse frappée de sa devise, *Cominus et eminus*, le duc resplendissait autant ou presque que l'astre du jour. Accompagné du comte de Dunois, de son chapelain et d'un secrétaire, il marcha vers ce jeune homme fouetté le jour de son arrivée.

D'où lui venait cette lubie pour, somme toute, un simple palefrenier transformé en homme de bouche ? Un garçon qui avait cependant agi comme un véritable chevalier en se battant tel un lion sur les murailles — acte héroïque que lui avait conté le conseiller Montauban avec lequel, au cours des deux dernières semaines, il était devenu bon ami.

Le maître des écuries céda sa place au duc, qui serra à nouveau la main de Pierre. Louis dévisagea ce rude Breton qui n'avait pas l'air de se sentir gêné en sa présence. Simon, lui, avait tassé sa lourde carcasse. Le silence s'éternisant, Dunois lança une plaisanterie. Sur ce arriva François II accompagné du grand trésorier.

Landais était devenu en quelques années l'âme damnée du duc. Il n'était pourtant que le fils d'un drapier de Vitré. Entré au service du duc comme valet de sa garde-robe, il s'était hissé, à force de malice, d'intrigues, mais aussi d'intelligence, au poste prestigieux qui était à présent le sien. On disait de lui qu'il amenait le duc à se méfier de sa propre noblesse et à prendre des décisions sans la consulter — geste qui frustrait les barons au plus haut point. Louis n'en avait cure, tant que Landais plaidait pour sa cause.

Il salua les nouveaux venus tandis que Pierre calmait le cheval et terminait lui-même de le sangler. Sur ce, Montauban entra. Il sembla soudain que les murs de l'écurie rétrécissaient, que la cour de Bretagne au complet avait élu domicile auprès des chevaux.

Les ducs se donnèrent l'accolade. Il était temps de se séparer, mais ce n'était que partie remise. Les uns et les autres avaient bien discuté.

— Le roi vous rappelle à son service, mon cousin, fit le duc François. Vous allez me manquer.

Louis sourit. C'était dire les choses de manière agréable, car en vérité, il avait plutôt reçu de la dame de Beaujeu l'ordre brutal de rentrer en France.

Les effusions furent longues. À tel point que les chevaux, exaspérés, ruèrent, hennirent et les boutèrent presque dehors.

D'Orléans, comme son cousin Dunois, était satisfait. Ils repartaient avec une ferme promesse d'engagement — Louis épouserait la petite Anne —, ainsi qu'un pacte d'alliance avec la Bretagne, si jamais il était inquiété, et pire encore, arrêté sur ordre de la dame de Beaujeu. D'un autre côté, il avait également reçu de cette dernière des propositions alléchantes. Entre autres, des gains en terres : les riches seigneuries de Meulan, la forêt giboyeuse de Sénard ainsi que la châtellenie de Choisy. S'il acceptait, bien sûr, de ne plus jouer les trublions.

Louis vit la figure que faisait le « faux chevalier ».

— Mon épée vous plaît, jeune homme !

Il la tira de son fourreau. La lame scintillait.

— Son père, fit le duc François en parlant de Jean Éon Sauvaige, était doué.

Philippe de Montauban hocha la tête. Pierre sentait qu'il y avait bien plus de sens caché sous ces paroles qu'il ne pouvait en saisir, et cela le contraria. Que se disaient au juste ces nobles personnages en parlant d'épée et des prouesses de feu son père ?

Aidés par des écuyers, les visiteurs se juchèrent sur leurs montures.

— Je vous abandonne quelques hommes de ma garde, insista le duc François.

Dunois et Louis se concertèrent. Une escorte ne les rendrait-elle pas plus facilement reconnaissables ? Louis devait faire en soirée la jonction avec ses propres hommes d'armes. Après en avoir débattu avec son cousin, il remercia François II avec chaleur, mais il refusa son offre. Mieux valait en effet passer inaperçu.

Le trésorier Landais se renfrogna. Il craignait la réaction des barons à qui il avait fait confisquer leurs terres. Son alliance avec Louis d'Orléans étant des plus précieuses pour la conduite de sa politique, il le voyait repartir sans hommes d'escorte avec la plus grande appréhension.

Il avait cru Louis plus futile que valeureux, et entièrement gouverné par un désir irraisonné de gloire. Il découvrait dans ce refus une âme plus forgée qu'il ne l'avait soupçonné.

Des croisées de son appartement par lesquelles elle regardait partir le duc d'Orléans et ses gens, la petite Anne demeurait perplexe. Elle avait cessé de jouer avec Antoine et Isabeau, et refermé son livre de la quête du Graal. Françoise brodait et se piquait les doigts derrière elle.

— Qu'est-ce ? demanda-t-elle en se levant.

— Le duc Louis s'en retourne.

Anne avait eu l'occasion de voir souvent ce cousin de son père et même de lui parler durant les banquets, les passes d'armes et les tournois auxquels elle assistait.

— Que penses-tu de lui ? se hasarda Françoise.

La fillette battit des paupières. Qu'est-ce que sa demi-sœur essayait de lui dire… ou de lui faire dire ? Elle écarquilla soudain les yeux.

— Père m'aurait-il encore fiancée ?

Elle avait, de sa petite voix claire qui coupait joliment chaque mot, insisté sur « encore ». Françoise se souvenait du soir où D'Orléans avait assisté en catimini au déshabillage d'Anne.

— Père a peur pour nous, c'est ça ? voulut savoir Anne.

La gouvernante entra. Noble femme de Bretagne, la Dinan avait bien tenté de cacher ses sentiments. Elle voyait plus loin que les hommes, et il était clair qu'elle désapprouvait une union avec un Français, à plus forte raison avec le premier prince du sang.

Elle adressa un regard glacial à Françoise, qui se retira incontinent ; Antoine et la petite Isabeau lui tournaient autour en riant tels deux lièvres ivres.

— Anne, déclara la comtesse, reprenons où nous en étions.

La fillette étendit joyeusement ses bras, car la leçon de danse avait été plus tôt interrompue. En sortant, Françoise croisa les musiciens et heurta du front la pointe d'un luth.

Pourquoi l'image de Louis d'Orléans et celle de Pierre, main dans la main, lui donnait-elle autant de plaisir qu'un vertige agrémenté de sueurs froides ? Des images issues de ses derniers cauchemars refirent surface, qu'elle lutta pour chasser. En désespoir de cause, croisant son chapelain, elle accepta de mauvaise grâce de le suivre dans la chapelle.

Le soir même, Louis d'Orléans distribua ses ordres. À Chaumard, son secrétaire, il demanda de se rendre à Rome pour faire avancer ses affaires auprès du pape Sixte IV. Enfin, à son chapelain, il remit un coffret contenant un bel anneau d'or.

Il le lui tendit en disant :

— Pour Anne…

Il laissa sa voix en suspens. Dunois le dévisageait. Pourquoi, en effet, n'avait-il pas offert ce jonc au duc François avant son départ de Nantes ? Mais Louis, s'il paraissait ouvert, bon prince et volontiers rieur, était aussi un être secret qui avait connu la peur, le rejet et les trahisons.

— Ah, mon ami! fit-il en souriant finalement à son cousin.

Puis, la chose étant entendue, ils se résolurent à rentrer en France — autant dire dans la gueule du loup — pour assister quasi de force au sacre du jeune Charles VIII.

CHAPITRE 9

Le rendez-vous

Le jeune homme raffermit le col de sa cape autour de sa nuque et pénétra dans le Grand Logis par une entrée dérobée. Cela faisait plusieurs nuits qu'il montait en silence les escaliers jusqu'au dernier étage. Là, il s'adossait au mur et écoutait les bruits nocturnes : souffles paisibles, ronflements sonores des dormeurs, va-et-vient furtifs de quelques domestiques insomniaques, pas cadencés des sentinelles, craquements de la toiture, grincement des planchers.

Ensuite, il se hissait sur les poutres de l'armature de la tourelle et tâtonnait, à la croisée de deux d'entre elles, pour voir s'il ne trouverait pas l'objet qu'il était venu chercher. Trois nuits plus tôt, il s'était emparé d'un peigne en os gravé et verni, et la semaine précédente, d'une broche en étain sur laquelle brillaient de fines pierreries aux reflets de nacre.

Pierre sourit en sentant sous ses doigts la patine d'un nouvel ustensile. Il l'approcha de son visage, l'observa à la seule lueur de la lune. Un peu étonné, il tourna et retourna le minuscule aquamanile. « Que veut-elle que j'en fasse ? » En effet, outre le fait que cet objet était une sorte de petit récipient dont on se servait lors des repas pour se laver les mains, il était sculpté en forme de cheval. L'eau sortait du sommet de la tête de l'animal, soit exactement entre ses oreilles.

Le garçon hocha la tête. Ainsi, la *fille* le mettait une fois de plus au défi. S'il avait bien compris son petit jeu, elle voulait qu'il revienne dans quelques nuits avec une copie. Déjà, Pierre lui avait remis un pastiche en bois du peigne. Il avait ce soir en sa possession sa propre copie de la broche — ainsi que l'original, qu'il devait maintenant rendre à sa propriétaire. Son sourire s'accentua, car cet échange, autant dire ce dialogue silencieux, s'était institué de la manière la plus étrange qui soit.

Il était venu une nuit... « Dans l'espoir de la revoir, avoue ! Avoue, espèce d'idiot ! » Il ne l'avait pas vue. « Seulement, j'ai trouvé le peigne. »

Tout d'abord, il n'avait pas compris. Il se remémorait l'affaire du médaillon ; le souvenir de ses blessures lui était revenu. Cette fille voulait-elle encore le voir fouetté ? Était-elle folle ? Il avait finalement pris le parti de lui damer le pion. Il prendrait l'objet, le copierait, puis le lui rendrait. Ce que, foi de Breton, il avait fait.

Toujours assis sur la poutre, Pierre laissa distraitement ses jambes battre l'air. Il n'écoutait plus les bruits secrets du Grand Logis, mais se revoyait dans sa soupente en train de sculpter patiemment la copie du peigne, puis celle de la broche. Des répliques assez grossières, car le matériau utilisé n'était pas le même. En plus, il n'était pas assez imbu de lui-même pour prétendre avoir autant de talent.

Quoique.

Force était d'admettre, pourtant, que son travail plaisait à la *fille*. En échange de ses « œuvres », elle lui laissait toujours une pièce en bronze ou alors à manger. Une dragée, par exemple — sucrerie que, même en travaillant aux cuisines, il ne pouvait se procurer sans risquer de se faire sévèrement punir.

Il songeait qu'il était en quelque sorte mis à l'épreuve et bien rémunéré pour sa peine, quand il entendit un petit rire retenu. Les muscles tendus, il fouilla la pénombre des yeux. Le rire s'égrena de nouveau, voilé, feutré — méprisant?

Pierre secoua la tête. Il devait perdre cette mauvaise habitude de croire qu'on se moquait de lui à tous les vents. Il ouvrit la bouche, gonfla sa poitrine, mais se retint de parler. La nuit portait loin le moindre souffle. Ce n'était pas le moment de se faire prendre.

— N'aie pas peur, murmura une voix.

Pierre leva instinctivement la tête.

— … et ferme les yeux, s'il te plaît.

Le garçon vit se balancer un jupon. L'espace d'un instant, il entraperçut la chair pâle d'un pied nu et celle, tendre et satinée, d'une cheville, le mollet et, plus haut, enfin, le nœud ferme d'un genou.

— De toute façon, je ne vois rien.

— Menteur.

Françoise était recroquevillée depuis une demi-heure sur la poutre maîtresse. Elle surplombait Pierre d'environ deux mètres, l'espionnant en silence sans bouger, sans presque respirer. Le garçon avait une chandelle dans sa poche. Françoise le devina.

— N'allume pas.

— C'est toi qui as peur.

— Ridicule.

Pierre ramena ses genoux contre son menton, les entoura de ses bras. Il n'osait poser la moindre question. En y faisant bien attention, il pouvait sentir le souffle de la fille couler sur ses cheveux. À moins, bien sûr, qu'il ne s'agisse uniquement de son imagination — chose qui ne l'aurait guère surpris.

Sans doute était-elle encore en chemise de nuit. Le soir, en effet, était tiède. Les insectes nocturnes et les grenouilles chantaient. Mêlés aux aboiements de quelques chiens errants, aux miaulements rauques des chats et aux ébrouements des chevaux, ces chants composaient une étrange mélopée. Celle que les gens n'entendaient pas, d'ordinaire. Une musique aussi secrète que leur rencontre.

Il se racla la gorge. Pour ne pas paraître encore plus stupide, il devait parler, prouver, en quelque sorte, qu'il était digne du petit jeu institué par la *fille*. Les mots, hélas, n'étaient pas son fort. Ils allaient et venaient dans sa tête — preuve qu'il en connaissait quand même une bonne quantité — sans qu'il puisse facilement se saisir de ceux, indispensables, pour composer de belles phrases. Du genre de celles que prononçaient les nobles, les courtisans et mieux encore le comte de Dunois, le duc François II et surtout — et avec quelle belle aisance ! — Louis d'Orléans.

Où donc était passé le Pierre sûr de lui qui aimait le danger ?

Françoise toussota.

— Tu es très doué, souffla-t-elle.

Le garçon mit deux secondes à comprendre qu'elle parlait de son petit talent de sculpteur. Il se demanda si elle utilisait la copie du peigne qu'il avait patiemment sculpté pour elle. Sans répondre, il tendit à bout de bras le gobelet en étain qu'elle avait, ce soir, déposé sur la poutre.

— Je ne travaille que le bois, dit-il.

— Et si tu avais un autre matériau à ta portée ?

Il chercha ses mots, renonça.

— Tu ne parles pas beaucoup, toi.

Pierre se renfrogna. Les dames, il le savait, aimaient l'art de la conversation. C'est en parlant de tout et de rien qu'elles avaient donc l'impression d'exister ou alors d'échapper à leur vie ? En fait, il était loin d'imaginer combien, au contraire, Françoise appréciait ce silence, cette retenue.

Il entendit un tintement, ramena son bras, sourit benoîtement. Françoise avait déposé une pièce de bronze dans le gobelet. Il hocha la tête. S'il saisissait bien, on le chargeait d'une nouvelle commande. Il se demandait quelle essence de bois il pourrait bien cette fois utiliser quand un bruit de pas furtif résonna.

Précédées par le halo jaunâtre de la lueur d'une bougie, deux femmes apparurent sur le seuil juste en dessous d'eux. La première était enveloppée dans une cape, son visage entièrement dissimulé sous une mantille de soie noire. La seconde était une servante en bras de chemise. Elle portait une courte cape munie d'un capuchon qui cachait également sa chevelure. De main en main, elles échangèrent un pli cacheté.

— Pour qui tu sais, souffla la dame.

Au moment où la servante prit le message, son avantbras jaillit de sa manche bouffante. Pierre vit, car la chandelle qu'elle tenait dans son autre main était proche, qu'elle arborait un tatouage au motif particulier sur le côté du poignet. Puis, aussi furtivement qu'elles étaient apparues, les femmes s'en furent. La dame dans le couloir, la servante dans les escaliers.

Cet événement surprenant en soi, car il était fort inhabituel qu'une noble dame envoyât ainsi sa domestique en mission en pleine nuit, jeta un froid sous la tourelle.

Françoise ne semblait pas avoir remarqué le tatouage. Elle restait néanmoins songeuse. Elle avait en effet trop conscience de vivre au cœur d'un nid tissé d'intrigues pour songer que ce pli n'était qu'une vulgaire lettre d'amour. Elle décroisa ses longues jambes et rougit en se rendant compte qu'elle avait, cette fois-ci, oublié de demander à Pierre de détourner le regard.

Elle prit appui sur la poutre avec les mains, descendit d'un niveau dans l'armature, s'assit à côté du garçon l'espace d'un battement de cils, le temps de respirer son odeur et de plonger délicieusement dans le bleu si pur de ses yeux.

Pierre sentit son épaule effleurer celle, douce et ronde, de la *fille*. Il était conscient de sa présence, et plus encore du léger parfum d'eau de rose qui émanait de son corps. Juste avant de sauter au sol, elle posa sa main sur la sienne.

— Je dois partir.

Avant de disparaître dans le couloir, elle chuchota encore :

— Je m'appelle Françoise, tu sais.

La lune baignait la cour. Ce soir, le ciel était dégagé. L'homme du guet ânonnait les heures. Tout était calme dans l'enceinte. Pierre rêvassait et n'était pas certain, malgré les affirmations de la sentinelle, que tout allait si bien.

Il descendit de son perchoir ; la piécette tintait dans le gobelet. Il la fourra dans sa poche et renifla. Encore quelques petites sculptures, et il pourrait se racheter une vieille barque que Simon et lui retaperaient. Tout serait à nouveau prêt pour cet été.

« Oui, ajouta-t-il in petto, avant le retour des froidures. »

CHAPITRE 10

La leçon de fer

Quand il ne travaillait pas en salle, Pierre touchait un peu à tout aux cuisines. Tantôt il lavait les ustensiles, tantôt il remuait la pâte et aidait les pâtissiers. Parfois même, il relayait le tournebroche, une tâche des plus rebutantes à cause de la chaleur insupportable que dégageait l'âtre. Souvent, le garçon avait l'impression qu'on l'essayait un peu au hasard juste pour obéir aux ordres du conseiller Montauban.

Pierre n'avait pas oublié que c'est sur sa suggestion qu'il avait accepté de s'éloigner de ses chers chevaux. Depuis, la nature avait fait son œuvre. Son jeune corps reprenait du mieux. Sa blessure à l'aine, qui l'avait un temps inquiété, s'était cicatrisée. Le garçon n'aurait pu dire s'il devait cela à sa vigueur naturelle ou bien à l'onguent préparé par Françoise.

Ce matin-là, il descendait aux cuisines quand un militaire l'entraîna de force dans une arrière-cour. Pierre s'y rendit plein d'appréhension. Le souvenir du pli donné de main à main, la silhouette de cette dame au visage voilé lui revenaient. Françoise était partie tout de suite après cet incident. Avait-elle suivi la dame ? Cette dernière, ou bien Françoise elle-même, avait-elle été arrêtée ?

« Si elle a parlé, se dit Pierre, on sait maintenant que j'étais avec elle. »

Ils passèrent sous une porte cochère. Située en arrière du Grand Logis, l'ancienne cour devait bientôt servir de base à un nouveau corps de bâtiment. En attendant, ce n'était qu'un bout de terrain où paissaient les animaux de basse-cour.

Le soldat disparut aussi vite qu'il avait surgi. Une voix brève cloua alors le garçon sur place :

— Tu es le fils de Jean Éon Sauvaige ?

Pierre avait toujours eu du front. Si son heure était venue de mourir, il était prêt.

— Oui, répondit-il sans détour.

Un homme sortit de l'ombre. Le soleil se levait. Le cerveau encore embrumé d'avoir si mal dormi, Pierre sentit son estomac vide se serrer.

Il ne fut pas étonné de voir surgir un capitaine de la garde ducale. Sans doute l'événement de la veille était-il lié à une intrigue de cour à laquelle se livraient des nobles. Une épée fut plantée dans le sol meuble devant lui.

— Tu sais t'en servir ?

Pierre ne savait pas ou alors si peu. Surpris qu'on lui donne une chance de défendre sa vie, il s'empressa de la ramasser.

L'homme portait le surcot marron et bleu frappé de l'écu de la maison des Montfort. La quarantaine, brun de cheveux comme de peau, son visage étroit était fendu d'un regard vert qui mettait mal à l'aise. Un nez crochu, une bouche aux lèvres à peine dessinées et un menton balafré et mal rasé complétaient son portrait.

Il tendit un bras. Une longue épée se trouvait dans son prolongement. La lame de Pierre vint l'accoter.

— Bien, fit l'homme en émettant un petit sifflement admiratif. Sais-tu qui je suis? ajouta-t-il.

Pierre l'ignorait. Ce qui ne l'empêcha pas de suivre la lame de son adversaire et de bloquer d'instinct plusieurs bottes simples.

— Tu sais y faire.

Pierre rythma ses pas et sa position, genoux mi-fléchis, sur ceux de l'homme.

— Je suis André Le Guin, capitaine de la garde de monseigneur, déclara le militaire d'un seul souffle.

Il tenta d'atteindre Pierre au front du plat de son épée. Le garçon glissa de côté tout en gardant sa lame de biais, ce qui déséquilibra le capitaine. Celui-ci le complimenta :

— Bien, bien.

Il recula de trois pas et fit à Pierre la démonstration d'une série de mouvements de lame qui ressemblait un peu à un ballet.

— Tout est dans le poignet et dans l'élan que l'on se donne avec les chevilles. Genoux bas, le regard fixé non pas dans les yeux de ton adversaire, mais à quatre doigts derrière sa tête, dans le vague. Tu me suis?

Pierre n'était pas certain.

— Qui êtes-vous? voulut-il savoir.

— Je te l'ai dit.

Le garçon renifla. Le Guin, alors, rit de bon cœur.

— Je connaissais ton père.

« Nous y voilà… »

Ils se mirent de nouveau face à face, croisèrent leurs lames, entamèrent une série d'attaques latérales.

— L'espace autour de toi, haleta André Le Guin. Garde-le libre.

Il avisa une bûche, la souleva de la pointe de sa botte, puis la projeta vers la tête du garçon. Pierre l'entendit siffler près de son oreille gauche.

— Sers-toi de tout ce qui se trouve à ta portée.

— Pourquoi?

Le Guin s'immobilisa. Il cherchait une réponse à la question quand Pierre ajouta :

— Pourquoi cette leçon?

Ce fut à l'autre de renifler.

Les deux lames grincèrent furieusement l'une contre l'autre. Pierre fut obligé de reculer. Son soulier à semelle de bois ne valait pas les bottes du soldat. Il tomba le visage dans une mare de boue.

Le Guin planta son épée dans le sol.

— Première leçon, garçon!

Il ramassa l'épée qu'il avait prêtée à son élève et s'en fut.

— Attendez! s'écria Pierre.

— Nenni. Les cuisines t'attendent.

Pierre demeura seul dans la cour. Des poules avançaient par petits groupes. Des enfants échevelés, fils et filles de domestiques, leur jetaient des poignées de graines en riant. Au bout d'un moment, il s'en retourna, la tête pleine de questions demeurées sans réponses.

* * *

D'une croisée, Françoise avait tout vu. Elle se rendait par une étroite galerie dans la salle d'étude quand elle avait reconnu le bruit si particulier des lames qui s'entrechoquent. Croyant en un règlement de compte, elle s'était raidie en reconnaissant Pierre aux prises avec un officier.

Elle avait tout de suite pensé que le garçon était puni pour avoir été surpris, la veille, dans la tour du Grand Logis. Mais plus elle les observait, plus l'affrontement ressemblait à une leçon.

Oubliant qu'on l'attendait, Françoise se laissa séduire par ce combat improvisé. Certes, la grâce et la fluidité des mouvements n'étaient pas au rendez-vous. Il s'agissait davantage d'échanges brefs entrecoupés de commentaires de la part du capitaine. Doucement, Françoise entrouvrit le carreau et se prit à rêvasser qu'elle aussi maniait l'épée. Hélas, le bavardage incessant des serviteurs, lingères et laquais l'empêchait de saisir le sens exact des paroles.

La leçon terminée, la jeune fille resta sur son quant-à-soi. L'heure courait. Elle se hâta jusqu'à la salle où la comtesse l'accueillit avec fraîcheur. Toute haletante, Françoise échangea une œillade avec Anne, qui taillait sa mine sans remarquer qu'une des croisées s'ouvrait sur la cour...

La gouvernante ouvrit son livre. La matinée devait être consacrée à la grammaire et à des exercices de son cru. Françoise, elle, se remit à son ennuyeuse broderie. Durant toute la leçon, la Dinan, qui lisait à voix haute, ne cessa de lui décocher des regards interrogateurs sinon franchement mauvais.

Une troisième personne avait assisté à la leçon d'épée. Debout devant la fenêtre de son office, le grand trésorier Landais mettait de l'ordre dans ses dossiers, car il devait rencontrer le duc pour sa première audience de la journée. Le raclement des lames l'avait tiré de ses réflexions.

Il reconnut Pierre et se renfrogna aussitôt. Il n'aimait pas ce garçon insolent qui était entré dans le microcosme formé de lui-même, du duc François, du comte de Dunois et surtout du prince-duc Louis d'Orléans. En faisant sa petite enquête, Landais avait découvert de qui ce garçon était le fils : cet autre Éon Sauvaige pour lequel le duc François gardait de la nostalgie sinon de l'estime, et il en avait été très contrarié.

Ce qui ennuyait le plus Landais, cependant, était que Philippe de Montauban, son ennemi juré parce que son concurrent direct dans l'affection et la confiance du duc, semblait tenir ce garçon en haute estime. À cause sans doute de son geste héroïque le matin de l'invasion du château — on lui avait raconté l'anecdote. Ou bien pour une tout autre raison que Landais se promit incontinent d'éclaircir.

Soudain, il éclata de rire. Pourquoi s'inquiéter d'un garçon initié en cachette au métier des armes ? Car après tout, avait-on déjà entendu parler de soldats qui vivaient vieux en cette époque sombre de troubles !

CHAPITRE 11

Une annonce fort à propos

La salle de banquet retentissait de rires et de conversations feutrées. Étaient réunis dans un faste digne des princes arabes tous les dignitaires du duché. Des airs de viole et de flûte accompagnaient les convives dans leur repas. Et si des poètes comme Jean Meschinot tentaient, dans cette folle allégresse, de déclamer quelques vers romantiques, c'est qu'ils étaient entourés de jolies dames et qu'ils buvaient du vin.

Pierre et les autres commis du service de bouche parvenaient à peine à se frayer un passage. Tantôt avec des plats de civelles en sauce encore toutes frétillantes agrémentées de poulardes au vin, tantôt les mains pleines des reliefs du repas ou bien chargées de cuvettes en étain qui permettaient à tout ce monde de se rincer les doigts et même d'y tremper, ce qui était fort inconvenant, son menton taché de graisse.

Des montreurs d'animaux ainsi que des jongleurs et des ménestrels allaient de table en table pour divertir les invités, dont Jean Du Perrier, Pierre de Villeblance et Jean Le Bouteiller, les amis de Jean de Rohan et du maréchal de Rieux — ces derniers étant toujours officiellement bannis de la cour.

Pierre se faisait un devoir de ne pas tendre l'oreille à ce qui se disait. Surveillé par le chef cuisinier dont les nerfs étaient ce soir à fleur de peau, il avait ses propres raisons de ne vouloir commettre aucune erreur. Tâche ô combien difficile, surtout lorsqu'il devait servir ou desservir la table des dames et qu'il passait derrière Françoise, qui feignait de ne pas le remarquer.

La jeune femme discutait de toilettes, de bijoux et de brossage de cheveux tantôt avec la duchesse Marguerite, qui faisait elle aussi la navette entre sa table et celle de son mari, tantôt avec la jolie Awena, qui se targuait, néanmoins gentiment, de vouloir tenir le rôle de la « reine des dames », mais seulement, aimait-elle le dire en riant, en l'absence de Marguerite.

Le jeune homme sentait bien que sous cette atmosphère festive se cachaient des tensions d'origine politique. Cependant, les vins blancs de Pallet coulaient à flots, et les conversations évoquaient pour la plupart des sujets banals, voire futiles. Ici, des marchands s'inquiétaient des hausses de prix pour les nouvelles livraisons de draps venus d'Italie. Là, quelques nobles partageaient leurs misères de devoir pousser leurs paysans à travailler « à coups de bottes », les serfs n'aimant guère qu'on les presse en quoi que ce soit. Pierre surprit même une tirade concernant les quotas de sel que l'on tirait des marais de Guérande.

Ce qui dérangeait le plus le jeune homme était pour l'heure l'indifférence affichée de Françoise. En même temps, il se morigénait : qu'était-il en droit d'attendre d'elle ? Ils n'étaient rien l'un pour l'autre. Quelques rencontres furtives de nuit ne constituaient pas l'ombre d'une relation. Et cet échange d'objets qu'il sculptait pour elle ne rimait pas à grand-chose, surtout lorsque Pierre songeait à leur différence de condition.

Il croisa le regard à la fois profond et serein de Philippe de Montauban. Cet homme discret lui était fort sympathique. Peut-être ce ministre louait-il en retour le courage dont il avait fait preuve lors de la révolte des barons ?

Les complices de ces nobles étaient pourtant présents, ce soir, à la table du duc ! Ils dévoraient à belles dents ses gibiers et engloutissaient les vins de sa cave. Vraiment, la politique était un jeu complexe et dangereux. Pierre était heureux de n'être qu'un simple palefrenier et, songea-t-il avec une joie secrète, un futur homme libre…

Il resservait Jean Du Perrier pour la troisième fois au moins lorsqu'une tirade lui hérissa le poil. Ces hommes à moitié ivres parlaient plus fort pour couvrir le bruit des agapes voisines.

— Le temps est venu de prendre parti, disait Jean Le Bouteiller.

Le seigneur glissa un regard sombre en direction de la table du duc. C'est ce regard, surtout, qui donna froid dans le dos à Pierre. En regagnant les cuisines, il constata que ses mains tremblaient. Il passa près de Montauban. Alors qu'il desservait son plat de civelles, le conseiller lui prit le bras.

— Tu es bien pâle, mon jeune apprenti chevalier !

Ces paroles jetèrent le trouble dans l'esprit de Pierre. Était-ce Dieu possible que ses séances d'entraînement à l'épée, avec Le Guin, soient connues du conseiller ?

Il s'en retourna vers la table des dames, où l'on réclamait encore à boire. Awena était rouge et déjà fort ivre. Pierre fit un effort pour poser les yeux ailleurs que sur les corsages ouverts et la chair opulente et palpitante des dames. Françoise lui donna un petit coup de pied. Sans un mot, ils eurent — Pierre le crut, du moins — un bref échange de paroles muettes.

La jeune fille s'inquiétait-elle, comme Philippe de Montauban, de sa pâleur soudaine ? Elle lui remit elle-même son plat dans les mains. Sur le chemin des cuisines, Pierre s'aperçut qu'elle avait aussi glissé dessous un petit carré de parchemin. En regagnant les cuisines, il se cogna malencontreusement à une servante qui s'en revenait, l'air essoufflé. Il était tant désorienté qu'il ne remarqua d'elle que le lourd parfum capiteux dont elle s'était aspergée. Sa pensée immédiate fut que cette drôlesse était une coquette en mal de séduction.

Il se cacha ensuite derrière le four en voûte, puis déplia le message. Un marmiton s'essuya les mains sur les pans de sa tunique.

— C'est un mot d'amour ? gloussa-t-il.

— Tu sais lire, va-nu-pieds ! le rabroua le chef cuisinier.

Pierre froissa la missive. Son expression était de marbre. Non à cause du message lui-même, mais parce qu'il était effectivement incapable de le déchiffrer et que ça se voyait sur son visage. Son impuissance raviva sa rage et sa honte. Il songea à Françoise. Que tentait-elle de lui dire ?

Lorsqu'il retourna dans la salle, un silence de mort y régnait. Les ménestrels, les musiciens, les poètes même s'étaient tus, comme d'ailleurs les convives, statufiés par l'attitude méprisante des grands barons. Pierre chercha la source de ce refroidissement et vit qu'un homme de bonne taille à l'air hautain s'était nouvellement joint à la table du duc.

Pierre le reconnut pour l'avoir déjà vu en compagnie de François II. De solide apparence, vêtu d'un manteau de velours vert émeraude rehaussé d'un col en fourrure et coiffé d'un bonnet en feutrine noire, il se tenait debout près du duc et soutenait avec arrogance le regard enfiévré que lui décochaient les nobles.

Le grand trésorier Landais s'était finalement joint au banquet après une longue et pénible journée, enfermé dans son office à travailler.

Il y eut un long moment de flottement dans la salle. Puis, d'un commun accord, une demi-douzaine de nobles quittèrent la fête sans un mot ni même un salut pour leur suzerain. Cette attitude contraire à tous les usages sema le désarroi.

Le duc François, comme le conseiller Montauban, reçut l'affront de plein fouet. Toujours ouvert à la conciliation, le duc invita ses hôtes à demeurer au banquet.

Il frappa dans ses mains, commanda nerveusement :

— Restez, mes amis ! Du vin, de la musique !

Mais ses paroles furent enterrées sous le cliquetis des bottes ferrées et celui des fourreaux qui battaient aux hanches.

Landais restait de glace. Si une poignée de nobles se sentaient insultés par sa seule présence, par *Mamm gozh ar Vretoned*[1] ! qu'ils aillent finir ripaille ailleurs ! Bien embarrassé, le duc cligna des paupières. Sa femme, Marguerite, posa sa main sur la sienne. Anne aussi était présente, de même que d'Avaugour, assis néanmoins tout en bas de la table d'honneur, et qui vidait chopine sur chopine.

C'est alors que, profitant du silence, la comtesse de Dinan-Laval leva son verre et fit une annonce :

— Monseigneur, lança-t-elle à l'adresse du duc, j'ai pour vous divertir une nouvelle qui devrait vous plaire...

---

1. Sainte-Anne, grand-mère de Jésus-Christ et patronne des Bretons, en langue bretonne.

Elle laissa sa voix en suspens. Son regard de vipère glissa sur Françoise.

— J'ai l'honneur de vous annoncer qu'un de mes cousins, le noble sieur Raoul d'Espinay-Laval, m'a avoué son désir de s'unir à Françoise, votre fille !

L'annonce roula sous les voûtes de la salle. Il sembla à Pierre que les têtes de cerfs accrochées aux murs lui souriaient méchamment. Le duc saisit l'opportunité qui lui était offerte de se remettre de la défection de ses barons, et répondit d'une voix mal assurée :

— C'est en effet une joie pour nos oreilles, belle amie. Il faudra que nous en discutions. En attendant, vous transmettrez nos salutations à votre cousin.

Cela étant dit, la tension baissa d'un cran. Landais prit place aux côtés du duc ; la Dinan se rassit également. Nouvel échange de regards acrimonieux entre elle et Françoise… La musique et les jeux reprirent. L'échanson personnel du duc remplit sa coupe. Seules trois personnes demeuraient sous le coup de cette annonce. Françoise s'en fut sans un mot en lançant, Pierre le crut en tout cas, plusieurs œillades effarouchées dans sa direction. Philippe de Montauban vit l'air de triomphe qu'arborait la comtesse et se rembrunit. Le garçon ressentit, lui, comme un coup de poing à l'estomac.

Bien après la fin du banquet, alors qu'il se cachait dans un réduit pour tenter, encore et encore, de déchiffrer le message de Françoise, Pierre surprit ces mots échangés entre le duc François et son grand trésorier :

— Du Perrier, Sourléac, Villeblance et les autres vous ont révélé ce soir leur complicité avec les autres barons, monseigneur. Il n'est plus permis, désormais, de croire en leurs bonnes paroles.

— Je crains, mon ami, répondit François II, que ce ne soit à vous qu'ils en veuillent le plus.

— Ils croient que c'est moi qui les tiens à tout prix éloignés du conseil.

Le duc posa sa main sur celle de son trésorier.

— Nous le voulons tous les deux.

— Certes. Cependant, ils pensent mordicus que la chose vient uniquement de moi.

Il se tut, avala difficilement sa salive, comme s'il venait d'avoir un mauvais pressentiment. Puis, il reprit avec courage :

— Et c'est très bien qu'ils le pensent, monseigneur. Cette méprise vous protège et me désigne à leur vindicte. Je crains par contre qu'ils ne rejoignent Rieux et Rohan, et n'écoutent le chant des sirènes venu de madame la régente.

François opina. Il songea au duc Louis d'Orléans qui était forcé, depuis le sacre du roi, de faire bonne figure à la cour. Louis restait néanmoins en étroit contact, par courrier secret, avec lui. Cependant, il demeurait tout comme lui les mains liées.

— Mon ami… répéta le duc en souriant à son grand trésorier.

Landais travaillait à la grandeur et à la sauvegarde de l'autonomie du duché. Pour cela, il combattait l'influence des barons, toujours enclins à se disputer et à tenter d'affaiblir le pouvoir central pour leur seul bénéfice. François se savait d'autre part entouré d'espions payés par Anne de Beaujeu et son époux. Il savait également qu'il marchait en quelque sorte sur une corde raide.

— Si les barons se rallient à la France… fit Landais en suivant la pensée du duc.

— Je les ai déjà punis. Nous les avons punis.

— Chacun de ces hommes possède aussi des terres en France, monseigneur. Ce que vous leur enlevez ici, la régente leur rend là-bas. Je crains de nouveaux troubles pour bientôt.

Le duc grimaça. Ses douleurs dans le ventre et au dos se ravivèrent. Les contrariétés lui gâchaient souvent la digestion et ruinaient ses entrailles. Cela se traduisait par des fièvres malignes qui le laissaient ensuite sans force. Ces épisodes de maladie entretenaient l'idée qu'il ne vivrait pas vieux, et ses ennemis tablaient là-dessus pour l'affaiblir encore davantage.

Accompagnée par la comtesse, Anne vint à les croiser. François prit brièvement sa fille et héritière dans ses bras, posa deux bises retentissantes sur ses joues rondes. Elle l'appela avec candeur et affection « mon papa » en le regardant avec ces yeux qui semblaient parfois pouvoir transpercer les choses et les êtres. Chacun se salua, et le duc remercia encore la gouvernante pour son annonce qui était tombée à point nommé.

Elle inclina la tête en répétant le vœu de son cher cousin. Françoise était en âge de se marier, et cette alliance toute bretonne renforcerait les liens entre les Montfort et les Laval.

Pierre écoutait avec effroi. Il commençait aussi à sentir des démangeaisons consécutives à sa trop longue immobilité. Lorsque ces illustres personnages s'en furent allés, aussi songeur et inquiet qu'une belette à la veille de l'hiver, il regagna sa soupente. À tel point que Simon, qui ne dormait pas, s'enquit, après qu'il lui eut tout expliqué :

— Est-ce que ça change quelque chose pour nous ?

Pierre réfléchit, puis répondit silencieusement non du menton.

Simon bougea sur sa couche de vieux grains jusqu'à ce qu'il trouve une position à son goût et s'endormit, enfin rassuré.

Pierre se répétait qu'en effet, cela ne changeait rien. Françoise était la fille du duc — bâtarde, certes, mais quand même ! —, et lui… Sachant que son ami ne savait pas plus lire que lui, il froissa de nouveau le message dans sa main.

Au même moment, Françoise et son frère regagnaient chacun leur chambre.

— Tu es ivre, se plaignit la jeune fille en soutenant le grand jeune homme pâle.

— Certes. Mais toi, tu ne l'es pas assez.

Il ricana.

— J'ai bien entendu, sœurette ! Ainsi, la comtesse entend bientôt se débarrasser de toi.

Elle le repoussa.

— Tu empestes le parfum de drôlesse.

CHAPITRE 12

Une chaude nuit d'été

Le coassement des grenouilles et des crapauds laissait croire que les rives de la Loire étaient un pays à part, retiré du monde des hommes. Le flot tranquille, la surface moirée semée d'une fine poudre d'argent jetée en paillettes par la lune appartenaient aux ondines. Une silhouette avançait en bordure du sentier. Lorsque montait le bruit d'un charreton conduit par un marchand, elle se cachait dans les herbes hautes.

Elle atteignit un bras d'eau planté de joncs. Tendant le cou, elle considéra avoir marché plus d'une lieue et demie en aval du château, en dehors des murs de la ville. Son cœur battait sourdement dans sa poitrine, son souffle était court. Pourtant, elle était décidée. Son paquetage à la main, elle continua à avancer et à chercher, le long des berges, cet endroit précis dont on lui avait parlé.

Elle entendit un bruit de pas, se retourna… La lame d'un poignard pesa soudain sur sa gorge.

— Toi ! s'écria une voix masculine.

Françoise éloigna l'arme de son cou avec le doigt et dévisagea Pierre.

— Moi ! rétorqua-t-elle.

La fille aînée du duc était méconnaissable. Vêtue d'une vieille robe de paysanne, chaussée de galoches crottées, un fichu en dentelle troué sur la tête, elle ne payait pas de mine. Simon sortit des buissons. La nuit était sombre. Les feux allumés par les vigies de la ville étaient trop éloignés pour que l'on puisse lire sur les visages. En reconnaissant Françoise, le gros garçon lâcha un juron bien trempé. Pierre posa une main sur l'épaule de son ami.

— Laisse-nous, tu veux.

L'autre ronchonna, mais obéit.

— Tu es folle ! siffla Pierre. J'ai failli t'égorger.

Françoise secoua ses longs cheveux. Ses mèches blondes voletèrent sur son front et ses épaules, ne laissant paraître qu'un de ses yeux à la fois, son visage pâle et étroit et sa bouche aux lèvres un peu trop larges.

— Tu n'as rien compris, l'autre jour, n'est-ce pas ? lança-t-elle.

Pierre secoua la tête.

— Au banquet ! insista-t-elle. Mon message !

Elle plissa ses lèvres. Avant même que la Dinan ne fasse son annonce, Françoise avait su, par ses cauchemars, qu'on lui cherchait un fiancé. Dans son pli, elle demandait à Pierre… son secours !

Comme il ne réagissait toujours pas, elle songea à le repousser. L'un et l'autre se rendirent compte, alors, qu'ils étaient très proches, presque à se toucher. D'ailleurs, ils se touchaient. La poitrine de la jeune fille effleurait le torse du garçon, leur visage n'était qu'à un doigt l'un de l'autre, et le souffle cadencé de Françoise coulait sur le menton de Pierre.

— Je… commença-t-il.

— Tu ne sais pas lire, c'est ça ?

Elle battit des cils.

— Je comprends. Ce n'est pas grave, reprit-elle aussitôt. Ce qui est grave, c'est…

Elle repensait à cette déclaration à l'emporte-pièce de la gouvernante. Raoul d'Espinay…

Quelque chose céda en elle. Une faille cachée dans sa cuirasse. Une fêlure inconnue dans sa froide détermination. Elle se hissa sur la pointe des pieds, posa ses mains ouvertes et tremblantes sur la poitrine de Pierre.

— On dit que ce Raoul est vieux et perclus de goutte, qu'il a plus de quarante ans ! Je… C'est venu si vite !

Elle baissa la tête, la releva aussitôt.

— C'est décidé, je pars avec vous.

— Impossible, répondit Pierre.

— Mais tu es libre ! Tu descends le fleuve. Ensuite, c'est la mer.

Il répéta qu'il n'en était pas question. Simon les guettait. Cette aventure, ils l'avaient rêvée à deux, tout seuls, depuis trop longtemps.

— Tu saisis ?

Il ajouta :

— Et puis, tu es la fille du duc.

— Je suis une bâtarde.

— Non, non, nous serions traqués, pourchassés.

— Personne ne se soucie de moi. Si je pars, la Dinan sera bien contente. Ils m'oublieront vite.

— Et ton père ! Tes frères ! Tes sœurs !

Elle haussa les épaules. Quitter Anne, Isabeau, Antoine et leur père était ce qui la chagrinait le plus. Mais se donner à un vieillard qui puait de la gueule était au-dessus de ses forces.

Pierre réfléchissait à toute allure. Finalement, il recula.

— Impossible, répéta-t-il. Désolé.

Françoise se cabra.

— J'ai financé votre expédition ! Votre nouvelle barque ! Vos avirons ! Toutes vos affaires !

— J'ai travaillé dur.

— Obstiné, hein ?

— Breton.

— Par le Christ, Pierre, moi aussi !

C'était la première fois qu'elle l'appelait par son prénom. Cette attention, certes jaillie dans l'urgence et l'émotion, faillit faire fléchir le garçon. Mais Simon tapait du pied. On venait sur le chemin. Le garçon renversa Françoise sous lui et posa sa grande main sur sa bouche.

La patrouille de soldats passa. Ils étaient à moitié ivres, avançaient en titubant et se racontaient des farces grivoises. Les secondes, puis plusieurs minutes s'écoulèrent ainsi. Les deux jeunes gens étaient toujours étroitement enlacés, immobiles.

L'alerte avait été chaude. C'était en tout cas ce dont Pierre voulait bien se persuader. Françoise épousseta sa robe froissée comme si elle portait encore une de ses belles tenues de velours côtelé.

— L'été se termine, bredouilla Pierre. Nous devons partir cette nuit, sinon il sera trop tard.

— Je ne serai pas encombrante. Vous chasserez, je ferai la cuisine.

Encore pleine d'espérance, Françoise souriait.

— Ce serait folie, répéta Pierre en l'écartant.

Elle résista. Les mains ouvertes du garçon pesaient délicieusement sur ses seins.

— Tu sais te battre, insista-t-elle. Tu pourrais nous défendre, nous apprendre !

Ils restèrent l'un en face de l'autre dans la chaude nuit d'été et la valse aigrelette des insectes. Ces instants de tous les possibles étaient fragiles. Françoise saisit les poignets de Pierre et pesa plus encore de son poids sur ses grandes mains enveloppantes.

Deux obstinations s'affrontaient. Il leur semblait vivre ce moment avec plus d'intensité, encore, que tous les précédents. Françoise inspirait profondément. Elle jouait ainsi d'un autre atout, très féminin, qui troublait encore davantage le jeune homme.

Les sensations qu'ils ressentaient étaient réelles, vives, enivrantes. Elles les réchauffaient de l'intérieur. Un moment, caresse à peine esquissée, les mains de Pierre se crispèrent sur la poitrine de Françoise. Elle gémit doucement sans baisser les yeux.

— Je me ferai toute petite, implora-t-elle.

Pierre sembla revenir d'un long voyage. Il recula. Ce mouvement lui coûta plus qu'il ne l'aurait cru. Mais Simon piaffait d'impatience.

Les bras ballants, il resta immobile. Ils ne se connaissaient finalement pas tant que ça. Ils s'étaient à peine croisés et parlé…

Comprenant qu'elle ne pourrait faire changer d'avis ce « crétin obstiné de jeune Breton ridicule qui ne savait pas voir sa chance ni saisir son bonheur ! », comme elle le pensait, Françoise aussi revint sur terre. Elle fit claquer sa langue de dépit et se détourna. Elle ne voulait ni pleurer ni supplier encore. Elle ne pouvait pas, non plus, raisonnablement lui en vouloir.

Sauf qu'elle n'était pas obligée de le lui montrer.

Sans s'en apercevoir, peut-être, Pierre avait de nouveau saisi sa main. Avant qu'elle n'en ait plus le courage, elle se libéra d'un geste brusque. Et comme il était de mise, dans sa famille, de jouer à fond tous les registres du drame, elle lâcha sur un ton sévère :

— Très bien. Alors, allez au diable, tous les deux ! Que les civelles vous bouffent les tripes !

Elle partit en courant, tomba, se releva, glissa, s'agrippa et disparut dans les herbes.

Pierre était dans tous ses états. Après le trouble et la chaleur dans son ventre vinrent la culpabilité et la colère. Qu'espérait-elle ? Qu'il mette leur projet en péril en s'encombrant d'une fille ! D'une fille de duc, par-dessus le marché !

Simon le rejoignit. Ils se toisèrent.

— Ne dis rien, surtout, le menaça Pierre. Partons.

Le gros garçon retourna au bateau et sortit les rames. Ils étaient fin prêts. Bagages pliés, itinéraire conçu, résolutions prises. Simon sentait déjà l'air salin de la lointaine côte atlantique quand Pierre, changeant finalement d'avis, lâcha un brusque juron et courut chercher Françoise…

CHAPITRE 13

La messagère de l'ombre

Octobre 1484

Pierre vérifia que les palefreniers étaient bien endormis sur leurs paillasses — la cruche de mauvais vin qu'il avait emprunté aux cuisines faisait des merveilles! Puis il s'assit et attendit…

Au même moment, Françoise sortait de chez elle sans un bruit. Dans les couloirs du Grand Logis allaient et venaient encore quelques serviteurs. Elle avait souhaité le bonsoir à son père et aidé Marguerite et Awena à coucher Anne, Antoine et Isabeau — leur gouvernante, souffrante depuis quelque temps, s'était retirée chez son fils, sur ses terres de Laval.

Françoise traversa la cour. Sur les chemins de ronde veillaient les sentinelles. Une bonne odeur de viande grillée montait des feux allumés par les gardes en poste sous le porche menant au pont-levis. L'air était vif. Sur ses ailes voyageaient des notes de musique jouées par quelques troubadours. Il en fallait du temps, le soir, pour que s'endorment les centaines de gens, courtisans et autres qui composaient la faune de la cour ducale! En vérité, Françoise n'en pouvait plus d'attendre…

Aussi discrète qu'une souris, elle longea la façade. Frissonnait-elle de froid ou bien d'excitation?

Elle cogna au battant de l'écurie. Un bras jaillit et la tira à l'intérieur. Elle se retrouva aussitôt contre Pierre et chercha incontinent ses lèvres. Leur amour, puisqu'il fallait mettre des mots sur ce qu'ils ressentaient l'un pour l'autre, datait de cette nuit d'été, sur les berges de la Loire : leurs premières caresses et leur toute première dispute!

Pierre la plaqua contre une poutre. Là, entre les chevaux et l'air chargé des fumets de tourbe, de crottin et de paille, ils s'embrassèrent jusqu'à haleter. Ils n'avaient encore jamais osé aller plus loin que des caresses et quelques attouchements. La virginité d'une drôlesse était une chose; celle d'une dame, même d'une bâtarde, en était une autre.

Depuis l'été, le projet de mariage avec le baron Raoul d'Espinay-Laval n'avait heureusement guère avancé. Cela était d'une part le fait du duc, occupé à régler de bien plus graves problèmes, et d'autre part de l'indisponibilité du sup-posé fiancé, qui ne s'était pas encore montré le bout du nez à la cour. Étrange manquement aux convenances qui laissait présager à Françoise que ces épousailles n'avaient été, depuis le début, qu'une diversion destinée à faire oublier le départ blessant des barons et aussi à l'inquiéter — elle! Une méchanceté de plus de la part de la Dinan, laquelle suppor-tait mal sa présence et son influence auprès d'Anne, qui aimait visiblement beaucoup son aînée.

Les lèvres de Pierre étaient à la fois tendres, douces et charnues. Le malappris y allait d'instinct et savait diable-ment y faire! Jamais brusque, il pouvait néanmoins se montrer ferme des lèvres, du ventre et des reins! Françoise appréciait les hommes qui savaient ce qu'ils voulaient, mais elle faisait aussi ce qu'il fallait pour leur montrer le chemin.

Ainsi, elle aimait toujours autant la chaleur des mains de Pierre sur ses seins. Ils étaient menus, mais fermes et plantés haut, avec des mamelons qui se dressaient à la moindre émotion. Le garçon l'avait longtemps caressée par-dessus le tissu léger de sa robe, empaumant ses globes doux et soyeux tout en embrassant sa bouche et en collant son bas-ventre contre le sien. Françoise serait restée des heures ainsi, sans presque bouger. Elle sentait avec délice leurs souffles s'accélérer, la chaleur irradier dans son jeune corps.

Elle demeurait assez lucide, cependant, pour savoir gré au garçon de la respecter, et s'amusait follement à exacerber leur désir à tous les deux.

Après avoir uni leurs bouches et leurs doigts, ils reprirent leur souffle. Depuis l'été, ils se voyaient régulièrement en cachette, pour s'embrasser, mais aussi pour parler de tout et de rien.

Lorsque Pierre l'avait rejointe cette nuit-là près du fleuve, Françoise avait compris, à la ferveur de son regard, qu'il ne pourrait plus se détacher d'elle. Cette certitude ne devait rien à son don de pressentir l'avenir, mais tout à son cœur qui battait aussi agréablement et en si grand désordre.

De ces rendez-vous clandestins était née une Françoise nouvelle. Même la Dinan, dont l'attitude était selon la jeune fille inaccoutumée ces derniers temps, disait qu'elle devenait femme sans avoir pourtant perdu de son éclat ni la fleur de son printemps : une formulation ampoulée qui signifiait que la Dinan la croyait toujours vierge, ce qu'elle était encore, bien sûr…, parfois à son corps défendant, comme ce soir, par exemple, tandis qu'ils étaient allongés dans le foin et que Pierre posait sa grande main très bas sur son ventre brûlant, et qu'il la regardait tranquillement au fond des yeux en souriant.

— Alors ? souffla-t-elle dans le cou du garçon.

Le sujet de la conversation était fort banal. Françoise remarquait seulement qu'il s'était lavé et que sa peau sentait le propre. Avait-il fait cela pour la pousser plus loin que d'habitude ?

Elle plongea au fond de ses yeux si bleus qui, elle devait bien se l'avouer, la faisaient fondre de désir. Elle s'avoua aussi que son sentiment pour le garçon n'avait cessé de grandir et de s'approfondir depuis cette nuit, déjà lointaine, de l'invasion des barons.

Pierre allait répondre. Il l'aurait fait en se forçant à se séparer des lèvres de Françoise, quand la porte de l'écurie s'ouvrit. Le geste était mesuré. Les battants furent en vérité tirés avec beaucoup de précaution.

Le jeune homme cacha Françoise sous lui, entre les pattes d'une belle haquenée blanche...

* * *

Aux bruits et aux brèves paroles échangées, ils convinrent que trois personnes étaient entrées : deux hommes et une femme dont le visage était dissimulé sous une cagoule. Les hommes, des soldats à en croire le fer de leurs bottes, se félicitèrent de trouver les palefreniers ronflant comme des sonneurs. Ils harnachèrent deux destriers. Puis la femme remit un gros pli cacheté à l'un d'eux.

— Pour qui vous savez. Comme d'habitude.

Elle tendit son bras. Pierre aperçut le tatouage à l'intérieur de son poignet droit. Un vieux souvenir refit immédiatement surface. La femme remercia au nom de sa maîtresse, puis elle se retira non sans laisser derrière elle les effluves capiteux d'un parfum de prix. Pierre fronça les narines et grimaça.

Les messagers posèrent leurs heaumes sur leur tignasse. Ils tirèrent ensuite les chevaux dehors et se présentèrent sous la voûte menant au pont-levis. Sans doute munis de sauf-conduits, ils sortirent sans être inquiétés.

— Quoi ? s'enquit Françoise en voyant Pierre si déconcerté.

— Le serpent.

Elle le considéra, interloquée.

— Cette fois-ci, murmura-t-il, je veux savoir.

— Mais de quoi parles-tu ?

— Le serpent est un tatouage. Le même que celui que la mystérieuse servante portait au poignet, ce printemps.

Françoise battait des cils sans comprendre. Enfin, elle se souvint.

— La servante ? Le pli cacheté ?

— Ne me répètes-tu pas que ton père est entouré d'espions ?

— Oui, mais je…

— Sens-tu ce parfum ?

Elle huma l'air, hocha la tête.

— Il faut savoir de qui cette servante est la complice, décida le garçon.

Elle le suivit.

La cour était déserte. Leurs ombres glissèrent sur les murs de l'écurie.

— Personne, se désola Françoise.

Pierre tapota son nez. Cette femme, il l'avait croisée lors du banquet, le fameux soir de l'annonce des futures fiançailles de Françoise avec Raoul d'Espinay !

Il grimpa une volée de marches conduisant sur le chemin de ronde, où ils eurent tôt fait de retrouver l'espionne. La femme se dirigeait vers un portillon. Pierre se hâta de la rattraper avant qu'elle ne s'y engouffre.

— Holà ! fit-il en l'attrapant par une manche.

La servante lâcha un cri d'animal blessé et lui abandonna son manteau. Sa capuche glissa sur ses cheveux noirs et bouclés. La lune était cachée par un banc de nuages ; les braseros étaient trop éloignés pour donner beaucoup de lumière. Mais Pierre ne se trompait pas de donzelle. Il inspira en grimaçant les effluves du lourd parfum.

Ce réflexe involontaire le déconcerta un bref instant. La femme dégaina une lame et lui en porta un coup au visage. Pierre se recula, abasourdi.

Sur ce, Françoise le rejoignit.

— Qui es-tu ? s'exclama-t-elle.

La messagère raffermit sa prise sur le manche du couteau et attaqua de nouveau. Cette fois-ci, Pierre para le coup et la désarma. Alors, la femme s'empara d'une minuscule fiole dissimulée dans son escarcelle.

Françoise devina la suite et pâlit.

— Vite ! s'écria-t-elle.

Pierre se jeta sur la servante pour lui arracher le flacon qu'elle portait déjà à ses lèvres. Le geste, trop vif, les déséquilibra tous deux au-dessus du merlon de pierre.

Françoise les vit basculer et se précipita juste à temps pour empêcher Pierre de tomber dans les douves, quinze mètres plus bas.

Un cri de terreur jaillit de la bouche de la servante. Pierre tenta de la retenir par le tissu de sa chemise, qui, hélas! se déchira. L'écho de son cri, le bruit de sa chute, puis la gerbe d'eau glauque qui se refermait sur l'espionne déchirèrent la nuit.

Aussitôt, un garde monta sur le chemin de ronde. La sentinelle en poste près de la tour est courut également dans leur direction.

La panique s'empara de Françoise. Pierre posa le pied sur un objet qui était tombé de l'escarcelle de la servante. Il ramassa le trousseau, essaya une à une les grosses clés dans la serrure de l'huis…

Le portillon s'ouvrit incontinent. Ils s'y engouffrèrent, laissant les sentinelles dehors, frustrées, à tambouriner au battant avec violence.

Pierre et Françoise se regardèrent, horrifiés. Déjà, le capitaine ordonnait que l'on défonce la porte. Le garçon crut reconnaître la voix. Mais son cœur battait si fort à ses oreilles qu'il n'en était pas certain.

— Séparons-nous, décida-t-il.

Ils allèrent chacun de leur côté : Pierre descendit au rez-de-chaussée en priant de ne tomber sur aucun courtisan susceptible de le dénoncer, Françoise monta quatre à quatre les degrés menant au troisième étage.

Elle se glissa dans sa petite chambre juste à temps pour échapper aux griffes du chapelain Aguenac — que faisait ce triste sire dans les parages à une heure pareille? Et elle se coucha tout habillée.

Cette nuit-là, elle refit des cauchemars. Cette femme qui venait de mourir sous leurs yeux était une messagère au service de quelqu'un de haut placé au château. Ce quelqu'un était sûrement un espion travaillant contre le duc pour la cour de France !

La chute de la servante dans les douves lui donnait froid dans le dos. Elle se revit elle-même dans une situation presque identique, quelques mois plus tôt.

« Si Pierre n'avait pas été là… »

Dans son cauchemar, des hommes étaient rassemblés dans une grande salle éclairée par des torches pour parler de son père, le duc, fort malade… Empoisonné ? Agonisant ? Les visages étaient démoniaques. Ce qu'ils se disaient ensuite sonnait le glas de l'indépendance de la Bretagne.

* * *

Françoise dormait déjà qu'une silhouette tourmentée hantait les couloirs du château. Le jeune homme avait attendu en vain le retour de sa maîtresse. Depuis, il allait et venait dans les étages.

En entendant le bruit des haches contre une porte, il se présenta devant l'huis.

— Seigneur ! s'excusa le capitaine Le Guin, nous cherchons des fugitifs.

François d'Avaugour fronça les sourcils.

— Je n'ai vu personne.

Le Guin était une fine mouche. Il ne pouvait cependant pas accuser le fils du duc de menteur. Il se contenta donc de le regarder de haut et de lui assurer que ses hommes et lui allaient chercher encore, car un crime avait ce soir été commis.

Le jeune d'Avaugour sentit la froidure de la nuit entrer dans ses os. Abandonnant à regret l'idée de revoir son amante, car elle était fort caresseuse, il alla s'enfermer chez lui.

« Si c'est elle, se dit-il, pourvu qu'on ne retrouve jamais son corps… »

CHAPITRE 14

Le traité infamant

Les barons arrivèrent en grand équipage au château de Montargis en fin de matinée. Le jour était frileux et humide, l'air passait au travers des manteaux, la boue s'accrochait aux éperons. Ils étaient une centaine — seigneurs, hommes d'armes, valets et serviteurs — et composaient une troupe assez impressionnante.

Ainsi l'avaient voulu le maréchal de Rieux et Jean de Rohan, qui arboraient fièrement leurs écus respectifs : d'azur à dix blasons d'or pour Rohan, de gueule à sept macles ou losanges rouges pour Rieux. Il n'en fallait pas moins, d'après eux, pour se montrer dignement à la cour de France installée depuis peu à Montargis.

En voyant les masures en bois du village, construites de guingois, Rieux se dit en bon stratège que ce gros hameau serait bien vulnérable à une attaque. Le château, par contre, était massif. Son corps principal de bâtiment dominait les marais alentour, et ses remparts, flanqués d'une vingtaine de tourelles, protégeaient les autres dépendances bâties à l'intérieur de la vaste enceinte.

Ils entrèrent sous la poterne principale et se firent annoncer.

Depuis les événements du 7 avril, les barons s'étaient d'abord réfugiés à Ancenis. Depuis, condamnés par contumace par le duc, ils remâchaient leur vengeance. Durant l'été, ils étaient venus s'installer à Angers, où leur nombre avait augmenté. Plusieurs autres seigneurs les avaient rejoints, dont les sieurs de Sourléac, Jean Du Perrier et leurs amis Pierre de Villeblance et Jean Le Bouteiller, ainsi qu'un grand escogriffe roux et maigre dont l'armure cliquetait, car elle était mal ajustée ou bien simplement trop large pour lui.

Tous ces nobles en révolte contre le duc François II répondaient aujourd'hui à l'invitation de la régente. En effet, même si le jeune roi Charles était présent, tous se doutaient que c'était sa sœur aînée qui mènerait les débats.

Ils furent accueillis par un chancelier et séparés de leurs gens d'armes. Un moment, Rohan sentit ses aisselles se couvrir de sueur froide. Autrefois, sous le roi Louis XI, il était monnaie courante que de telles réunions se terminent par des sentences violentes souvent mortelles.

Rieux lui lança un sourire de calme autorité. Rohan se renfrogna et se laissa conduire, comme les autres, par de sombres enfilades. De temps en temps, ils croisaient des courtisans ou des fonctionnaires. Tous avaient des figures d'enterrement. La cour de France avait beau être lugubre, cette tristesse ou cette peur qui se lisait dans les yeux était de mauvais augure.

Ils débouchèrent dans une salle semée de pilastres sculptés maigrement éclairée par d'étroites croisées en ogive. Au fond se dressait une estrade couverte de satin aux couleurs et aux armes de France : le bleu turquoise et le lys. Dessus avait été installé un fauteuil massif, pour l'heure inoccupé.

Les seigneurs se regroupèrent en attendant l'arrivée des Français. Ils se sentaient un peu en territoire ennemi, ce qui était le cas, même s'ils parlaient la même langue et que leurs coutumes, au fond, étaient très similaires.

Rohan plus que les autres était nerveux. Rieux lui donna un coup de coude pour qu'il se redresse et se défasse de cet air piteux qui était, selon lui, indigne d'un noble de Bretagne.

Jean de Rohan n'avait que trente-trois ans, mais il en paraissait facilement cinq de plus. Marié à une femme plus âgée, il avait deux fils et pouvait prétendre en toute légalité, croyait-il, à la couronne de Bretagne. Rieux, lui, ressemblait davantage aux autres rebelles. C'était foncièrement un batailleur et un jouisseur de la vie qui aimait le pouvoir et les jeux de la politique pour ce qu'ils lui apportaient de plaisir et de gloire. Ce qu'il détestait le plus était la couardise.

En ce lieu, songea Rohan, Rieux allait être bien servi !

La délégation française arriva quelques minutes plus tard, et ils purent tous prendre place autour de l'immense table de chêne noir. Le jeune Charles VIII s'assit le premier, tandis que sa sœur s'installait légèrement en retrait sur un tabouret, entourée par ses dames de compagnie.

Un greffier donna lecture d'un premier acte dit de reconnaissance des droits de la couronne de France sur la Bretagne.

Les barons écoutèrent avec une certaine amertume le clerc ânonner ce qu'ils savaient déjà : que le roi Louis XI ayant racheté les droits de succession de la famille Penthièvre à Nicole de Blois, la couronne pouvait légitimement prétendre à la Bretagne.

Au terme de cette première lecture, les barons durent signer un document certifiant qu'ils reconnaissaient au roi le titre d'héritier si jamais le duc François II venait à mourir sans héritier mâle.

Rohan renâcla ; Rieux lui assena un regard sombre. S'ils voulaient que la régente et le roi les aident à se débarrasser du trésorier Landais, ils devaient en passer par là.

Rieux capta l'œillade que lui adressait Pierre de Beaujeu, également présent, et hocha discrètement du chef. En effet, lors de leur dernière entrevue, ils avaient parlé de l'état de faiblesse presque constant de François II. La veille, deux messagers étaient arrivés en provenance de Nantes. Si le pli chiffré dont ils étaient chargés leur apprenait les derniers secrets de la diplomatie bretonne, il narrait aussi dans le détail les crises violentes dont était victime le duc : fièvres, malaises, étourdissements, coliques et maux de tête.

Pour eux, la succession ne saurait donc tarder.

Lorsque tous les barons eurent signé ce premier document, ils purent enfin être introduits séparément dans un petit cabinet où les attendait apparemment le roi. Rieux comme Rohan ne furent pas étonnés de n'y trouver que les époux Beaujeu. Le petit roi était sans doute retourné à ses jeux d'épées émoussées ou bien à ses lectures de romans de chevalerie.

« À moins, se dit le maréchal en reniflant d'aise, qu'il ne soit allé babiller avec Marguerite, sa toute jeune et blonde fiancée d'à peine quatre ans et demi. »

L'entrevue accordée à chacun fut brève et formelle. Rieux obtint pour paiement de sa signature les subsistances dont il avait besoin pour tenir son rang ; et Rohan, la promesse que ses deux fils, Jean et François, seraient fiancés aux petites duchesses de Bretagne, maigre consolation pour un homme qui rêvait d'être duc !

En échange, ils reçurent tout de même des assurances qui atténuaient quelque peu leur sentiment de culpabilité vis-à-vis du duc, leur seigneur, mais aussi du peuple de Bretagne.

Le roi s'engageait entre autres, lorsqu'il deviendrait officiellement duc de Bretagne, à respecter les us et les coutumes du duché, à ne pas lever d'impôts sans le consentement des parlements et à dignement compenser les jeunes duchesses en terres et en argent. Les plus importantes garanties royales allaient pour les barons eux-mêmes, qui se voyaient octroyer des seigneuries en territoire français. L'absence du duc Louis d'Orléans et de son sempiternel complice, le comte de Dunois (ce dernier avait été envoyé en ambassade en Bretagne), facilitait grandement les pourparlers.

Les trois jours suivants passèrent en banquets, en joutes et en jeux de paume, bien qu'il fasse frisquet pour ce genre de sport.

Les barons revinrent au château le 28 octobre afin de signer un second document.

Rohan rouspétait encore. À quoi rimait cet autre engagement ? Rieux était le plus au courant. Il le rabroua. La gloire et le pouvoir ne tombaient pas cuits comme l'insecte dans le bec de l'oisillon. Il fallait se mouiller, signer des pactes, puis les trahir. Ne le savait-il donc pas ?

— François II est un usurpateur, dit-il, et lui-même un traître !

Ne voulait-il pas assurer la succession à ses filles alors que le traité de Guérande le lui interdisait formellement?

— Heureusement, nous disposons de bons yeux et de bonnes oreilles auprès de lui au château de Nantes...

Le second document laissa la plupart des barons bouche bée. Ils devaient en effet promettre leur soumission totale au roi. Le soutenir en cas de conflit ouvert avec le duc, combattre à ses côtés et entraîner avec eux tous leurs affidés, amis, clients et parentés. Cet engagement était un acte de traîtrise sans pareil.

Dans sa démesure grandiloquente, Rieux donna l'exemple et parapha le document le premier. C'était, à ses yeux, le seul moyen de garantir que le roi les aiderait à chasser Landais.

La régente ne l'avait-elle pas dit en personne presque à leur place! Ce Landais, elle le comprenait aisément et en plaignait les barons et même le duc François, détournait ce dernier de son devoir envers le roi. Il lui soufflait à l'oreille des projets bien au-dessus de ses droits et de ses capacités, et il éloignait à son profit les fidèles barons de la table du conseil ducal. Toutes raisons pour lesquelles il devait être évincé au plus vite.

Le document était à peine signé en plusieurs exemplaires qu'Anne de Beaujeu en remettait une copie à ses propres messagers. Les barons festoyaient avec le roi quand des cavaliers partirent pour Nantes avec mission de remettre le traité à François II.

Anne souriait en buvant sa coupe de vin. La nouvelle de la trahison de ses barons, qu'elle avait habilement su manœuvrer, devait être assez choquante pour ruiner complètement les entrailles du duc.

En effet, s'il existait une possibilité de rattacher la Bretagne à la France sans trop d'effusion de sang, elle devait courir cette chance. Elle trinqua avec Rieux, mais surtout avec Pierre, son mari, qui lui souriait.

Sa fine épouse était bien la digne fille de son père !

CHAPITRE 15

Une journée presque ordinaire

— Vous avez le teint pâle, ma chère fille. Êtes-vous souffrante ?

Le chanoine Norbert Aguenac se tenait immobile derrière la grille du confessionnal. La messe venait de se terminer. Les derniers fidèles quittaient la chapelle. Durant la messe, le soleil avait allumé les beaux vitraux, comme si Dieu en personne se tenait auprès d'eux. Hélas, un banc de nuages passait, et une froideur glauque tombait maintenant de nouveau sur les épaules de Françoise.

Malgré tout, pour être honnête, le chanoine paraissait encore plus blême que la jeune fille, sauf que c'était chez lui un état quasi permanent. Proche de la comtesse de Dinan, il était le théologien officiel de la cour. À ses heures, il confessait aussi les membres de la famille ducale, enfants légitimes et illégitimes confondus.

Françoise toussota pour éviter de répondre. Elle le devait, pourtant ! Et c'était chaque fois la même torture : comment minimiser les véritables péchés, et au besoin s'en inventer de plus bénins, avant de les confesser à celui que l'on appelait dans son dos « le Bossu » ? Les nobles, en général, devenaient

en effet très vite des maîtres dans l'art de la dissimulation —
aidés en cela par l'obligation régulière de se confesser.

Françoise ne pouvait, sans encourir les foudres du clergé,
avouer au chanoine son tendre penchant pour Pierre. Encore
moins les remuements de son âme et ceux, plus troublants
encore, de son corps lorsqu'elle voyait le garçon, quand elle
pensait à ses yeux bleus, au son de sa voix, à la douceur de sa
peau, à ses merveilleux baisers, et lorsqu'elle s'imaginait
lovée dans ses bras. Rien que d'y penser, là, dans le confessionnal, son souffle s'accélérait, son cœur battait plus sourdement et une forte chaleur montait de son ventre. Le rouge,
assurément, lui venait aussi aux joues !

Heureusement, le soleil était toujours caché, et il faisait
sombre et froid. Le regard perdu et songeur des statues semblait indiquer que Dieu, s'il s'était montré durant les chants
liturgiques, était à présent retourné dans les cieux.

Elle entendait la respiration sifflante du chanoine et
sentit l'affreux mélange d'ail avarié et d'oignons qui sortait
de sa bouche. Quand, soudain, sans doute aussi exténué ou
ennuyé qu'elle, il consentit enfin à lui donner l'absolution.
Elle accepta de bonne grâce les habituels quatre *Notre Père* et
promit de n'abuser ni des sucreries ni des dragées qu'elle
aimait tant pendant au moins trois jours.

Elle raffermit les cordons de sa cape et frémit en avisant
le visage angélique d'une statue de saint. Sans cesse, depuis
la veille, lui revenait en mémoire la même scène : le cri
d'épouvante de la servante, le déchirement sec de sa chemise, son plongeon dans les eaux glacées.

Autant de choses, également, dont elle n'avait pu discuter
avec le chanoine.

Avec qui, alors ?

Son besoin de s'ouvrir à quelqu'un lui apparaissait immense et presque désespéré. Hélas, excepté Pierre, avec qui elle devrait désormais partager ce terrible secret, comment s'en libérer ?

Elle salua quelques courtisans, surprit le regard — désapprobateur ? — de son frère d'Avaugour, qui riait en compagnie de jeunes seigneurs, se faufila entre plusieurs dames qui discouraient à n'en plus finir de draps, de perles et d'onguents. Elle n'était pas très sociable ; la Dinan le lui reprochait assez ! Pour l'agacer davantage, celle-ci lui rappelait ses épousailles prochaines avec le fameux Raoul d'Espinay, que l'on n'avait pas encore eu le déplaisir de voir à la cour.

La comtesse agitait-elle ce spectre pour l'effrayer et la menacer ? Françoise savait que son père travaillait fiévreusement à « placer » Anne au détriment de ses deux aînés. Elle ne s'en plaignait certes pas. Et d'après ce qu'elle savait des mœurs nocturnes de d'Avaugour, son frère aussi savait se trouver des consolations…

Avant de regagner les appartements d'Anne, où devait se donner la leçon de musique, Françoise eut le grand bonheur de croiser Pierre dans la cour. Oh ! De loin et juste un court instant pendant lequel leurs regards se nouèrent telles des étoiles jumelles dans le ciel. Mais tout de même assez longtemps pour qu'elle sache que lui aussi avait très mal dormi.

Ce qui la ramena à ses cauchemars. Les mêmes séquences, encore et encore, à tel point qu'elle frissonna même en plein soleil. On la pressa de regagner le Grand Logis. Elle se retourna. Pierre avait disparu du côté des écuries. Y avait-il plus de soldats sur le chemin de ronde ? Plus de mouvement ? Ou bien était-ce seulement son imagination ?

Fébrile, elle remonta le somptueux escalier blanc de la cour. Comment Pierre s'y prenait-il pour soulager sa conscience ? Elle savait que des chapelains s'occupaient de confesser les domestiques et les autres serviteurs. Piquée de curiosité — sentiment qui offrait une heureuse diversion à ses angoisses —, elle se jura de le lui demander.

* * *

Pierre était à peine entré dans les écuries qu'une voix brève le rappela au-dehors. Ses amis palefreniers se préparèrent à sourire : venait-on le chercher pour le demander encore aux cuisines ? Il surprit le regard voilé de Simon, qui lui faisait grise mine depuis l'été et leur grande aventure avortée sur la Loire.

Le maître d'écurie se renfrogna. Que ce jeune « loupiot », comme il surnommait ses aides, décide une bonne fois de son avenir ! Chaque fois qu'il voyait Pierre, il ne pouvait se défendre d'un sentiment de rage d'autant plus sournois qu'il ne pouvait franchement l'exprimer. La vérité était que les poignées de main de Pierre avec le duc d'Orléans et la sollicitude dont le couvrait le conseiller Montauban puaient au nez du vieux maître.

Lorsque la voix répéta : « Pierre Éon Sauvaige ! », le maître s'emporta :

— Ce jeune appartient aux chevaux ! glapit-il en sortant des écuries.

Le Guin planta une épée aux pieds du garçon. La leçon de fer se poursuivait sur ordre du conseiller Montauban.

— Je suis le maître d'écurie, se rengorgea bêtement le vieil homme.

— Et moi, le capitaine des gardes de monseigneur le duc ! rétorqua Le Guin en le toisant avec sévérité.

Pierre saisit l'arme et accepta la leçon qui devait, selon toute vraisemblance, avoir lieu ce matin au vu et au su de tous. Cette étrangeté l'étonna. Il bouillait cependant si fort en dedans qu'il croisa sans plus attendre sa lame contre celle du capitaine.

En un sens, Pierre était soulagé que les autres le voient enfin manier une épée, et non plus des fers et des pics ou bien un tournebroche !

Au fil des mois, il était devenu très adroit. Les bottes les plus risquées lui venaient tout naturellement, au point où Le Guin avait parfois de la difficulté à conserver son aplomb. Le garçon avait également appris de lui l'art d'utiliser tous les objets placés dans l'espace. Ainsi, une balle de foin lui servit-elle de tremplin pour placer une attaque fulgurante.

Excédé par l'indécent spectacle, le maître d'écurie aboya un ordre à l'adresse des autres palefreniers, qui rentrèrent dans le bâtiment l'oreille basse et la langue pendante.

Le Guin entraîna Pierre dans un coin reculé de la cour, là où les courtisans n'allaient pas à cause des niches boueuses où leurs longues poulaines risquaient de se salir.

Alors commença un non moins étrange dialogue.

— La nuit dernière, haleta Le Guin en sautant par-dessus un baquet d'eau vide, il y a eu du désordre…

Pierre esquiva une pointe au niveau de sa gorge, fit volte-face, passa le bout de son sabot dans l'anse du seau, le projeta vers son adversaire.

Celui-ci se fendit d'un rapide sourire, puis réattaqua en geste et en parole.

— Une femme est tombée des créneaux.

Pierre ne releva pas la question dissimulée.

— Deux silhouettes qui la poursuivaient ont été vues…

— Je n'en ai rien su, mentit Pierre.

Les deux messagers qu'il avait aperçus dans l'écurie en compagnie de la servante tatouée étaient des soldats de la garde. Il lui semblait donc plus prudent de ne rien avouer, même à Le Guin.

— Nous allons draguer les douves, ajouta le capitaine.

Ils étaient essoufflés et en sueur. Le vent d'automne agitait les girouettes, malmenait la hampe des drapeaux.

— Une fiole de poison a été retrouvée près d'une poterne que mes hommes ont dû défoncer pour courir sus aux assassins.

Ce dernier mot sonna désagréablement aux oreilles du garçon. Il n'avait tué personne. Au contraire, il avait tout fait pour empêcher la femme d'avaler le poison, puis de basculer.

Néanmoins, un doute le taraudait. S'il ne s'était pas lancé à sa poursuite, elle ne serait jamais tombée.

— As-tu quelque chose à me dire, soldat?

Pierre rompit le combat. L'autre attendait en tranchant l'air avec sa lame.

Devant le silence obstiné du jeune homme, Le Guin avoua avoir déjà interrogé les autres palefreniers.

— Simon le Gros m'a assuré que tu étais avec lui, cette nuit.

Pierre haussa ses épaules endolories, mais musclées par l'effort.

Le Guin ajouta qu'il allait poursuivre son enquête. Cette femme, quelqu'un allait sûrement la chercher. Aussi, ils la retrouveraient, car les courants du bras d'eau qui alimentait les douves n'étaient pas assez forts pour drainer un cadavre au large.

Avant de le laisser retourner à ses chevaux, il complimenta son élève en le saluant avec son épée.

— Je n'ai plus grand-chose à t'enseigner sur les lames, soldat.

Ce dernier mot aussi déplut à Pierre. Après tout, il n'avait jamais rien demandé.

* * *

La leçon de musique s'étirait d'ennui. Flûte, harpe, viole : Anne avait touché un peu à tout. Venait à présent le chant. Aidée par un professeur, la Dinan menait la danse. Ces moments consacrés à l'art et au maintien étaient une véritable bénédiction. Ils ponctuaient agréablement les matières plus ardues comme les mathématiques, le français, le latin ainsi que d'autres langues comme l'anglais ou même l'espagnol, toutes disciplines jugées indispensables à la formation générale d'une future souveraine.

Anne avait une voix nette et précise, et un ton charmant.

« Comme l'est d'ailleurs toute sa personne », se dit Françoise en observant avec admiration sa cadette à la dérobée.

La Dinan n'était toujours pas satisfaite de la note.

— Reprenons, reprenons !

Anne se tenait droite dans une belle robe de drap moiré cousue de petites perles. Sa traîne n'était pas très longue, son maintien, des plus parfaits. Un fichu blanc sur les cheveux, elle visait comme toujours l'excellence.

Était-ce uniquement pour satisfaire la Dinan? Françoise secoua la tête tout en se piquant le doigt sur son stupide ouvrage qui n'avançait guère. En fait, Anne prenait chaque chose très au sérieux, et en premier lieu le rôle que son père lui destinait.

Son front légèrement bombé, sa peau à la délicieuse carnation, l'arrondi de son nez si « mignon », comme disait le jeune Dolus en riant, lui conféraient un charme indéniable qui jaillissait en permanence de toute sa personne souvent crispée, de son regard clair un peu dur, parfois, comme si l'essentiel de sa vie se jouait en silence dans sa tête.

Elle était en somme la réserve même, la prudence et la piété.

« Déjà ! » songea un peu tristement Françoise, qui ne l'enviait pas un seul instant.

Elles étaient faites pour des rôles différents. De cela, Françoise était certaine. Comme l'hirondelle ne fait pas exactement ce que fait le rouge-gorge ou la mouette de mer.

Un moment, Anne fronça le nez et grimaça. Malgré la patience et les encouragements de la comtesse, elle peinait à placer sa voix.

— Ton souffle, Anne !

Françoise vit tout de suite où se situait le problème. La légère claudication d'Anne, du côté droit, la fatiguait quand elle devait demeurer droite trop longtemps. La jeune fille avisa sa poulaine fourrée, et plus précisément son talon, et il lui vint alors une idée de génie.

Elle pensa à Pierre. Le rouge lui monta au visage. Elle baissa le menton pour le dissimuler sans cesser un instant de développer cette merveilleuse idée…

Antoine et Isabeau jouaient dans un coin. La Dinan tentait bien d'intéresser cette dernière aux leçons, sans toutefois y parvenir, tant il semblait que la fillette possédait moins de volonté et de maturité que son aînée. Quant à Antoine, pourtant plus âgé qu'Anne, il était évident que son intelligence défaillante le maintenait en quelque sorte dans une enfance prolongée.

La comtesse frappa le meuble du bout de sa baguette, réprimanda Françoise, qui manquait cruellement de sérieux à son ouvrage, quand un cri bref retentit dans le couloir.

La porte de la chambre s'ouvrit en grand. Aux croisées, la lumière baissa de moitié à cause d'un nuage qui cachait le soleil. Ils reconnurent enfin la voix d'Awena, qui gémissait. Un frisson glacé s'empara d'eux, à tel point qu'Isabeau et Antoine cessèrent immédiatement de jouer.

— Françoisine, balbutia la petite fille en se jetant dans les bras de son aînée.

La Dinan était proprement offusquée, mais trop curieuse pour songer à sévir.

— Que se passe-t-il donc? se contenta-t-elle de s'exclamer.

Awena se tenait, pâle et décoiffée, dans le chambranle.

— Monseigneur le duc, laissa-t-elle tomber en implorant presque Anne du regard.

La jeune duchesse s'élança aussitôt, suivie par Françoise, qui se leva si vite que son ouvrage se répandit sur le plancher.

— Où allez-vous? explosa la comtesse.

Elle ordonna à une servante de garder près d'elle les deux autres et se rendit incontinent dans l'appartement ducal.

* * *

François II se tenait derrière un frêle paravent de bois. Les bras tendus de chaque côté de son corps, la duchesse Marguerite faisait écran. Elle vit Anne arriver et la prit dans ses bras.

— Notre bon seigneur a reçu un messager, dit-elle de sa voix douce affublée, en la circonstance, d'un enrouement étouffé.

Ses yeux étaient cernés, son souffle, court. Elle se dominait, pourtant, autant pour elle-même que pour sa fille.

Le duc était affalé sur sa chaise percée. Repris subitement par ses habituelles crampes au ventre, il vomissait.

Peu après, son médecin personnel les rejoignit, la mine grave.

— Alors? s'enquit la duchesse Marguerite.

Étaient également présents dans la chambre de la tour du Grand Logis plusieurs courtisans, dont le chroniqueur Alain Bouchard, qui se faisait un devoir de noter chaque détail de la vie quotidienne de son seigneur.

Surgirent trois nobles vêtus d'amples manteaux de drap flamboyants. Françoise reconnut le conseiller Montauban et le trésorier Landais. Le troisième était le sympathique comte de Dunois, arrivé quelques jours plus tôt en grande ambassade.

— La situation est complexe.

Tous crurent que c'était le médecin qui venait de parler alors que François II se tenait, pâlot et tremblant, nu sous sa houppelande doublée d'hermine, derrière sa femme.

D'Avaugour les rejoignit. Il fallait un homme pour éloigner les courtisans venus aux nouvelles : ce fut lui. Les portes se refermèrent. Un conseil extraordinaire devait être réuni ici même, dans la chambre du souverain.

Les lèvres bleuâtres, les mains secouées de spasmes, le duc paraissait sortir de coliques aggravées de fièvres. À moins qu'il ne fût sur le point, au contraire, d'y entrer !

Le trésorier chassa tout le monde, incluant le messager arrivé plus tôt à grand galop tout droit de Montargis.

Françoise croisa cet homme sombre aux vêtements crottés et le devina Français. Aussitôt, toutes ses craintes lui revinrent : la servante morte, le pli donné de main en main, ses cauchemars…

Au dernier moment, le duc garda Anne près de lui. Elle devait savoir, disait-il.

Puis, la voix entrecoupée de sanglots, il se laissa retomber sur sa chaise percée.

— Ainsi donc, se lamenta-t-il, c'est la guerre qu'ils veulent !

CHAPITRE 16

L'étrange face à face

Juin 1485

C omme chaque fois qu'il devait entrer dans le Grand Logis, Pierre se sentait mal à l'aise. D'ordinaire, il s'y risquait la nuit alors qu'aujourd'hui, exceptionnellement, il y venait de jour. Pour qu'il ne soit pas importuné par les gardes ou par les courtisans, on lui avait donné une tunique propre ainsi que des poulaines à pointe courte — lui qui ne portait d'ordinaire que des galoches dotées de lanières en cuir, voire, depuis peu, des sabots.

Il se dirigeait vers les appartements des petites duchesses quand une voix sèche le cloua sur place.

— Qui êtes-vous et que faites-vous là ?

Même si le soleil d'été entrait par quelques croisées et dorait les boiseries, la pénombre gagnait les murs à hauteur d'homme.

La comtesse de Dinan-Laval posa une main sur sa poitrine.

— Vous !

« Moi ! » eut envie de rétorquer Pierre, le « demi-voleur »…

Elle demanda à un clerc de le reconduire dehors. La partie timide et bien élevée de Pierre restait sans voix, tandis que son double plus énergique se terrait.

— Mille excuses, madame ! fit alors un homme en s'avançant.

Le conseiller Montauban ignorait la raison de la présence de Pierre dans les étages, mais il voulut spontanément la connaître. Le garçon lui murmura quelques mots à l'oreille.

— Il vient pour Anne… dit finalement Montauban.

La comtesse se fendit d'une moue dédaigneuse.

— Anne ?

Pierre tenait un paquet entre ses mains. Comme il aurait voulu se trouver à cent lieues ! Heureusement, sa moitié vaillante refit surface. Il redressa la tête et répéta qu'on lui avait livré commande d'un présent pour la jeune duchesse.

Pierre songeait à Françoise, qui avait organisé tout cela. Était-elle en ce moment cachée dans sa chambre, un sourire plaqué sur ses jolies lèvres ?

Toujours est-il que la comtesse s'en alla et qu'il fut autorisé à entrer dans l'appartement. Montauban l'y encouragea d'un hochement de tête.

Juste avant que la porte ne se referme, le conseiller ajouta tout de même :

— Quelques minutes seulement, car le temps nous file…

La guerre tant redoutée par le duc n'avait pas eu lieu, mais en ce jour, le château et la ville étaient la proie d'une grande fébrilité.

Durant l'hiver, rien de bien fâcheux n'était survenu. D'une part, la guerre était affaire de temps cléments. D'autre part, comme le disait le duc : « Tout le monde attend que je meure. » Mais voilà, François II tenait bon, et ses ennemis étaient forcés de s'armer de patience. Ce qui ne les avait pas empêchés d'exiger le renvoi du grand trésorier, rendu responsable de tous les maux qui accablaient le pays, incluant les mauvaises relations entre le duc et le roi.

De leur côté, les époux Beaujeu aussi s'étaient tenus en retrait. Ils avaient été fort occupés par l'agitation désordonnée et maladroite causée par le duc Louis d'Orléans et son cousin Dunois, qui prétendaient tous deux que le roi de France était prisonnier de sa sœur et de son beau-frère.

Louis avait prononcé des discours et écrit des lettres à cet effet. Hélas pour lui et pour le duc François II, sa folie avait fait long feu. Pourchassé par deux cents archers envoyés contre lui par la régente, Louis d'Orléans avait, depuis, fait de nouveau sa soumission.

Les mois avaient passé, et c'était maintenant au tour des barons, toujours réfugiés à Ancenis, de s'énerver. N'ayant toujours pas eu gain de cause à propos de Landais, ils avaient décidé d'entrer militairement en rébellion. Depuis lors, ils avaient investi Angers et ils menaçaient désormais de marcher sur Nantes avec l'appui militaire de l'armée française, massée le long de la frontière.

Montauban seul pensait que la régente ne risquerait pas ses soldats alors même que Louis d'Orléans, Dunois et les autres princes du sang risquaient encore de se retourner contre elle à tout moment. Alors, elle laissait aux barons le soin de lui prouver leur courage.

Devant ce risque d'invasion et cette nouvelle offense faite à son autorité, François II avait été contraint d'appeler ses nobles et de rameuter ses lances d'ordonnance. Il disposait de deux corps d'armée plus ou moins bien équipés et constitués, et leur départ était imminent.

Philippe de Montauban songeait à tout cela quand il s'avisa que les minutes accordées à Pierre faisaient long feu. Il poussa la lourde porte, tendit le menton…

Des rires s'égrenaient dans la pièce. Ceux d'Antoine et d'Isabeau, mais aussi celui, sonore, doux et argenté, d'Anne elle-même !

Pierre était donc entré en tenant son frêle paquet dans ses mains. Sur ce, Françoise avait surgi de derrière une tapisserie et s'était assise sans rien dire.

Elle s'occupa de ses cadets et laissa Pierre et Anne près de la grande croisée.

— J'ai fait ceci pour vous, duchesse, bredouilla le garçon.

— Je peux ? demanda la jeune fille.

Pierre déballa ce qu'il appelait modestement son « travail » : une pièce en bois soigneusement taillée en forme de cale plus épaisse à une extrémité et allant s'effilant en arrondi vers le bout, selon les mesures exactes que lui avait transmises Françoise.

Anne tourna lentement la pièce entre ses doigts.

— Le tissu qui recouvre la cale servira à absorber la transpiration, précisa Pierre.

Il était assez fier de cette amélioration technique qui lui était venue à la dernière minute.

— Je veux l'essayer, décida Anne.

Elle releva sa robe et dénuda sa jambe droite jusqu'à mi-mollet. Le garçon installa la cale dans la poulaine, puis se recula de quelques centimètres.

Anne se remit bien droite.

— Bougez un peu du torse, mais sans avancer ni reculer, l'encouragea Pierre.

Le visage tendu de la duchesse redevint calme, paisible et avenant. Satisfaite de se sentir enfin en équilibre sur ses deux jambes, elle sourit en même temps qu'elle cherchait le regard du jeune homme.

Tous deux se toisèrent pendant quelques secondes. La joie, le soulagement et le bonheur que ressentait la fillette s'écoulaient tout naturellement de ses yeux. Autant Pierre qu'Anne jugèrent que ce moment était un instant de grâce, et ils se sourirent franchement.

Anne fit quelques pas.

— Françoisine! appela-t-elle en tendant les bras, je me sens si droite!

Montauban surprit cette scène de bonheur simple et en mesura immédiatement les réels effets.

« L'équilibre, songea-t-il, tenait finalement à peu de chose… »

— J'aime! décréta la jeune duchesse d'une voix nette.

Elle prit la main de Pierre et lui lança un « merci! » bien sonné.

La comtesse aussi revenait. Et ce merci lui donna tant d'émotion qu'elle fit aussitôt demi-tour, les joues empourprées, les yeux aussi noirs que des billes de charbon.

* * *

Le lendemain, pendant la messe, les chants montaient presque jusqu'au ciel. Norbert Aguenac avait prononcé le discours liturgique, et les prêtres enfumaient les fidèles avec leur encens. Les prières étaient unanimes : que le duc triomphe de ses arrogants barons !

L'ost était sur son départ. Dès qu'elle le put, Françoise quitta la chapelle. Ses jupons retroussés, elle courut aux écuries, où elle surprit les palefreniers, qui nettoyaient le bâtiment presque vide. Simon le Gros se tenait à l'écart. Ses yeux étaient mouillés de larmes. Il secoua tristement la tête. Alors, la jeune fille gagna le chemin de ronde.

Dans la ville montaient les nuages de poussière remuée par la troupe qui passait la porte haute principale.

Dernièrement remis de ses coliques, le duc chevauchait à la tête du convoi. Il faisait route vers Angers pour y parlementer avec Rieux et Rohan, payés, équipés et soutenus par la France.

Un poids énorme tomba sur les épaules de Françoise. La veille, en effet, Pierre n'avait rien voulu entendre.

— Tu n'es pas un soldat, mais un artiste !

— J'ai une dette dont je dois m'acquitter.

— Folie d'homme !

Dans l'écurie silencieuse, point n'était question ce soir de baisers ni de caresses.

À la fin, n'y tenant plus, Françoise avait avoué dans un cri :

— J'ai peur.

— Je reviendrai.

Certes, elle savait cela. Ses prémonitions le lui avaient confirmé. Mais on pouvait revenir de la guerre de cent manières différentes, sans une égratignure, par exemple, et être pourtant blessé jusqu'au fond de l'âme.

Craignait-elle que Pierre le fidèle, le doux, le tendre et le joyeux ne se fasse dévorer par l'autre Pierre? Craignait-elle aussi les drôlesses qui accompagnaient l'ost — ces filles percluses de maladies, mais généreuses des plaisirs essentiels au bon moral des troupes? Un spasme lui crispa le ventre. Ses yeux s'embuèrent. Depuis l'hiver, elle voyait toujours aussi régulièrement le garçon dans des endroits différents, dans des lieux de plus en plus secrets.

Après les baisers et les étreintes étaient venues les caresses. Debout, sur le cou, le long des bras et la gorge. Et plus tard, allongés sur un lit de paille fraîche et odorante, sur tout le corps, leurs souffles mêlés.

Ils n'étaient pas allés plus loin, car ils voulaient se découvrir peu à peu et sans hâte. Et ils avaient l'oreille constamment aux aguets, même si le désir leur nouait la gorge. Dernièrement, pourtant, Pierre s'était enhardi. Il n'embrassait plus seulement la bouche, le visage et la gorge de la jeune fille. Ses lèvres avaient élu domicile en bien d'autres endroits plus intimes.

Françoise inspira profondément au souvenir des sensations multiples, agréables et enchanteresses que le garçon avait su faire naître en elle. Ses seins se dressèrent, ses mamelons se durcirent. Sa chair si tendre et ardente connaissait bien les mains et les doigts du garçon. Elle avait aussi fait, depuis, l'expérience exquise de ses lèvres et de sa langue.

Une chaleur grisante lui monta à la tête, qu'elle chassa à grand renfort de volonté. Pourquoi diable Pierre s'était-il mis dans la tête qu'il devait quelque chose au conseiller Montauban?

— Tu es impossible! avait-elle déclaré.

— Tu ne comprends pas.

— Je n'entends rien, en effet, à la bêtise des hommes.

— Je te parle d'honneur.

— Tu n'es pas gentilhomme !

Il s'était renfrogné.

— Désolée, tu es plus noble que tous les nobles que je connais, avait-elle fini par avouer en lui caressant le visage, en cherchant ses lèvres.

Et, d'une toute petite voix :

— Reste.

— Je te dis que je reviendrai.

Elle était sortie en frissonnant, même si l'air était encore chaud et le ciel, empli du chant entêtant des insectes.

Une présence à ses côtés la fit soudain sursauter. D'Avaugour se tenait fier et droit dans sa belle armure, les gantelets posés sur le merlon, le regard fixé au loin sur la troupe.

— Que c'est beau ! s'exclama-t-il.

Elle renifla sans répondre.

— Je suis nommé à la tête de l'arrière-garde, tu sais !

— Secondé par Coëtquen, notre grand maître d'hôtel...

Elle courba la nuque. Pourquoi ne pouvait-elle s'empêcher de rabaisser son frère aîné ? À vingt-trois ans, c'était pourtant un homme fait. Du moins en apparence, car son visage portait les marques de cette faiblesse de caractère qui était aussi celle de leur père.

— Bien peu de ces piétons reviendront, lâcha-t-il entre ses dents.

Par « piétons », il entendait les hommes qui se battaient à pied : archers, arbalétriers et porteurs de vouges et de bigots, ces soldats qui harcelaient l'ennemi, puis égorgeaient les blessés avant de revenir se fondre dans le rang.

Françoise haussa les épaules.

D'Avaugour ajouta qu'il savait des choses. La nuit, par exemple, il entendait des bruits dans le château ou dans la cour.

— Près des écuries…

— J'en sais aussi de belles, figure-toi ! répliqua Françoise. Et je vois même des souillards aux bras de donzelles, énamourés dans les alcôves.

L'armure de d'Avaugour cliqueta, preuve que la flèche de Françoise avait porté. Il changea alors de tactique et parla de cette lingère, Meven, dont le corps avait été dragué hors des douves en novembre dernier.

Cette fois-ci, la jeune fille dut faire un effort pour conserver son calme. Elle y parvint cependant, et se tournant vers son frère :

— Tu la connaissais ? J'en suis désolé pour toi.

— Je pars, ma sœur. Prie pour nous.

Il descendit les degrés de sa démarche chaloupée qu'il croyait mâle et gracieuse en cliquetant plus que jamais.

* * *

La plaine d'Ancenis était noire d'hommes en armes. Peu défendable à cause de ses murailles éboulées, le château avait été délaissé par les barons au profit d'un combat plus honnête en rase campagne.

Le flanc de la colline, remarqua aussitôt Le Guin, était cependant occupé par l'ost adverse. La pente était faible, mais elle leur donnerait un avantage certain lors de l'assaut.

— Petit, fit-il à Pierre, c'est l'heure !

Ils faisaient tous deux partie de la même lance d'ordonnance, c'est-à-dire du même quatuor d'hommes. En sa qualité de capitaine, Le Guin était de petite noblesse. Équipé de son armure et de son attirail, il figurait le chevalier. Pierre était le coustilleux — le soldat portant l'épée. Les deux autres gaillards étaient des archers.

Ils possédaient chacun un cheval — celui de Pierre était un cadeau personnel du duc! L'épée du garçon avait une lame droite taillée davantage pour l'estoc, ou le coup en pointe, que pour la taille — le tranchant. Sa poignée était en bois recouvert de cuir, et deux branches en os faisaient office de garde. Si l'arme n'était pas ce qui existait de mieux en la matière, Pierre portait aussi un couteau à la ceinture, un fourreau en cuir de vache ainsi que des bottes fourrées de chiffons, des guêtres, un casque et un « palletocq » sans manches avec des lanières de métal fixées sur les épaules et les bras — offert par Françoise, qui avait été navrée de n'avoir pu lui trouver mieux en si peu de temps.

Ils étaient donc là, disposés en bataillons, et ils couvraient tout le haut de la plaine.

— Nous avons par contre le soleil pour nous, ajouta Le Guin.

Il mâchait des feuilles de menthe et crachait un jus noirâtre. Comme beaucoup parmi ceux que le duc avait pu réunir, il n'aimait pas l'affrontement à venir.

En arrivant l'avant-veille, une partie de l'ost du duc s'était fondue au leur, et le souverain, repris par ses douleurs au ventre, avait dû rebrousser chemin. De son côté, d'Avaugour poursuivait jusqu'à Châteaubriant pour contrer une possible attaque du roi, massé pour l'heure sur la frontière de l'Anjou.

Plus tard ce même jour, alors qu'ils montaient le camp, des soldats avaient parlé à des paysans inquiets — des

Bretons, comme eux, le bas peuple, celui qui n'était jamais consulté, mais qui essuyait tous les coups.

Le Guin était lui-même fils de fermier. Quand il était jeune, sa famille possédait un bout de terre. Son père s'était tué à la tâche. À l'âge de six ans, Le Guin avait été abandonné devant la porte du château de Nantes.

— Vois ces champs! dit-il. Hier, les paysans se demandaient s'ils pourraient jamais récolter ce qu'ils ont semé.

Les guerres ravageaient les cultures et détruisaient les fermes. Souvent mal payés, les soldats et les mercenaires se nourrissaient sur le peuple, tuaient les animaux de basse-cour et violaient les femmes.

Il cracha de nouveau, presque sur le casque d'un homme de pied, et lâcha :

— Le peuple se fout bien des querelles des nobles.

— Mais il aime son duc! se récria Pierre avec l'ingénuité de la jeunesse.

Le Guin tendit le front sans répondre. Là-bas, Philippe de Montauban allait commander l'assaut.

L'ost avait été disposé selon les règles traditionnelles du combat. La piétaille et les porteurs de bigots au centre, les compagnies d'archers sur les flancs, la cavalerie en arrière. L'artillerie, très sommaire, était chargée de faire le plus de dégâts possible.

Ils avaient des couleuvrines, sorte de canons courts maniables à la main, ainsi que des arquebuses sur pied. Quelques hommes, autour d'eux, disposaient de ces fusils à mèches incandescentes qui se tenaient sous le bras et faisaient un bruit d'enfer.

Soudain, alors qu'ils attendaient depuis une heure, un homme s'écria :

— Nous sommes tous Bretons !

Le Guin était descendu de cheval pour se soulager. Il hocha du chef et cracha de nouveau.

— Enfin une parole sensée !

Ils entendirent ensuite d'autres hommes s'étonner.

— Que se passe-t-il ?

— Mais que font-ils ?

Des soldats, en effet, s'avançaient en tête du front.

— Des gars à nous ? s'enquit Pierre en se penchant sur l'encolure de son destrier.

Le Guin plissa les paupières. Ce qui advenait était… intéressant.

Il allait s'expliquer plus avant lorsqu'une vague d'archers quitta la formation et se mêla à ceux d'en face.

Des cris et des appels d'officiers se firent entendre. Des voix leur répondirent :

— Breton ! Breton !

La masse d'hommes qui rompaient les rangs allait grandissant. Le Guin lui-même donna un coup de talon à son cheval et s'avança.

Un autre claironna un nom, bientôt repris en chœur :

— Landais ! Landais !

L'appel d'un cor déchira l'air frais du matin, puis un autre et un autre. Les officiers exigeaient l'assaut.

Sauf que personne n'obéissait. Au contraire, les hommes des deux camps fraternisaient, se parlaient, échangeaient leurs noms et ceux de leurs villages.

Montauban ne pouvait plus tenir sur sa selle. Il se tourna vers le chanoine Norbert Aguenac, qui s'égosilla :

— À l'assaut ! À l'assaut ! Au nom de Dieu, je…

Un sergent le fit tomber de son palefroi. Dans la plaine, on battait maintenant la cadence à grands coups d'épées sur les boucliers.

— À bas Landais! À mort le drapier!

Le Guin sourit à Pierre, qui l'avait suivi. Il se penchait, serrait des mains, donnait des tapes sur les épaules d'hommes qu'il n'avait jamais vus.

— Tu ne verseras pas ton premier sang ici, garçon, dit-il enfin à Pierre en riant.

Avant longtemps, les deux armées n'en firent plus qu'une. La clameur avait encore gonflé. On ne voulait pas se battre entre gens d'armes et de pieds; on voulait la tête du grand trésorier Landais.

Les officiers n'y pouvant rien, les chefs durent mettre pied à terre. Montauban se résolut à rencontrer le sieur de Sourléac, qui commandait l'ost des barons.

Une autre heure s'écoula. Dans la plaine, les hommes étaient assis et mêlés, et ils jouaient aux dés!

Le Guin vint trouver Pierre alors même qu'il gagnait une partie.

— Montauban nous veut près de lui. Viens!

Les autres membres de la lance suivirent. Sous la tente du conseiller, l'atmosphère était indescriptible. Il semblait à Pierre que malgré la chaleur ardente, les toiles étaient froides et lugubres.

— Mes amis, leur dit Montauban, je vous charge d'une missive pour le château. Gagnez Nantes au plus vite, avant que les armées ne s'y rendent en masse.

CHAPITRE 17

L'émeute

24 juin 1485

Françoise écoutait, heureuse, le rire de son père. C'était un rire aigrelet et fragile qui pouvait se terminer dans un essoufflement étranglé, mais un rire tout de même qui mettait de l'entrain dans la chambre des petites duchesses.

Ils s'étaient réunis dans l'appartement d'Anne et d'Isabeau, où François II leur lisait un chapitre de l'odyssée du roi Nominoë. Anne assise sur ses genoux, Isabeau et Antoine à ses pieds, le duc mimait les faits d'armes du héros. Un rayon de soleil éclairait ses cheveux argentés et gommait, pour quelques instants, ses traits affaissés et ses yeux aux paupières alourdies par les soucis. Françoise écoutait distraitement, perdue en pensées dans l'antichambre où allaient et venaient courtisans et domestiques.

La Dinan leur avait fait la grâce de sa trop solennelle personne. Retirée avec son chapelain personnel, elle communiait à la chapelle.

« Grand bien lui fasse ! » songea Françoise.

Marguerite montrait de temps en temps le bout de son nez. Elle et la jeune fille hochaient la tête. Tout allait bien. Ils grappillaient un peu de bonheur, et c'était tant mieux !

La touffeur de juin entrait dans les murs. Une certaine agitation gagnait la ville. Cela faisait plus de dix jours que l'ost était parti pour Ancenis. Depuis, le duc et d'Avaugour étaient rentrés, et ils attendaient jour et nuit que leur parviennent des nouvelles.

Françoise laissa soudain échapper un petit cri. Tous la contemplèrent, effarés, comme si elle était un des ennemis du duché érigé en royaume par l'héroïque Nominoë.

— Ils sont de retour, lâcha-t-elle, sur le qui-vive.

Des pas cloutés retentirent sur les parquets. Des portes s'ouvraient sur le passage des messagers. Le cœur de Françoise battait follement. Sur son visage, son expression oscillait entre la joie et l'anxiété.

Annoncés par le secrétaire Alain Bouchard, les messagers entrèrent enfin.

Pierre et Le Guin surprirent leur seigneur assis, ses enfants sur ses genoux, un grand livre dans les mains.

Les deux hommes étaient crottés, défaits, barbus, épuisés, mais vivants. Françoise se fit violence pour ne pas sauter au cou du jeune soldat.

Le duc n'affichait aucune émotion particulière, car il s'était résolu au pire comme au meilleur. Le Guin tendit le pli signé de la main de Montauban. François II le parcourut. Françoise et Anne, surtout, étaient intriguées, alors qu'Isabeau se disputait gentiment avec Antoine au sujet de l'histoire du roi de Bretagne.

— Pas d'affrontement ? s'étonna le duc. Et vous dites qu'ils marchent sur Nantes !

Une cloche se mit à sonner dans la ville, sans autre raison apparente que l'exaltation qui montait des rues. Les habitants aussi se sentaient concernés. Seraient-ils ou non attaqués, assiégés, affamés ? L'idée d'une guerre civile ne plaisait à personne.

Une deuxième cloche, puis une troisième s'ajoutèrent à la première. Sur ce, le grand trésorier apparut tout essoufflé dans le chambranle de la porte. Revêtu de son ample manteau de velours mauve orné de franges dorées, affublé de son chapeau de feutre vert foncé, il ressemblait à un épouvantail.

Le duc balbutia qu'il n'y avait pas eu de bataille. Les deux osts s'étaient naturellement rejoints près d'Ancenis.

Landais prit quelques instants pour assimiler la nouvelle. Puis il rétorqua, les dents serrées :

— Trahison.

Sans un regard pour les jeunes duchesses, et pour Anne en particulier, qui le fixait avec calme et attention, il se mit à aboyer des ordres en feignant même d'ignorer le duc.

— Il faut réagir et frapper fort, clama-t-il.

Il sembla finalement prendre la mesure de son maître debout devant lui.

— Monseigneur, ajouta-t-il, essoufflé, cet affront à votre autorité ne peut être toléré. Il faut cette fois officiellement bannir les barons, déclarer l'armée rebelle hors la loi, dégrader les capitaines, saisir leurs biens. D'ailleurs…

Il somma Alain Bouchard de prendre note du décret qu'il allait lui dicter. Lorsque ce fut terminé, il le chargea d'aller le faire immédiatement enregistrer auprès de la chancellerie.

François II n'avait toujours pas parlé. Sans doute Landais s'attendait-il à ce manque flagrant d'initiative. Il prenait

comme toujours, et en leur nom commun, la meilleure décision. Depuis des années, il suppléait au manque de caractère
du duc, le soulageant volontiers de la charge de gouverner et
le laissant vivre à sa guise dans son monde illusoire du beau
et du bon, des arts, du vin et des plaisirs de la chair dont
François était encore friand malgré sa santé chancelante.

— Cela est dit, répéta Landais à plusieurs reprises,
comme pour se justifier à ses propres yeux.

Avant de quitter la pièce, il dévisagea le duc. Il n'avait pas
évoqué le sort du commandant en chef de l'ost, ce traître
parmi les traîtres, l'auteur même du pli annonçant ce que
Landais appelait une catastrophe.

Mais Philippe de Montauban ne perdait rien pour
attendre. Il venait de commettre là une forfaiture qui allait
enfin lui être fatale.

— Mes amis, se contenta de dire François II aux valeureux messagers qui avaient chevauché sans relâche, allez
prendre un peu de repos.

Il avisa Marguerite.

— Ma mie ! Qu'on leur serve ce qu'il y a de mieux dans
nos cuisines et notre vin le plus goûteux.

La duchesse acquiesça. Mais ce fut Françoise qui s'élança
la première.

— Père, laissez, je m'en occupe !

Ils se sourirent. Dans le fond, la jeune fille devinait combien son père était soulagé que cette bataille fratricide n'ait
pas eu lieu.

Elle prit Pierre et Le Guin chacun par un bras, et ils sortirent. Le duc se laissa retomber dans le fauteuil, la mine
lasse, le front plissé d'inquiétude.

Parvenue au centre du corridor, Françoise lâcha Le Guin. Quelques pas plus loin, le capitaine se retourna et ne vit plus personne. Il grimaça, car des bruits s'échappaient de l'alcôve dans laquelle Françoise venait de pousser Pierre…

* * *

Le soir tomba sans que la tension s'apaise dans la cité. Pierre et Françoise s'étaient installés sur leur poutre habituelle, dans la tourelle du Grand Logis. Leurs jambes battaient l'air. Les dernières lueurs du soleil rosissaient une croisée voisine.

Françoise pressait le jeune homme de questions, et Pierre y répondait de son mieux. Ses mots étaient encore hachés, ses phrases, hésitantes. Françoise devinait combien son élocution était un constant souci pour lui. Elle ne l'en aimait pas moins pour autant !

Ne l'avait-il pas senti, dans l'alcôve cet après-midi, quand malgré sa saleté repoussante elle avait posé ses lèvres sur les siennes ? Quand elle avait pris sa grande main pour la déposer ensuite sur son sein ?

Ils parlaient depuis une bonne demi-heure en se frottant les jambes l'une contre l'autre quand le bruit d'une chevauchée monta de la cour.

Une voix ordonna que l'on abaisse immédiatement le pont-levis. Bientôt, des pas retentirent dans les escaliers. Philippe de Montauban était de retour…

Le château n'était pas, ce soir, aussi bavard ni enfiévré que les autres jours. On aurait dit que les courtisans faisaient montre de réserve et de prudence. Comme les habitants de Nantes, comme le duc et sa famille, comme les sentinelles.

Landais attendait son ennemi sur le seuil de l'étage. Il l'apostropha en des termes peu flatteurs.

— Traître !

— Traître ? répéta Montauban avec fureur.

Sur ce, encadré par Awena et Marguerite, le duc sortit de ses appartements.

Montauban bouscula sans vergogne le trésorier pour aller saluer son seigneur.

— Traître ? s'écria-t-il une seconde fois en se retournant vers Landais. Me voyez-vous à la tête de l'ost rebelle ? J'ai galopé sans répit pour me trouver parmi vous en ce moment.

— Messieurs, messieurs, tenta de les apaiser le duc.

Le conseiller leva sa main. Malgré son état avancé d'épuisement, il émanait de lui force, énergie et autorité.

— Bouchard, dit-il pour Landais, a échoué. Le chancelier François Chrétien a refusé d'enregistrer votre édit.

— Ce traître, lâcha encore le grand trésorier, me déteste.

— Pis ! ajouta Montauban. Il a lancé un ordre d'arrêt contre vous !

Il poursuivit en ces mots :

— La ville est grosse de nos soldats et de ceux des barons. J'ai donné des ordres pour que la garde soit renforcée au château, mais je ne donne pas cher de la situation.

Le bruit des voix décrut quand Montauban invita tout le monde à regagner l'appartement du duc, près de la grande galerie, pour débattre plus avant des événements.

Pierre et Françoise étaient interloqués. Le garçon sauta dans les marches. La jeune fille le suivit, glissant directement dans ses bras pour ne pas faire de bruit.

Malgré l'heure tragique, son jeune corps ne put faire autrement que de goûter à la caresse des mains viriles sur ses cuisses et ses hanches. Un instant, elle pesa contre Pierre pour qu'il puisse à son tour apprécier la tendreté de sa poitrine contre son torse.

Ils écoutèrent le silence troublé non plus par le chant des insectes, mais par le brouhaha des citadins massés devant les douves, auquel se mêlaient à présent la voix et les jurons poussés par quelques soldats avinés.

— Cette agitation m'effraie, murmura Françoise.

— Je peux rester avec toi, si tu veux.

Elle hésita, puis secoua finalement la tête. Elle savait trop ce qui risquait de survenir si jamais ils demeuraient plus longtemps ainsi l'un près de l'autre.

Des pas retentirent. Ils n'eurent que le temps de se jeter derrière une tapisserie. Ils virent passer le jeune d'Avaugour, qui ne s'était pas montré de la journée, ainsi que la comtesse de Dinan. Tous deux devisaient à voix basse. Françoise crut reconnaître ces mots : « Alain Bouchard », « l'édit », « l'ordre d'arrestation », « plan d'action », « soldats » et « tonneaux de vin ».

La nuit, décidément, s'annonçait longue et agitée.

* * *

Pierre dormit par intermittence dans l'écurie, enroulé dans un drap sur une paillasse. Dès l'aube, il était de retour dans le Grand Logis. Un soldat de la garde de sa connaissance le laissa entrer.

Le soleil faisait pâlir la nuit. Les oiseaux se levaient sur les champs et la Loire. Mais c'étaient surtout les hommes ivres que l'on entendait crier aux carrefours. L'agitation n'avait jamais vraiment cessé, entretenue par des orateurs improvisés et par le vin qui coulait à flots. Déjà, la route menant au château était noire de monde. Devant les douves, des officiers de l'ost rebelle demandaient aux sentinelles d'abaisser le pont-levis.

Pierre trouva sans peine la petite chambre où dormait Françoise. Un moment, la silhouette abandonnée de la jeune fille l'émut, et il se fit violence pour ne pas la réveiller tout de suite.

Hélas, l'heure était si grave qu'il s'agenouilla et lui baisa le bout des doigts.

Françoise tressaillit ; elle rêvait à nouveau de démons aux yeux de braise. Elle se dressa brusquement sur son séant.

Pierre posa une main sur sa bouche.

— Ne dis rien et écoute…

Des bruits de pas, des cris, des martèlements sourds, des cliquetis, un brouhaha sauvage allant crescendo…

— Le château est envahi, la prévint Pierre.

Il avisa les murs couverts de lambris.

— Y a-t-il une autre issue que la porte ?

Françoise se leva sans pudeur. Pierre put contempler, sous le mince tissu de lin blanc, la moindre de ses courbes intimes. Elle saisit la houppelande qu'il lui tendait, puis indiqua un angle de la pièce.

— Derrière ce panneau.

Pierre le débloqua. L'anfractuosité semblait faite pour une belette. Ils s'y introduisirent à la hâte.

Françoise n'eut pas à poser de questions ; les meubles que l'on renversait, les parquets assaillis par des dizaines de sabots et surtout les appels et les jurons poussés par les émeutiers étaient assez éloquents.

Ils déboulèrent dans la chambre d'Anne et d'Isabeau.

— N'ayez pas peur, leur souffla Françoise.

Marie Danec, la servante de nuit attitrée, commençait déjà à habiller Isabeau. Pierre tenait son épée à la main. Un moment, Françoise craignit que cette arme n'alarme Anne. Heureusement, la fillette n'était déjà plus aussi innocente qu'il y a encore quelques mois.

Sur ce entra la comtesse de Dinan. Avant qu'elle n'ait pu proférer une parole, Françoise la moucha d'un « On est là ! » bien sonné.

La gouvernante était tout ébouriffée et frissonnante. Derrière elle surgit une haute silhouette que les fillettes prirent pour un ours.

— Simon est un ami, leur indiqua Pierre.

Le palefrenier tenait une hallebarde.

— Allons chez le duc, décida la Dinan en se poussant.

La hargne et l'indignation se lisaient sur son visage boursouflé. Cependant, la présence de Pierre et de Simon lui imposait ce que Françoise appela par la suite une « raisonnable frayeur », car la gouvernante se tint sur son quant-à-soi, même si le vacarme des émeutiers montait telle une vague glacée.

Ils parvinrent à la grande galerie presque en même temps que la soldatesque rebelle. Quinze mois auparavant, les Nantais avaient pris le parti du duc. Aujourd'hui, ils se tenaient aux côtés des barons et de leurs hommes de main.

Bousculés, emportés par le nombre, Pierre, Françoise, Simon, la Dinan et les enfants se réfugièrent dans le chambranle d'une croisée.

Vivement éclairée par le soleil, la galerie aussi s'éveillait en sursaut. Faudesteuils, crédences, dressoirs, buffets, grosses harpes sur pied, le mobilier était renversé et piétiné sans vergogne. Une bonne centaine de gueux mélangés à des soldats de la garde piaffaient sur les parquets de prix.

À ces forts en gueule s'en mêlaient d'autres : les barons, reconnaissables à leur arrogance et à leurs pourpoints de velours côtelé. Parmi eux vociférait un grand roux maigre aux moustaches en croc. Ce vieil escogriffe — il avait au moins quarante ans ! — se targuait d'être le représentant du maréchal de Rieux. D'autres nobles rebelles, dont Le Bouteiller et le sieur de Sourléac, se tenaient près de lui.

Et tous réclamaient Landais à grands cris.

Déjà, ils avaient fouillé les étages du dessous ainsi que les dépendances jusqu'aux écuries, au cas où le trésorier aurait voulu se terrer entre les sabots des chevaux.

Une voix forte tenta de calmer leur impatience.

— Montauban ! siffla Pierre, inquiet.

Le conseiller était escorté par quelques gardes, dont le capitaine Le Guin.

Des ouvriers le prirent sans doute pour Landais, car ils se mirent à plusieurs pour écarter sa garde et le soulever à bout de bras. Pierre vit avec horreur qu'ils s'approchaient dangereusement des croisées.

Il sauta par-dessus un canapé placé entre les émeutiers et les jeunes duchesses et se rua, l'épée au poing, au cri de : « Lâchez-le ! »

Le Guin et deux de ses hommes parvinrent à dégager le conseiller pendant que Pierre acculait trois ouvriers contre le mur. Au même moment, on hurla que Landais se trouvait chez le duc.

— Sus au chacal ! s'écrièrent en chœur les barons.

Pierre, Montauban et Le Guin se rabattirent vers la croisée où les attendaient les filles ainsi que le jeune Antoine, Marie la servante et la comtesse, dépassés, comme tous les autres, sans doute, par l'ampleur du mouvement.

Isabeau pleurait. Antoine la serrait contre lui. Anne demeurait droite et silencieuse, les yeux posés tour à tour sur les émeutiers, puis sur les barons qui traversaient la galerie à grands pas. Sa seule plainte, presque murmurée, avait échappé à tout le monde sauf à Pierre.

— J'ai perdu ma talonnette...

— Je vous en ferai d'autres.

Montauban voulut se ruer à la suite des barons, mais Pierre et Le Guin le retinrent par les bras. Peu après, Landais était traîné hors des appartements du duc, qui apparut brièvement au chambranle, aussi pâle qu'un mort.

Selon un marchand qui tirait Landais par les cheveux, François II avait dit souhaiter pour son trésorier une justice prompte et sans haine.

Les barons s'esclaffèrent :

— Qu'on le pende !

En passant devant les enfants, le grand rouquin s'arrêta un instant pour saluer d'abord la comtesse de Dinan, puis Anne, Isabeau et enfin Françoise, effrayée par cette apparition de cauchemar au milieu des vociférations et des lamentations. Landais répétait en effet en s'enrouant qu'ils n'avaient pas le droit, qu'ils ne savaient pas à qui ils avaient affaire.

Ce dont les barons s'accommodèrent en le jetant sur un char à bœufs qui fut incontinent tiré hors des murs du château.

Lorsque la foule eut enfin quitté l'étage, les enfants furent conduits près de leur père.

Il semblait qu'un ouragan avait dévasté la chambre. François II se tenait, fragile sur ses jambes nues, dans une longue chemise blanche. Son bonnet de velours froissé dans les mains, il proférait des paroles incompréhensibles. Il vit Anne et tenta de lui sourire sans pouvoir, hélas, y parvenir. Alors, il s'affaissa en pleurant dans les bras d'Awena et de Marguerite, qui s'occupèrent de le recoucher.

CHAPITRE 18

Le baron

Quelques heures plus tard seulement, Pierre vit un journalier et deux marins qui passaient chaque jour sur le chemin menant au château. Ils saluaient cordialement une sentinelle de la main. La vie reprenait son cours. La Loire continuait à couler.

Le lendemain, chacun s'employait déjà au nettoyage et à la réparation, comme s'il fallait au plus vite effacer le souvenir de cette journée de violence et de peur. Pierre alla faire ses ablutions aux étuves. Sur son passage, les lingères brassaient et frappaient le linge pour l'essorer. Certaines se mettaient à deux ou à trois pour les grosses pièces de tissu et s'essuyaient le visage tant le soleil était ardent. Elles observaient encore une certaine crainte superstitieuse à rire, mais refusaient net de se morfondre. Un peu plus loin, dans l'atelier du forgeron, les coups de marteau aussi allaient bon train, et les apprentis s'acharnaient sur les soufflets. Les animaux de basse-cour piaillaient comme à leur habitude. Des enfants leur couraient après dans les enclos voisins de l'esplanade, et les courtisans allaient de leur long pas ordinaire en devisant par petits groupes. Domestiques et laquais couraient dans tous les sens.

Françoise demeurait surtout auprès de ses demi-sœurs et d'Antoine, leur lisant des histoires, au besoin en les inventant. Le regard perdu aux croisées, Anne restait silencieuse et bien droite — Pierre lui avait taillé une nouvelle talonnette. Au contraire des autres, elle semblait chercher à se souvenir de chaque détail. La presse des gens, leur habileté à réparer, relever, repeindre, remonter. Les visages, aussi !

Le duc n'était pas reparu. On le disait souffrant. Durant la nuit, Françoise avait été appelée par Awena à deux reprises. Elle était revenue fatiguée et le teint rouge. Les barons avaient d'autorité élu domicile au château. Il ne se passait pas une heure sans qu'on les voie et surtout qu'on les entende.

D'Avaugour ainsi que la comtesse de Dinan semblaient avoir disparu. Dans le brouhaha, le vacarme des ouvriers et le bal des courtisans qui approchaient tantôt un baron, tantôt un autre, il régnait une telle fébrilité que Françoise en avait le tournis. Si la domesticité vaquait à ses tâches, choses somme toute normales, les tentatives de séduction des courtisans étaient proprement honteuses.

Mais chacun ne réagissait-il pas, au fond, selon sa nature propre ?

Françoise se désespérait de n'avoir pas revu Pierre, réquisitionné avec Le Guin par le conseiller Montauban, qui organisait de fait, avec les barons, la suppléance du pouvoir.

La jeune fille commençait un nouveau jeu de cartes avec les filles quand le parquet du couloir attenant à la chambre résonna du bruit familier et effrayant des bottes ferrées.

Marie, la servante, ouvrit la porte de crainte que celle-ci ne soit peut-être arrachée de ses gonds. Entra la comtesse, tout sourire. Derrière elle venait le duc, habillé d'un de ses beaux habits de drap et de velours côtelé mauve et orange foncé. Il portait un ample couvre-chef qui cachait ses mèches grises, son front tourmenté et ses yeux cernés de grisaille.

La Dinan échangea avec lui un regard entendu, puis tous deux s'écartèrent pour livrer le passage à un troisième personnage très grand et maigre qui s'avança, le feutre bas, pour saluer les jeunes duchesses.

Françoise se crispa. Elle reconnaissait en cet homme celui qui avait malmené le trésorier Landais. Aussi fort en gueule que les autres barons, il avait même réussi à effrayer Antoine.

Lorsqu'arriva le tour de la jeune fille, le baron s'inclina davantage encore, le feutre au poing, tout en souriant sous sa moustache en croc.

— Dame Françoise…

En cherchant les yeux de la jeune fille, il plissa le nez comme s'il voulait aussi la sentir. Françoise fut parcourue d'un sombre pressentiment. Une peur irraisonnée lui rentra dans les chairs comme une lame de poignard.

La comtesse vit son infortune et sourit à son tour. Puis elle annonça sur le ton léger de la conversation :

— Ma chère, je vous présente mon bon cousin, le baronnet Raoul d'Espinay-Laval, votre prétendant.

Françoise vit mille étoiles nébuleuses fondre sur elle. Un étourdissement la gagna. La servante courut chercher le broc d'eau. Anne s'avança pour saisir la main de sa sœur. Derrière la comtesse, le duc n'avait pas prononcé un traître mot. Pourtant, c'est lui que Françoise dévisageait, les lèvres tremblantes, le cœur aussi dur et froid qu'un caillou.

* * *

Les réjouissances qui suivirent la chute de Landais réson-
nèrent dans le château durant plusieurs jours. Les barons
menaient grand train. En hommage à leur seigneur « délivré »
du méchant, ils firent venir des victuailles et du vin par
chars à bœufs. La cité aussi était en joie. Les ouvriers, les
marchands et les paysans ne cherchaient pas loin d'où venait
la fête, pourvu qu'ils en fussent !

Pierre et Simon le Gros déambulaient dans les rues.
Partout, l'on parlait fort et l'on riait comme si la prise du château avait été non un crime perpétré contre le duc, mais une
libération épique. Simon reniflait. Il n'était pas sûr de comprendre. Pierre lui-même avait du mal à s'y retrouver, et
pourtant il avait reçu les confidences, les inquiétudes et le
savoir de Françoise !

Où était la justice ? Y en avait-il seulement une, ou bien
tout cela n'était qu'affaire de pouvoir, de désir, de volonté et
d'orgueil ? La religion, qui réglait toute chose et jusqu'aux
plus intimes, demeurait muette, « prudente », aurait dit
Françoise. Les chanoines comme les chapelains, les prêtres
et l'évêque même n'étaient pas que des hommes ordinaires.
S'ils ne faisaient pas tous partie de la noblesse, ils avaient
entre les mains une part non négligeable du pouvoir — celui
des âmes et des consciences.

Une chose était sûre : le vin avait fort coulé la nuit précé-
dant la prise du château. Des tonneaux gisaient encore,
ouverts et évidés à même les rues, et l'on chantait un peu
partout que Landais, jeté au cachot, n'avait que ce qu'il
méritait.

Les gens faisaient sans doute référence à Guillaume Chauvin, conseiller ducal avant lui, que Landais avait fait arrêter et enfermer, et qui était mort misérablement dans sa cellule.

— Rentrons, grogna Pierre, déçu et lassé par la nature humaine.

Le soir, les barons donnèrent un banquet dans la grande salle. Tous furent conviés, et le duc se montra, tenant la main de la duchesse Marguerite. Il siégea à la table d'honneur tandis que son épouse gagnait celle des dames.

Françoise avait le cœur serré de voir son père forcé d'afficher une joie d'opérette, entouré par ses barons rebelles, qui bâfraient et buvaient en devisant sur le triste sort de leur seigneur qui avait été obligé de subir tant d'années le joug de ce scélérat de Landais. Le gosier rétréci par les émotions, la jeune fille ne pouvait avaler une seule bouchée. Awena lui donna un coup de coude. Elle devait manger, ne serait-ce que pour prendre des forces, car d'après elle, le désespoir ne menait qu'à la défaite, puis au tombeau.

Françoise détailla son beau visage, ses joues rondes, ses lèvres pulpeuses, sa magnifique chevelure dorée, ses yeux brun pâle en amande striés de paillettes aux reflets verts. Elle découvrait ce soir une autre facette de cette fille qu'elle ne détestait pas, mais qu'elle avait toujours considérée comme une courtisane, gentille et avenante, certes sans malice, mais une donzelle tout de même qui usait de ses charmes pour se placer dans la vie.

Awena la gratifia d'un sourire de femme à femme quasi fraternel.

— Tu as raison, avoua Françoise à voix basse.

Malgré cela, elle ne pouvait ignorer les œillades insistantes que lui décochait l'affreux baron d'Espinay, et devinait sans mal les plaisanteries grivoises que le barbon échangeait avec ses voisins de table.

Philippe de Montauban capta son regard à quelques reprises. Françoise fut un peu fâchée de lire dans ses yeux toute la compassion, la tristesse et la tendresse qu'elle n'avait pu voir dans le regard éteint de son propre père.

Les heures passaient. Vinrent les danses. Awena accorda plusieurs trioris aux barons. Françoise devinait, et cela l'émouvait, que la jeune femme se livrait en quelque sorte en spectacle pour servir d'exutoire à la férocité des barons. Pour, également, détourner l'attention du visage ravagé du duc, qui tentait parfois, tant bien que mal, d'afficher un triste sourire sur ses lèvres serrées.

Marguerite venait souvent voir son époux pour lui presser les mains. Françoise aurait voulu en faire autant. Elle craignait seulement, si elle se levait, de se faire happer par ce grand escogriffe de Raoul d'Espinay-Laval, dont le nom suffisait à lui faire cabrer l'âme et le cœur.

En vérité, dans chaque domestique, elle cherchait Pierre. Ce soir plus que jamais, la présence du garçon lui manquait. Sa force tranquille, la robustesse de ses épaules, son regard bleu limpide, le son de sa voix. Hélas, Pierre était maintenant un soldat.

Elle quitta le banquet après avoir refusé toutes les danses. La Dinan avait beau fulminer dans son coin, elle s'en moquait et l'affichait ouvertement. Elle suivit le cortège des dames de la petite Anne, qui regagnait sa chambre.

Dans les escaliers, elle fut rattrapée par Raoul d'Espinay. Forcer l'allure ou se fondre dans le groupe des dames d'honneur n'eût été ni poli ni brave. Repensant aux conseils d'Awena, elle se retourna et fit face.

Le baronnet haletait à monter les marches. L'ombre projetée de sa silhouette par les tisons accrochés aux murs devenait chaque seconde plus imposante.

Parvenu à sa hauteur, il mit un genou au sol, se déganta et prit sa main. Lorsqu'il leva les yeux sur elle, Françoise vit alors pour la première fois sa face pâle et étroite, son nez osseux qui coupait son visage en deux, ses lèvres fines ourlées sous la moustache, son front fuyant, ses yeux noirs sombres et intenses.

— Madame, si vous me permettez…

Sa voix était à la mesure de l'homme : chevrotante et un tantinet trop aiguë pour l'image que l'on se faisait d'un gentilhomme breton.

Françoise n'y put résister. Elle ôta vivement sa main, saisit le bas de sa houppelande et s'échappa comme une oie terrorisée.

Parvenue dans le corridor menant à sa chambre, elle reprit son souffle, se retourna. Le mufle n'avait pas osé la suivre. La pénombre régnait sur l'étage, mais pas le silence. Tout à sa terreur et au regret de son geste, elle remit de l'ordre dans sa chevelure, posa une main sur son cœur.

Elle allait entrer quand un homme jaillit du renfoncement d'une croisée.

— François !

D'Avaugour rajustait sa tenue. Des effluves d'eau de toilette à base de fleurs l'enveloppaient. À sa façon mâle et arrogante, lui aussi semblait essoufflé.

Elle s'apprêtait à le fustiger, mais il haussa les épaules et la planta là. Le couloir redevenu désert, elle perçut alors des sanglots accompagnés de légers reniflements.

Une donzelle sortit à son tour du chambranle et alluma une bougie. Un étourdissement plus vif que ceux qui avaient gâché sa soirée frappa alors Françoise : défaite et tremblante, Awena était en larmes…

CHAPITRE 19

Une promenade à cheval

A ttendez, père !

Françoise rajusta le couvre-chef du duc et finit de boutonner sa longue houppelande bordée d'hermine. Elle s'éloigna ensuite de quelques pas pour vérifier qu'il était cette fois bien mis.

Marguerite prit la main de son époux.

— Entrons dans la fosse aux lions, plaisanta le souverain.

Si l'image pouvait sembler exagérée, la situation n'en était pas moins vraie. Tous trois échangèrent un regard entendu, puis se sourirent.

Le Guin ouvrit la porte du vestibule. Derrière se déployaient les fastes de la salle d'apparat du château ainsi que la foule des barons, des chevaliers et des courtisans.

Françoise se demandait pourquoi son père avait choisi une tenue si lourde et chaude. Après tout, l'été faisait éclater les blés, et le soleil entrait à foison par les croisées.

Son père, elle le savait, était toujours entre deux malaises, fièvres et coliques. Son teint cireux et sa démarche hésitante laissaient libre cours aux imaginations les plus morbides.

Les nobles ôtèrent leurs feutres, bonnets, chapeaux et couvre-chefs. François et Marguerite les saluèrent avec dignité. Ils parvinrent ainsi jusqu'aux premiers rangs, où les attendait Montauban, mais aussi Rieux, Rohan, le prince d'Orange, d'Espinay-Laval, François de Châteaubriant, le fils de la comtesse de Dinan, ainsi que quelques autres.

Tendu de velours et de soie, le dais arborait les armes de la maison de Montfort et celles du duché. Installées sur une estrade plus petite se tenaient la comtesse de Dinan, Anne et Isabeau. Les fillettes étaient vêtues de robes simples et étaient coiffées l'une d'un hennin conique, l'autre d'un hennin tronqué, même si la mode en était un peu dépassée. François II trouvait en effet ces coiffes élégantes et dignes, toutes choses dont il avait besoin aujourd'hui pour affronter ceux qu'il appelait en secret ses « bourreaux ».

Fin diplomate, il commença en ouvrant les bras :

— Mes amis !

Les derniers événements avaient consommé l'échec de sa politique des dernières années. Landais et lui s'étaient évertués à éloigner les barons du pouvoir ; voilà qu'avec l'aide de la France, ces gens-là s'en revenaient plus forts et goguenards que jamais.

François comprenait qu'avec ce coup de force joliment présenté comme une tentative désespérée mais réussie de libération, il perdait encore un peu plus de son prestige et de son pouvoir. Officiellement, les barons faisaient leur soumission au duc. En réalité, c'était le contraire qui se produisait, même si la plupart des courtisans faisaient semblant d'y croire.

Le maréchal de Rieux entama la lecture du manifeste préparé conjointement avec ses complices.

— « Landais, claironna-t-il, par son ambition forcenée, son arrogance et son désir de nuire et de tout régenter, mettait notre pays en grand danger. »

François lut cette réponse, qui lui arrachait en fait la bouche :

— « Nous lui avions donné plus d'autorité et de preuves de nos largesses qu'à tout autre de nos sujets. En toutes circonstances, nous avons suivi ses avis et conseils. »

Françoise transpirait à grosses gouttes. Était-ce vraiment la chaleur, ou bien la brûlure de l'humiliation ? Si Isabeau semblait s'ennuyer ferme, Anne avait les lèvres serrées. La jeune duchesse échangea quelques œillades avec son aînée. Marguerite tenait le bras du duc. Awena demeurait en retrait, anxieuse, au milieu des autres dames.

Se rappelant la scène nocturne à laquelle elle avait assisté quelques semaines plus tôt, Françoise chercha son regard sans le trouver. La jeune fille n'avait pas encore osé aborder Awena sur ce sujet délicat. Néanmoins, elle ne pouvait ignorer en cet instant même combien elle était la cible des regards masculins. Il n'était pas un noble, incluant Raoul d'Espinay, qui ne lorgnait le visage, les lèvres et le corsage de la courtisane.

Les barons présentèrent à tour de rôle leur soumission à titre personnel. Le duc répondit sur le même ton de politesse informelle en haletant de plus en plus fort sous le poids de son lourd vêtement. Quel courage il avait de feindre sans broncher ! Anne ne le quittait pas des yeux.

Françoise, elle, n'en pouvait plus. Derrière la foule et les toussotements, ceux qui somnolaient et sans doute, aussi, les espions à la solde de la France, elle cherchait Pierre, qui devait se trouver au nombre des hallebardiers. Elle aperçut

Le Guin, mais ne put identifier la silhouette de Pierre. Il faut dire que la chaleur gagnait son ventre et qu'une migraine battait à ses tempes. Douleurs habituelles aggravées selon elle par le « banolier », cette large ceinture traditionnelle placée sous ses seins et qui comprimait sa cage thoracique.

Les discours se conclurent enfin sur ces paroles du duc, qui « remerciait » ses barons de lui avoir ouvert les yeux sur la tyrannie de son grand trésorier. La foule reflua ensuite à grand bruit vers la galerie, où l'on servait des dragées, du pain au miel et des rafraîchissements.

Dans le mois courant, les barons obtinrent gain de cause. Ils rentraient dans tous leurs biens et titres précédemment confisqués, obtenaient une condamnation écrite de Landais, réintégraient leur place au conseil et recevaient même des indemnités puisées dans le trésor ducal. Le 9 août, un texte était présenté au duc, qui signa une « paix perpétuelle » avec la France. Poussé dans le dos, il faisait à son tour une soumission totale au jeune roi de France ainsi qu'au couple Beaujeu.

* * *

Quelques jours plus tard, un petit groupe de cavaliers descendait en trombe les rues du vieux Nantes. Traversant la prairie de Biesse où avait été pendu Landais, le duc baissa la tête dans son col.

Il faisait chaud. Beaucoup de gens se trouvant dehors, François tint à ralentir pour les saluer. Paysans et journaliers ôtèrent leurs bonnets et leurs calots. Raoul d'Espinay approuva. Il était bon de montrer au peuple que leur duc était libre et heureux, et qu'il pouvait aussi prendre du plaisir avec sa famille.

Françoise, d'Avaugour, mais aussi Anne et Isabeau chevauchaient à leurs côtés. Il s'agissait, comme l'avait dit le grand rouquin, d'une promenade de santé. Quelques cavaliers empruntés à la garde les accompagnaient, dont Le Guin ainsi que Pierre, revêtu pour l'occasion de l'uniforme officiel des gardes.

À la vérité, le garçon n'avait pas encore signé d'engagement formel. Comme il disait, il s'essayait. Le Guin avait sur la question un avis différent. Il avait d'ailleurs prévenu son protégé qu'aimer Françoise n'était ni sage ni prudent. Mais, Breton dans l'âme, Pierre ne voulait rien entendre. Pis que ça ! Il refusait d'en discuter. C'est tout juste s'il ne niait pas tout en bloc.

Il avait cependant insisté pour chevaucher derrière la jeune fille et son vieux barbon de prétendant.

Ils passèrent de l'amble au galop. Si les fillettes montaient les deux jambes d'un même côté, posées sur une planchette de bois, Françoise allait à califourchon et les cheveux au vent.

Avant qu'ils ne partent, la Dinan s'était récriée : Françoise devait porter une coiffe et cacher sa chevelure !

C'était de la provocation pure ; la jeune fille, la comtesse et même Raoul d'Espinay le savaient. Pierre se doutait qu'elle souhaitait ainsi affirmer son indépendance et peut-être même leur montrer qu'elle refuserait de se laisser enfermer, rapetisser, commander.

La Dinan avait parlé à l'oreille de son cousin. Le grand rouquin riait franchement et montrait ses dents, qu'il avait droites et blanches. Cette réaction n'avait pas fait l'affaire de la comtesse.

Depuis l'autre soir, d'Avaugour affichait une prudente réserve à l'égard de sa sœur et refusait ostensiblement de se tenir trop près d'elle.

« Il craint que je l'interroge sur sa relation avec Awena… », se disait la jeune fille.

Ils s'arrêtèrent sur les bords de la Loire. Le temps, pour Françoise et Raoul, de faire quelques pas seuls entre les joncs en attendant que les domestiques montent les tables et les tentes du déjeuner. Au menu figurait du lapin froid en sauce, du vin clairet ainsi que des nèfles et une purée de blanc de poireau accompagnée de miel, d'amandes et de lait.

Cette sortie avait plusieurs buts, dont un n'avait pas encore été atteint, ce qui jetait Raoul d'Espinay dans un grand embarras. N'ayant pu soutirer de sa promise la moindre parole vraiment gentille autre que formelle, il attendit le dessert pour aborder le sujet avec le duc.

— Quand allez-vous m'accorder la main de votre fille, monseigneur ?

Françoise dut reconnaître que le baron avait du front. Elle surprit son regard inquisiteur. Était-il à ce point pressé ? Et pour quelle obscure raison ? Se languissait-il de désir, ou bien tout ceci n'était que simples calculs politiques ?

La jeune fille craignait que son père ne soit en si faible position qu'il saute tout de suite sur cette occasion d'acquérir un appui facile.

— Mon cher, répondit-il en buvant lentement son carafon, je donne entière attention, en ce moment, aux épousailles de mes cadettes. Il en va de la grandeur de notre pays.

Raoul ne put faire autrement que d'approuver. Cependant, il trouvait la dragée amère. Françoise échangea un regard rapide avec Pierre, qui se tenait bien droit à quelques pas. Si Raoul ne remarqua rien, d'Avaugour ainsi que Le Guin s'en formalisèrent.

Le capitaine se promit de parler franchement à Pierre. Cette folie avait assez duré. Françoise n'était pas une fille pour lui. Le comprenait-il ?

François II termina son dessert, puis présenta ses mains à rincer à un domestique. Même hors des murs, il convenait de maintenir une certaine étiquette. Le duc se renversa ensuite sans plus de cérémonie sur le dos et se perdit dans la contemplation du ciel bleu et du soleil.

Il se rapprocha d'Anne, à qui il fit quelque temps la conversation, parlant bas comme s'ils échangeaient des secrets.

Raoul avança sur la berge pour se nettoyer les dents avec un fin bâtonnet. Il en avait toujours plusieurs sur lui et en offrait volontiers, surtout aux dames. Pierre le suivit sombrement des yeux. Le baron termina son manège, sortit de son pourpoint un fil de soie — la fameuse « esquillette » dont on parlait et qui permettait de déloger plus facilement les morceaux de nourriture pris entre les dents. Pour finir, il mâcha des feuilles de menthe pour rafraîchir son haleine.

Le repas et la pause terminés, tous remontèrent en selle. Pierre fulmina de voir que Raoul se proposait pour aider non seulement Françoise, mais également Anne et Isabeau.

Doucette, la haquenée de son amie, paraissait nerveuse. Sans doute l'était-elle parce que sa maîtresse lui communiquait la sienne propre !

Durant le trajet du retour, Raoul ramena le sujet de ses épousailles, et le duc lui fit à peu près et courageusement la même réponse, ce qui soulagea Françoise et inquiéta Anne...

* * *

La nuit vint, et avec elle les discrets déplacements dans les couloirs du château. L'heure des prêches et des confessions étant passée, des dames allaient rejoindre leurs amants ; les seigneurs, quelques donzelles, servantes accueillantes ou filles de joie mandées des bas quartiers et qu'escortaient des messagers encapuchonnés. Leurs chuchotements composaient un bruit de fond continu, les pas étant le plus souvent étouffés par des chaussons en peau de mouton.

Awena était dans son élément. À peine tolérée dans l'entourage du duc, elle vivait surtout la nuit. Demain matin, elle dormirait et rêverait même à cet homme, ce seigneur, ce prince ou ce héros qui allait un jour croiser son chemin et ravir son cœur.

De petite naissance, elle s'était retrouvée orpheline très tôt. Sa mère était une lingère, son père un seigneur qui n'avait pas même daigné la reconnaître. Engagée à Rennes dans la famille d'un courtisan, elle avait suivi ce dernier jusqu'à Nantes, puis au château du duc. Le gentilhomme l'avait prise comme amante. Sa femme était morte quelque temps plus tard, lui-même avait péri lors d'une échauffourée contre les hommes de feu le roi Louis XI. Le duc avait de ce fait pris la jeune femme sous son aile.

« Puis un peu plus près encore », se dit Awena en se lovant plus étroitement dans les bras de son amant.

Elle était bien par ailleurs telle que les gens de cœur la voyaient : sans mauvaise pensée pour quiconque, sans jalousie et sans grande ambition de biens, de titres ou de richesse hors l'assurance de compter pour un homme et celle d'en être véritablement aimée en retour.

La duchesse Marguerite l'avait bien compris : Awena ne serait jamais une menace. Au plus, une ombre dans la sienne, une servante au besoin, une amie sincère si elle le souhaitait.

Beaucoup d'hommes la désiraient et lui faisaient des avances. On lui avait fait comprendre que son intérêt était de prendre dès à présent un nouveau protecteur. Le duc était las et faible, miné par son obsession de sauver la Bretagne des griffes des Français et de celles d'autres monarques qui, tous, lorgnaient ses terres. Il s'usait la santé ; ses jours étaient comptés. Comme ceux d'Awena, d'ailleurs, et de sa place au château si elle tardait à faire son ou ses choix — plusieurs seigneurs étant prêts, en effet, à se partager ses faveurs.

La jeune femme n'en avait cure. L'homme qui pesait sur son corps et qui mêlait son souffle au sien lui semblait au contraire plein de vie et d'allant.

Le duc poussa un cri rauque, puis il s'affaissa sur la poitrine de sa maîtresse. Awena joua avec ses boucles grises. Ils respiraient en cadence sous la couverture, comme de jeunes amants. Malgré la tiédeur du soir, un feu moyen ronflait dans l'âtre. Awena avait demandé qu'on l'allume, car ces temps-ci, François avait toujours froid.

Après un temps de repos où ils n'écoutèrent que leur souffle paisible, la jeune femme se dégagea. Elle se glissa hors de la couche et alla chercher une coupe remplie d'eau tiède parfumée à la rose. Un linge dans les mains, elle commença à rafraîchir le visage, le cou et le torse de son amant.

Il lui prit le visage avec les mains, noya son regard dans le sien.

— Tu es une lune, Awena. Un astre pur qui mérite davantage de la vie et de l'amour qu'un homme aussi diminué que moi.

Pas si diminué que cela, tout de même! La jeune femme entendait bien le lui prouver pour ragaillardir son moral chancelant.

— Un jour, ajouta le duc, tu rencontreras un homme qui embrasera ton cœur comme le soleil s'y prend avec les blés. Je le vois déjà dans tes beaux yeux, je le devine.

— Si Dieu le veut ainsi, monseigneur...

Elle referma à demi ses paupières. Ses doigts et ses mains se mirent à courir sur la poitrine et sur le ventre du duc. François l'observait, fasciné, tout en buvant son vin à petites gorgées. Awena entama une danse lascive dont elle avait le secret. Le duc accompagnait ses mouvements par une musique qu'il se jouait en silence dans sa tête.

La jeune femme avait le don suprême de l'apaiser. En sa compagnie, d'ordinaire, il pouvait oublier ses tourments. Avec elle, il savourait des moments hors du temps, qui n'étaient pas tous consacrés à la joute. Il lui lisait des romans de chevalerie. Elle lui chantonnait des mélodies simples de sa voix calme à peine murmurée.

— Tu es faite pour la gloire et le plaisir, lui disait-il quelquefois.

Il savait cependant qu'elle ne lui demanderait rien qu'un peu de son temps, rien que lui, parfois, sans jugement et sans calcul. La devise du duc, un peu spéciale pour l'époque, n'était-elle pas : *Il n'est de trésor que de liesse !*

Ce soir, par contre, les événements se pressaient trop pour qu'il puisse contenir ses angoisses. Son obéissance nouvelle aux barons ainsi qu'au roi le tourmentait. Il songeait au courrier secret qu'il avait reçu plus tôt dans la journée. Tandis qu'il faisait patte blanche, son cousin Louis regagnait ses terres pour redresser ses murailles d'Orléans et de Blois.

Sur papier, il l'encourageait à l'imiter. Louis n'avait-il pas aussi prêté serment de ne plus reprendre les armes contre le gouvernement !

Mais Louis était un brûle-tout. Sa qualité de prince héritier lui conférait une protection que François ne possédait pas. Lui devait au contraire user de diplomatie à double fond et de doigté. N'était-il pas d'ailleurs question de cela alors qu'Awena se lovait de nouveau contre lui, prenait sa main dans la sienne et la dirigeait, par jeu, sur sa poitrine et vers son pubis brûlant !

— Oubliez tout, monseigneur, je vous en conjure, chuchota-t-elle à son oreille, et soyez avec moi.

En même temps, sachant bien qu'elle n'arrivait pas à l'apaiser complètement, elle fronçait les sourcils, ce qui la rendait encore plus coquine.

François songeait au vide laissé par Landais. Avec qui ourdirait-il désormais ses plans d'alliances matrimoniales ? Il avait promis Anne et Isabeau aux fils de Jean de Rohan. En même temps, il laissait encore au vieil Alain d'Albret l'espoir d'épouser Anne. Jamais à bout d'idées, il courtisait aussi l'Angleterre et l'Espagne, qui avaient chacune des princes à lui offrir. Il y avait surtout Maximilien d'Autriche, le roi de Rome, le fils de l'empereur. Ce dernier avait sa préférence, car ses terres étaient suffisamment éloignées de la Bretagne pour garantir sa souveraineté. En même temps, devenir duc aiderait grandement Max à menacer le roi de France sur ses arrières.

Il n'était plus temps, hélas, de songer à Louis, qui n'arrivait pas à se défaire de Jeanne, la bossue. Il était illusoire, en effet, de croire qu'Anne de Beaujeu laisserait le pape abroger l'union de sa sœur avec le duc d'Orléans.

Non, François, même s'il appréciait Louis, devait désormais se tourner vers Maximilien, qui était seul assez puissant pour protéger Anne, advenant son décès prochain.

Prochain ?

Le duc en doutait chaque fois qu'il sortait des bras d'Awena. La diablesse était maintenant agenouillée à ses pieds, et ses lèvres couraient sur son ventre. François posa ses mains sur l'ample chevelure blonde et chaude. Sans qu'il y pense, il reprenait vie. Ce que voyant, la jeune femme s'encanailla encore davantage.

CHAPITRE 20

« Tu ne comprends rien au cœur des femmes ! »

Les palefreniers papillonnaient autour des chevaux, qui hennissaient de nervosité. Il y avait trop de monde, de lumière et d'agitation autour d'eux. Posté non loin, Pierre devinait combien ils devaient regretter la paisible demi-obscurité de leur écurie.

Les barons s'en allaient comme ils étaient venus : à grand bruit et équipage. Des têtes se pressaient aux fenêtres. Un flot continu de serviteurs chargeait les charrettes. Des messagers envoyés par tel ou tel courtisan remettaient leurs plis aux seigneurs. Quelques dames de la cour regrettaient déjà le départ de leurs amants d'un soir.

Seuls le duc et sa famille ainsi, peut-être, que les chanoines et les chapelains, qui avaient eu fort à faire depuis quelque temps, étaient soulagés. Rassemblé avec les siens sur les hautes marches du vaste escalier central, François II adressait à tous ses bons vœux de voyage.

Rohan et Rieux laissaient auprès de lui quelques-uns de leurs affidés pour les représenter au conseil, le temps qu'ils reviennent lorsqu'ils auraient réglé leurs propres affaires. Françoise en était bien aise, car Raoul d'Espinay ne faisait pas partie du nombre.

Depuis la promenade à cheval de l'autre jour, elle priait en secret pour que son père remette à plus tard ses épousailles. Dieu l'avait apparemment exaucée, et elle se tenait toute tremblante derrière ses demi-sœurs.

Les barons montaient à cheval. Raoul se présenta soudain devant elle, si grand qu'elle dut lever la tête.

— Madame, dit-il de sa voix éraillée, si vous me permettez…, voici pour vous.

Françoise reçut le petit écrin de bois ouvragé dans les mains. Awena la pressa de l'ouvrir, ce qu'elle fit en ronchonnant. Que pouvait-il y avoir d'autre, à l'intérieur, qu'un bijou ?

Elle eut un sourire pincé en découvrant en effet le jonc simple, d'or et d'argent torsadé, serti d'une perle blanche. L'ensemble était délicat, fragile et sans ostentation, un détail qui plut à Françoise sans qu'elle se sente toutefois obligée d'en faire l'étalage.

— Grand merci, noble baron.

Raoul hocha du chef sous son bonnet de voyage et tendit son index osseux. Y avait-il autre chose ?

Un minuscule parchemin roulé accompagnait le bijou. Françoise le déplia en faisant la moue. Fort heureusement, ce n'étaient pas des vers adressés à sa beauté, mais… des fils de soie !

Raoul hocha de nouveau la tête, sur le côté gauche cette fois, inclinaison touchante qui fit cependant grimacer la jeune fille.

— Pour vos dents, ma chère !

Les autres barons s'esclaffèrent. Ils devaient connaître les manies d'hygiène hypocondriaque, sinon la coquetterie de leur compagnon, qui ne manquait jamais, non plus, de bien se parfumer. Raoul se baissa vers Françoise et lui souffla à mi-voix que ces rustres ne savaient rien de ce qui était vraiment bon dans l'existence.

— Il faut leur pardonner, dit-il.

Pour abréger ces au revoir qui lui pesaient, le duc donna l'accolade au baron, puis celui-ci redescendit incontinent les marches pour se mettre en selle.

De retour dans les étages, chacun fut soulagé de retrouver son espace ainsi que davantage d'air à respirer. Même la comtesse de Laval partageait leur avis!

Françoise se crut obligée de passer le jonc à son doigt, ne serait-ce que pour faire bonne figure. Mais elle se prenait déjà à souhaiter ne plus revoir la trogne de son soupirant!

Le soir, elle attendit en vain que Pierre la rejoigne en leur lieu de rendez-vous habituel. Sans doute dormait-il à présent dans la caserne. S'en échapper devait être plus difficile. Elle pesta. Qu'avait-il donc à vouloir se faire soldat!

En se couchant, elle se joua dans la tête les épisodes les plus tendres et les plus délicieux de ses tête-à-tête avec Pierre. Les barons disparus, elle se sentait à nouveau libre de sa vie, de ses pensées, de son corps. Rien ne l'empêchait plus d'imaginer que Pierre était allongé près d'elle. En bougeant les doigts, elle pouvait sans doute effleurer les siens. En écoutant la nuit, elle percevrait son souffle.

Le sommeil vint, hélas, la cueillir avant qu'elle ne puisse en arriver à des images et des sensations plus intéressantes. Ces caresses intimes qu'elle souhaitait tant recevoir. Celles, aussi, qu'elle espérait en secret lui servir.

Son rêve débuta sous les meilleurs auspices. En effet, ce n'était pas Raoul qui se penchait vers elle, un écrin à la main, mais bel et bien Pierre revêtu d'une armure étincelante. Pierre était attendu sur l'esplanade par d'autres compagnons aussi noblement harnachés que lui, dont le sympathique cousin Dunois et le duc Louis d'Orléans, qui l'appelait « mon ami ». Françoise était aux anges. Il lui semblait que quelque chose s'était produit. Comme un souffle de vent qui chassait tous les nuages gris de son horizon.

Il était également question d'épousailles dans ce rêve, et cette fois-ci, le cœur de la jeune fille était gonflé de joie.

Et puis, soudain, un éclair l'éblouit. Le soleil se cacha. Il y avait encore des cavaliers dans la cour, mais ce n'étaient plus les mêmes. Une main froide enserra son bras nu. Cette poigne n'était pas celle de Pierre. D'Espinay lui agrippait aussi les cheveux et forçait ses lèvres avec les siennes.

Elle se débattit, voulut hurler et poussa un véritable cri en s'éveillant, car de la bouche de Raoul jaillissait à présent un flot d'insectes répugnants.

Épouvantée par ce qu'elle prit pour un affreux présage, elle ne put refermer l'œil de la nuit. Au matin, elle se présenta en chemise de nuit dans la chambre de son père. Marguerite dormait encore. Le duc se tenait derrière le paravent sur sa chaise percée. Son majordome se chargeait des vêtements sales ainsi que des pots de chambre. Awena dormait dans un appartement voisin.

François fronça les yeux.

— Ma fille ?

— Père... haleta Françoise en demeurant derrière le panneau de bois.

Avant même que le duc ne puisse s'enquérir de la raison de cette surprenante intrusion, elle se laissa tomber au sol.

— Père, répéta-t-elle, je ne veux pas me marier. Pitié! Gardez-moi auprès de vous.

Le duc renifla. Les projets matrimoniaux étaient sa marotte préférée, plus que la chasse, l'art ou bien la politique.

— Ma fille, répliqua-t-il finalement, car il était en plein dans son affaire, vous avez passé l'âge et de loin, maintenant, de servir votre famille.

Ne voulait-elle pas avoir un logis à elle, des gens pour la servir, un protecteur, des enfants!

— Vos sœurs sont bien plus jeunes et déjà promises. Votre frère, même!

Il n'en dit pas davantage concernant d'Avaugour, qui lui posait des problèmes à ce sujet. Cependant, le ton était cinglant et sans réplique.

Françoise sentit une main douce se poser sur son épaule. Marguerite la regardait et hochait la tête, ses beaux cheveux coulant sur son visage et son cou.

Sachant qu'il n'y avait rien de plus à faire ou à dire, la jeune fille se retira, penaude, en soupirant sur son malheur. Ce n'était pas tant l'idée du mariage qui l'effrayait que son futur époux, si inquiétant et si maigre qu'un souffle de vent pouvait sans doute le renverser, cet homme au regard chafouin et tranchant malgré ses belles manières.

« Les insectes dans sa bouche », se dit Françoise, encore horrifiée, sans pouvoir elle-même s'expliquer plus avant.

* * *

Enfin, elle retrouva Pierre. Il s'accrocha à une saillie et la rejoignit sur le toit derrière une grosse cheminée. L'endroit était idéal, en retrait de tout et cependant à l'air libre. Le soir était en cette heure encore doux et parfumé des chaleurs de la journée. Le crépuscule n'en finissait pas de s'étirer. Le ciel était traversé de nuages roses et mauves filés comme de la laine dans un fuseau. Derrière venait la nuit, ce qui n'empêchait pas les courtisans d'aller et venir dans les couloirs, les galeries, les escaliers, la cour. L'été, la vie durait plus longtemps, et il n'était aucun espace libre de toute présence humaine, sauf sur les toits, cette autre terre plus proche du ciel qui était toute à eux... du moment que l'on n'éprouvait aucune crainte à se faire héron ou chat sauvage.

Sans se parler, ils se prirent les mains. Ce geste leur était naturel, comme de respirer ou de se regarder. Ce qu'ils firent pendant de longues minutes, avant que le front de Pierre ne se plisse de méchantes rides.

Françoise aurait tant souhaité qu'ils puissent communier encore sans le support souvent illusoire des paroles ! Retrouver leurs embrassades et leurs caresses sans avoir besoin d'évoquer l'horreur de ces dernières semaines.

Pierre remarqua le jonc. Pourquoi diable ne l'avait-elle pas jeté au fond d'un puits !

Le jeune homme soupira.

— Ça ne sert à rien, lâcha-t-il.

Elle battit des paupières.

— Qu'est-ce qui ne sert à rien ?

— Je ne suis rien, tu es la fille du duc.

Elle pencha la tête pour l'encourager à poursuivre. Ce qu'il fit en détournant le regard.

— Je m'en veux, ajouta-t-il, si tu savais !

Il la prit contre lui, la serra jusqu'à l'étouffer.

— C'est toi qui avais raison. J'aurais dû t'enlever, l'été dernier, quand tu étais encore libre. Quand…

Sa voix se brisa. Il soupira de nouveau.

— Hélas, tu te dois à ta famille. Ce mariage…

Françoise devinait tout ce que ces épousailles apporteraient à son père. En fait, peu de choses si ce n'est la promesse d'un soutien militaire de la part de Raoul d'Espinay advenant un danger. Ce rapprochement entre les Montfort et les d'Espinay-Laval faisait également l'affaire de la comtesse, car elle plaçait ainsi un autre membre de sa famille dans l'entourage immédiat du duc. Ne serait-ce que « par la main gauche », comme on disait des unions ourdies pour les bâtards.

— Je ne suis rien, je ne peux rien, se lamenta Pierre.

Cette attitude lui ressemblait si peu que Françoise prit la mouche :

— Si tu le répètes si fort, si tu le penses vraiment, alors oui, tu as raison.

— Mais regarde-moi !

Elle le toisa au fond des yeux et vit tout ce qu'il était et qu'il ne soupçonnait sans doute même pas : un garçon courageux, certes entêté et souvent opiniâtre, mais un être sensible et généreux, un artiste, un bon compagnon pour les autres, un ami franc et fidèle, un homme tendre et sensuel qui savait aimer. Enfin, un amant qui savait toujours mettre l'autre à la première place.

Elle cessa d'y penser de peur de…, elle ne savait trop, car ils étaient seuls tous les deux et si près l'un de l'autre ! Il ouvrit la bouche pour parler encore, mais pour dire quoi? Se dévaloriser? Regretter son état de domestique? Déplorer son ignorance, son inculture?

Elle l'embrassa à pleines lèvres. Il résista. Elle le força, prit sa main pour la poser sur son sein gonflé. Ils haletèrent. Il finit par s'arracher à son étreinte et la fixa, éberlué, effaré, effrayé.

— Je t'aime, avoua-t-elle dans un souffle.

Il ne cessait de la regarder. La nuit, maintenant, était tombée. Françoise pestait de ne pouvoir en faire davantage.

— Tu es tout noué, regretta-t-elle en tendant sa main.

Il se recula, geste qui la blessa davantage encore que n'importe quelle parole.

— Je t'aime, répéta-t-elle, et je regrette aussi qu'on ne se soit pas enfuis.

Pierre fixait le jonc qu'elle portait encore et auquel la jeune femme ne pensait nullement en ces fragiles instants. Il secoua la tête comme s'il se répondait à lui-même, puis il quitta brusquement leur abri.

— Attends!

— Regarde-moi! répéta-t-il.

De quoi parlait-il? Que voulait-il lui dire? Des larmes perlaient à ses yeux. Elle se serait arraché les cheveux pour comprendre.

— Le Guin a bien raison, laissa-t-il tomber.

Elle l'entendit glisser sur les tuiles, se raccrocher à la saillie, se balancer, atterrir plus bas sur une corniche. Alors, elle se pencha et s'écria, au risque d'être entendue :

— Tu ne comprends rien au cœur des femmes!

Pierre regagna la caserne. En chemin, il croisa Simon, qui revenait du puits. Il était de corvée, ce soir, portant l'eau aux écuries pour que les palefreniers en aient durant la nuit pour boire, et le lendemain pour se laver.

— Pierre ? s'étonna son ami.

Le jeune homme s'arrêta net, mais ne se retourna pas. Simon le rejoignit pour l'entendre simplement dire :

— Je vais signer mon engagement pour l'armée. Partir loin d'ici. Pardonne-moi.

* * *

Françoise n'eut pas, comme Pierre, à risquer de se rompre le cou pour redescendre. Elle passa par un vieil huis destiné à ramoner les cheminées. Dans le couloir obscur et presque silencieux, elle pleurait.

Alors qu'elle gagnait sa petite chambre, d'Avaugour surgit devant elle et lui saisit le bras. Le visage pâle de son frère, son regard toujours aussi trouble et illisible à la fois la mit mal à l'aise.

— Je sais qui tu vois en cachette, siffla-t-il, la mine renfrognée.

C'en était trop.

Elle lui pinça l'avant-bras et rétorqua qu'elle aussi savait des choses à son sujet.

— Awena... murmura-t-elle.

Plus surpris en vérité qu'aussi apeuré qu'elle s'y attendait, il renifla. Il s'enroula ensuite dans sa cape comme un espion et rétorqua sur le même ton :

— Tu te trompes à mon sujet.

Françoise entendait les pleurs de ses jeunes demi-sœurs. Elle débloqua le panneau de bois et se rendit chez elles. Anne et Isabeau se tenaient dans les bras l'une de l'autre, sur le lit à baldaquin, les cheveux enfouis dans le cou de leur mère.

— Mes chéries, mes petites! les consolait celle-ci. Le mariage est…

Toutes trois en chemises de nuit, elles offraient un spectacle trop rare au goût de Françoise. Il y eut du mouvement dans la pièce. La jeune fille crut d'abord qu'il s'agissait de Marie. Mais elle reconnut la voix grave et perçante de la comtesse.

— Allons, allons, se marier est dans l'ordre des choses! Pour une femme, c'est un devoir sacré, un sacrifice, parfois, pour Notre Seigneur Jésus et pour notre père et notre maison.

Elle rappela comment elle-même avait été enlevée par Guy de Bretagne, le propre frère du duc François 1er, à l'âge de huit ans. Ce jeune prince l'aimait et finit par l'épouser. Ils avaient eu, pourtant, une courte vie commune semée, comme chacun le savait, de grands malheurs. Guy était en effet mort étranglé dans une cellule.

— Ensuite, j'ai été mariée de force à un barbon de quarante-cinq ans alors que je n'en avais que quatorze!

La comtesse s'interrompit. Ses jeunes pupilles avaient les yeux ronds. Françoise aussi, cachée derrière une tapisserie. C'était une des premières fois que la Dinan parlait d'elle, de son passé et de ses propres souffrances.

— L'amour est une chose rare et fragile, poursuivit-elle. Nous, les femmes, devons nous contenter de notre sort et nous débrouiller surtout pour en tirer le meilleur parti possible.

Toutes choses qu'elle-même avait parfaitement réussies.

Marguerite approuvait tout en souriant secrètement, car elle avait la chance d'aimer son mari qui, quoiqu'infidèle, était un bon, un doux et un juste seigneur et compagnon.

— Alors, termina la comtesse en essuyant des larmes sur son visage, cessez de pleurer et acceptez de faire votre devoir. Les princesses ne s'appartiennent pas. Elles sont la propriété des peuples, des pères, et elles sont par tradition rattachées à la terre.

Les jeunes duchesses se le tinrent pour dit. Françoise recula dans l'ombre et regagna sa chambre. Peu importe ce qu'avait dit la comtesse. Elle ne se laisserait pas enfermer dans une cage dont elle ne voulait pas. Elle aimait Pierre, et Pierre l'aimait. Son cœur ne pouvait ni mentir ni être pris en défaut.

CHAPITRE 21

Affaires d'État

Amboise, cour de France, automne 1485

Le bel homme agenouillé devant le fauteuil royal avait fière allure. Dans la salle du trône plantée de colonnes, il faisait froid et lugubre. Cependant, la présence de Louis de La Trémouille y apportait un rayon de soleil. De taille moyenne, les cheveux bruns coupés court, des yeux marron aux reflets doux, toute sa personne était le parfait reflet du noble chevalier. Orphelin de père, chef de sa famille à vingt-cinq ans, il était sur le point de recevoir les honneurs des mains du jeune Charles VIII.

La dame de Beaujeu l'avait ainsi voulu. L'armée avait besoin de chefs inspirants tels que La Trémouille. Les soldats aimaient suivre ceux qui savaient leur insuffler la force, la foi, mais aussi la droiture et le courage, toutes choses qui paraissaient vissées au cœur du jeune seigneur.

Anne de Beaujeu ne se trompait que fort rarement à propos des hommes. Et celui-là en était un à préparer à occuper un jour de très hautes responsabilités.

Tandis que le jeune La Trémouille plaçait ses mains dans celles du roi et qu'il prononçait son serment, la dame hochait la tête. Son mari acquiesçait dans son coin. Anne manœuvrait, comme d'habitude, avec douceur et fermeté. Elle avait donné Louis à Gabrielle de Bourbon, sa cousine, et ils étaient depuis avril dernier les heureux parents d'un gentil garçon prénommé Charles, dont Charles VIII était justement le parrain.

Des liens tissés serrés entre les êtres, tel était le secret !

Pierre de Beaujeu échangea une œillade avec sa femme et resta sur son quant-à-soi. Sa dame semblait en grande discussion avec elle-même, sans égard pour les ministres et les courtisans rassemblés autour du roi.

Anne se parlait. Son visage était tendu, ses yeux rivés sur le détail insignifiant d'une statue. Alors que La Trémouille prononçait le solennel « Je le jure », parlant de fidélité au roi, la dame aussi murmurait ces paroles tout bas, pour elle-même et l'âme de son défunt père. Son mari la connaissait si bien qu'il aurait juré qu'elle songeait en cet instant à la Bretagne et à la manière de se montrer digne de la promesse faite à feu Louis XI sur son lit de mort.

« Fais entrer la Bretagne dans la France », lui avait-il commandé.

Les mains jointes, la dame aussi promettait.

Le roi donna une franche accolade à son nouvel officier. En se levant, Pierre de Beaujeu vit que l'adolescent gardait dans un sac de cuir l'exemplaire manuscrit des aventures des chevaliers de la Table ronde, qu'il traînait partout avec lui.

Charles était encore bien enfant par moments. Cependant, il faisait de gros efforts pour combler les vides laissés par son éducation, entre autres la lecture !

Le roi levé, la foule des courtisans se délia également et reflua vers les sorties. Tous avaient hâte de se réchauffer près d'un bon feu — Pierre de Beaujeu le premier. Il frissonna malgré son lourd manteau doublé de renard, releva son col et alla féliciter La Trémouille.

Celui-ci venait de jurer au roi. Il agit de même envers la dame et vint ensuite au-devant de Pierre de Beaujeu pour lui prendre les mains. La réalité du pouvoir se trouvait pour l'heure chez lui et sa femme ; le reconnaître était une nouvelle preuve de bon sens chez ce garçon qui n'avait pas hésité, quand on lui avait promis Gabrielle, à chevaucher jusque chez elle pour s'assurer que sa fiancée serait belle et surtout bien formée. Il avait ce jour-là risqué de déplaire. Il s'était au contraire montré brave, conduite qui avait également favorablement impressionné la dame.

Pierre rejoignit sa femme dans leur petit office contigu à la salle du conseil.

Anne feuilletait encore et encore ce lourd document rédigé par Adam Fumée, un ancien médecin devenu leur meilleur clerc. Fumée s'était attaqué à la difficile question de « comment rattacher le duché de Bretagne à la France ? » Son mémoire proposait plusieurs approches, toutes plus judicieuses les unes que les autres.

Beaujeu regarda par-dessus l'épaule ronde de sa femme et tomba sur une suggestion pour le moins indélicate.

— Vous n'envisagez tout de même pas l'usage de potions !

Le clerc conseillait en effet des moyens plus subtils que la guerre pour affaiblir encore le duc, par exemple de faire disparaître certains de ses proches, dont la liste figurait également dans le mémoire.

La dame s'offusqua. Comment son mari pouvait-il croire que sa conscience de chrétienne puisse l'autoriser à songer au poison ! Elle jouait la colère, cependant que son visage prenait la malice qui était celle de Louis XI lorsqu'une idée tordue lui venait en tête…

Se trouvant fort incommodément sur la corde raide, Beaujeu évoqua alors la cérémonie du matin.

Au nombre des témoins à l'intronisation de La Trémouille se trouvait le beau, le séduisant et l'insolent Louis d'Orléans. Ce cousin, traître et comploteur à temps plein, avait fait son pardon en mars dernier, mais il demeurait avec ses amis un volcan en activité sous couvert d'obéissance. Louis avait applaudi, comme les autres. Cependant, des bruits couraient sur lui, et il convenait de le tenir à l'œil — surtout quand Charles, qui était fort naïf, éprouvait pour lui une estime quasi fraternelle.

La dame consultait toujours le mémoire. Il fallait reprendre l'initiative en Bretagne. Par exemple, en fomentant secrètement des mécontentements et en rappelant surtout aux barons rebelles tout ce qu'ils devaient à la France.

* * *

Le dîner était festif, les tables, bien garnies, la chère, bonne et tendre. Le vin coulait à flots. À la table des hommes, Charles et Louis riaient à gorge déployée. Pierre de Beaujeu tendait l'oreille. Hélas, les fiers gaillards qui entouraient le duc d'Orléans parlaient fort, ce qui noyait commodément le flot des conversations.

Les Beaujeu craignaient que Louis ne fasse trop boire Charles. Vu ce qui s'était passé durant le printemps dernier, voir ensemble le « volcan » et cette tête un peu folle de Charles revenait à tenter le diable.

Plusieurs magistrats de Paris étaient présents, de même que certains grands seigneurs. Pour la stabilité du royaume, il était nécessaire d'afficher la meilleure entente entre tous les partis.

— Louis, je n'aurais jamais cru ça de toi ! s'écria soudain le jeune roi en s'esclaffant.

— Mais comment, tudieu !

Le tutoiement était chose normale entre les deux cousins, spécialement dans les moments de gaieté et de festoiement. Après tout, Louis avait adoubé Charles chevalier la veille de son sacre, ce qui donnait au duc une sorte d'autorité naturelle sur son cadet.

Pierre de Beaujeu ne comprenait pas de quoi il retournait, et cela le contrariait. Il se doutait cependant que Louis devait conter à Charles une de ces anecdotes grivoises dont il avait le secret afin d'émoustiller l'adolescent encore puceau. N'avaient-ils pas tous deux lorgné le corsage d'une jolie servante ?

La dame avait expressément chargé son mari de surveiller le roi. « Qu'il ne s'empiffre pas trop. Vous savez combien il est de digestion fragile. Et le vin ! Pas plus de deux coupes, même s'il rechigne et se plaint. C'est pour ménager ses maux de tête. Et les dragées, pas trop, non plus, s'il vous plaît. Vous savez comme ces mélanges ne lui profitent jamais. »

Beaujeu fut étonné qu'apparaisse sur la table le livre de Charles. Louis d'Orléans se mit à lire, sa coupe de vin dans une main, l'autre brandissant une épée imaginaire. Se prenait-il pour Lancelot, et Charles, qui lui donnait la réplique, pour le roi Arthur?

Dans le milieu de la table, quelqu'un évoqua la reddition du duc de Bretagne.

— Il n'avait guère le choix, répondit un seigneur. Ses barons le tenaient par la gorge.

— Heureusement que ces malotrus mangent dans notre main!

Pierre de Beaujeu ne put identifier cet homme qui disait si librement des choses à la fois vraies et imprudentes. Un autre parla des fortifications du duché d'Orléans, que l'on relevait depuis quelques semaines.

Cette fois-ci, Louis cessa de rire. Puis, se tournant vers les seigneurs et le roi, mais s'adressant surtout à Pierre de Beaujeu, il se défendit:

— Il me faut bien donner de l'ouvrage à mes gens!

Il jura qu'il n'était animé d'aucune pensée belliqueuse. En somme, il ne réparait pas ses fortifications dans l'idée de s'y cacher un jour du roi.

Un peu plus tard survint une petite fille toute blonde accompagnée de ses dames d'honneur. La très jeune fiancée de Charles, la pétillante Marguerite d'Autriche, voulait saluer son « beau roi », comme elle l'appelait du haut de ses cinq ans, avant d'aller se coucher.

Charles était trop saoul pour continuer à jouer à l'homme. Il la souleva dans ses bras et lui plaqua deux baisers retentissants sur les joues, ce qui fit rire la fillette.

— Monseigneur, minauda-t-elle, vous sentez le vin.

Charles la reposa en souriant. Il aimait beaucoup cette fillette vive et intelligente. Comme tout le monde, d'ailleurs, à la cour!

* * *

Plus tard, quand le repas fut passé et que les ménestrels et les conteurs s'en furent allés se coucher, la dame regagna ses appartements. Une silhouette glissait cavalièrement derrière sa suite de servantes. Elle les congédia. Louis d'Orléans sortit alors de l'ombre.

Ils demeurèrent quelques instants face à face. Le fil de leurs jeunes vies, mais aussi les heurts, oppositions et moments d'orgueil passèrent devant leurs yeux.

— La Trémouille est très bien, commença Louis.

— C'est un honnête homme, qui plus est fidèle.

Avait-elle sans le vouloir appuyé sur ce dernier mot ? Elle se sourit à elle-même, car c'est volontairement qu'elle l'avait prononcé plus fort que les autres.

Louis haussa ses belles épaules. Il émanait de lui beaucoup de charme — trop, en fait. Sa joliesse, sa gentillesse et sa générosité naturelle étaient bien réelles, gâtées, malheureusement, par l'ambition et des désirs bien au-dessus de sa condition.

— Tu m'en veux encore, jolie cousine ?

Faisait-il référence à ses tentatives ridicules pour démontrer aux magistrats qu'elle tenait Charles sous sa férule ? Même s'il avait l'âge légal et la couronne sur la tête, son frère était trop jeune pour gouverner — personne de sensé ne pouvait l'ignorer. L'épineuse question, en réalité, était de savoir qui, de la sœur ou du cousin, était le plus apte à diriger l'État en attendant que Charles mûrisse un peu.

Louis répéta en soupirant :

— Je vois que tu m'en veux encore.

— Que veux-tu ?

Il chercha sa main, qu'elle ne lui donna point, et dit tout bas :

— On s'aimait bien, autrefois.

Louis fit claquer sa langue et s'enhardit encore :

— Je me demande parfois si tu rêves à un amant, un vrai, un jeune, un fougueux !

— Tu es ivre.

— Et toi, belle comme un ange.

— Cousin, tu surestimes trop tes charmes.

La dame se retenait en fait de le gifler. Comment osait-il ainsi les insulter, elle et son mari ! Louis était bien un sot et un éternel imprudent. Elle lui prit le bras et y planta ses ongles.

— Contente-toi de bien aimer ma sœur comme un époux et comme un homme. Cesse de comploter et de médire sur nous. J'aime mon frère et la France avant tout. Fais cela, et nous resterons bons cousins et amis.

Elle le laissa sur ces paroles franches sans finesse aucune ni diplomatie. Louis resta longtemps dans le couloir, songeur et mélancolique, écoutant les bruits nocturnes du château.

CHAPITRE 22

Un couple si mal assorti

Louis d'Orléans était de très mauvaise humeur. Il n'aimait pas l'appartement qu'on lui attribuait lorsqu'il séjournait à Amboise, et ses gens n'avaient pas été mieux logés que lui. Il remâchait sa rage d'avoir été forcé d'assister au triomphe de La Trémouille. Un homme remarquable, il n'en doutait pas, sympathique et bon militaire de surcroît. Sa nomination, cependant, était en vérité une sorte d'avertissement silencieux que lui adressait la dame.

« Remue encore, mon cousin, et je te fais serrer… »

Louis entendait rire Anne de Beaujeu dans sa tête. Comme il n'était pas seul dans la chambre, il ronchonna et revint à son affaire : plier comme il faut ses houppelandes pour qu'elles ne s'abîment pas durant le transport. Fallait-il donc refaire sans cesse le travail des servantes !

Il sourit par-devers lui en songeant que ces pauvresses, surtout celles appartenant aux seigneurs invités, avaient fort à faire le jour, mais aussi la nuit dans les alcôves.

Un bruit de pas derrière son épaule lui fendit le visage d'une grimace. Il se raidit et se sentit incontinent redevenir sombre et mesquin, rôle qu'il n'aimait guère.

— Louis, il est tard…

Le jeune homme ne se retourna pas. L'air de la chambre lui devenait insupportable dès lors qu'il y devinait la présence de sa femme.

Jeanne de France se tenait près du lit, vêtue pour la nuit, et ce qui était encore plus sournois, fraîchement lavée et parfumée.

Qu'attendait-elle donc de lui ?

Il soupira, car il lui semblait que tout le monde voulait « cela » de lui — et avec elle !

Ce poids, cette honte, cette pression constante, il les sentait dans les œillades, les sourires, les conversations feutrées, et cela le mettait au supplice. Plus dangereux encore étaient les reproches de Charles, qui se plaignait souvent du malheur de sa sœur.

« La nuit, tous les chats sont gris. Pourquoi ne pas y aller franchement ? » disait-il en riant, même s'il aimait sa sœur.

« Justement, non ! » se récriait in petto Louis.

Dieu sait qu'il aimait pourtant les femmes. Mais celle-ci en était-elle une ?

Jeanne était couchée. Tant mieux, elle n'en paraîtrait que moins monstrueuse. À la lueur des bougies, elle ne put cependant cacher ses traits durs et disgracieux. Elle avait de surcroît les membres grêles, des bosses devant et derrière ainsi qu'un pied-bot. Son sourire, car elle avait le courage d'user de ce pauvre artifice en sa présence, lui tordait méchamment le visage.

Louis eut un serrement des entrailles.

Sa femme lui répéta d'une petite voix qu'il était temps. Elle sortait une main de dessous les draps, l'appelait du geste, sinon de la parole. Il frissonna. Du plomb coulait dans ses veines.

Il pliait toujours son linge, se forçant à des gestes de plus en plus lents et mesurés. Derrière leur porte, dans les couloirs, allaient et venaient seigneurs et serviteurs. Tous se préparaient à aller dormir en bien meilleure compagnie que lui. Le chant des ménestrels et leurs tendres ou déchirantes mélodies se mouraient dans la grande salle en voûtes gothiques du château.

Louis pesta encore sans rien en laisser paraître. Qu'avait-il eu, l'autre nuit, à vouloir un peu mignoter sa femme ! Était-il à ce point seul ? Oh, quelques caresses, sans plus. Mais quel ignoble espoir n'avait-il pas fait naître chez Jeanne !

— J'ai entendu dire, mon doux époux, dit-elle d'une voix enrouée par le chagrin, que Notre Saint-Père avait reçu de vous une demande d'annulation de notre mariage…

Effrayée à l'idée de déclencher la colère de son époux, elle n'osa poursuivre.

— Non pas, assura-t-il avec plus d'agressivité qu'il n'en eût voulu. J'ai juré au roi et à votre sœur de vous garder bonne épouse.

Il jouait si mal sur les mots.

Il l'entendit se lever dans son dos. Elle posa une main sur son épaule.

— Louis…

Comme il ne bougeait pas, elle répéta, plus fort :

— Louis !

Il demeura immobile, ne lui présentant que sa nuque. Alors, Jeanne soupira à son tour. Elle se savait moins jolie femme que celles qu'il aimait mignoter. Cependant, elle devait le prévenir.

Il crut qu'elle allait le menacer de se plaindre au roi ou à sa sœur. Mais Jeanne n'était pas faite de ce bois-là.

Elle lui caressa la joue.

— Louis, je sais que vous menez une vie dangereuse. Que vous pensez et que vous faites des gestes dangereux. Je vous en conjure, mon aimé, ne risquez plus de déplaire à ma sœur. Elle peut être… cruelle.

Cette hésitation dans sa voix fut plus insupportable à Louis que tout ce qui avait précédé. Il ne l'aimait pas, grand diable ! Pourquoi l'aimait-elle autant ?

Jeanne lui assura qu'elle ne supporterait pas qu'il lui arrive malheur. Elle l'aimait, oui, et depuis le premier jour. Qu'y pouvait-elle ?

Ses yeux bleu-vert, doux et lumineux, étaient véritablement sa seule beauté. Avec, bien entendu, la grâce et la bonté de son âme bien dissimulée. À l'âge de six ans, la Vierge lui était apparue. Depuis, Jeanne vivait de son propre aveu dans la présence et dans l'amour de la mère de Jésus. À Linière, où elle logeait en demi-recluse en compagnie de François de Beaujeu et de sa femme, ses tuteurs, elle priait souvent.

— Pour vous, mon aimé !

Louis n'en pouvait plus. Dans le regard froid qu'il assena à sa malheureuse femme passa toute sa haine pour feu Louis XI, à qui Jeanne avait le malheur d'autant ressembler.

Il finit de s'habiller, posa son couvre-chef et sortit. Il n'y avait qu'un seul lit dans la chambre. Qu'importe ! Si par cette ruse grossière, la dame pensait obliger Louis à se conduire en homme avec Jeanne, elle se trompait. Le château ne manquait pas de lits. Sans compter le chambranle des fenêtres et les alcôves.

Dehors, il respira un air plus sain. Si on lui reprochait en silence de se montrer brutal, méprisant ou même indigne de la grande bonté de son horrible femme, il se trouvait aussi des gens pour le plaindre. N'avait-il pas été jeté en pâture dans ce mariage dès l'âge de onze ans ! Sa mère ne l'avait-elle pas donné à Jeanne par peur, par couardise ! Lui-même n'avait-il pas été obligé, sous peine de mort, d'accepter ce terrible engagement !

Piégé.

Il avait été piégé.

Fort heureusement, il lui restait ses ambitions.

* * *

Il rejoignit son ami et complice de toujours. Dunois l'attendait sous une arcade au deuxième étage. Ils surplombaient la cité et la Loire, ses bateliers, ses marins. En bas de la colline, les tavernes ne désemplissaient pas. Leur parvenaient des échos de musiques paillardes, des trioris endiablés et le relent des cervoises bien fraîches. Louis se demandait parfois si les gueux ne s'amusaient pas plus qu'eux.

La mine entendue de Dunois lui disait bien, sans qu'ils eussent besoin de parler, qu'il pensait lui aussi que les gens du peuple savaient se divertir quand venait le temps. Mais leur vie était terne et souvent brève, sans gloire ni panache.

Louis avisa les chevaux et les cavaliers qui se tenaient en rond et en silence, pieds à terre, dans la cour.

Dunois secoua la tête.

— Ce ne sont pas nos gens, hélas !

— Ceux des Beaujeu ?

Dunois acquiesça, puis ajouta :

— N'y pense plus, cousin. Ce ne sera faisable ni ce soir ni aucun autre soir.

Louis frappa du poing sur la balustrade.

Dunois poursuivit :

— François de Bretagne a les pieds et les poings liés, bien qu'il se refuse, tu le connais, à se considérer à terre. Il rumine un nouveau plan. Angoulême, on le sait, a peur de son ombre. Nevers, Lorraine et les autres grands ne sont pas si audacieux. Ils attendent de voir. Ce printemps…

— Par Dieu, ne m'en parle plus !

— Soit. Je suggère de patienter encore.

Louis serra les dents. Leur échec du printemps dernier avait encore raffermi le pouvoir et l'emprise des Beaujeu sur le roi. Charles avait beau se plaindre continuellement en coulisse de la tutelle exercée par sa sœur et son beau-frère, il ne bougerait pas. Jamais il n'oserait les chasser alors même qu'il était le roi. Il n'était pas si fou ! Il craignait, avec raison, de tomber en des mains tout aussi rigides et moins douées pour le pouvoir.

Dunois suivait les pensées de son cousin. Il lui prit le bras.

— Inutile d'essayer d'enlever Charles, répéta-t-il. Nos hommes ne viendront pas, et ceux-là refuseront ton or et ton vin.

— Nous sommes donc tous réduits à l'impuissance !

Louis n'était qu'un bloc de nerfs. Il n'arrivait toujours pas à avaler sa défaite des états généraux. Il s'était tant imaginé régent !

— Je crains que tes lettres n'aient été interceptées.

Louis écrivait trop et sans discernement, il le savait. Mais comment, autrement, sortir de lui sa colère, ses angoisses et ses frustrations? Surtout quand il était dans son droit. Il revenait aux princes du sang, tudieu, de gérer l'État quand le roi ne daignait le faire lui-même!

Dunois le secoua par l'épaule. Tout n'était pas perdu. Il sifflota. Une porte s'ouvrit. Quatre donzelles les rejoignirent.

— Quatre? s'étonna Louis.

— Dans les moments graves, point n'est question de jeûner, mon cousin!

CHAPITRE 23

La proclamation de Rennes

Rennes, le 8 février 1486

Il régnait dans la cité une grande animation. Une partie de la cour ducale s'y était installée. Les auberges et les hostelleries étaient pleines, chaque chambre, chaque lit loué à grand prix. Les seigneurs de Bretagne avaient été convoqués par le duc, et les rues étroites étaient difficilement praticables. Les artisans et les marchands s'en plaignaient tout en encaissant moult bénéfices et en tâchant, dévorés de curiosité, d'entrapercevoir les jeunes duchesses conduites sous haute protection à l'évêché.

Une porte s'entrouvrit dans le couloir où Pierre et Le Guin montaient la garde. Apparut un visage long et pâle couplé à des yeux vifs frangés par de folles mèches blondes. Françoise toisa Pierre quelques secondes, puis elle referma brutalement le battant.

Le jeune homme haussa les épaules. Le capitaine ne fit aucun commentaire. De toute manière, ce qui pouvait être dit l'avait été et se résumait en trois phrases : « Fils, ne t'y frotte pas, ou il t'en cuira. Il y a d'autres donzelles pour l'amour. Celle-là n'est pas pour toi. »

Le Pierre gentil et prudent connaissait ce refrain. L'autre Pierre, casse-cou et aventurier, parlait hélas un autre langage.

Le Guin lui donna une bourrade.

— Garde les yeux et les oreilles ouverts !

Ils étaient affectés aux appartements attribués à la famille ducale et avaient la charge du corridor menant aux chambres. D'autres soldats étaient en faction en bas devant les portes. Ils filtraient les visiteurs, identifiaient soigneusement les uns, repoussaient les autres. Un banc était réservé à ceux venus demander une audience.

Mais le moment n'était pas aux visites. Le ballet des serviteurs, les servantes de ces dames et les maîtres de garderobe circulaient, toujours pressés, toujours de mauvaise humeur.

Enfin, la porte de l'appartement se rouvrit. Le duc, la duchesse Marguerite, les petites duchesses et derrière, fermant la file, le jeune Antoine, Françoise et l'arrogant d'Avaugour, qui ronchonnait, tous en sortirent. Ils étaient vêtus de manteaux doublés, de renard et d'hermine pour Anne, Isabeau et le duc, de brocart et de velours pour les garçons. Marguerite portait une longue robe sobre autant que sombre rehaussée d'une cape en loutre grise. Françoise étincelait dans une tunique brun et jaune à col de martre. Elle était aussi affublée d'un hennin double, coiffe qu'elle détestait, car on devait pour cela lui couper des mèches sur le front.

La famille fut escortée jusqu'à la salle du rez-de-chaussée. Toute en pierre brute, flanquée de lourdes cheminées à chaque extrémité, dominée par des poutres entrelacées et des piliers assez grossièrement sculptés, elle était la plus vaste pièce intérieure chauffée de Rennes — « plus ou moins », aurait eu tendance à dire Pierre —, ce qui expliquait que chacun avait, pour l'occasion, revêtu ses plus chauds vêtements, au risque de ne point paraître à son avantage.

En attendant que tout le monde se place, les sentinelles se contentaient de serrer les dents et de frissonner sous leurs cottes et leurs surcots. Pierre jeta un regard anxieux en direction des serviteurs qui remuaient les bûches. Que ne pouvaient-ils s'activer davantage ! Il avisa également Le Guin, qui s'était débrouillé — le capitaine était un malin — pour se poster près d'une cheminée. Pierre regrettait son manque d'initiative, qui le condamnait à geler sur pied. Également présent, Philippe de Montauban lui adressa un petit signe de réprimande. Comment ? Devait-il aussi cacher les petits nuages de buée qui sortaient de sa bouche quand il respirait ?

Le brouhaha décrut lorsque le duc entra avec sa famille, et il s'apaisa tout à fait lorsque Michel Guilbé, l'archevêque de Rennes, ainsi que le chancelier Chrestien Pommario s'installèrent près du souverain.

Les barons rebelles les entouraient. Rieux, Rohan et les autres, incluant ce grand babouin roux de Raoul d'Espinay-Laval, qui ne manquait pas une occasion de faire les yeux doux à Françoise.

La réunion était d'importance. En dépit de sa soumission au roi et en opposition flagrante avec le traité de Guérande, François II voulait assurer à ses filles la légalité de leur héritage. Après beaucoup de tergiversations, craintes et reculs, le duc avait décidé de tester la nouvelle fidélité de sa noblesse en la réunissant à Rennes et en exigeant d'elle un serment historique.

Chacun devait en effet jurer sur un morceau de la vraie croix de reconnaître les droits d'Anne, voire ceux d'Isabeau, sur la Bretagne, et de les défendre, à la mort de leur père, contre tout ennemi.

C'était un pari risqué, car ceux qui avaient signé le traité de Montargis avec le roi et la régente devaient maintenant en signer un autre qui était son exact opposé.

Montauban et le duc en avaient longuement débattu. Ce serment leur était apparu comme essentiel s'ils voulaient réellement sauver le duché des griffes du roi de France. François II n'était d'ordinaire pas porté sur l'audace. Mais il sentait trop la mort rôder sur ses épaules pour ne pas tenter ce coup d'éclat.

Enfin, ils y étaient.

Il adressa un signe de tête au chancelier, qui entama son discours.

L'homme était un orateur-né, la personne idéale pour convaincre l'assistance par son verbe et ses accents grandiloquents. Oui, clama-t-il, le duc était dans son bon droit. Anne était la digne héritière d'une longue lignée de souverains. Il appuya sur le fait qu'une douce transition du pouvoir, du duc vers sa fille, serait garante de stabilité et de bonheur pour le peuple. Il prévint également ceux qui seraient tentés de s'opposer que leur décision entraînerait forcément des guerres fratricides et du malheur pour tous.

Lorsque sa voix eut fini de résonner sous les poutres, chacun eut l'impression d'avoir été mystérieusement réchauffé par son élocution. Pierre lui-même, qui n'entendait pas grand-chose à la politique, se sentit apaisé, tranquillisé. Tant d'arguments logiques devaient forcément emporter le bon droit.

Le duc ne cessait de jeter des œillades du côté de son fils naturel, qui se tenait plus volontiers du côté des barons. La comtesse de Dinan était également présente. Sauf qu'il était impossible, comme à l'ordinaire, de déchiffrer quoi que ce soit sur la figure de François.

Cette réunion étant une sorte de « préserment », chacun fut ensuite soulagé de sortir pour se dégourdir les jambes, se rendre dans les petits cabinets où attendaient les domestiques armés des indispensables pots de chambre, ainsi que dans les échoppes voisines de l'édifice d'où s'échappaient d'appétissants fumets.

Lorsque Françoise passa devant Pierre, elle lui remit un objet de main en main sans s'arrêter ni le regarder. Seule Anne daigna sourire au garçon, même si toute cette agitation et ce long discours l'avaient fatiguée. Elle indiqua sa jambe droite. Pierre lui sourit en retour, car sa dernière talonnette, l'essai numéro… (il ne les comptait plus) semblait cette fois parfaitement convenir.

Le Guin s'assura, avant de rejoindre son compagnon, que la salle s'était complètement vidée et qu'il ne restait que les porte-bûches.

Pierre lui tendit le message. L'écriture fine et précise était bien celle de Françoise. Hélas, Pierre ne parvenait toujours pas à le déchiffrer au complet.

Depuis l'automne dernier, il ne voyait plus la jeune femme comme au temps premier de ce qu'il appelait « leurs amours insensées ». Ils se croisaient, mais sans plus se rejoindre, ce qu'il trouvait parfois très pénible. Cependant,

Françoise avait entamé avec lui un nouveau jeu dans l'esprit du précédent. Elle ne laissait plus des bijoux à copier, mais des lettres avec des feuillets de parchemin vierge et des plumes qu'elle posait sur leur poutre, tout en haut de la tour du Grand Logis.

Pierre renifla, puis dit tout net :

— Montauban a menti. Je suis sûr que ce n'est pas le duc ou la petite duchesse Anne qui ont insisté pour que je reste comme garde au château au lieu de m'envoyer dans une compagnie.

Le Guin fronça le nez. Il n'aimait pas ce qui se tramait entre Pierre et la bâtarde de Bretagne. Et il n'aimait pas, non plus, la teneur de ce message…

* * *

Le duc François passa une très mauvaise nuit. Il se tourna et se retourna dans son lit, réveilla sa femme à plusieurs reprises. À la fin, comme il ne cessait de gigoter, elle alluma le bougeoir.

— Mon aimé, chuchota-t-elle, ça ne va pas ?

François II était assis le dos contre ses oreillers, son bonnet de nuit posé de travers sur sa tête. Son visage était grave, sa bouche entrouverte, ses yeux fixes.

Marguerite lui tapota le dos de la main.

— Vous avez fait la bonne chose. Il fallait réunir les états sur cette délicate question.

Elle avait les paupières collées de sommeil. Il eut pitié d'elle et la pressa de ne pas s'inquiéter et de se rendormir. En déplacement, elle dormait rarement bien. La chambre était différente, les meubles — bien qu'ils eussent apporté l'essentiel des leurs — et les bruits n'étaient pas pareils. Heureusement, de fidèles soldats montaient la garde !

— Je vais éteindre, prévint-elle avant de souffler sur la flamme.

Alors seulement, François II lâcha ce mot qui occupait sans doute toutes ses pensées :

— D'Avaugour…

* * *

Le jeune bâtard de Bretagne avait festoyé tard en compagnie des barons. Il se fit ouvrir la porte du bâtiment par Le Guin, qui était bien malgré lui ce soir en faction à l'extérieur, et entra dans le corridor. Il n'était pas seul. Une donzelle ramassée dans une ruelle se pendait à son bras.

— Chut, chut ! lui répétait-il en la serrant contre lui. Ce n'est plus très loin…

La tête un peu lourde des bons vins de la région, il tâtonnait, hésitant sur la bonne porte, quand l'une d'elles s'ouvrit toute grande. Il tendit la nuque, déclara que c'était bien sa chambre. Il se félicitait même qu'elle soit déjà allumée, chauffée et préparée. Pour une fois, le service était à la hauteur de ses attentes.

— J'espère qu'ils ont mis une seconde couverture, de l'eau chaude et du vin…

La fille rigola. Elle aussi était passablement éméchée. Ses mains se perdaient sous la chasuble du jeune homme et s'affairaient déjà au niveau de sa ceinture.

Soudain, un garde jaillit de l'ombre. Une expression d'effroi peinte sur le visage, d'Avaugour recula.

Revenu de sa surprise, il déclara simplement :

— Tiens! Le palefrenier.

Pierre tenait un chandelier. La fille écarquilla les yeux en avisant une autre jeune femme, assise sur le lit. Pierre entraîna la donzelle par le bras et referma la lourde porte derrière lui. Auparavant, il avait toisé d'Avaugour tout en lui montrant l'épée qu'il portait au côté.

Le jeune noble se laissa tomber sur le lit à côté de sa sœur.

— Que me vaut cette visite tardive, Françoisine?

Françoise n'aimait pas entendre dans sa bouche le doux diminutif dont l'appelaient les trois plus jeunes. Elle n'était pas venue pour faire la conversation, mais pour lui tenir une véritable discussion. Malgré son état d'ébriété, d'Avaugour semblait le savoir, «ce qui est toujours ça de gagné», se dit Françoise.

Elle attaqua tout de go:

— Je sais que Meven était ta maîtresse.

— Meven?

— La femme qui est tombée dans les douves.

Il hocha du chef sans répondre.

— Je sais aussi qu'elle ne jouait pas que la servante et ta maîtresse…

Avisant son frère qui bâillait, elle décida de se montrer encore plus directe:

— Je veux dire par là qu'elle était aussi une espionne, une messagère. C'était aussi la domestique d'une noble dame du château. Je ne sais pas encore de laquelle, mais je cherche. Et, fais-moi confiance, je vais trouver.

— Certes, avoua-t-il. Mais en quoi cela me concerne-t-il?

— Ne joue pas à l'innocent. Tu es triste, François, tu es ambitieux, tu cherches à t'acoquiner avec les barons. Je le sais.

Il éclata de rire. Son haleine puait le vin et la cervoise mélangés.

— François, tu as des vues sur le duché.

Il se récria :

— Jamais !

Elle le fixa au fond des yeux. Quand elle le voulait, Françoise pouvait paraître très étrange, et même faire peur.

— Demain, Anne et Isabeau seront désignées comme héritières du duché. Anne, tu le sais, a plus de jugeote à neuf ans que tu n'en as à vingt-quatre.

D'Avaugour frémit sous l'insulte, mais ne se défendit pas. Il savait Pierre prêt à intervenir derrière la porte et il ne portait qu'une simple dague à sa ceinture. L'alcool ne lui donnait pas, comme à d'autres, de la force et de l'audace. Il se sentait au contraire mou et petit. Choses qui ne l'auraient certes pas aidé avec la donzelle !

— Je sais aussi, poursuivit Françoise, que tu veux épouser la sœur de Rohan et que père s'y oppose.

Elle se leva.

— Contente-toi d'être notre bras armé, François. Tu es comte de Vertus et de Goëllo, baron d'Avaugour !

Il sentit qu'elle laissait sa voix en suspens. Son regard était fixe et lourd.

— Sinon ? la brava-t-il.

— Respecte la volonté de père, car c'est aussi celle de Dieu.

— Ce que tu peux être naïve ! Et je te trouve soudain très en sainteté. Toi qui te caches en voyant venir ton chapelain.

— Je pense ce que je dis. Et concernant les barons…

— Tu ignores où tu mets les pieds.

— Je serais navrée de dire aussi à notre père que tu as troussé Awena. Tu sais que, ça, il ne te le pardonnerait pas.

Il ouvrit la bouche pour protester, ne trouva rien à répondre.

— Réfléchis bien, répéta-t-elle en sortant.

CHAPITRE 24

Un traître à la sainte table

Françoise posa une main sur le pilier et frissonna. Certes, il faisait froid et humide. Le ciel, très couvert en ce 10 février, menaçait de verser en neige. La jeune femme monta les marches et entra dans la vieille église de style roman. L'image qui venait de la frapper telle une gifle était cauchemardesque. Elle avait en effet l'intuition que cet édifice était moins solide qu'il y paraissait. Elle voyait des pierres s'en détacher, des pans de mur s'écrouler au milieu d'une foule prise de terreur.

Un bien mauvais présage pour l'importante cérémonie sur le point de se dérouler !

Autour de l'église Saint-Pierre se pressait un nombre impressionnant d'écuyers et de palefreniers. Embourbés dans le sol meuble, les chevaux renâclaient cependant que les dames offraient un véritable bal de couleurs et de grâce.

À l'intérieur, toute la noblesse de Bretagne suivait des yeux le duc encadré par ses deux filles, qui remontaient la nef en direction de l'autel de Notre-Dame de la Piété, où les attendait un dais sur lequel ils pourraient entendre la messe.

Une fois encore, le froid perçant rendait tout le monde frileux. Les nez rouges, les reniflements ponctuaient les chœurs. À genoux dans les travées, les spectateurs louaient le Seigneur.

Pierre et Le Guin étaient placés non loin de l'autel : ainsi en avait voulu Philippe de Montauban, qui, non content de se tenir aux premières loges, commandait aussi la garde. Il craignait en effet que les espions à la solde de la France n'aient pour mission de semer le trouble, sinon de commettre un acte de violence.

Sur les visages se disputaient à la fois l'exaltation et la crainte des représailles. Les barons avaient débattu entre eux, en secret. Ils avaient aussi réfléchi aux conséquences du geste qu'ils allaient faire ce matin devant témoins.

Après la communion, le duc marcha à pas lents, entre ses filles, jusqu'à la sainte table, où avait été déposé un fragment de la vraie croix. Au-dessus flamboyaient les écussons de la Bretagne frappés des hermines ducales. Nobles et députés firent silence.

Pierre tentait de percer les intentions de ceux présents en cercle autour des barons. S'il y avait à craindre, c'était le moment…

Michel Guilbé posa une main sur le fragment sacré et commença son homélie. Le fond était connu. Il invitait non seulement les barons, mais aussi les députés et tous les membres du gouvernement à reconnaître Anne, et à défaut Isabeau, pour légitimes héritières du duc, leur père, si celui-ci venait à mourir sans héritier mâle légitime. La forme, très solennelle, dura quelques minutes, entrecoupée par des toussotements, des reniflements et des éternuements.

Le jeune d'Avaugour, dont la déclaration était très attendue, s'avança. Françoise se raidit. Son frère allait-il se laisser berner par ceux qui le poussaient à se poser en digne héritier ? Allait-il faire la part de son orgueil et de ses frustrations, et suivre plutôt la voie de son devoir filial ?

Ce fut un soulagement pour tous quand il déclara d'une voix forte :

— Moi, François d'Avaugour, fidèle sujet de mon seigneur, père et duc, et respectueux de mes sœurs, je déclare me soumettre au serment de fidélité envers mon père et le duché.

Il alla s'agenouiller devant le duc dont il prit les mains et il ânonna les paroles convenues, ajoutant de son propre chef qu'il jurait également de demeurer à l'intérieur des frontières du duché pour que son père et plus tard ses sœurs, les duchesses, ne voient en lui qu'un serviteur dévoué, un bras armé pour les défendre, un cœur loyal.

Françoise était trop consciente du regard de son frère posé sur elle tandis qu'il prononçait son serment. Le duc était tout sourire. Marguerite pencha doucement le buste vers son mari. Qu'avait-il eu besoin, cette nuit, d'autant se tourmenter !

Pierre remarqua qu'un des barons manquait à l'appel. Dans l'extase du moment, personne ne semblait s'en être aperçu, à part Le Guin, à qui rien n'échappait. Il ne put néanmoins rien faire pour empêcher son protégé de suivre l'impudent personnage.

Le jeune homme n'était pas certain d'avoir bien vu. Pourtant, les chevelures rousses éclatantes n'étaient pas si nombreuses à la cour ! Il s'agissait bien de ce coquin de Raoul d'Espinay-Laval, dégingandé et hissé sur ses longues jambes comme un échassier. Le visage dissimulé sous une capuche, le baron se dirigeait vers une issue dérobée. Un messager l'attendait au portillon. Pierre se plaqua contre la paroi. L'espace d'une seconde, un pli cacheté changea de main.

Son sang ne fit qu'un tour. C'était le troisième message qu'il voyait, et foi d'Éon Sauvaige, celui-là, il ne le laisserait pas filer !

Raoul rebroussa chemin. Pierre se fondit derrière une statue. Un couple de jeunes amoureux s'embrassait dans une alcôve. Alors que Raoul regagnait la nef, puis la sainte table, et que les barons reprenaient en chœur les paroles du serment, Pierre jaillit au-dehors.

Il entendit le fracas d'un galop, entrevit la croupe noire d'un destrier. Incroyable ! Les membres de la garde qui veillait au périmètre le laissaient aller.

Une main se posa sur son épaule.

— Simon ?

Pierre accepta la bride que son ami lui tendait.

— Place ! Place ! s'écria-t-il au sergent, qui le reconnut.

Il galopa sus au messager dans les ruelles étroites flanquées de ces hautes maisons à colombages de bois et aux toits pentus. Un vent âpre soufflait dans ces longs corridors à ciel ouvert. L'air sentait la neige. Pierre avait les doigts gourds, la gorge transpercée par des centaines d'aiguilles. Il fallait pourtant forcer l'allure avant que le messager n'atteigne les bois. Car s'il avait franchi le cordon de la garde, il serait sans doute muni d'un passeport en règle signé, Pierre le devinait bien, de la main d'un baron.

Rieux ou Rohan. Un des deux, pour sûr, car ces nobles figuraient parmi les plus puissants.

Pierre parvint aux portes de la ville. La herse venait à peine d'être rabaissée. Il joua d'autorité, exhiba son écu qui était après tout celui du duc. Il eut l'impression qu'on lui ouvrait de mauvaise grâce. Mais ne voyait-il pas maintenant des traîtres partout ?

Il s'élança à son tour sur le pont-levis, puis sur le sentier qui menait, entre bois et bruyères, dans la forêt proprement dite.

Pierre aurait préféré une route plane et droite passant à travers champs où il aurait pu donner la pleine mesure de son cheval. Au lieu de ça, il se fit fouetter le casque et la cotte de mailles par des branches d'arbres et il s'enfonça dans ce qui ressemblait à une cathédrale végétale.

Son cœur cognait dans sa poitrine presque aussi fort que le fracas des sabots de Ferneau, son fidèle compagnon à sabots. La peur au ventre à l'idée d'avoir déjà perdu sa proie, il passa du galop à l'amble pour mieux décrypter les traces laissées dans la forêt.

L'idée saugrenue qu'il se trouvait dans un monde enchanté et ténébreux le glaça jusqu'aux os. La vérité était qu'il n'entendait aucun bruit, pas même un souffle de vent. Il libéra sa lame de son fourreau et la plaça, bas, contre le flanc de sa monture.

Les sens en éveil, il ralentit encore…

Soudain, un fracas retentit au-dessus de sa tête, et deux gaillards lui tombèrent dessus. Il roula au sol avec eux, mais se rétablit assez vite. Nul cliquetis. Ses agresseurs devaient donc être des brigands.

Mais rares étaient les malfrats qui s'attaquaient d'emblée à un soldat en armes.

Pierre saisit son épée à deux mains et frappa. L'espace, assez restreint entre les racines, les troncs noirs et Ferneau qui hennissait de frayeur, ne permettait pas de mouvements très amples.

Il vit étinceler deux lames courtes, qui le piquèrent à la gorge et au ventre. Il réussit à parer les coups avec sa propre lame. Cependant, il se battait trop près du corps pour résister bien longtemps.

Il riposta d'un violent coup de pommeau, puis dégaina le coutelas caché dans un pli de sa botte. Il le planta dans le jarret d'un de ses assaillants pendant qu'il faisait des moulinets avec son épée pour aveugler le second.

Son talon s'enfonça entre deux roches. Il perdit l'équilibre et sentit un goût de sang dans sa bouche. Ferneau hennit plus fort. Ruait-il sus aux brigands?

Toujours est-il que Pierre vit rouge, puis noir.

Lorsqu'il reprit connaissance, Ferneau grattait la terre de ses sabots, et un poids couvrait son torse.

— Ohé! Ohé! entendit-il.

Peu après vinrent Le Guin et Simon.

Le capitaine retourna du bout de sa botte le brigand qui gisait sur le thorax de Pierre.

— Celui-là ne volera plus personne.

Des traces de sang indiquaient clairement que le second assaillant avait pris la fuite.

Le Guin renifla.

— Mon gaillard… commença-t-il.

Pierre n'en revenait pas. Son maître d'armes allait-il le réprimander pour avoir quitté son poste?

— Raoul d'Espinay a confié un pli à un messager, se défendit-il.

Le capitaine ne pipa mot. Il était notoire que la cour de Nantes était truffée d'espions. Ils savaient seulement à présent que d'Espinay était de cheville avec l'un d'eux. Quant à extrapoler du contenu du pli...

Simon souleva Pierre comme un sac de grains et le jucha sur ses larges épaules.

— Rentrons, commanda le capitaine.

CHAPITRE 25

Une tache de vin

L a reconnaissance officielle de ses filles à sa succession n'empêcha pas le duc de signer, dès le 15 du mois de mars, une entente avec Maximilien, le roi des Romains. Max n'était peut-être pas aussi puissant qu'on le disait, mais c'était un fin renard qui possédait nombre de qualités aux yeux de François II. En premier lieu, il détestait les Français, qui lui avaient pris des villes ainsi que sa petite Marguerite, fiancée au jeune Charles VIII. En second, il était maître de pays situés assez loin de la Bretagne pour ne pas risquer de l'avaler. Il était par ailleurs bel homme, et François le croyait d'esprit assez chevaleresque, car il aimait les femmes et les arts. Un tel personnage ne pouvait que figurer en premier dans la longue liste des prétendants qu'il envisageait pour Anne.

L'ennui était qu'il promettait déjà la fillette au duc Louis d'Orléans, au seigneur Alain d'Albret, au fils aîné de Jean de Rohan, mais également, selon l'humeur angoissée de François, à l'Infant d'Espagne ou au duc de Buckingham. C'était, dans sa tête et dans son cœur, toujours le même dilemme : devait-il favoriser une alliance qui garantirait la paix intérieure ou bien une autre, puissante, qui mettrait définitivement la Bretagne hors des griffes de la France ?

En ce jour pluvieux de mai, le temps était encore trop mauvais pour ne pas mettre tout le monde sur les nerfs. Durant la nuit, Antoine le Dolus et Isabeau avaient rêvé à de belles nèfles sauvages, et cela avait été un temps le sujet de conversation dans l'appartement des duchesses. La Dinan était souffrante. La leçon serait donc sans doute reportée, ce qui faisait l'affaire des enfants, mais aussi celle de la duchesse.

Marguerite se plaignait en effet de ne plus pouvoir faire un pas dans le château sans se heurter à quelque personne appartenant aux barons. Raoul d'Espinay en personne menait ce qu'il appelait « des clercs au service du duc ». En vérité, Marguerite parlait quand François lui-même remâchait sans ouvrir la bouche et souriait à tous les vents, pour, comme il le disait, apaiser et endormir la méfiance de tous ces renégats.

Marguerite avait donc décidé d'aller en campagne, c'est-à-dire pas plus loin en vérité que les remparts ouest, pour voir s'il n'y poussait pas, comme le prétendaient Antoine et Isabeau, un néflier magique qui aurait donné ses fruits non en octobre, mais au printemps, chose assez surprenante s'il fallait en croire les jardiniers.

— Nous en ferons une tarte, déclara la duchesse en riant.

Seulement voilà, il pleuvait à verse. L'envie de prendre de l'air fut plus forte que la réserve de Françoise, qui tirait une tête de veuve.

Finissant de s'habiller, Isabeau ne cessa de taquiner Anne :

— Viens! Mais viens! Ce sera une tarte magique, on te dit!

Antoine n'était pas en reste. Le voilà qui mimait carrément une énorme nèfle sur deux pattes.

Françoise ne put les retenir. En les voyant s'éloigner, elle posa ses mains ouvertes sur sa poitrine et respira douloureusement par la bouche, les yeux grands ouverts. Awena n'osa la déranger; elle savait trop les va-et-vient du baron d'Espinay et ses tentatives maladroites pour aborder la jeune femme. À moins que cette crainte ne soit attribuable à autre chose d'encore plus mystérieux…

La duchesse, Antoine et les fillettes revinrent deux heures plus tard, tous détrempés, les cheveux collés au front, sans nèfles, mais les bras chargés de fleurs. Pierre leur avait servi de garde du corps. Il croisa le regard éteint de Françoise, puis s'en alla non sans recommander de sécher rapidement les duchesses, car le fond de l'air était mauvais.

Françoise grimaça. Ne voyait-il pas qu'Awena et elle tenaient des serviettes? De plus, elle avait chargé Marie de chauffer les chambres et de monter de l'eau pour remplir bouillottes et bassinoires. Dans les escaliers, les courtisans s'arrêtaient, perplexes et étonnés de voir la duchesse et ses filles trempées, mais heureuses, riantes, le rouge aux joues. Antoine montait derrière et feignait de les poursuivre, un bouquet de fleurs dans les mains.

Pierre avait profité de l'occasion pour recueillir le bois de nèfle, dont le grain, très fin, lui servirait pour de futures sculptures. Il voulait en fait s'en servir comme d'un manche afin d'y planter une lame qu'il était en train, d'ailleurs, d'aiguiser lentement. L'œillade que lui avait décochée Françoise l'avait découragé de rester encore, malgré son inquiétude à l'endroit de la duchesse, qui avait perdu son souffle et qui tardait à le reprendre.

Awena soutint Marguerite par le bras. Dans le corridor menant aux chambres, elles croisèrent le chanoine Norbert Aguenac, qui revenait de sa quotidienne tournée de confessions. À cet égard, il esquissa un geste en direction de Françoise. Mais celle-ci était bien trop contrariée pour lui parler.

Marie et Awena séchèrent les fillettes. Dans le salon, sur une table installée près de la croisée entrouverte attendait un cruchon de vin ainsi que deux gobelets en argent.

Françoise crut entendre un domestique lui dire que du vin chaud et épicé avait été préparé pour Awena et elle. La jeune courtisane se servit un verre, qu'elle porta à ses lèvres.

Elle avisa soudain Marguerite, tout essoufflée, qui avait aussi fort soif, et lui tendit le gobelet.

La duchesse ne tarissait pas d'entrain. Le petit bois autour du château était un endroit charmant qu'elles ne visitaient pas assez souvent à son goût. Elle vida le gobelet d'un trait. Awena en servit deux autres, cette fois pour Françoise et elle, quand une ombre passa devant les carreaux.

Il y eut un battement d'ailes, puis un choc terrible. La croisée s'ouvrit sous le poids d'un grand corbeau qui percuta en croassant les verres et le cruchon.

L'oiseau tenta de s'envoler à nouveau, mais il s'immobilisa bientôt, un éclat de vitre planté dans le corps. Antoine ramassa ses plumes éparpillées. Isabeau allait en faire autant, mais Françoise l'en empêcha. Le vin s'écoulait en longs traits rouges sur le plancher.

Au bout d'une minute, elles se remirent enfin de leurs émotions.

— Je vais nettoyer, dit Marie.

Françoise s'agenouilla au même instant et eut un hoquet de terreur. Bouche bée, elle contemplait ses mains tachées de vin.

Awena demanda une autre couverture, cette fois-ci pour Françoise, car la jeune femme ne pouvait se retenir de frissonner. Plus tard leur fut servi un déjeuner léger composé de volaille et d'agneau au miel et aux amandes, et d'une soupe à base de céréales coupée de lait.

Françoise passa l'après-midi dans la chambre des duchesses à veiller à ce que leurs pieds et leurs mains restent bien au chaud. La duchesse parlait de son enfance, ce qui était fort rare. Lorsque la Dinan entra pour annoncer que, malgré son indisposition, la leçon aurait bel et bien lieu, elle les surprit en grande et joyeuse discussion.

* * *

Durant la nuit, Françoise refit les mêmes cauchemars que depuis trois jours. C'était chaque fois la même scène. Des corbeaux s'amusaient à picoter la coiffe d'une noble dame. Françoise tentait de les éloigner, mais elle se retrouvait toujours avec du sang sur les mains. Ensuite apparaissait Raoul d'Espinay, qui lui parlait du soin qu'elle devait porter à toute sa personne, incluant les dents, bien sûr. Il tentait de la coincer dans une alcôve et y parvenait. Ses bras s'allongeaient pour l'enlacer. Pour finir, elle était précipitée dans un puits très profond, duquel elle ne pouvait ressortir.

Elle se réveilla, haletante et en sueur. On toqua à sa porte. Le halo orangé d'un bougeoir devança Marie.

— Madame, dit la servante d'une voix rauque, la duchesse, ma maîtresse, est souffrante et vous mande.

* * *

Marguerite était agenouillée dans la ruelle du lit et elle ne cessait de vomir. François II et Awena se relayaient pour changer les pots de chambre.

Dès qu'elle entra, Françoise eut le sentiment de pénétrer dans une tombe. Elle revit le corbeau mort, le sang sur ses mains.

— Vite, des serviettes et de l'eau chaude ! commanda-t-elle.

Mais Awena avait déjà donné des ordres.

Peu après arrivèrent l'apothicaire du château ainsi que le chanoine Aguenac, tous deux encore à moitié endormis. Quand il vit le teint blême de la duchesse, le médecin s'alarma.

Il s'enquit de ce qu'elle avait mangé et bu, leva les yeux vers Françoise et Awena, qui s'étaient de même restaurées.

— Et les jeunes duchesses ?

— Elles dorment paisiblement, Dieu merci, déclara Marie.

La mort planait déjà dans la chambre, invisible et cependant palpable et glacée.

L'homme de science pratiqua une saignée. Il ne tenta pas de faire vomir Marguerite, puisque c'était déjà ce qu'elle faisait depuis plus d'une heure en s'affaiblissant davantage après chaque rémission.

On apporta une eau de Bochet composée de diverses épices, dont le gingembre, le poivre noir, les clous de girofle, le tout agrémenté de levure de bière, un remède utilisé pour les refroidissements soudain.

— Car vous me dites que Sa Grâce a couru sous la pluie battante durant toute la matinée! voulut savoir le médecin.

Au petit matin entrèrent la Dinan ainsi que plusieurs courtisans. Philippe de Montauban les installa dans le salon. Les visages étaient tendus. Tous se sentaient mal et tristes pour Marguerite, qui était à la fois la plus charmante des femmes et la plus douce des maîtresses.

Lorsqu'elle allait et venait, Awena faisait semblant de ne pas sentir le poids de leurs regards. Comme si le péché que commettait le duc avec elle retombait aujourd'hui sur la duchesse.

L'aube pointait aux croisées. La comtesse décida, malgré le fol espoir du duc, qui assurait que sa femme allait se remettre, de faire venir les petites duchesses.

Anne, puis Isabeau entrèrent à leur tour. Marguerite était allongée sur le lit à baldaquin, les traits exsangues, sans plus cette rougeur et ce rose aux lèvres et aux joues qu'elle avait la veille, et qui faisaient sa beauté. Son front était de marbre, comme sa peau déjà lisse et froide. Son souffle seul indiquait qu'elle vivait encore. Il était si léger, pourtant, qu'on aurait cru un battement d'ailes de papillon.

Aux premiers rayons de soleil — ce soleil tant souhaité et qui réapparaissait enfin après plus d'une semaine de grisaille, de froid, de vent âpre et de pluie —, après avoir embrassé ses filles et son mari, elle rendit l'âme.

* * *

Françoise avait fui. Elle ne supportait pas les lamentations hypocrites des courtisans. Elle échappa également à la poigne de Raoul d'Espinay, qui disait venir lui présenter ses condoléances. La tête emplie par les pleurs d'Anne, d'Isabeau et d'Antoine, les yeux déchirés par le piteux spectacle de son père, qui répétait qu'il n'y croyait pas, que c'était lui le malade, d'ordinaire, et sa tendre épouse, celle, fidèle, qui le soignait et le réconfortait !

L'après-midi la trouva en confession dans la chapelle du château. Norbert Aguenac l'écoutait, sentencieux, derrière le grillage.

Noyée dans ses propres sanglots, Françoise devait encore faire le tri entre l'avouable et l'inavouable. Comme d'habitude, elle jetait en pâture au chapelain les péchés bénins et gardait les autres pour elle.

Des images s'amoncelaient dans son esprit comme des amas de neige devant une porte. Une fois encore, ses visions s'étaient avérées prophétiques — bien que personne n'ait voulu la croire et que la Dinan l'eût même menacée en lui contant qu'en Espagne, la Sainte Inquisition était encore à l'œuvre dans nombre de provinces. Dieu sait pourtant que Françoise avait tenté de dissuader Marguerite de sortir ! se défendait-elle en tremblant.

Aguenac l'encourageait à laisser s'écouler le flot de ses péchés. Il fallait selon lui tout laisser aller (sa formule préférée) et ne rien retenir, car Dieu n'aimait pas ceux qui essayaient de le tromper.

« Le vin, songea Françoise. Le cruchon posé sur la table basse. Les deux gobelets, pour Awena et moi… »

Elle ferma les yeux. Une migraine atroce battait entre ses tempes. Lorsqu'elle cligna des paupières, il régnait un silence de mort sous les voûtes. Elle se leva et découvrit que la place du chanoine était vide.

Une présence la fit se retourner.

— Pierre ?

Le jeune soldat lui ouvrit ses bras.

— Oh, oui, Pierre, répéta Françoise, serre-moi, serre-moi fort. J'ai si peur...

CHAPITRE 26

Alcôves et soupçons

Marguerite à peine enterrée, ses deux frères, le cardinal et le comte de Foix s'installèrent à la cour et furent nommés au conseil du duc. Françoise était à l'affût de la moindre trahison. Elle nota que les barons, et en premier lieu Raoul d'Espinay, voyaient ces nominations d'un très mauvais œil. Rieux et Rohan ne pouvant toujours être présents, c'est lui, sans nul doute, qui était leurs yeux et leurs oreilles.

Un matin où elle cherchait à capter l'attention de Pierre sans y parvenir — le jeune homme était de garde sur les remparts —, elle rentra chez elle et se jeta en travers de son lit.

Son estomac était contracté, et cela n'avait rien à voir avec ses menstrues habituelles. Son don de clairvoyance ne cessait également de se manifester sous diverses formes : de mauvais rêves, bien sûr, mais aussi des détails qui prenaient toute la place dans sa tête et son cœur. Pierre et elle avaient également plus de mal à se voir en cachette. Son père passait des journées enfermé dans ses appartements, et il était logique de penser que sa fin approchait à grands pas.

Depuis la mort brutale de la duchesse, l'atmosphère était à la suspicion. Chacun surveillait son voisin. On faisait davantage goûter son vin et sa nourriture. On redoublait de faux semblants. Même les poésies déclamées par Jean Meschinot et les mélodies jouées par les troubadours sonnaient faux.

Françoise entra dans la chambre de ses cadettes et les surprit en compagnie de leur père. Le duc était assis sur la courtepointe, entre Anne et Isabeau, et il leur parlait doucement. Sa silhouette tassée, son dos rond, sa voix lasse faisaient pitié.

La jeune femme avait grande envie de se joindre à eux. Pourtant, elle demeura dans l'ombre. Ce moment, leur père voulait le consacrer à ses filles légitimes. Ce que Françoise comprenait, même si ça lui serrait un peu le cœur.

— Mes chéries, disait François II, ceci est pour vous de la part de votre mère.

Françoise vit un objet scintiller dans les mains de son père. Il s'agissait d'un fragment de spinelle, une pierre semi-précieuse tirant sur le rouge foncé. Un rayon de soleil venait commodément l'éclairer comme s'il s'agissait d'un fabuleux trésor.

— Ce joyau était à votre mère. Il est vôtre, désormais. Elle eût bien voulu vous le donner plus tôt, hélas…

Sa voix se brisa, et il sortit de la pièce d'un pas lourd.

Dès l'été, certains conseillers avaient ouvertement désapprouvé la présence d'Awena dans l'intimité du duc. Ne disait-on pas qu'elle partageait désormais son lit toutes les nuits !

Françoise savait qu'en vérité, Awena avait refusé cette offre du duc, qui supportait mal, pourtant, de demeurer seul.

Elle en était peinée, mais ne pouvait ignorer les œillades assassines que lui décochaient les courtisans.

Dans un de ses accès de courage et de lucidité, le duc s'était exclamé aux frères de Marguerite :

— Suis-je si maudit par Notre Seigneur qu'il me faille aussi renoncer à mon seul réconfort !

Cette déclaration à brûle-pourpoint avait saisi le cardinal et le comte de Foix, et scandalisé nombre d'autres, incluant la comtesse de Dinan, qui supportait mal, depuis des années, la jeune et trop belle maîtresse du duc, même si Marguerite, elle, s'en était fort accommodée.

Lorsqu'il ne s'étiolait pas dans son bureau ou dans sa chambre, François II s'entretenait avec Philippe de Montauban à la barbe de ses autres conseillers, dont le prince d'Orange, son neveu, mais également le comte de Comminges.

François tournait en rond.

— Je ne suis pas loin de penser que la mort de Margot ait à voir avec la réunion de nos états, à Rennes, cet hiver…

Montauban se refusait de croire qu'Anne de Beaujeu ait sciemment voulu forcer la main de Dieu dans cette affaire.

— Le poison m'était peut-être destiné ! s'alarma le duc.

Il est vrai que la dame avait été très déçue de l'attitude cavalière des barons bretons, qu'elle avait grassement payés de ses deniers. Cela, le duc l'avait anticipé et même voulu, car il s'agissait entre lui et la régente d'une sorte de bras de fer. Qu'elle ait aussi été ennuyée d'apprendre que Maximilien avait reçu une offre de fiançailles pour la main d'Anne était aussi un stratagème destiné à montrer à la France que la Bretagne pouvait répliquer et se tenir debout.

Malgré les dénégations de Montauban, François fit doré-
navant goûter chacune de ses boissons. Françoise le
remarqua et se mit, tout en vaquant à ses occupations coutu-
mières, à observer davantage les gens, à guetter leurs conversations. Elle accepta même de danser aux dîners, ce qui
lui déchirait le cœur chaque fois que Pierre venait à
l'apprendre.

Car si la cour était infestée d'espions, il existait aussi une
intelligence parmi les domestiques. Ainsi, même si Pierre
était en poste sur les remparts, il se trouvait toujours
quelqu'un pour lui donner le nombre de danses que Françoise
avait accordées à l'un ou à l'autre, incluant le baron Raoul
d'Espinay, qui se conduisait parfois en galant accompli.

Accompli, mais ô combien maladroit, songeait Françoise.

Il vint la trouver un jour et se plaignit de sa froideur à
son égard.

— Je suis ici pour apprendre à vous connaître, ma mie !

La jeune femme n'était pas dupe des véritables motiva-
tions du baron. Elle commença par jouer les effarouchées,
puis décida de l'utiliser pour entrer dans son cercle et ainsi
mieux observer ce qui s'y disait.

Lors d'un dîner, on la crut trop ivre pour écouter. C'est
ainsi qu'elle apprit qu'Awena, bien que désirée par plusieurs,
était considérée comme une ennemie. En effet, Raoul avait
tenté de l'approcher pour qu'elle mette certains conseils dans
l'oreille du duc. Eh bien, la donzelle avait refusé tout net !
C'était une insulte et à leurs yeux une preuve flagrante d'im-
bécillité. Visiblement, le duc ne durerait pas. On prédisait à
la belle courtisane une chute prodigieuse dans quelques
oubliettes, où sa beauté s'étiolerait comme une fleur privée
de soleil.

Le sang de Françoise ne fit qu'un tour. Elle repensa au fameux cruchon de vin posé sur la table. Il y avait bel et bien eu deux gobelets.

« Pour Awena et moi… »

Ses cauchemars ne la précipitaient-ils pas aussi dans un puits ?

Son frère d'Avaugour était assis à la même table en compagnie de son grand ami François de Châteaubriant.

Les diverses parties de l'énigme prenaient lentement place dans l'esprit de la jeune femme. Elle s'excusa et prit congé. À Raoul, qui se proposait de la raccompagner, elle lui présenta Marie, descendue exprès, disait-elle, pour s'occuper d'elle.

La belle saison s'achevait. Elle n'avait pas été, comme l'année précédente, emplie de fêtes et de sorties à cheval, de déjeuners en plein air, de joutes et de concours de tir à l'arc. Parfois, l'image fugitive du duc Louis d'Orléans revenait trotter dans sa tête. Son père et lui semblaient amis. Louis avait de plus toujours un bon mot ou une blague grivoise en réserve qui faisait rire le duc aux éclats !

Les nouvelles en provenance de France étant confidentielles, Françoise n'avait droit qu'aux ragots. À l'automne, alors même que son père retombait gravement malade, on laissait entendre que les princes français s'agitaient de nouveau.

En octobre, François II crut mourir. Tous le crurent également. Il n'était pas rare de voir la leçon interrompue par le pas des courtisans, qui se rassemblaient dans le salon attenant à la chambre du duc. Françoise partageait son temps entre ses travaux de couture et son service auprès de son père. Awena et elle se battaient contre la maladie qui, lentement mais sûrement, grugeait les forces du souverain.

Les deux choses qui retenaient François à la vie étaient sa détermination à mettre le duché et ses filles hors de danger, et sa volonté à tenir les pronostics en échec. Anne de Beaujeu, il le savait, attendait impatiemment sa mort pour fondre avec ses armées sur la Bretagne. Ce danger imminent galvanisait son courage et lui redonnait même des traits d'humour.

Secondé par ses deux gardes-malades plus que par ses médecins, qui ne cessaient de vouloir le saigner, François II se remit.

Fin octobre, Françoise jaillit une nuit sur le chemin de ronde. Pierre releva sa hallebarde et la reconnut juste à temps.

— Tu es folle! s'exclama-t-il.

Elle le poussa dans un coin et l'embrassa. Il faisait froid, et elle avait, disait-elle, grand besoin de chaleur. La peur d'être constamment surpris pimentait leurs retrouvailles épisodiques. Ils s'étreignirent. Leurs lèvres se nouèrent dans un long et tendre baiser. Puis, alors que Pierre sentait l'émoi le gagner, Françoise se recula.

Elle laissa sa main dans la sienne, mais son visage se fit grave. Elle lui tendit un morceau d'étoffe.

— Sens.

Pierre porta l'écharpe à son nez.

— Tu reconnais l'odeur? s'enquit-elle.

Le jeune soldat se souvenait parfaitement de ce lourd parfum de femme indissociable, dans sa mémoire, de cette froide nuit d'octobre, deux années passées.

— L'espionne…

— Meven. Il s'agit du même parfum, n'est-ce pas?

— Où as-tu trouvé ça?

— Dans la chapelle, l'autre jour.

Pierre songea immédiatement à une noble dame — la mystérieuse maîtresse de l'espionne.

Mais Françoise secoua la tête.

— Je l'ai trouvée dans le confessionnal, à la place du chanoine. Je sais qui c'est… ajouta sourdement Françoise.

* * *

Courant janvier, la jeune femme s'occupait à ses travaux d'aiguille tout en écoutant la leçon du jour. La Dinan parlait aujourd'hui de philosophie, une matière essentielle qui forgeait l'âme et la raison.

Françoise était tout entière égarée dans ses rêveries en compagnie de Pierre, qu'elle avait rejoint la veille dans une alcôve. C'était la première fois qu'ils s'y risquaient. Mais une semaine s'était écoulée sans qu'ils puissent se voir, et l'un comme l'autre n'y tenaient plus. Ils s'étaient mignotés, sans plus, à cause des craintes cachées de Françoise et de la cour de plus en plus empressée que lui tenait Raoul d'Espinay.

Seule dans son lit, le soir, la jeune femme pouvait reléguer le baron aux oubliettes et imaginer Pierre à ses côtés. Elle se concentrait très fort, le créait pour ainsi dire morceau par morceau. Elle tendait sa main ouverte et frôlait la sienne. Elle entendait le son de ses paroles murmurées contre son cou et sentait son souffle couler sur sa joue, son cou, sa poitrine dénudée. Ses mains descendaient d'elles-mêmes sur son ventre. Il s'agissait, bien entendu, de celles du jeune homme. Elles effleuraient l'intérieur de ses cuisses, puis remontaient avec une lenteur lascive.

— Françoise, ma chère, déclara soudain la Dinan au plus fort de la leçon, je suis fort aise de constater que l'idée de votre mariage prochain vous peint du bonheur sur la figure.

La comtesse avait de ces mots pour la piquer! Françoise se força à sourire, tandis qu'Anne la considérait pensivement.

À la fin du mois, des cavaliers se présentèrent devant le pont-levis. Il neigeait. L'humidité transperçait les vêtements les plus chauds.

— Ohé! Du château!

Pierre reconnut la voix forte, allègre et aimable du visiteur.

— Levez la herse! commanda-t-il au grand dam de Le Guin, qui exigeait, lui, que les nouveaux venus soulèvent leur heaume.

Ainsi revinrent, en petit équipage et en grand secret, le comte de Dunois et son bon ami le duc Louis d'Orléans.

CHAPITRE 27

Au puits

L'intrus se glissa furtivement dans la chambre, sans bougie et presque sans bruit. La pièce était de petite dimension. La fouiller ne prit que quelques minutes. Le lit bas, le matelas de grains, le coffre en bois, le lutrin sur pied et les étagères qui l'entouraient : rien de vraiment intéressant à part un flacon de parfum capiteux et d'étranges vêtements.

Dans le couloir voisin circulaient les courtisans. De l'unique croisée montaient les flammèches d'un feu allumé dehors ; le pan de tissu qui faisait office de rideau filtrait à peine la conversation des sentinelles en poste près du pont-levis. Ce devait être une chambre désagréable où vivre. Pourtant, l'homme qui l'habitait y était à son aise depuis des années.

Soudain, la porte grinça, et l'intrus se rejeta derrière l'unique paravent.

L'occupant de la chambre entra, fourbu. La couche grinça sous son poids. Plusieurs secondes s'écoulèrent. La nuit était tombée depuis longtemps. Le froid et l'humidité suintaient des murs. Dans un angle se trouvait un brasero portatif, que l'homme alluma en geignant. Enfin, comme il devait expédier une affaire importante, il se releva, prit une feuille sur son étagère et s'installa devant son lutrin.

L'intrus posa son œil contre un interstice du paravent et vit que l'homme s'échinait, le dos rond, à rédiger une missive. Enfin, cela devenait intéressant…

On parlait dans le corridor. Les courtisans avinés et joyeux rentraient se coucher après les libations offertes inopinément pour célébrer le retour du duc Louis d'Orléans et de ses gens.

En fait, cela faisait trois jours que le château était en liesse. Cette visite augurait bien, comme disait François II, toujours heureux de recevoir des alliés.

La plume grattait le parchemin. Vint un moment où le bruit déconcerta l'homme. Il immobilisa sa main au-dessus de l'encrier fixé dans la planchette, rajusta le halo de sa bougie sur sa page.

Puis, brusquement, il sortit.

L'intrus saisit sa chance et se plaça, haletant, devant le pli qui n'avait pas encore été crypté. Ses traits se figèrent.

« À notre gracieuse régente et amie, Anne B. de France… »

Le message relatait dans le détail le résultat des débats présentés au conseil du duc depuis le retour de Louis d'Orléans. Le dernier paragraphe concernait directement ce dernier. Il révélait sans mystère que si Louis était revenu, c'était uniquement pour demander de nouveau la main de la petite duchesse Anne.

Le duc François avait accepté à deux conditions. D'une part, qu'Anne soit nubile au moment des épousailles. De l'autre, que D'Orléans ait pu faire abroger par le pape Innocent VIII son union avec Jeanne de France.

L'intrus entendit revenir l'auteur du message. Sans prendre de précautions, il jaillit de la chambre, le percuta de plein fouet, s'excusa et disparut dans le corridor. Il fila telle une flèche jusqu'au rez-de-chaussée, se heurtant à plusieurs courtisans et seigneurs pour finir, sur le chemin de ronde, dans les bras d'un noble.

Toute haletante, Françoise ôta sa capuche, puis sa longue cape qu'elle replia vivement sur son avant-bras. Il faisait froid, pourtant, et de la buée sortait de ses lèvres.

Raoul d'Espinay n'en revenait pas d'avoir attrapé ce bel oiseau effarouché.

— Avez-vous croisé le démon ? s'enquit-il de sa voix la plus charmeuse.

Françoise peinait à reprendre son souffle. Quelques secondes plus tard surgit Norbert Aguenac.

Le chanoine n'était pas moins rouge d'émotion qu'elle. Son regard fiévreux fouillait les ténèbres. Il s'arrêta sur le couple assez mal assorti qui le dévisageait. Si Raoul d'Espinay leva ses sourcils roux froncés, Françoise prit un air offensé.

— Vous cherchez quelqu'un ? demanda le baron en posant d'autorité son bras sur celui de la jeune femme.

L'ecclésiastique demeurait sans voix. Lui d'ordinaire si loquace !

— Permettez-moi de vous raccompagner, s'offrit alors d'Espinay.

Françoise ne put qu'acquiescer. En chemin, ils croisèrent Pierre et sa grande hallebarde, qui le dépassait d'une tête et demie. Le jeune homme se plaça ostensiblement en travers de leur chemin, la main sur la garde de son épée, comme s'il attendait quelque chose.

Le baron esquissa un geste agacé.

— Tout va bien, soldat, dit-il, passez votre chemin.

Pierre toisait Françoise. Alors, le baron dévisagea l'impudent. Sans rien ajouter, il le repoussa ensuite et entra sous la voûte menant au château.

Simon rejoignit son ami. Lui aussi avait quitté les écuries pour embrasser le dur métier des armes. Il posa une main sur l'épaule de Pierre, qui restait immobile.

— Arrête de te torturer. C'est bien Le Guin qui a raison.

Pierre ne releva pas le commentaire. Il était loin le temps où ils préparaient tous deux leur grand voyage vers la liberté. Parfois, Pierre avait l'impression d'avoir raté la chance de sa vie. Avait-il imprudemment relevé le mauvais défi ?

* * *

Quelques jours plus tard, Raoul d'Espinay déboula dans la salle des gardes et se déclara fort ennuyé. Dehors, il neigeait à gros flocons. La vie semblait s'être arrêtée. L'envie lui venait tout naturellement de faire un peu d'exercice.

Les feux de cheminée ronflaient. Quatre sentinelles, dont Pierre et Simon, se chauffaient les mains tout en devisant. On entendait le son des cloches de la nouvelle cathédrale, les bruits sourds et réguliers des forgerons qui, beau temps mauvais temps, avaient toujours de l'ouvrage.

D'Espinay n'attendit pas davantage et tira sa rapière. Le grand rouquin semblait pressé d'en découdre. Son impatience se lisait sur son visage étroit et dans ses yeux, qu'il posait tour à tour sur les sentinelles.

— Allons, que diable, qui veut se battre ?

Les soldats n'étaient guère enchantés. Que se passerait-il s'ils blessaient un baron ?

Les portes de la salle du conseil étaient toujours closes, non loin, mais la voix aiguë du baron attirait déjà des courtisans et de nobles dames.

Pierre s'avança. Simon eut beau tenter de le retenir, le jeune Breton n'était guère d'humeur conciliante depuis quelque temps. Il avait de plus l'intuition que le baron s'adressait directement à lui.

Il rajusta son surcot, ses gantelets et la sangle de son casque, et il saisit son épée à deux mains.

— Bien, s'exclama d'Espinay avec un rictus sauvage. L'homme que je voulais !

Le baron n'était pas fin diplomate.

Le duel s'annonça tout de suite violent. Ils ne se frappaient pas du plat de la lame, mais de pointe et d'estoc. Pierre esquiva un coup au visage. La lame du baron heurta un pilier, qu'elle entama en crissant et en faisant des étincelles.

Pierre jouait de l'espace. Si d'Espinay était fort adroit, le jeune homme avait sa lame dans le sang. C'était son père et plus loin que lui ses ancêtres, tous bons spadassins, qui faisaient face au baron.

Il para un coup bas au ventre qu'il salua d'un « Oh ! » admiratif. Cette botte lui était en effet inconnue. Il en remercia son adversaire, car il la compterait désormais au nombre de ses propres techniques.

Le Guin entra dans la salle sur ces entrefaites. Son regard accrocha celui, angoissé, de Françoise et d'Awena, accourues aux cris tout enthousiastes de : « On se bat dans la salle des gardes ! »

Le fracas des lames emplissait l'air. Chacun retenait sa respiration. Pierre bloqua, feinta, se donna deux pas d'élan avant de fondre sur le baron. Celui-ci percuta une colonne, sa cotte de mailles cliqueta sous le choc.

Pierre eut la délicatesse de lui tendre la main — geste que le baron rejeta avec mépris. Il se releva bruyamment, rajusta son heaume, ramassa son épée.

À ce moment, deux hommes applaudirent. Les courtisans ouvrirent aussitôt le passage au comte de Dunois ainsi qu'à Louis d'Orléans, qui sortaient de la salle du conseil. Ils avaient couru sus à ce qui paraissait un divertissement tombé à point nommé dans cette bien ennuyeuse journée.

Derrière eux venaient le duc François et le conseiller Montauban.

Tout étourdi, Pierre ôta son casque. Il lui semblait que ses gantelets ne cessaient de vibrer. Il aurait sans doute quelques bleus, mais le jeu en valait la chandelle.

Le prince s'avança en ignorant avec superbe le baron, qui pestait sous son heaume.

— Ainsi donc, ami, déclara Louis d'Orléans en souriant, vous voilà promu soldat !

Il serra la main de Pierre sous le regard hostile d'un d'Espinay si insulté qu'il se retira sans un mot.

— Mon cousin, ajouta Louis au duc François, je vous retrouve entouré de braves, et cela m'enchante !

* * *

Le lendemain matin, à l'aube, une domestique puisait de l'eau au puits. Un garde la vit forcer, ce qui était fort inhabituel. Galant homme, il lui prêta main-forte. À eux deux, ils parvinrent à remonter ce que le soldat nomma d'emblée un gros poisson. Il riait à gorge déployée de son trait d'humour — sans doute venait-il d'une famille de pêcheurs !

— Vous aurez là de quoi baigner un de nos gras seigneurs, demoiselle, dit-il, et je…

Il s'interrompit en voyant l'expression horrifiée peinte sur le visage de la fille. Celle-ci laissa finalement échapper un cri.

Le soldat termina de sortir, seul, le cadavre. Philippe de Montauban accourut, suivi de Le Guin, de Pierre et de Simon.

Le conseiller recouvrit le visage du mort.

Il allait falloir, déclara-t-il, trouver un autre chanoine pour la famille du duc…

CHAPITRE 28

Rencontre secrète

Un soir, après les dernières danses, Le Guin fut mandé aux appartements du souverain. Posté en silence devant la porte d'un petit cabinet attenant à la chambre, il y vit entrer François II, le comte de Dunois, Louis d'Orléans et… Pierre !

Croyant son protégé en poste sur les remparts, le capitaine serra la mâchoire. Non pas qu'il fut jaloux du jeune homme. Il pensait au contraire que côtoyer les puissants de trop près était une malédiction pour les gens de leur condition. Dans quel filet à anguilles Pierre s'était-il donc encore fourré ?

La dernière personne à entrer dans le cabinet l'étonna plus encore. Françoise le salua d'une brève inclinaison de la tête et se faufila juste avant que Montauban ne referme la porte. Alors que le capitaine se cherchait une bonne position sur les jambes — il risquait de demeurer là un long moment —, il vit une chevelure blonde penchée dans le chambranle d'une chambre voisine. Awena aussi semblait très préoccupée…

Françoise alluma un bougeoir, qu'elle posa sur la table. Autour se trouvaient cinq chaises. Après quelques hésitations, elle choisit de laisser la place à Pierre. Après tout, lui aussi avait à parler !

Les hommes convinrent d'abord que la situation était inquiétante. La découverte du corps du chanoine Norbert Aguenac s'accordait, dans l'esprit du duc, avec la mort brutale de sa femme.

Montauban donna d'emblée la parole à Pierre. Le jeune homme avait l'air intimidé. Devant autant de grands seigneurs réunis, il doutait de son élocution. Dès qu'il ouvrit la bouche, cependant, il convint que c'était le Pierre avenant et courageux, et non pas le Pierre timide et gentil, qui était aux commandes.

— Voilà deux nuits passées, dit-il, je me trouvais sur les remparts. J'ai entendu des voix. Cela ressemblait assez à des reproches. Je me suis approché. Deux hommes s'empoignaient dans l'ombre. Puis l'un d'eux a poussé un cri bref et a basculé dans le puits. J'ignorais alors qu'il s'agissait du chanoine.

— Avez-vous reconnu son agresseur ? demanda le duc d'une voix tremblante.

Pierre secoua la tête. Il faisait trop sombre.

Françoise s'approcha à son tour. Pierre lui céda sa chaise.

— Ma fille ! fit le duc en lui prenant la main.

— Il y a trois soirs de cela, avoua-t-elle, je me suis introduite dans la chambre d'Aguenac.

Dunois et Louis d'Orléans émirent un petit sifflement admiratif.

— Je l'ai surpris en train de rédiger une missive que j'ai pu lire.

Elle se tourna vers Louis ainsi que vers son père.

— Elle était destinée à madame la régente et elle révélait par le détail les dernières discussions du conseil. Elle parlait aussi des raisons de votre retour, Votre Grâce, chez nous…

Louis soupira, et le duc se raidit. Depuis le serment de Rennes, les relations étaient de nouveau très tendues avec la France, et les barons craignaient, avec raison, que la main d'Anne ne soit de nouveau promise à Louis — eux qui la voulaient autant pour eux-mêmes que pour leurs propres fils !

— Il faut que nous trouvions moyen de les apaiser, admit François.

Il reprit, l'air désolé :

— Ainsi, notre chanoine était un espion. Avez-vous trouvé à qui il obéissait ?

Françoise parla du flacon de parfum qui était aussi celui de Meven, la lingère trouvée dans les douves, ainsi que des vêtements de femme découverts dans le coffre d'Aguenac.

— Je pense, conclut Françoise, qu'il se déguisait en femme et qu'il utilisait la lingère pour transmettre ses plis à des hommes de confiance, qui les portaient ensuite à la cour de France. Pour récompense de ses services, Meven devait être payée, bien sûr. Ce parfum de prix devait en être.

Le duc voyait plus loin que les simples évidences. Aguenac pouvait obéir à des gens importants dans le château. La preuve en était de son violent assassinat.

— Avez-vous vu d'autres personnes, ce soir-là ? demanda Philippe de Montauban.

Le regard de Françoise se voila, et c'est à son père qu'elle répondit :

— Après m'être enfuie de chez le chanoine, j'ai trouvé refuge auprès du baron d'Espinay.

Pierre tiqua.

— Aguenac nous a rejoints. Il cherchait son espion. Le baron m'a raccompagnée.

Les quatre hommes ne pipèrent mot.

— Le lendemain de sa mort, ajouta Françoise, je suis retournée chez le chanoine. Sa chambre avait été vidée.

— Mes cousins, dit alors gravement le duc pour Dunois et Louis, vous savez combien les barons vous haïssent. Nous sommes tous visés. Le mieux encore, pour l'instant, est de tenter de les rassurer.

* * *

Le jeu de paume se jouait à un contre un ou à deux contre deux, la plupart du temps dans des champs, sur des places ou dans les rues. Seigneurs, ecclésiastiques et gens du peuple s'y livrant avec passion, le duc avait depuis peu aménagé une grande salle de son château en terrain de paumes. Deux galeries rondes le jouxtaient, une belle lumière entrait par de hautes fenêtres, nombre de chaises et de bancs assuraient le confort des spectateurs.

La balle, ou l'éteuf, était bourrée de poils ou d'« étouffe » de laine recouverte d'une peau de mouton. On la frappait après le premier rebond à l'aide d'un battoir en bois recouvert d'une feuille de parchemin, pour amortir les coups. Le but était de passer la balle non plus directement dans le camp adverse, mais de l'envoyer, fait assez nouveau, par-dessus un épais cordage tendu au milieu du terrain. Toute balle qui passait dessous était considérée comme en faute.

Populaire depuis plusieurs siècles, ce sport était devenu une passion. Joueurs et spectateurs s'y donnaient presque corps et âme, au point que les autorités religieuses le voyaient d'un très mauvais œil, car il encourageait d'après eux les basses passions et les échanges d'argent. D'ailleurs, le cardinal de Foix, présent sur les lieux, tendait ses mains devant son visage comme s'il priait tandis que le comte, son frère, donnait au contraire de la voix pour encourager les joueurs.

Pour l'heure, c'était au tour de Dunois d'affronter le duc François dans un match à un contre un. Les spectateurs s'étaient d'emblée scindés en deux camps : d'un côté les affidés de Louis d'Orléans, de l'autre les barons. Hésitants, les courtisans avaient la mine longue de ceux qui ne savent quel parti choisir. Cela faisait bien rire Louis d'Orléans, assis près des jeunes duchesses Anne et Isabeau, et d'Antoine, qui brûlait de disputer sa première partie.

Le duc se fatigua très vite. Tout mouillé de sueur dans son ample chemise blanche, il donna son battoir à d'Avaugour, qui se mesura à son tour au comte.

Françoise se tenait derrière Anne. Elle-même n'était pas loin de vouloir manier le battoir. Ne disait-on pas qu'à Paris les femmes aussi pouvaient jouer ! Au grand dam des curés, d'ailleurs, car les spectateurs y étaient plus nombreux, ne serait-ce que pour regarder sous leurs robes, qu'elles tenaient relevées d'une main pour courir et frapper au rebond. Ils y voyaient des chevilles, des mollets et, avec de la chance, si la donzelle tombait, peut-être même plus haut le galbe d'une cuisse ou la rondeur d'une fesse. Et en tout temps, bien sûr, le corsage de la demoiselle bougeait également comme autant de beaux pigeons emprisonnés.

271

Anne devisait avec Louis sous le regard sévère des barons postés en face. Ceux-ci ne regardaient plus la balle, mais la jeune duchesse et l'héritier de la couronne de France.

Louis parlait bas.

— La mort de votre mère m'attriste énormément. Elle était gente dame.

Il expliqua que lui-même était orphelin de père. Ce père, d'ailleurs, qui, durant son emprisonnement après la défaite d'Azincourt, avait introduit le jeu de paume en Angleterre !

— Ma mère, ajouta-t-il, n'a pas lutté beaucoup pour empêcher mon mariage avec Jeanne. Elle avait si peur de feu le roi qu'elle m'a abandonné dans ses griffes.

Sa voix se fit plus grave, son regard, plus dur. En plus, et aux yeux de tous, elle vivait maintenant en couple avec leur ancien maître d'hôtel, une humiliation que Louis ne lui pardonnait pas davantage.

— Quant à ma vie avec Jeanne, ajouta-t-il, vous pouvez imaginer tout ce qu'elle tient du drame et de l'horreur.

— On la dit assez peu bénie par Notre Seigneur, répondit Anne avec douceur.

Louis ne l'aurait pas expliqué avec autant de tact. Cette enfant, décidément, augurait une future grande dame… si Dieu lui prêtait vie ! La mort frappait incontinent et chaque jour, sans distinction de classe. Particulièrement durant les périodes troubles comme celle qu'ils vivaient en ce moment.

Il se tut, pensif, et sentit soudain une main frêle et chaude posée sur la sienne. Anne lui souriait. Diable que cette petite était douée d'intelligence et de charme !

Sur le terrain, Dunois mettait d'Avaugour ventre à terre. Les barons fustigeaient le fils bâtard du duc. Des insultes grivoises volèrent d'une galerie à l'autre. Anne et Isabeau furent pressées par la comtesse de Dinan de se boucher les oreilles. Elle-même trouvait ce jeu indécent pour les dames. Que les hommes s'y défoulent était sans doute un bien. Cela les rendait plus calmes et plus tendres le soir venu. Mais que des fillettes y assistent, cela dépassait son entendement.

Un peu plus tard durant cette semaine froide de février, une querelle résonna sous les plafonds de la salle du conseil. Rieux s'y trouvait, acoquiné avec d'Espinay et Rohan.

Il y était question des emprunts que le duc voulait imposer aux villes afin de renforcer leurs fortifications. Dix cités étaient visées, dont plusieurs appartenaient, comme Vannes et Châteaubriant, aux barons.

— Les temps sont durs. Sommes-nous obligés d'alourdir encore le fardeau des pauvres gens? Car ce sont eux, au final, qui paieront, décréta Rohan.

Louis et Dunois se sourirent. Depuis quand le bien-être des populaces figurait-il au nombre des préoccupations des barons?

— Je vous vois sourire, Votre Grâce, lâcha Rieux.

Louis savait la misère du peuple. Mais il savait aussi que la régente, sa cousine, préparait l'invasion de la Bretagne. Il tendit la main vers Dunois :

— En novembre dernier, mon cousin que voici a levé une armée et s'est replié à Parthenay, qui défend la porte de la Bretagne. Cette provocation était un acte de grand courage et un avertissement à la France. Nous, princes des lys, nous nous tenons aux côtés de votre duc pour défendre ce qui est aussi votre terre.

Le ton était légèrement condescendant. Louis sous-entendait clairement que les barons marchaient sur une corde raide. Ils devaient beaucoup à la dame de Beaujeu, qui les avait aidés et gavés de terres, de titres et de bons deniers. Ils avaient par ailleurs et pas plus tard que l'année dernière juré de défendre leur duc et ses héritières.

— Mon cousin et moi-même, poursuivit Louis, avons bravé les foudres de la régente et celles du roi. Ils voulaient nous faire arrêter pour avoir osé vous porter secours. Nous avons été déférés devant le Parlement de Paris, nous avons perdu tous nos biens et avons été déchus de tous nos titres. Et pourtant, nous sommes là !

Rohan l'accusa de vouloir surtout épouser la petite Anne, déjà promise par le duc à son propre fils.

Louis attendait cette pique-là. Il exhiba alors une déclaration officielle qui démentait ce qu'il appelait des « ragots ». François II, souffrant, ne pouvait être présent, mais il était prêt à leur en faire lecture.

La missive commençait ainsi :

« Nous avons été avertis que, depuis notre retour en Bretagne, plusieurs personnes de divers états ne cessent d'évoquer notre venue, disant, faisant dire et répandant le bruit que… »

En clair, Louis jurait qu'il était revenu pour défendre le duc, son cousin — conséquence d'un traité d'entraide signé entre eux en novembre 1484 — sans qu'il soit ici question d'épousailles avec sa fille.

Dunois contemplait son jeune ami. Quelle fougue était la sienne ! Quel courage, aussi, dans l'art de la tromperie ! Car, somme toute, il avait aussi signé en secret avec François II une réelle offre de mariage. On prenait volontiers Louis pour une tête folle. Il avait peut-être tendance à se croire le chef des princes rebelles de France — ce qui n'était vrai que dans sa seule imagination. Pourtant, ce jeune homme d'à peine vingt-cinq ans était, Dunois le sentait, plus grand qu'il ne le pensait lui-même. Il ne suffisait que de circonstances favorables pour qu'il le découvre, et le monde aussi !

Les barons, incluant la comtesse de Dinan, qui assistait au conseil, ne furent guère impressionnés par cette longue tirade. Il y en avait tant eu de semblables !

Rieux lança, ce qui était tout aussi vrai, que Louis d'Orléans avait écrit une lettre de protestation contre le gouvernement Beaujeu parce qu'il menaçait de hausser les impôts du peuple de France. Et il avait l'impudence de venir en Bretagne pour réclamer ici ce qu'il avait tant combattu là-bas !

Louis se rassit. Lui, pas plus que les autres, n'en était pas à la première contradiction. L'hostilité montait contre « ces étrangers ». Que l'on reste entre Bretons, que diable !

Cette sortie du baron d'Espinay mit le feu aux poudres. Bientôt, les deux partis s'insultèrent allégrement. On quitta la salle à grand renfort de jurons et de piétinements.

* * *

Françoise courait pour gagner la chambre de ses demi-sœurs, car elle était en retard pour la leçon. Elle venait officiellement pour ses travaux d'aiguille alors qu'en fait, elle profitait de l'enseignement dispensé par la Dinan. Car en ce qui la concernait, plus elle en saurait sur le monde, mieux elle serait préparée contre lui et cette menace de mariage qui pesait toujours sur ses épaules, à l'étouffer et à lui faire faire d'horribles cauchemars.

Elle atteignait le couloir quand une main d'homme la saisit soudain par la taille. Elle fut poussée dans une alcôve.

— Ma chère, lui susurra à l'oreille la voix bizarrement éraillée de Raoul d'Espinay, vous jouez à la civelle avec mon cœur.

Cette anguille délicieuse se pêchait dans la Loire et figurait en bonne place dans les menus.

— Vous vous jouez de ma patience, ajouta-t-il moins aimablement.

Il pesa sur elle de tout son corps.

— Vous vous moquez ! se défendit Françoise.

Il tint son menton avec une main, chercha sa bouche. De l'autre, il empoigna son sein.

— Vous serez bientôt à moi. Ne l'oubliez pas.

Elle lui mordit la lèvre.

Cette donzelle avait du caractère ! Ce qui n'était pas pour lui déplaire. Elle lui décocha un coup de genou entre les jambes, puis le repoussa.

— Le contrat n'est pas encore signé, lâcha-t-elle entre ses dents.

Elle s'en fut en ignorant qu'il continuait à sourire malgré sa grimace et les larmes de douleur qui glissaient sur ses joues creuses.

* * *

Quelques jours plus tard, des écuyers préparèrent en hâte chevaux et attelages. Depuis le crépuscule, on chargeait des charrettes. Ce ne fut qu'à la onzième heure du soir que les hommes sortirent et mirent le pied à l'étrier.

Le maître d'écurie avait fait travailler ses palefreniers en double. À présent, c'était une centaine d'hommes, mais aussi des dames, des laquais, des pages et des domestiques qui quittaient l'enceinte du château.

Pierre et Simon étaient de garde. Le chevalier en tête du convoi ne réclama pas de lever la herse. Il se pencha vers Pierre et le repoussa d'un solide coup de pied. Ses propres écuyers s'occupèrent d'abaisser le pont tandis que Simon était encadré par quatre hallebardiers.

Juste avant de passer sous la voûte, Raoul d'Espinay leva la visière de son heaume. Pierre et lui se dévisagèrent sans un mot, les lèvres blanches, le regard fixe.

Quand vint le temps aux attelages de passer, un coin de draperie se souleva. Pierre vit se profiler le visage aux traits durs d'une noble femme qu'il crut reconnaître.

— Ce n'est pas une heure pour voyager, maugréa Simon en aidant son ami à se relever.

Penché aux croisées de sa chambre, Louis observait aussi le cortège éclairé par des cavaliers qui brandissaient des torches. Pour lui, ce départ nocturne était de bon augure.

— Les barons nous laissent le champ libre, déclara-t-il.

Ce manque de clairvoyance étonna le comte de Dunois, qui rétorqua en vidant sa coupe de vin :

— À ta place, mon cousin, je m'attendrais maintenant au pire.

CHAPITRE 29

Aux armes !

On avait peine à circuler dans les couloirs du château. Partout, les gens se pressaient. Françoise se fraya un chemin. Un poids lui oppressait la poitrine, l'empêchant presque de respirer.

— Pardon, messire, excusez-moi !

Elle reconnaissait nombre de courtisans. Cependant, d'autres personnes qui ne faisaient pas partie de la cour allaient de pièce en pièce. Les cloches de la ville sonnaient gravement, non pour marquer le passage normal du temps, mais pour signifier une urgence, un danger.

Elle atteignit enfin l'escalier.

De main en main passaient des objets d'art ainsi que de la vaisselle en argent.

— Est-ce pitié ! se lamenta un courtisan.

Françoise le saisit par la manche.

— Vous dites ?

— Notre bon duc se défait de ses plus belles pièces. Voyez tous ces usuriers !

Françoise pâlit. Ainsi donc, la rumeur était fondée ! Elle chercha des yeux les soldats censés maintenir l'ordre à l'intérieur de la grande demeure, et n'en trouva aucun.

Elle s'engouffra dans l'appartement de ses demi-sœurs. Marie referma la porte avec difficulté tant les courtisans allaient eux aussi aux nouvelles. Certains, avec un humour d'assez mauvais goût, se bouchaient les oreilles pour ne plus entendre les cloches de la chapelle, qui se mettaient elles aussi de la partie.

Françoise vit Isabeau ainsi qu'Antoine recroquevillés dans un angle de la pièce sur un coffre en bois. La fillette pleurait. Le Dolus tentait de la rassurer. Il pérora que lui aussi voulait en découdre ! Après tout, il allait avoir quatorze ans ! Isabeau redoubla de sanglots et le traita de fou.

— Ne me laisse pas, gémit-elle.

— Où est Anne ? s'enquit Françoise.

Ne sachant quoi répondre, Marie se tordit les mains.

Françoise se dirigea d'instinct vers l'appartement mitoyen : celui de la comtesse de Dinan.

Les pièces d'ordinaire si gaies et fleuries, résonnant de beaux discours et fleurant bon le parfum des femmes, paraissaient lugubres. Il faut dire que le jour était blême. Ne perçait qu'un soleil pâlot à travers une flopée de nuages gris acier. Le vent âpre et l'humidité forçaient les courtisans à s'emmitoufler dans leurs plus chauds vêtements.

En vérité, l'appartement n'était pas vide.

« C'est bien ce que je pensais », se dit Françoise.

— Anne…

Assise sur le lit, la fillette renifla. Son visage aux traits tirés était légèrement baissé, son regard tout entier fixé sur une magnifique robe de soie bleue aux parements dorés déployée sur la courtepointe, un habit de soirée dans lequel elles avaient toutes deux vu danser la comtesse de Dinan.

Anne renifla encore, puis déclara de sa voix grave au timbre si net :

— Elle est partie sans un mot pour nous.

Des pas retentirent. Marie venait les rejoindre avec Isabeau et Antoine.

— Françoisine !

La cadette se jeta dans les bras de sa sœur aînée. Antoine prit sa main. Anne se fit un peu prier, mais elle vint tout de même dans les bras de Françoise, non sans maugréer :

— C'est si injuste.

La jeune femme vit avec soulagement arriver deux autres servantes.

— Père ! lança-t-elle alors.

Elle quitta l'appartement de la comtesse et gagna le petit cabinet dans lequel ils s'étaient réunis quelques semaines plus tôt.

Elle trouva le duc affairé et énervé, fiévreux, tourmenté. Montauban était près de lui. Ils recevaient des missives, en lisaient, en dictaient au secrétaire Bouchard. Jean Meschinot assurait la liaison avec les ambassadeurs.

Survint le comte de Dunois, qui disait apporter de nouveaux noms. Françoise comprit que son père dressait la liste des barons qui l'avaient de nouveau trahi.

À leur tête figuraient bien sûr Rieux et Rohan, flanqués de Raoul d'Espinay.

Le duc prit les mains de Françoise et s'écria :

— Dire que ce scélérat voulait t'épouser !

Ces quelques mots eurent sur la jeune femme l'effet salvateur d'un doux rayon de soleil après un pénible hiver. Elle

se sentait revivre. Tout était de nouveau possible. Une chaleur envahit son cœur et se diffusa dans tout son corps.
Lorsqu'elle atteignit son ventre, Françoise songea à Pierre,
qui lui sembla soudain plus proche.

Le duc braillait :

— Soixante ! Les lâches ! Ils sont soixante !

Montauban y allait de son explication :

— Ils ne supportaient plus de se voir reléguer derrière
des princes français. Excusez-moi, monseigneur, dit-il pour
Dunois, qui les regardait, les bras croisés sur sa poitrine.

Le comte secoua la tête. Il était au courant.

— Ne cherchez pas à alléger leurs torts, Philippe ! s'écria
le duc. Était-ce une raison pour aller se nicher dans les mains
de l'ennemi !

Mi-mars, les barons de nouveau en rébellion s'étaient
réfugiés à Châteaubriant, qui était le fief personnel des
Dinan-Laval. De là, ils avaient renoué des intelligences avec
la régente.

Sur ce entra un chevalier. Louis d'Orléans releva la visière
de son heaume et leur sourit. Une lumière nouvelle auréolait
l'héritier de France. Dunois approuva. Les circonstances
qu'il avait évoquées en pensée l'autre nuit se présentaient
enfin.

Louis en était selon ses prévisions transformé et révélé à
ses propres yeux. « Tu es plus que tu ne l'imagines, cousin ! »
lui avait un jour avoué Dunois. Depuis l'annonce de la trahison des barons, Louis s'était en effet comme multiplié. On
le voyait partout.

— Mes coursiers, mes coursiers ! s'emporta le duc.

François était de plus en plus pâle. Il tenait à peine sur
ses jambes.

— Ils tardent, mon cousin, répondit Louis.

Ils avaient en effet envoyé des messagers sur tous les fronts. François II réclamait de l'aide au roi d'Angleterre, mais aussi à l'Espagne ainsi qu'à Maximilien d'Autriche. Tous n'avaient-ils pas intérêt à stopper les Français ?

Car les différents ambassadeurs encore au château étaient pour une fois tous d'accord : la dame de Beaujeu et le jeune roi Charles préparaient leurs armées.

— J'ai envoyé des ordres, balbutia François II. Où sont mes autres barons ?

Il entendait ceux qui lui restaient encore fidèles…

— Nous avons d'Albret au sud, monseigneur, plaida Montauban.

Celui-là était, il est vrai, le plus fidèle. Mais seulement parce qu'il espérait épouser Anne !

François II feignait de ne pas savoir que ses missives étaient volontairement ignorées par les autres barons, qui devaient, eux aussi, hésiter entre le soutenir ou le trahir.

Le conseiller lança un chiffre.

— Trois mille ! Juste ça ! s'exclama François, avant de s'effondrer dans les bras d'Awena et de sa fille aînée.

Les deux femmes l'installèrent dans un fauteuil, au milieu de couvertures et de bouillottes.

Louis lança que les barons le haïssaient aussi parce qu'il avait été l'ami de Pierre Landais.

— Mais que diable, clama-t-il, qu'auraient-ils fait de plus que moi, ici, maintenant ? À une armée, il ne faut pas dix chefs, mais une seule tête solide !

François II savait autant que les deux Français que les barons étaient comme une meute de chiens qui se dispute un os. Comment, dans ces conditions, auraient-ils pu faire front commun contre Anne de Beaujeu, qui savait, elle, précisément ce qu'elle voulait, et comment l'obtenir ?

Les impôts qu'elle avait levés de force l'hiver dernier étaient destinés à réunir de nouvelles troupes pour écraser la Bretagne, pour réduire François à la docilité, pour, enfin, parfaire cette grande France dont avait rêvé Louis XI.

Anne, Antoine et Isabeau se pointèrent le nez.

— Ah ! Mes enfants ! haleta faiblement François II en ouvrant ses bras.

Louis mit un genou à terre devant Anne et prit ses mains blanches.

— Anne, dit-il en la fixant dans les yeux, je fais ici serment de ne connaître de répit avant de vous voir libre et heureuse.

Il avait déjà financé une escadre qui veillait le long des côtes, fait moderniser en hâte les fortifications d'une dizaine de places fortes et envoyé les questeurs d'impôts aux villes encore fidèles. Sachant qu'il allait probablement avoir ses terres confisquées, il était venu avec un gros coffre plein de pièces d'or. C'était sa contribution à l'opposition des grands feudataires encore libres contre l'oppresseur royal. Dunois aussi avait contribué.

— Les magistrats du Parlement de Paris ne m'ont de toute manière jamais beaucoup aimé, laissa tomber Louis, un rien acrimonieux.

Le duc lui donna l'accolade.

— Ah ! Mon cousin, j'ai moi aussi mes noires épines !

Parlait-il de la comtesse de Dinan, son amie, qui venait de lui tourner le dos parce qu'elle ne lui pardonnait toujours pas de l'avoir privée un temps de ses biens, en 1484, à la suite de l'invasion du château par les barons ?

Le bruit et l'angoisse enflaient dans les corridors et les salons. Dunois sortit voir tandis qu'un coursier se glissait dans le chambranle.

Comme le pensait le Français, les nobles s'agitaient. Deux cents personnes magnifiquement vêtues tiraient des faces de carême.

Dunois les harangua :

— Allons, allons, il n'est pas temps de pleurnicher. Armez-vous ! Si vous aimez tant la Bretagne, cessez de geindre et rassemblez-vous !

Il fit tournoyer sa rapière au-dessus de sa tête, répéta ses paroles, qui sonnaient autant qu'un glas.

Dans la cour, des attelages s'apprêtaient à quitter le château. Qu'était-ce que tous ces traîtres ?

Un cri venu du cabinet de travail ramena Dunois vers le duc. François II tendait un pli. Ses mains tremblaient aussi fort que ses lèvres.

Françoise saisit le message des doigts de son père et dit d'une voix blanche :

— C'est notre frère, d'Avaugour.

Louis n'espérait rien de bon de ce grand et pâle gaillard aussi hésitant qu'arrogant.

— François aussi m'abandonne ! geignit le duc.

D'Avaugour expliquait sans doute son geste. Mais tous connaissaient déjà ses plus importants griefs. Le duc lui refusait en effet toujours la main de la sœur de Jean de Rohan, de même que son émancipation.

— Dire que je viens de lui donner le collier de Saint-Michel ! sanglota encore le souverain.

Françoise ramena les petites duchesses dans leur chambre. Il ne servait à rien de les garder dans un endroit si étroit et empli d'autant de détresse.

Le bal des usuriers et celui de leurs employés, qui dressaient la liste des objets de valeur dont le duc entendait se défaire pour payer ses troupes, se poursuivaient. Plats, bols, assiettes, couverts en or, en argent et en bronze prenaient le chemin des chariots.

Devant une tapisserie, Françoise sentit une main la happer. Un instant plus tard, elle se retrouva dans les bras de Pierre.

Sa peur, alors, perça comme une vessie d'animal, et elle se lova contre lui. Des larmes perlèrent sans plus de retenue sur ses joues.

Au lieu de lui demander de se calmer — ce qui la rendait d'ordinaire furieuse —, Pierre lui chuchota qu'il était là, que tout allait bien, qu'ils n'étaient pas seuls.

— Le duc d'Orléans et Dunois sont aussi avec nous, souffla-t-il.

Elle l'embrassa. Soudain, elle le voulut là, maintenant, ici, tout de suite. Elle colla son bas-ventre contre sa ceinture et le sentit immédiatement réagir. Pierre augmenta la pression de son corps sur la poitrine de la jeune femme, passa ses grandes mains dans ses cheveux défaits, s'enhardit en des baisers plus chauds.

Ils reprirent leur souffle. Ce n'était hélas ni le moment ni le lieu, même s'ils se voulaient si fort. Pierre se recula de quelques centimètres. Pour lui annoncer son départ imminent, il devait voir ses yeux. Il la serra de nouveau, caressa son visage, happa avec ses lèvres les larmes qui ruisselaient sur sa peau si douce.

— Louis d'Orléans va se battre, dit-il enfin, et moi aussi !

CHAPITRE 30

La guerre

— Compagnons, décréta le maréchal de Rieux, il est temps de nous décider et de signer.

Ils étaient une vingtaine, réunis dans le grand salon de la demeure comtale de Françoise de Dinan, et ils ne cessaient de tergiverser. La voix forte de Rieux les tira de leur torpeur.

La Dinan se leva du banc qu'elle occupait près de la cheminée et s'empara, la première, de la plume d'oie. Elle défia tous ces seigneurs, auxquels elle était pour la plupart affiliée par le sang, et apposa sa signature.

— À la bonne heure ! claironna le maréchal. J'en suis aussi !

Tour à tour, les autres donnèrent leur nom au document, fort officiel, qu'ils entendaient faire suivre au roi.

— Alors, nous sommes tous bien d'accord !

Rohan, d'Espinay et les autres hochèrent du chef.

— Nous ne trahissons ni notre souverain ni la Bretagne, fit encore le maréchal. Nous les voulons simplement tous deux hors des griffes des étrangers.

Ce dernier mot était le plus délicat à prononcer, car pour « libérer » la Bretagne de l'influence du duc d'Orléans et de

Dunois, ils avaient ironiquement besoin de l'appui du roi de France.

Rieux sentit une gêne se glisser entre eux. Alors, il résuma les termes du traité :

— En un, dit-il à voix haute, nous exigeons du roi qu'il ne s'empare pas du trône de Bretagne tant que le duc sera en vie ; en deux, qu'il ne devra s'attaquer ni à la personne du duc ni à la cité où notre souverain se sera retranché ; en trois, qu'il ne donnera pas aux troupes royales le droit de piller nos peuples ; en quatre, qu'il ne fera entrer en Bretagne que quatre mille soldats, pas un de plus ; et en cinq, nous demandons au roi de se retirer dès que les princes français auront été chassés du territoire.

Cette longue tirade laissa le colosse un moment à bout de souffle. Il avait martelé ces conditions à leur soutien au roi surtout pour redonner à ses comparses le sentiment d'être non pas des traîtres, mais des libérateurs, comme au temps où ils avaient vaincu Pierre Landais.

— Monseigneur l'archevêque, appela-t-il dès que l'encre eut séché sur le document, vous nous représenterez auprès du roi à Noyon, où la cour se trouve en ce moment.

Il lui tendit le rouleau de parchemin. André d'Espinay le prit du bout des doigts. Raoul, son frère, remarqua son teint de marbre.

Lorsque cette franche action d'éclat fut accomplie, un chambellan vint annoncer que le repas était prêt. Ils avaient tous la gorge sèche. Le vin de la comtesse de Dinan coulerait à flots, ce soir. Ça leur prenait bien ça pour se sentir à nouveau de nobles barons.

* * *

Fin mars de l'an 1487, le jeune roi chevauchait à la tête de ses troupes. C'était la première fois qu'il prenait part à une campagne militaire. À seize ans, il brûlait de laisser sa marque dans l'histoire. Encadré par les commandants nommés pour le soutenir et le conseiller, il galopait franchement sur les chemins détrempés semés d'ornières. La Trémouille et son jeune cousin Bernard de Tormont se trouvaient de part et d'autre de son destrier blanc.

Charles était d'excellente humeur. Enfin, il allait soumettre la Bretagne et son duc, « le plus énervé de ses sujets ». Anne, sa sœur, le lui avait promis. En plus, ils bénéficieraient de l'appui de ces mêmes barons qui étaient déjà venus quémander son aide plusieurs années auparavant.

— Ils ont fait tomber Guerche, Ancenis, Vitré, Dol, Châtillon et Redon, récita Charles de mémoire.

Il était assez fier de pouvoir ainsi aligner toutes ces villes bretonnes, leçon qu'il avait bien retenue de sa sœur, la veille, alors qu'ils recevaient les dernières missives.

— Ils ont quand même hésité avant de nous rejoindre, fit remarquer le jeune Bernard.

La Trémouille lui assena un regard sombre. Son cousin parlait trop à son goût. C'était sans doute un de ses seuls défauts, car à part cela, il incarnait de corps et d'esprit le chevalier parfait. Brun de cheveux et noir d'yeux comme son aîné, il émanait de lui une énergie, une grâce et une gentillesse peu communes. Son sourire faisait fondre, disait-on, toutes les demoiselles, cependant qu'il était un véritable Samson, une épée à la main.

Un autre commandant laissa tomber que ces barons ne savaient pas vraiment ce qu'ils faisaient, qu'ils étaient aveuglés par leur quête personnelle de gloire, ce dont La

Trémouille était convaincu sans avoir besoin de le clamer avec autant d'impertinence.

— La Bretagne devrait être à nous d'ici une quinzaine, poursuivit gaiement Charles.

Le temps était vif, le vent, chargé d'humidité. Sous son plastron, le jeune roi portait une écharpe de grosse laine. Sa sœur la lui avait tricotée et placée elle-même de manière à ce qu'elle ne se voie pas trop. « Comprends bien, Charles, tu es le roi. Tu ne dois ni craindre le danger ni frissonner sous le vent. Pourtant, je ne veux pas risquer de te voir prendre froid. »

C'était bien d'elle, de le protéger tout en l'exposant !

La boue sautait sur le flanc de leurs montures et tachait les belles armures flamboyantes. Mais peu importait au roi. « Sus aux Bretons ! »

Il avait déjà hâte d'en finir pour aller ensuite mimer son combat devant Margot, qui attendrait son retour à Amboise.

— Allons, La Trémouille, fit Charles en forçant encore l'allure, le vent n'est pas si griffu pour autant grimacer !

Bernard de Tormont savait parfaitement que son cousin ne faisait pas la tête à cause du mauvais temps. C'était la manière de cette campagne qui désolait le fringant officier. Car en vérité et en violation des engagements pris, c'étaient non pas une, mais trois armées qui fondaient sur la Bretagne.

* * *

Le maréchal de Rieux était dans tous ses états. En place devant les remparts de Ploërmel, il sentait néanmoins la défaite des assiégés imminente. Encore quelques tirs d'artillerie, encore un ou deux assauts, et une brèche serait finalement ouverte. Il en aurait fini avec cette cité, comme il l'avait fait avec les autres.

Ses bras et ses jambes le faisaient horriblement souffrir. Il maniait la masse et l'épée depuis l'aube. À l'entendre, son armure pesait au moins cent kilos. Une huile faite de transpiration, de boue et de sang baignait ses membres et sa poitrine. Il ahanait et se tenait tout à la fois droit et fier devant les murailles, et il encourageait ses troupes de la voix.

Vint une trêve, qu'il passa tout entière sous sa tente, derrière la ligne de front, assis sur un banc, les pieds plongés dans une bassine d'eau chaude, un gobelet de vin épicé à la main.

Il braillait presque à ses compagnons :

— Foutre Dieu, amis, on nous poignarde ! Le roi a trahi sa parole. Il a doublé le nombre de ses soldats et il s'apprête à mettre le siège devant Nantes, où s'est retranché le duc.

Il soupira et se laissa aller un moment au désespoir.

— Ah ! Les rois !

Il courba la nuque. Ses longs cheveux noirs semés de mèches blanches trempèrent presque dans l'eau de sa bassine.

Les autres barons étaient aussi fourbus que Rieux et tout aussi consternés.

— Mon astrologue m'avait pourtant bien mis en garde ! grinça encore le colosse.

Les autres ricanèrent, puis se turent. Ils avaient trahi pour se faire prendre à leur propre jeu. Il y avait là une leçon à tirer, et Rieux y songeait sérieusement.

Il leur tendit une dépêche.

— Voici la réponse que me tient la régente : son roitelet de frère n'a d'ordres à recevoir de personne !

— Et notre traité ? s'enquit Raoul d'Espinay.

— Du crottin pour les chevaux.

Les jambes poilues semées de balafres, Rieux paraissait plus grand et farouche que nature.

— Elle nous fait répondre aussi que les choses étant trop avancées, il ne faut désormais pas songer à reculer.

En d'autres termes, la dame mettait les barons devant le fait accompli. Les hommes se regardèrent en silence, puis se tournèrent vers le maréchal.

— Nul ne peut se jouer de nous sans en pâtir, brigand, diable ou roi !

Il se sécha les jambes, tapa du pied avant de mander ses gens, qui devaient lui remettre son armure sur le dos.

— Je vais de ce pas offrir mes services aux sergents de la ville.

Les autres, incluant ceux que l'on appelait « les deux François » — le fils de la Dinan et d'Avaugour —, pâlirent. Était-il bien sage et envisageable de changer de nouveau de camp ?

— Le roi a signé, tout comme nous. Il s'agit d'une trahison pure et simple, martela le maréchal. Faites ce que vous dicte votre conscience. Pour ma part, je retourne sous la bannière du duc !

* * *

Mi-juin, la troupe royale parvint devant les murs de Nantes pour prendre ses positions. Charles en personne se risqua au plus près des remparts en compagnie de La Trémouille et de Bernard de Tormont. Avant de faire un commentaire, il

attendit le verdict de son commandant — une attitude cir-
conspecte que lui avait recommandée sa sœur.

Tous avaient encore sur le cœur la récente défection du
maréchal de Rieux et de la comtesse de Dinan, qui, après
avoir trahi le duc de Bretagne, se retournaient maintenant
contre le roi. Une manœuvre si rapide que les villes à peine
gagnées à la cause de la couronne grâce au maréchal étaient
de nouveau perdues, reprises par ce même maréchal. « Ah,
ces Bretons ! » s'était plaint Charles à sa sœur, qui fulminait
de rage.

Un véritable bal de fous.

— On m'avait annoncé des murs percés de brèches que
je ne trouve pas, annonça La Trémouille.

— Mon cousin Louis est un fier releveur de murailles,
dit le roi en souriant. C'est aussi, d'après ma chère sœur, un
champion des causes perdues. Il vit dans un rêve.

Charles fut peiné de voir que personne ne riait de son
trait d'humour.

La Trémouille renifla doucement. Le jeune roi lui-même
ne voyageait-il pas toujours avec un ou plusieurs romans de
chevalerie dans sa besace ?

— Le duc d'Orléans est arrivé hier de Vannes avec le
duc François II, fit un capitaine. Ils ont fui ensemble par
le fleuve.

— Louis… laissa tomber Charles d'une voix lasse.

Nul ne sut comment interpréter ce mot à peine
murmuré.

En fait, Charles rechignait à combattre son cousin préféré. Il était si joyeux compagnon ! Avec lui, Charles sentait
qu'il pouvait vraiment être lui-même, simple, spontané,

parfois ignorant, et que ce n'était pas si grave, quoi qu'en dise sa sœur. En plus, Louis aussi aimait les romans de cape et d'épée. N'avait-il pas tenté par deux fois de le faire enlever ! Ce qui était certes moins drôle. Et puis, il racontait de si bonnes blagues grivoises !

— Nantes tombera, pérora un peu hardiment le même capitaine.

— Oh ! Voici les Italiens et notre artillerie, sire, dit Bernard pour couper court à la rêverie du roi.

CHAPITRE 31

Assiégés

Depuis le matin, il pleuvait des tirs de couleuvrines. Debout sur le rempart sud, Louis d'Orléans dirigeait les dernières opérations de comblement des brèches. Devant ses yeux, au-delà des mottes Saint-Pierre, Saint-André et au bout de la rue Saint-Clément se dressait une partie du camp royal. Prévoyant que les Français s'installeraient au sud et à l'est de la cité, Louis avait ordonné que des arbres et des maisons soient enlevés afin de dégager le plus d'espace possible et de permettre ainsi à leur artillerie d'opérer en réduisant le risque de perdre trop de boulets en fer battu — denrée rare dont ils ne possédaient pas des quantités illimitées. Bien entendu, le faubourg avait été évacué, et ses habitants, relogés à l'intérieur des remparts.

Sa main ouverte plaquée sur son front, le prince était assez satisfait de ses derniers préparatifs. Il avait travaillé d'arrache-pied, s'était montré partout où le moral des hommes faiblissait. Il avait intelligemment réparti les équipes de terrassiers, veillé à une bonne distribution des vivres, multiplié les inspections.

Depuis le début du siège, il s'était également lancé à la tête de nombreux assauts, ce qui avait forcé l'admiration des citadins. Éprouvait-il quelques regrets à se battre contre ses propres compatriotes? Louis ne voyait que le danger immédiat et l'honneur de sa parole donnée. La situation explosive lui faisait pour un temps oublier sa vie de luxe et la misère de son mariage. On avait besoin de lui. Il existait. Le prince d'Orange était à ses côtés tandis que Dunois, toujours en avance d'une lieue quand il s'agissait d'avoir de bonnes idées, était parti en campagne pour lever des troupes.

« Crénom! songeait Louis. Pourvu que ce grand vaurien ne se fasse pas tailler en pièces! »

Pour l'heure, il était plutôt tranquille, car l'armée de Charles n'était pas assez nombreuse pour encercler la ville. Le nord et l'ouest leur étaient encore ouverts, ainsi que le fleuve, d'où pouvaient venir le ravitaillement et les renforts. Nantes était solide. Et foi de D'Orléans, l'orgueil démesuré d'Anne de Beaujeu allait s'y casser les dents!

Il distribua ses ordres aux chefs des différentes milices levées dans la cité : plus de quatre mille hommes conscients que leurs vies et celles de leurs familles ne tenaient qu'à leur courage.

Plus faible et malade que jamais, le duc s'était retiré au château. Louis avait donc les mains libres, et il s'amusait au mieux.

Un assaut se préparait, il le sentait.

— Tenez-vous prêts! s'exclama-t-il.

Il ferma les yeux, laissa son instinct le guider. Quand il les rouvrirait, il saurait à coup sûr d'où monterait la prochaine attaque…

* * *

Le château était en grand émoi. Beaucoup de courtisans avaient quitté leurs chambres pour se mettre à l'abri en ville. Françoise ne cessait d'ailleurs de répéter à son père que cette réaction, qu'il prenait à tort pour de la lâcheté, était en fait simple prudence.

— Tu crains pour des riens, fille, lui avait-il assuré au matin, alors qu'à peine réveillée d'un terrible cauchemar, elle l'exhortait à vider les lieux.

Le duc avait pris Anne et Isabeau à part dans son cabinet de travail pour leur faire un point de la situation. Françoise soupira. Quand il avait cette expression renfrognée sur la figure, son père était aussi buté qu'un vieux Breton stupide.

Elle fit signe à Awena de commencer quand même à préparer leurs affaires. À Breton, Bretonne et demie !

Anne remarqua que les mains de son père tremblaient. La nuit avait été rude. Ses maux d'estomac l'avaient tenu sur sa chaise percée pendant de longues heures. Le moindre bruit le faisait tressaillir. Malgré tout, il se forçait à parler calmement.

— J'ai fait tenir des courriers. Le roi Henri d'Angleterre nous a promis des troupes. D'Aragon doit venir par le sud, et Maximilien…

Il se pencha vers Anne, ajouta :

— Cet homme est mon préféré, tu le sais…

Le roi de Rome, donc, devait également envoyer ses lansquenets.

— De plus, notre cousin Louis est sur les remparts, et le comte de Dunois est parti quérir du renfort. Aussi… (il prit les mains de ses filles dans les siennes), il n'y a pas de raison de…

À cet instant se produisit une gigantesque explosion. Il leur sembla que les murs du château étaient secoués par une violente tornade. Les murs du cabinet se lézardèrent. La porte grinça, puis se fendilla.

Antoine passa le cou par le chambranle et annonça que le château était attaqué. De la fumée montait du corridor, de même que des cris et des pleurs.

Françoise surgit.

— Père, lâcha-t-elle, votre chambre a reçu un boulet. Il y a des éclats de verre partout.

Hébété et très pâle dans sa longue chemise de nuit en coton, le duc se laissa conduire. Awena lui donna sa houppelande ainsi que des chausses propres et des poulaines courtes.

— Ils ont osé! Ils ont osé! Les brigands! se lamentait-il, la bave aux lèvres.

— Vite! Vite! les pressait Françoise.

Anne sourit en voyant arriver Pierre, suivi par son grand et gros ami qui ne parlait pas beaucoup, mais dont la présence était toujours rassurante.

— Simon va prendre vos malles, dit Pierre.

— Malles? s'étonna le duc.

— Demeurer au château est impensable, répéta Françoise.

Elle expliqua à son père qu'il valait mieux se séparer pour un temps. Mettre toute la famille sous un même toit était pure folie.

— Pourquoi ne pas loger chez votre bon ami Vincent Guiolle, place du Pilori? Quant à nous (elle prit ses demi-sœurs et Antoine par le cou), nous irons à l'hôtel de la Bouvardière.

Le duc ne sachant plus que dire, on le poussa dans le corridor. Il fut à peine étonné en voyant, dans la cour, le gros attelage chargé de leurs effets. Il eut beau secouer la tête, Françoise n'en faisait décidément qu'à la sienne !

Les chevaux ayant tous été réquisitionnés par Louis d'Orléans, ce furent Simon et Le Guin qui tirèrent le chariot.

— Marchons à côté, décida Françoise.

Comme Anne voulait participer, elle lui recommanda plutôt de monter près de Pierre, qui conduisait.

— Ta jambe…

Anne pesta. Grâce aux talonnettes du jeune homme, elle ne boitait plus. Pourquoi la traiter encore comme une infirme ?

De la pointe sud du faubourg, la façade du Grand Logis était encore vulnérable aux tirs de l'artillerie française. Il semblait que, cette fois, le jeune roi avait décidé d'en finir avec eux. Des larmes montèrent aux yeux du duc et d'Anne quand ils virent les murs de leur beau logis blanc défiguré par les chocs successifs.

— À l'abri ! leur cria Pierre en poussant à la roue.

Dans la cité régnait le désordre. Pourtant, à bien y regarder, des gens vaquaient encore à leurs tâches quotidiennes. L'énergie du duc d'Orléans devait y être pour quelque chose.

Entre deux rues, ils aperçurent d'ailleurs un bout de rempart. N'était-ce pas Louis qui se battait à la brèche ?

L'odeur de la poudre se mêlait tout de même à celle de la peur. Si quelques domestiques, dont des lingères, se risquaient aux puits, aux étuves ou aux moulins, la plupart des autres habitants demeuraient cloîtrés dans les maisons.

Françoise rageait intérieurement. Et cependant, la récente trahison des barons lui était un baume sur le cœur. De temps en temps, elle quêtait un regard de Pierre. Le jeune homme semblait toujours savoir quand elle se tournerait vers lui, car il la regardait également, et ils se souriaient.

Au bout d'un moment, trébuchant et toussant à cause de l'âcre odeur de fumée, Françoise jeta son ouvrage en laine au sol. Était-elle folle de croire que le tricot, l'étude, le jeu et la prière pouvaient encore constituer leur ordinaire !

Elle aurait voulu être un homme pour se battre. Tenir une épée, porter un casque, monter aux créneaux. Ce que devinant, Pierre grimaça. Anne souriait tandis qu'Antoine poussait également à la roue en criant :

— Sus aux Français ! Sus aux Français !

* * *

Au bout d'une semaine et demie, la situation n'avait pas évolué. Les assauts aux brèches succédaient aux opérations de comblement. Les sorties et les tirs d'artillerie ponctuaient les heures. Heureusement, les cloches sonnaient toujours, ce qui apportait un peu de réconfort au cœur, car Dieu veillait ! Louis d'Orléans descendait chaque jour au port Maillard pour surveiller l'arrivée des navires de ravitaillement. La population était invitée à prier, chez elle ou dans les églises, pour que ces bateaux et leur précieuse cargaison puissent échapper aux tirs et aux embuscades tendues le long du fleuve par les Français.

Un jour enfin, au milieu d'un assaut, Louis vit débouler par le Bourg Neuf une foule de gens débraillés, armés de pics et de fourches. Leur nombre était difficile à évaluer, mais il semblait bien venir de cette bande de terre ferme traversée par des marécages, au-delà des quartiers nord de la ville.

Seuls quelques vieux Nantais connaissaient ce passage que les soldats du roi avaient tenté, mais en vain, de trouver pendant des jours entiers.

Alain Bouchard était juché sur les remparts. Sa plume à la main, il tentait de compter cette multitude faite de bric et de broc que conduisait un vaillant chevalier.

— Dunois! s'écria Louis en soulevant la visière de son heaume.

Il suintait de transpiration.

— Ouvrez les portes! ordonna-t-il aux soldats. Relevez la herse!

Tandis que leur artillerie occupait le gros des forces françaises plus au sud, du côté de l'oratoire et du collège, ils firent entrer ces renforts inespérés aux cris de « Bretagne! Bretagne! »

Cette clameur s'éleva si haut qu'elle atteignit le camp du roi.

Louis riait à gorge déployée. Si ceux d'en face pouvaient croire que toute la Bretagne se soulevait, cela compterait pour une grande victoire de l'esprit et du cœur.

Malgré les vivats et l'enthousiasme, il eut tôt fait, pourtant, de déchanter. Car à la vérité, cette troupe de paysans et d'ouvriers des campagnes semblait de peu de valeur.

Il donna quand même une franche accolade à son cousin, qui s'en revenait en héros.

— Te voilà enfin!

Nul ne fit attention à une demi-douzaine de paysans mêlée à leurs semblables. « Bretagne! » s'écriaient-ils à tue-tête. Parmi eux, pourtant, deux Français déguisés s'introduisaient en catimini dans la cité…

CHAPITRE 32

Deux chevaliers

Françoise sortit de l'hôtel de la Bouvardière et réquisitionna Pierre.

— Mes sœurs, lança-t-elle, réclament du pain.

Le capitaine Le Guin ne fit pas de commentaire, et Simon, affecté lui aussi à la sécurité des jeunes duchesses, baissa la nuque. Celle qu'il appelait toujours « la fille » prit d'autorité le bras de son ami, et tous deux descendirent la rue.

— On vous en rapportera! leur dit gaiement Françoise.

Les gens qu'ils croisaient semblaient las des bombardements. Si la nuit avait été courte, mais relativement silencieuse, les crieurs en poste sur les remparts avaient tout de même signalé plusieurs tentatives d'intrusion. Tout étant calme depuis, Pierre en déduisit que les soldats avaient bien travaillé.

Les membres de la milice n'en patrouillaient pas moins dans la Haute-Grande-Rue menant à la place Saint-Pierre et à la nouvelle cathédrale. Pierre connaissait bien la cité. Hélas, les boulangeries avaient déjà été prises d'assaut. Des soldats se tenaient en poste à côté des devantures pour protéger les boulangers et leurs familles de l'impatience de la foule. Un ravitaillement en blé était attendu pour cette semaine, mais quand ? Les entrepôts des moulins étaient déjà tous vides. Un domestique pressé les bouscula. Son visage reflétait la plus sinistre des peurs.

— Les canons, bredouilla-t-il, les canons…

Pierre savait que les Français commençaient d'ordinaire leur journée de siège par un généreux pilonnage de la cité, leur manière à eux, sans doute, de dire bonjour !

— Je crains qu'il faille se passer de pain pour aujourd'hui, regretta Françoise.

Pierre la trouvait cependant joyeuse : étrange humeur, vu les circonstances. Parvenus devant une ruelle sombre, ils se firent interpeller en sifflant.

Pierre distingua non pas une, mais trois silhouettes emmitouflées dans de longues capes munies de capuchons. Il fit aussitôt à Françoise un rempart de son corps.

— Du calme, soldat, dit alors un homme.

Il se pencha vers la rue, abaissa sa capuche.

— Vous ! s'insurgea Françoise en reconnaissant Raoul d'Espinay.

— Doucement, répéta le baron, nous sommes ici en mission.

— Mission de traîtrise !

Pierre les toisa sans peur. Les barons n'avaient-ils pas dernièrement décidé d'aller manger dans la main du roi ?

La lame d'une épée brilla dans la pénombre. D'Espinay prenait visiblement l'attitude protectrice de Pierre pour une menace, car il jaillit littéralement dans la rue. Les deux autres pestèrent. Apparemment, le baron perdait toute mesure.

Ils croisèrent leurs lames devant les badauds ébahis.

— Toi ! grommela le baron. Le palefrenier, le « demi-voleur »…

Pierre était rouge de honte et de rage. Des citadins rameutaient les gens de la milice. D'Espinay fit aussitôt volte-face. Il accrocha Pierre par le poignet et lui remit un pli.

— Pour le duc, souffla-t-il. C'est de la plus haute importance…

— Lâche ! l'invectiva Françoise.

Ceux de la milice glapirent en pourchassant les fuyards :

— Des Français ! Des Français !

Pierre entraîna Françoise vers le bâtiment, criblé de trous de boulets, des étuves publiques.

L'endroit vide, morne et silencieux présentait un plancher déformé par les projectiles. Comme si les Français s'étaient acharnés là où les citadins venaient se laver.

L'immeuble était divisé en plusieurs chambres, qui contenaient chacune deux ou quatre baquets, plus rarement un seul. Séparées par de fragiles cloisons ou par de gros draps en coton, elles sentaient encore la saponaire, cette plante dont on usait pour se frotter le corps. Cela faisait quelque temps que Pierre n'était pas venu. D'ordinaire, il utilisait plutôt une des étuves privées du château.

Le vent léger entrait par les fenêtres défoncées. Le spectacle, quoique désolant, fit rire le jeune homme.

— Je prendrais bien un bain, plaisanta-t-il.

— Que voilà une bonne idée !

Il la dévisagea.

— Je suis sérieuse, messire. Choisis ton baquet, c'est moi-même qui officierai.

Avant qu'il ne puisse reculer devant cette mise au défi, elle le poussa dans une chambre. Était-ce bien avisé, en plein jour, alors que commençaient à pleuvoir de nouveaux boulets ?

— Je... balbutia le jeune homme.

Françoise plissait les yeux à demi.

— Il n'y a pas d'eau, se plaignit-il.

Elle le fit monter dans le baquet et répondit :

— Cela ne fait rien.

Pourtant, d'avoir revu le baron, elle frissonnait encore d'appréhension. Que voulait-il à son père ? Mais en allongeant Pierre sur le dos, elle oublia d'Espinay et sa trogne de goujat.

Le baquet n'avait sans doute pas vu de client depuis quelque temps, car il était complètement sec et dépourvu de l'habituelle pièce de lin blanc qui servait de filtre.

Avant de rejoindre Pierre, Françoise s'empara de deux grandes serviettes, qu'elle plaça incontinent sous le garçon. Elle ne parlait toujours pas, mais ne cessait de le regarder, l'œil pétillant.

Une éponge dans une main, un petit seau rempli d'eau dans l'autre, elle se pencha sur lui.

— Ôte ta chemise. Je me fais lavandière, aujourd'hui.

Ce mot la fit rire, car ce n'était pas du linge qu'elle avait décidé de brasser !

— L'eau est froide, fit-elle, désolée.

Alors que les premiers assauts débutaient, elle fit signe à Pierre de se taire.

— En silence, ajouta-t-elle à voix basse, ce sera mieux.

Le jeune homme était déchiré entre la peine, la joie et la peur. La peine était pour Françoise, qui venait de revoir celui qu'elle appelait « le démon ». La peur aussi était pour elle, car ce qu'elle envisageait de faire était un péché capital. Malgré son angoisse personnelle, Pierre se fit égoïste et garda toute la joie pour lui.

Les mains de Françoise étaient aussi douces que des ailes de papillon. Depuis des mois qu'ils se voyaient en cachette, ils avaient appris à apprivoiser leurs corps. Françoise savait les caresses qui plaisaient au jeune homme. Elle s'installa sur lui, le laissa doucement remonter sa robe depuis les chevilles jusqu'à la taille. Puis elle lui passa l'eau sur le torse en prenant le temps de bien faire le tour de ses muscles, en prenant aussi la mesure de sa peau à la fois dure et tendre. Vint un moment où elle posa l'éponge pour continuer avec les lèvres en de légers baisers sur les épaules et le thorax.

Dehors montaient le vacarme et les cris, le souffle des boulets cerclés de métal qui tombaient du ciel. Lorsque l'un d'eux fracassait un mur ou un bout de toit, ils avaient l'impression qu'éclatait le tonnerre.

Pierre n'y tint plus et roula sur lui-même. Ce fut alors au tour de Françoise de le sentir sur elle. D'une main qui avait l'habitude de ses courbes, Pierre lui ôta sa chemise. Ainsi, le grand moment était enfin venu ! C'était comme dans un de ses rêves. Il ferma les yeux, effleura sa peau avec sa bouche et demeura un bon moment à la visiter avec ses lèvres, en se forçant au silence et à la lenteur, le cœur battant, leurs souffles mêlés.

Un boulet abattit un pan de mur à quelques mètres seulement. Si la foule hurlait tout autour, ils étaient seuls dans l'étuve — ou du moins dans cette chambre, qui était sans doute et par la grâce de leur seule présence retirée hors de l'espace ordinaire.

Françoise se laissait envahir par toutes ces sensations chaudes et délicieuses qu'elle avait déjà ressenties avec Pierre ou bien qu'elle avait imaginées en pensant à lui. Il avait une bonne bouche, il embrassait bien. Elle songea brusquement qu'il se trouvait justement là où c'était si bon. Instinctivement, elle se raidit, puis lui agrippa les cheveux.

Le ciel pouvait bien être noir de boulets et de poudre !

— Viens, murmura-t-elle alors. Viens, répéta-t-elle en devinant son hésitation. Ici, maintenant, je t'en prie…

Un instant, le spectre de la punition céleste plana au-dessus d'eux. Un instant seulement, car leur amour était si pur, si beau, si vrai qu'il était impensable que le Seigneur puisse leur vouloir le moindre mal.

Pour preuve, cent boulets traversaient le ciel, et aucun n'osait troubler leurs ébats. Convaincu que Dieu était de leur côté et qu'il souriait, même, de les voir en si grand transport de joie, Pierre se déniaisa.

Françoise était si impatiente ! Elle le sentit à peine, le regretta sur le coup, puis poussa quelques cris de douleur.

Ensuite, un peu de sang coula. Mais ce n'était rien, vraiment, que l'aboutissement de centaines de petits rêves secrets et d'instants adorables vécus aussi en solitaire.

L'assaut de l'armée française couvrit l'ardeur de leurs amours. Les murs tremblaient, le plancher frémissait, les brumes âcres de la fumée des couleuvrines erraient entre le sol et le plafond. Les cris venant de la rue pouvaient bien entrer de partout, la peur n'existait plus. Que le bonheur et la joie. Et le contentement.

Enfin.

Ils restèrent longtemps dans les bras l'un de l'autre, à haleter doucement dans la pénombre, se souriant, riant même parfois. À un moment donné, Françoise ne sut plus où se terminait son corps et où commençait celui de Pierre. Cette fusion de leurs êtres était bien le signe de l'assentiment de Dieu !

Soudain, quelqu'un toussota.

Ils se regardèrent. Un homme dissimulé tout près retint un râle de douleur, puis demanda simplement :

— Vous avez fini ?

* * *

Pierre tendit le cou au-dessus du baquet. L'homme qu'il aperçut était adossé au sol contre la paroi de la chambre. Il était jeune, brun de cheveux et blanc de figure. Très blanc. À vrai dire, livide.

Du sang tachait son plastron. Une de ses mains dégantées pesait sur une blessure qui paraissait profonde. Un morceau de cuir entre ses dents serrées, il luttait contre un violent étourdissement. On devinait, malgré sa souffrance, une certaine envie de sourire.

— Il faut m'excuser, ajouta-t-il dans un souffle.

Pierre se rhabilla et sauta au sol. Françoise fronça le sourcil en voyant son amant poser la lame de son couteau sur le cœur du blessé.

— Vous êtes Français ? demanda Pierre.

L'autre se présenta franchement :

— Bernard, vicomte de Tormont, pour vous servir. C'est une belle journée pour mourir. Qui plus est de la main d'un jeune homme fort épris de sa belle !

Il se désola du sang qui tachait sa bouche. Malgré les tragiques circonstances, Bernard ne pouvait s'empêcher de garder bon moral, car d'ordinaire, c'était lui qui se retrouvait dans la peau de l'amoureux en grand danger de se faire trucider par la famille de la jeune fille !

— Adieu, la vie ! s'exclama-t-il, les yeux au plafond.

Cette existence qu'il s'apprêtait à quitter, il en avait fait le tour et connu tous les plaisirs possibles.

Quoique.

Il fixa le jeune soldat breton avec philosophie. Celui-ci venait de découvrir la vraie lumière de sa vie, et il se préparait à en trancher une autre tout aussi belle et fougueuse. C'était ironique. Il y pensait encore quand il se rendit compte que la lame ne piquait plus son cœur.

— Vous êtes venu avec le baron d'Espinay ? s'enquit la jeune femme à peine déflorée.

Bernard sentit son parfum et celui, un peu âcre, du plaisir qu'elle venait d'éprouver.

— Ce traître de pantin breton ! railla Bernard. Vous n'y pensez pas.

Françoise pouffa de rire.

— Alors, pourquoi êtes-vous venu ?

Bernard les trouvait tous deux plutôt sympathiques. Devait-il pour autant leur apprendre qu'il avait tenté, durant la nuit, d'ouvrir les portes de la ville ?

Des cris de douleur et de désespoir venus de la rue lui épargnèrent ce triste aveu.

— Mes hommes, lâcha-t-il.

— Trop tard pour eux, messire, fit Pierre.

Bernard vit d'autres chandelles.

— Vous êtes salement blessé, dit encore le jeune Breton en rengainant son couteau.

— L'on vient ! s'écria Françoise.

— Vous êtes faits l'un pour l'autre, à n'en pas douter, leur avoua Bernard en gémissant.

— Si vous tenez à la vie, messire, taisez-vous !

Ils le soulevèrent et le firent basculer dans le baquet. Puis, alors que les gens de la milice déboulaient de toutes parts, Pierre plaqua Françoise contre le mur et lui vola un long baiser.

Un homme aux cheveux hirsutes, dont les mains et les avant-bras étaient couverts de sang, leur demanda s'ils avaient vu un sale rat de Français — un noble.

— Non pas, mentit Pierre d'une voix forte.

Les miliciens rigolèrent en avisant la croupe nue et délicieusement rebondie de la fille. Il s'en passait de belles dans les étuves durant les sièges !

Ils vidèrent les lieux. Bernard tenait le pli cacheté de Raoul d'Espinay dans sa main.

— Pour vous ? interrogea-t-il.

Françoise le lui prit des mains et le déchira en plusieurs morceaux.

— Peu importe ce que les barons ont à dire à mon père, fit-elle, ils devront le lui avouer en face.

Pierre opina.

Ils considérèrent le Français avec une moue. Dieu les ayant épargnés et bénis, ils ne se sentaient pas le droit de dénoncer ce jeune homme qui fleurait trop la vie et la bonne humeur pour mourir tristement en ce jour.

— Venez, lui dit Françoise, je connais un endroit où vous cacher.

CHAPITRE 33

Amours clandestines

Une sensation de froid intense réveilla Bernard. Il battit des cils et vit à regret la jeune femme se lever et disparaître derrière le rideau qui séparait la chambre de l'alcôve réservée aux lieux d'aisances.

— Bien dormi? demanda-t-elle.

Il sourit à demi. Car avaient-ils seulement dormi? Le vent battait à la fenêtre. Le jour s'annonçait chaud, ce qui présageait pour lui de longues heures de souffrance.

Les deux amoureux de l'étuve l'avaient confié à une vieille tenancière revêche qui connaissait quelques rudiments de médecine. Bernard souffrait tant qu'elle avait dû avoir recours à l'aide de celle, plus jeune, qui était finalement devenue son amante — la joute amoureuse demeurant le meilleur des remèdes pour un beau seigneur obligé de s'aliter.

Elle revint toute fraîche, sa longue chevelure défaite sur ses rondes épaules. Elle se pencha, et ce fut plus fort que lui : il eut de nouveau envie d'elle!

— Pas ce matin, se moqua-t-elle. Tu le sais, je dois retourner auprès des miens. De toute manière, je crois me souvenir que tu n'es pas encore bien vaillant…

Il se dressa sur la couche, souleva le drap.

— Pas cette vaillance-là, ajouta-t-elle en rougissant.

Elle revint l'embrasser, et il dut ensuite la laisser s'en aller. Le bruit léger de son pas décrut dans l'escalier. Il l'imagina, la démarche alerte, la croupe dansante, le visage inondé de soleil, se faufilant entre les badauds et les affreux tas d'immondices qui s'accumulaient dans les rues.

« Avec cette chaleur, se dit Bernard, ça sera encore une fois l'enfer ! »

La tenancière entra à son tour. Les ailes de son nez frémirent à la vue de la literie en désordre. Elle déposa une corbeille contenant un morceau de pain, deux pommes et un broc d'eau, puis se retira sans un mot.

Cela faisait maintenant plusieurs semaines qu'il vivait caché en plein cœur de Nantes occupée. Bernard avait toujours du mal à s'expliquer ce qui ressemblait tant à un miracle. Il ne trouvait pas de réponse satisfaisante au fait que « l'amoureux », comme il l'appelait, l'avait épargné et que sa compagne avait accepté de le cacher, lui, un Français.

Chaque fois que l'abandonnait sa belle, il craignait d'être pris. Le moindre cri, en bas de la maison, lui hérissait l'échine. Les pas précipités des autres locataires lui retournaient l'estomac. Cette appréhension le faisait dormir le plus souvent avec son épée dans les bras — lorsque la fille n'était pas, bien sûr, lovée contre lui !

Mais elle avait des responsabilités. Elle se drapait de mystère. Ce qui était la meilleure façon d'attiser la curiosité et la ferveur amoureuse du jeune noble.

Il se leva, se dirigea derrière le rideau. Lui qui aimait le vin, il hésitait à boire celui que la tenancière lui apportait et s'en servait plutôt pour laver ses blessures. Il s'habilla avec des gestes lents. Cette nouvelle journée de « liberté en cloître », comme il disait, allait le faire souffrir davantage qu'une bonne mort de chevalier.

Car s'il était vivant, il entendait aussi le fracas des assauts, les huées, les cris de guerre. Il sursautait chaque fois qu'un boulet s'écrasait sur un toit. Une fois ou deux, les murs de sa petite chambre avaient tremblé.

Il s'appuya sur la lame de son épée et fit quelques pas. Ses traits se crispèrent, car une fois de plus, la force qu'il avait gagnée la veille à se reposer avait été dépensée dans les joutes amoureuses de cette nuit, prouesses qui le laissaient pantelant et aussi affaibli qu'un vieillard.

Un morceau d'étoffe plaqué sur la bouche et le nez, il se força à mâcher son pain, qu'il trempa dans ce qui lui restait de vin, un sacrifice qu'il consentait pour vaincre sa peur de l'empoisonnement et pour regagner quelque vigueur. Aux horribles miasmes se mêlait aussi l'odeur de la vieille poudre. Détail qui l'intrigua au plus haut point.

Vain Dieu ! Quel jour était-on ? Depuis combien de temps le roi campait-il devant les murs de la ville ? Les remparts tenaient bon. Charles devait ronger son frein et se mordre les lèvres de rage. Et que dire du propre cousin de Bernard, Louis de La Trémouille !

Il y songeait avec un mélange de tristesse et de douce mélancolie quand les cris d'une nouvelle bataille montèrent jusqu'à lui. Qui attaquait qui, aujourd'hui ?

Il se releva et éprouva aussitôt un nouveau malaise. Son champ de vision devint blanc et irisé. C'était comme si le soleil le frappait en plein visage alors qu'il se trouvait plongé dans la pénombre. Il se sentit tomber, tenta de se raccrocher à sa chaise, s'excusa en pensée à son cousin. Il était décidément d'une piètre utilité à son roi et aux gens de sa famille !

* * *

Nous étions le matin du 3 août. Louis d'Orléans se tenait comme toujours sur les remparts. Il songeait avec quelque aigreur à ces mille cinq cents lansquenets envoyés par le roi Maximilien qui étaient arrivés à Rennes et qui s'y trouvaient si bien accueillis par la population qu'ils en oubliaient de venir les aider. Heureusement, une bonne nouvelle compensait la frivolité des Allemands. Un dénommé Michel Marion, marchand à Quimper, avait armé à ses frais un navire et plus de cent hommes. Avec leurs canons, ils avaient pilonné les camps français. Acte de courage qui avait permis de relever celui des habitants retranchés.

Sauf qu'à présent, il fallait agir autrement qu'en répondant aux assauts menés par La Trémouille !

Dunois devina tout de suite que son cousin était plongé dans une de ses intenses réflexions de guerre. Il sourit, car d'ordinaire, Louis en ressortait avec de bonnes idées.

En bas des murailles, malgré le siège qui s'éternisait depuis six interminables semaines, les gens vaquaient à leurs tâches quotidiennes. Heureusement, si le moral était retombé après l'annonce de la mort de Michel Marion et de ses hommes, dont le bateau avait finalement été coulé par l'artillerie française, le ravitaillement continuait à leur parvenir.

De part et d'autre, les escarmouches, les sorties et les assauts quotidiens faisaient quelques morts. Si le pilonnage de l'artillerie royale causait d'importants dégâts matériels, il n'emportait pas encore la victoire.

Dunois vit son cousin lever un doigt en l'air, plisser les yeux…

Louis aborda un de ses artilleurs et lui demanda d'apporter la vieille poudre. À Dunois, qui montait sur le chemin de ronde, il indiqua l'île de Biesse et le camp français, ainsi que les nuages de fumée qui bloquaient la vue en direction de l'ouest.

— Le vent est vif, et il vient de l'est, annonça-t-il. C'est l'heure !

Dunois fronça les sourcils.

— Rassemble tes paysans, cousin, ajouta Louis, je vais de mon côté faire sonner nos mercenaires.

Il montrait toujours de la main les bancs de nuages de poudre.

— Artilleurs ! s'écria-t-il, à vos pièces !

Et pour son cousin :

— Il faut riposter.

Dunois n'était pas d'accord. Pourquoi perdre de précieux boulets dans un échange de tirs avec l'île de Biesse ?

Mais Louis savait ce qu'il faisait.

Pierre, Le Guin et Simon se tenaient près de lui.

Dunois se rappela finalement les barges que Louis avait fait disposer la veille au soir à l'ouest de leur position, sur le bras de mer qui les séparait de…

Il sourit. « Le diable d'homme ! »

Louis surprit l'expression peinte sur le visage de son cousin. Sa joie se fit plus vive de savoir qu'entre eux, les paroles n'étaient pas toujours nécessaires pour se comprendre.

Il se hissa ensuite sur le parapet et harangua ses troupes.

Le Guin hocha la tête. L'idée du duc était maligne, très maligne.

— Mais est-ce qu'elle peut marcher ? s'enquit Pierre.

Déjà, la troupe dépareillée remontait la rue en direction d'une porte secondaire qui s'ouvrait sous le plafond des volutes de fumée portées par le vent dans l'axe exact des barges…

Pierre saisit l'idée au vol et lâcha un juron. Le duc était un fin renard !

Alors que les Français occupaient également l'île de la Magdeleine et celle de Sauzaine, et qu'ils campaient aussi du côté du faubourg Saint-Clément, le duc choisissait de frapper au cœur de leur dispositif, là où se trouvait leur commandement : l'île de Biesse, qu'ils croyaient tous ingénument hors de portée.

— Le parfait effet de surprise… répondit finalement Le Guin.

De toute façon, Pierre, Simon et les Nantais en général en avaient assez de vivre enserrés. Ils rêvaient d'espace. Ils voulaient sortir hors des murailles. Louis comprenait cette lassitude. Il savait aussi que s'il ne la canalisait pas, bientôt la colère risquait de jaillir n'importe comment, lors d'un assaut maladroit par exemple, ce qui risquait de sonner le glas de la ville au profit des Français.

Tandis que tonnait l'artillerie, ils sortirent en catimini de la cité et traversèrent le bras d'eau en passant d'une barge à l'autre, un linge humide sur le bas du visage, les yeux plissés, leur épée à la main…

Comme ils l'avaient espéré, l'assaut fut couronné de succès.

— Restez près de moi! leur avait recommandé Louis.

Pierre et Simon avaient obéi, et de leur propre aveu beaucoup appris, car le jeune duc se battait comme un lion. Dunois aussi paya de sa personne.

Ils surgirent du nuage de fumée à la manière de diables noirs. Épouvantés, submergés, les soldats du roi ne purent faire bloc et se firent enfoncer. Dans la mêlée, Louis se trouva devant La Trémouille. Les deux hommes reconnurent leurs écus respectifs, se saluèrent et engagèrent aussitôt le combat.

Chevaliers dans l'âme, ils donnèrent leur pleine mesure, ahanant, jurant, pestant, lorsqu'un boulet tomba entre eux et les sépara au moment où Louis avait l'avantage.

Dunois et Pierre tirèrent le duc, qui s'écriait et donnait des coups de pied.

— C'est gagné! lui hurla Dunois dans les oreilles.

En effet, le camp adverse était complètement désorganisé. Les soldats se repliaient en désordre. Certains se jetaient même dans la Loire. Des tentes étaient en feu, de précieuses pièces d'artillerie, réquisitionnées.

En début d'après-midi, le vent tourna et révéla des berges jonchées de corps, d'armes et de misère. Trois jours plus tard, les Français levaient enfin le siège.

* * *

François II vit la galopade de loin et s'écria, plein d'ironie :

— Levez la herse!

Ordre dérisoire, car le sergent avait bien reconnu l'écu des barons.

Le duc se tourna vers son fidèle conseiller :

— Philippe… dit-il en souriant.

Anne, François, mais aussi Isabeau, Antoine et Awena se tenaient près du souverain. Les semaines d'angoisse et de privation étaient passées, l'étau autour du cœur du duc, enfin desserré.

— Les revoilà, ces traîtres ! ajouta François.

Montauban et lui eurent un échange de regards. Le duc les reprenait une fois encore, car en vérité, il n'avait pas d'autre choix.

Rieux lui avait fait parvenir des dépêches cachées dans du pain. Il tournait de nouveau casaque.

— Je me disais bien que le roi ne pourrait tenir ses promesses, expliqua François à Montauban, et que cela ferait souffrir de mille morts l'orgueil du maréchal.

Rieux et quelques autres barons avaient donc quitté les rangs de l'armée royale pour la harponner sur ses flancs. Seuls brillaient encore par leur absence d'Avaugour et Rohan, trop fiers pour revenir si vite.

— Durant la dernière semaine, continua le duc, ils ont pris les soldats du roi à revers et sauvé selon eux plusieurs convois de ravitaillement.

Il s'avança sur les marches du grand escalier blanc, étendit ses bras.

— Mes bien-aimés barons !

Rieux en tête, les nobles de Bretagne mirent pied à terre et baissèrent le front devant leur duc.

Celui-ci se pencha vers Anne, qui dévisageait froidement tous les hommes.

— Ta chère gouvernante aussi va revenir, ma chérie. Sois heureuse…

Françoise, elle, bouillait de rage. Ne pouvant en supporter davantage, elle froissa sa traîne. Ses demi-sœurs la virent prendre congé sans mot dire.

Anne semblait noter chaque détail dans sa mémoire. Pour sûr, elle n'oublierait rien de ces semaines passées avec ses sœurs et Antoine à l'hôtel de la Bouvardière, les canonnades, l'angoisse, les privations et l'épouvantable puanteur.

— J'ai hâte de retrouver notre chambre au château, fit Isabeau en riant.

Antoine, mais aussi Anne la prirent chacun par une main sans rien ajouter.

Montauban parlait de d'Avaugour.

— Ah non ! Philippe, de grâce, se plaignit le duc, je ne veux rien entendre de ce mauvais fils. Figurez-vous qu'il me refusait l'entrée de ma ville de Clisson, que je l'avais envoyé tenir contre le roi et qu'il défendait en vérité pour Charles contre moi. Non, non, non, pour mon pardon, ce couard devra encore attendre !

CHAPITRE 34

La femme au capuchon

Ce soir-là, les gens quittèrent leurs maisons et envahirent les rues. Le duc avait offert des tonneaux de vin clairet, que ses soldats perçaient avec entrain. De jolies filles tenaient des pichets à la main et assuraient la distribution. Nantes fêtait la levée du siège.

Avant de relever les herses et de faire ouvrir les portes de la cité, Philippe de Montauban avait envoyé la troupe battre les environs pour s'assurer que cette retraite n'était pas une ruse imaginée par les officiers du roi. Des centaines de Nantais avaient hâte de sortir pour regagner leurs masures, dont plusieurs, hélas, avaient pâti des combats. Il faudrait songer à les dédommager.

Pour l'heure, cependant, l'humeur était à la joie. Des feux illuminaient les carrefours. Le chemin menant au château ainsi que la place Saint-Pierre n'étaient pas en reste.

Les fêtards ne pouvaient voir les guetteurs installés par Montauban au faîte de la cathédrale. Parmi eux se trouvait Le Guin, mais aussi Pierre et Simon.

Durant l'après-midi, ces derniers avaient assisté aux préparatifs des réjouissances et vu le cortège des barons qui parcouraient les rues aux côtés du duc, une manière publique de célébrer le nouveau rapprochement du souverain avec sa fougueuse noblesse.

Pierre termina son tour de garde. Malgré les craintes du duc, qui voyait autant d'opiniâtreté dans la dame de Beaujeu que dans un scorpion, les soldats du roi n'avaient laissé aucun cheval de Troie aux alentours.

Simon échangea un regard aigu avec son ami.

— Reste ici, le prévint Pierre, je vais revenir...

L'autre fit une moue.

— Le Guin n'aimera pas.

— Il sait, se contenta de répondre Pierre en descendant le petit escalier en colimaçon.

Pendant ce temps, le duc recevait ses barons dans la grande salle de cérémonie. Chacun avait revêtu ses plus beaux atours, comme s'il s'agissait d'un bal, et rivalisait de hauts faits d'armes, même si, pour le compte du duc, ces derniers étaient pour la plupart assez récents...

Durant le siège, les courtisans apeurés avaient éprouvé un regain d'admiration pour Awena, car la jeune femme n'avait pas ménagé sa peine pour aider tout le monde et soutenir le souverain. La paix revenue, les anciennes habitudes revenaient également avec leur cortège de froideur et d'attitudes hautaines.

François II s'enquit de l'absence de sa fille bâtarde. Awena le rassura : elle avait vu Françoise pas plus tard qu'il y a une heure. De plus, la jeune femme avait aidé tout l'après-midi aux cuisines et supervisé le chargement des barriques de vin sur les charretons.

Louis, le prince d'Orange et le sympathique comte de Dunois buvaient et déclamaient leurs exploits au milieu des barons. Ils n'en gardaient pas moins une réserve camouflée, il est vrai, sous les sourires et les accolades de rigueur. On feignait de croire que la virevolte des nobles bretons n'était qu'une simple manœuvre diplomatique.

En vérité, n'est-ce pas, ils étaient tout ce temps demeurés fidèles au duc. Ce dont François II était apparemment persuadé. N'embrassait-il pas sa chère amie la comtesse de Dinan-Laval, de retour au bras du maréchal de Rieux ? Alain d'Albret, authentique patriote dans cette affaire et demi-frère de la comtesse, paradait également.

— N'oubliez pas ce soir le reste de vos terres, cousin François ! décréta sur ce le duc d'Orléans.

Le duc grimaça, car nombre de ses villes demeuraient effectivement encore entre les mains du jeune roi.

Ils trinquèrent à la prochaine libération de toute la Bretagne.

Peu après, les ménestrels s'installèrent, et des notes de flûte et de harpe égayèrent l'atmosphère. Si certains faisaient grise mine, les trioris et d'autres danses viendraient après le repas !

Dunois prit Louis à part.

— Ne sois pas blessé de ne pas recevoir toutes les félicitations que tu mérites, mon ami, dit-il avec philosophie. Les hommes sont ainsi faits.

Louis ronchonna. Il s'était donné corps et âme durant ce siège, et c'étaient ses assauts, surtout, menés avec une grande intelligence, qui avaient fini de décourager le roi. Pourtant, les Nantais l'avaient hué dans les rues dès qu'ils avaient vu reparaître les barons.

— C'est bien connu, les Bretons ne sont bien qu'entre eux, ajouta Dunois en cognant sa coupe contre celle de son cousin.

* * *

Au même moment, Françoise se trouvait seule dans une chambre, au second étage d'une maison de louage de la cité. Les bruits de la fête dans les oreilles, elle relisait une lettre que Rieux lui avait remise de la part de d'Avaugour.

La jeune femme pestait. Son frère avait l'audace de lui demander son aide pour le raccommoder avec leur père. Cette arrogance était bien de lui!

À la fois fébrile, impatiente et inquiète, elle froissa la missive. Des murmures et des halètements lui parvenaient des chambres voisines. Bretons et Bretonnes fêtaient aussi dans l'intimité, et des cruchons de vin et de bière étaient régulièrement montés aux étages par la vieille logeuse.

Enfin, on cogna doucement au battant.

— Pierre! s'exclama Françoise en se jetant dans les bras de son amant.

Le harnachement du jeune homme lui rentra dans la joue et les côtes, mais peu lui importait. Ils s'étaient si peu vus durant le siège! Le souvenir de leurs brefs ébats lui revint. Son visage s'enflamma, ainsi que son ventre. Mais il n'était plus temps.

— Alors? s'enquit le jeune homme, le front plissé.

Françoise hocha du menton.

— Ainsi, il est revenu, lui aussi!

— … et il est aussi bravache qu'avant, termina Françoise en parlant de Raoul d'Espinay.

Le baron était en effet réapparu à la cour en compagnie de ses affreux compères.

— Il n'a rien dit au sujet de la lettre qu'il voulait me voir remettre à mon père, mais je n'aime pas sa manière de me dévisager…

Françoise n'acheva pas pour éviter à Pierre une autre raison d'inquiétude. Cependant, elle ne pouvait s'empêcher de songer que d'Espinay la regardait comme si elle était *déjà* à lui, tout entière soumise et consentante, comme un noble pouvait s'y attendre d'une jeune épousée.

Un haut-le-cœur lui vint. Elle dut s'asseoir sur le lit. Pierre lui prit les mains.

Il inspira profondément :

— Nous pouvons fuir, dit-il. Profitons de la pagaille. J'appelle Simon. À trois, nous passerons.

Il s'exaltait après chaque phrase. Les imaginaient-il vraiment seuls sur les routes, traqués, pistés, affamés, mais libres ?

— Tu es fou, le réprimanda-t-elle. Je ne peux abandonner mon père et mes sœurs.

— Pense que tu es libre, et tu le seras, lâcha Pierre à brûle-pourpoint. Pense que tu es prisonnière, et tu le seras aussi.

— Belle philosophie !

— C'est pourtant la tienne. As-tu encore fait des cauchemars ?

Elle baissa la tête. En réalité, elle en était assaillie. De noires prémonitions. Elle se voyait entre les tours branlantes d'un vieux château. Des moues d'inconnus qui ne l'aimaient guère la fixaient, un voile blanc taché de boue et de sang tombait sur son visage.

On gratta à la porte. Une tête brune apparut dans l'entrebâillement.

— On arrive ! s'écria Pierre, de méchante humeur.

Bernard de Tormont était fébrile. Cette nuit était *sa* nuit. En attendant les deux amoureux, il descendit faire ses adieux à la logeuse.

La vieille feignait l'impatience — elle avait encore du vin à livrer aux chambres. Alors, Bernard la souleva dans ses bras et lui planta une bise sonore sur chaque joue. Malgré tout, et il était sans arrière-pensées, il avait aimé son séjour sous son toit et apprécié son honnêteté et sa discrétion.

— Je vous paierai ma dette un jour, soyez-en sûre !

Elle le rabroua. Les beaux jeunes hommes revenaient rarement la voir.

Sur ce, Pierre et Françoise descendirent. Le soldat avait apporté le harnachement de Simon.

— Ça risque d'être un peu large pour vous, dit-il, mais il fait sombre. Et de grâce, mettez ce capuchon !

Bernard approuva. Il embrassa Françoise et tint un moment ses mains dans les siennes.

— Bonne chance, et merci pour tout.

— C'est plutôt à moi de vous le souhaiter, fit-elle.

Puis, pressés par Pierre, qui devait rejoindre son poste dans les tours de la cathédrale, les deux jeunes gens sortirent dans la rue.

Ils marchèrent au pas comme deux soldats au milieu des badauds, qui leur proposaient des chopes de bière. Parvenus à la rue Sainte-Catherine, qui longeait les murailles, ils s'arrêtèrent sous une porte cochère.

— Continuez droit devant vous, dit Pierre. Sous la voûte, à droite, vous trouverez un portillon ouvert.

Bernard ne savait quoi dire. Cette aide inespérée en plein siège relevait du miracle — toute sa vie, il n'en démordrait pas.

— J'ai une dette d'honneur, dit-il.

— Allez donc, Monsieur le vicomte !

Il se tut, sourit à demi :

— Les Français ne sont pas tous mauvais, ajouta-t-il.

Bernard rit franchement.

— Et les Bretons ne sont pas tous aussi fous.

Pierre lui adressa un dernier salut. Son insouciance et ses soucis du moment l'empêchaient de penser qu'il commettait là une sorte de trahison.

Un peu plus loin, Bernard croisa une silhouette qui l'attendait. D'abord tendu, il dégaina le couteau que lui avait remis Pierre. Mais la jeune femme lui tomba dans les bras.

— Je me disais aussi… murmura-t-il en répondant à l'étreinte de son amante.

Honnêtement, il voulait la revoir, et il le lui dit. Elle le traita gentiment de fou.

— Mais je t'aime !

— Je t'aime aussi.

La vérité étant dite, tant de choses insurmontables les séparaient.

— Nous avons vécu des moments… fit encore Bernard, qui était sincère.

… Et surpris de l'être autant, car après tout, les femmes, il connaissait ! Des servantes, des gueuses, des filles de compagnie, des nobles dames. Mais comme elle, jamais !

Après un dernier baiser, une dernière caresse, la jeune femme l'abandonna.

— Tiens, fit-elle en lui remettant une bourse bien remplie.

— Pour mes bons services ? plaisanta-t-il.

— Grand fou.

Un cheval et un valet l'attendaient à l'extérieur des murailles : un autre cadeau de son amante. À tel point qu'il commença à se demander si cette servante en était vraiment une !

Lorsqu'elle reparut dans les rues enfiévrées, elle ôta son capuchon. On la reconnut, on lui sourit, on lui offrit à boire. Mais Awena n'était pas d'humeur festive. Elle devait regagner le château, où, elle le savait, François l'attendait avec impatience.

CHAPITRE 35

La terrible nouvelle

Françoise portait une splendide robe de drap fin couleur bordeaux qui se terminait par une longue traîne. Le haut de son corps était gainé de soie, son buste ajusté. Ses cheveux dissimulés sous une résille, elle marchait comme un fantôme au milieu des nobles, qui s'écartaient sur son passage.

Elle voulait croire que cette convocation de son père n'était qu'une autre de ses mises en scène dont il avait le secret. Pourtant, au silence qui s'était brusquement abattu dans la grande salle, elle sentait qu'elle avançait au-devant d'une sorte de précipice sans aucune possibilité de retraite.

Les festivités entourant la libération de la ville tiraient en longueur. Pour frapper les imaginations, François II entendait également faire des gestes concrets d'apaisement. L'entrée pour le moins spectaculaire de sa fille bâtarde, qu'il venait de faire comtesse de Clisson, figurait au nombre de ces gestes.

Elle capta le regard de sphinx de la Dinan, qui avait tout naturellement retrouvé sa place auprès d'Anne et d'Isabeau. Les fillettes faisaient grise mine. Drapé comme un courtisan,

Antoine donnait l'impression de se trouver loin dans ses mondes intérieurs. Isabeau lui tenait la main. Durant le siège, tous les quatre s'étaient beaucoup rapprochés. « Aujourd'hui encore, leur avait dit le duc, vous serez aux premières loges. »

Ces derniers mots avaient trotté toute la matinée dans la tête de Françoise. Et maintenant, alors qu'elle atteignait l'estrade sur laquelle était assis son père, elle ne savait toujours pas quoi penser. Autour de lui se tenaient les principaux barons, mais aussi ceux que l'on appelait « les étrangers » : le duc d'Orléans, le comte de Dunois, le prince d'Orange et plusieurs autres venus dans le sillage de Louis.

Françoise s'inclina respectueusement. Elle était plus blanche que de la cire et plus tendue qu'un arc. Contrairement à d'autres femmes, elle ne parvenait jamais à cacher tout à fait ses sentiments. Chacun devinait facilement son trouble et son angoisse, que rien, pas même son sourire de façade, ne pouvait dissimuler.

— Quel gâchis ! murmura le comte de Dunois à l'oreille de Louis.

Le duc d'Orléans battit des paupières. Françoise devina cet échange plus qu'elle ne le perçut réellement. Elle n'eut pas le loisir d'y réfléchir que son père se leva un peu brusquement et tendit son bras. Elle lui remit sa main, qu'il garda quelques secondes dans la sienne.

Il ne la regardait pas, mais se tenait penché, fatigué. Le maréchal de Rieux toussota, ce qui tira le duc de sa rêverie contrariée.

— Certes, laissa-t-il tomber comme s'il répondait à une question muette.

Un homme sortit à ce moment du rang des barons et s'approcha. Françoise tourna la tête, vit Philippe de Montauban, qui faisait la moue, et Awena, qui se mordillait les lèvres.

— Ma fille, annonça le duc d'une voix enrouée, voici votre futur époux.

Ce disant, il plaça la main de la jeune fille dans celle de Raoul d'Espinay.

Un froid brutal entra dans le corps de Françoise. Elle secoua la tête, chercha les yeux de son père. Elle avait sûrement mal entendu. Hélas, le duc se rasseyait tandis que tous les autres s'agglutinaient autour du futur couple.

La poigne de Raoul se raffermit sans qu'il ait encore daigné la regarder. Comment pouvait-il être aussi joyeux tout en étant aussi raide? D'un geste sec, il l'approcha de lui, enserra sa taille.

Françoise entra dans son ombre et frôla son corps comme elle serait rentrée en religion ou bien dans une eau glaciale.

Un cri terrible restait pris dans sa gorge et sa poitrine. Un cri inaudible. Entre deux haies de courtisans, elle vit que son père était raccompagné à ses appartements. Une fois encore, elle croisa le regard empli de tendresse et de pitié d'Awena, qui lui disait d'être courageuse, et ceux de Louis d'Orléans et de Dunois, tous deux aussi affectés.

Françoise avait la tête qui tournait et un gros caillou dans le ventre. Elle vit se refermer sur elle le cercle des barons, qui riaient et parlaient fort. Une obscurité glauque et nauséeuse, comme une glu répugnante, la recouvrit tout entière.

* * *

Au même moment, devant la cité d'Ancenis, un cavalier demandait au sergent du guet de relever la herse.

— Qui va là?

— Bernard de Tormont, cousin du général de La Trémouille et serviteur du roi.

Depuis quelques semaines, la ville accueillait Charles et sa cour. Comme toutes les cités visitées par le roi, les magistrats locaux se mettaient en grands frais pour lui offrir le meilleur gîte possible.

Bernard salua plusieurs officiers de sa connaissance et ne fut guère surpris qu'on le considère en haussant les sourcils, voire avec quelque stupéfaction.

Averti, La Trémouille vint en courant au-devant de son cousin. Les deux jeunes gens se donnèrent l'accolade.

— Toi? Toi!

— Moi, cousin! répliqua Bernard.

Si le siège de Nantes avait donné à La Trémouille quelques plis amers autour de la bouche, il semblait que l'air de Bretagne avait au contraire revigoré Bernard.

Une bourrade amicale dans le dos fit néanmoins grimacer le vicomte.

— Une blessure? s'enquit La Trémouille.

— Plusieurs…

Ils remontèrent une allée bordée de colonnes et peuplée de courtisans et de belles dames. Bernard rit sous cape en voyant que la mode des longues poulaines n'était pas vraiment morte à la cour, et que les seigneurs se servaient toujours de la pointe de leurs chaussures pour essayer de relever le bas des robes des demoiselles.

La Trémouille, par contre, gardait une figure fermée de curé de campagne.

— Attends, que je te regarde…

Les deux cousins avaient grandi ensemble. Si Louis était le plus sérieux des deux avec une propension à une certaine grandeur naturelle, Bernard était celui qui grimpait aux arbres et qui ramassait les oisillons tombés du nid.

La Trémouille rajusta les habits de drapier achetés en chemin par son cousin.

— J'ai perdu ma tenue de chevalier, si tu veux savoir.

— Oh, certes, je veux savoir, cousin !

Il l'entraîna dans son logis, où il lui offrit à boire ainsi que des vêtements de cour plus appropriés à son rang.

Bernard tenta alors de lui conter ses mésaventures, mais Louis lui coupa la parole.

— Attends. Un autre que moi veut savoir. Viens…

Ils furent annoncés par le chambellan royal et entrèrent d'un même pas dans une salle assez sombre, même si l'on avait fait ouvrir toutes les fenêtres. Des éclats de rire les accueillirent.

— C'est la petite Marguerite, fit La Trémouille.

— À propos, comment va Charles ?

— Le roi ?

— Non, grand bêta, ton fils, et aussi Gabrielle.

La Trémouille hocha du chef. Son fils et sa femme se portaient très bien, Dieu merci. C'est plutôt le jeune roi qui l'inquiétait.

— Depuis notre départ de Nantes, il est de méchante humeur. Même sa petite fiancée n'arrive plus à le dérider.

Ils croisèrent Anne de Beaujeu, entourée de ses dames de compagnie.

— De Tormont, quelle bonne nouvelle que de vous revoir… vivant !

Bernard serra les dents en décodant la brève hésitation qui ponctuait la fin de sa phrase.

— Il faudra nous raconter…

— Certes, madame, approuva le vicomte.

Charles se tenait à moitié affalé sur un large fauteuil. Autour de lui patientaient des courtisans et des gens d'armes. Devant se démenait un groupe de ménestrels et d'acteurs qui interprétaient pour lui une chanson de geste.

La scène décrivait un combat glorieux mené pour délivrer une princesse. Marguerite applaudissait alors que son royal fiancé demeurait amorphe. Son visage affaissé sous son ample chevelure brune, ses yeux noirs un peu trop gros et son nez en bec d'aigle lui donnait un air triste et las.

Au bout de quelques minutes, il aperçut La Trémouille et son cousin, et leur adressa de grands gestes. Les ménestrels se retirèrent.

— De Tormont! s'écria le roi.

Il chercha sa sœur des yeux…

— On le croyait mort, sire, expliqua La Trémouille d'une voix hésitante.

Bernard sentit la gêne, se rapprocha du jeune roi et prit un air enjoué :

— Et je l'étais, sire !

Il souleva son surcot, montra ses blessures.

— J'ai vu tout noir. L'ennemi allait m'embrocher quand… (son cousin lui décocha un regard d'avertissement) quand je me suis réveillé en paradis.

— En paradis ?

L'adolescent royal suivit la pensée de Bernard et ajouta de lui-même :

— Oh! Oh! Il y a de la donzelle bretonne là-dessous !

— En effet, mon bon sire.

Bernard se tut : l'image d'Awena venait de lui apparaître. L'espace d'un instant, il eut l'impression de se sentir encore dans les bras tendres et chauds de la jeune femme.

Charles rit franchement.

— Oh, oui, une sacrée donzelle ! répéta-t-il.

Sa sœur faisait grise mine, mais le jeune roi avait recouvré un peu de sa joie, et il n'entendait pas laisser quiconque la lui ravir.

Il invita les deux cousins à s'asseoir près de lui. On servit du vin et des fruits. Quelqu'un eut alors la maladresse d'évoquer le siège de Nantes.

— Croyez-moi, si Louis d'Orléans n'avait été présent avec ses deux complices, le duc de Bretagne n'aurait pas maintenant autant d'arrogance, laissa tomber la dame de Beaujeu.

Charles acquiesça.

— Pour sûr, dit-il, Louis est fort dans l'action.

La Trémouille renâcla, mais Bernard lui donna une tape sur le bras.

— Heureusement, Nantes n'est pas la Bretagne, qui est toute vôtre, sire, ajouta la dame. Et les barons, ces traîtres, ne reviendront pas de sitôt.

Les hommes d'armes présents firent une moue. Car encore fallait-il garder les villes qu'ils tenaient !

* * *

Françoise se leva en pleine nuit, alluma une bougie et se faufila dans les corridors obscurs. Elle connaissait un endroit, dans les combles, et s'y rendait dans le plus grand secret.

En y entrant, elle sentit une présence.

— Pierre ? appela-t-elle d'une voix tremblante.

Le jeune homme sortit de l'ombre. Elle posa une main sur sa bouche.

— Chut…, je t'en prie, ne dis rien.

À part une couche dure et un coffre, la pièce était vide. Françoise déposa la couverture en peau de mouton qu'elle avait apportée. De son côté, Pierre montra le broc d'eau parfumée et les linges qu'elle lui avait demandés.

Puis, sans un mot, Françoise laissa tomber au sol sa longue chemise blanche.

Dessous, elle était nue.

— Viens, supplia-t-elle. Viens…

CHAPITRE 36

Sombre chapelle

L'ange de pierre lui souriait. Françoise en était certaine. Ou du moins en avait-elle décidé ainsi. Dans sa main, la statue de saint Michel tenait une colombe prête à s'envoler. La jeune femme choisit aussi de croire qu'elle était ce bel oiseau libre.

Sans cela, comment vivre ?

Vêtue d'une robe ayant appartenu à la duchesse Marguerite, elle remontait la nef. Dieu que ce petit matin de fin septembre était lugubre ! Seule la grisaille du ciel entrait par les vitraux. Autant dire une misère.

Et, justement, la misère, Françoise la voyait partout ces temps-ci.

Les gens rassemblés ne semblaient pas être venus pour assister à des noces, mais plutôt à une mise à mort. « Celle de l'oiseau », se dit la jeune femme. Devant l'autel l'attendait l'archevêque André d'Espinay, le propre frère de Raoul.

Impavide sous le poids de sa coiffe, de ses rubans, de sa longue traîne, de ses bijoux et de sa détresse, elle n'avançait pas, elle planait au-dessus de cette nef peuplée de fantômes mal réveillés.

Les festivités entourant ses épousailles duraient depuis déjà quelques jours. Les invités ne dessaoulaient pas ou peu.

La misère.

Cette noce s'y enlisait depuis la rédaction de son contrat de mariage, sur lequel clercs et notaires s'étaient chamaillés. Chipotages de part et d'autre, plaintes et surenchères. Le duc avait justifié le faible montant de sa dot par les circonstances, la guerre, les difficultés.

— Les Nantais se relèvent à peine d'un siège éprouvant. Je dois aussi nourrir mes peuples ! avait plaidé François II.

Près de l'autel l'attendait aussi son futur époux.

« Heureusement, songea Françoise, l'archevêque a les yeux bleus. »

Bleus comme ceux de Pierre, ou presque !

Elle croisa le sourire mesquin de la Dinan.

« Vous gagnez aujourd'hui, madame, cependant… »

Comment Françoise pouvait-elle se sentir aussi froide, aussi dure, aussi vide alors qu'elle était surtout faite de feu, de flammes et de vie ? Avec Pierre, elle était cet oiseau enflammé, et lui, un faucon royal. Dans les yeux sombres et sur la face étroite criblée de taches de son de Raoul, elle ne pouvait hélas que voir l'image de ce puits qui la hantait depuis des semaines.

Son frère, d'Avaugour, inclina la tête. Il était finalement revenu en faveur grâce aux bons mots que Françoise avait glissés à l'oreille de leur père. « Je t'en remercie, chère sœur, lui avait dit le jeune homme le lendemain de son retour. Et ne t'inquiète pas. Raoul n'est pas si mauvais homme… »

Encore une dizaine de pas, et Françoise serait soumise à la torture des échanges de consentements, puis de celui du don de l'anneau nuptial.

Ses jeunes demi-sœurs figuraient parmi les invités d'honneur. Alors que tous ou presque dormaient encore à moitié, Anne avait les yeux grands ouverts et un pâle sourire accroché à sa figure ronde. Son air sérieux révélait combien elle devait être en train d'analyser le déroulement de cette noce chichement montée et négociée. Avait-elle pleinement conscience que les épousailles de « Françoisine » ne devaient surtout pas faire d'ombre à celles, bien plus essentielles aux destinées du duché, des siennes et de celles d'Isabeau ?

Françoise sourit en retour à cette sœur qui possédait assez d'intelligence pour voir au-delà de toutes les apparences. Que personne ne s'inquiète pour elle : n'était-elle pas cet oiseau qui volait, invisible, entre les colonnes ?

Nul héraut n'avait parcouru les villes et les cités de Bretagne pour annoncer son mariage avec le baron d'Espinay. Il y avait cependant des hôtes de marque dans la chapelle : le prince d'Orange, le comte de Dunois et bien sûr Louis d'Orléans, qui avait tenu, disait-on, à être présent.

L'héritier de France semblait d'ailleurs aussi pâle que la jeune épousée. Françoise répondit à son salut discret et sentit, l'espace d'un bref instant, toute la compassion qu'il y avait dans son regard bleu foncé. Dire que c'est à ce beau jeune homme qu'Anne était toujours plus ou moins promise ! Au pire, Françoise aurait mille fois préféré se donner à Louis plutôt qu'au triste et pathétique Raoul !

Quelques pas encore. Les derniers avant d'être engloutie pour toujours par l'ombre de d'Espinay.

L'archevêque récita les paroles d'usage. Les futurs époux avaient des têtes d'enterrement. L'archevêque avait-il dit à son frère que cette union, malgré ses belles apparences, était en fait une mésalliance? « Pourquoi avoir jeté ton dévolu sur cette bâtarde? » Mais tenter de raisonner Raoul était aussi périlleux que d'affronter à main nue un sanglier en colère. Cadet de la famille, il n'était ni le moins entêté ni le moins irascible.

Françoise chercha le regard de son père. Mais ce lien ou ce fil, cette main tendue, lui fut refusé. François II se tenait en retrait, soutenu par son nouvel aumônier et par Awena, qui avait, avec Marie, ajusté et recousu la robe que portait Françoise.

L'archevêque entama son homélie. Un dernier visage connu émergea soudain de la foule — Le Guin. Autant dire un peu de Pierre lui-même! Le capitaine paraissait impassible. Cet homme était une énigme. Pourtant, il était venu.

Elle posa sa main sur le bras de Raoul.

Le baron ne la regardait pas. Existait-elle finalement et vraiment pour quelqu'un?

« Non. Je suis l'oiseau. Je vole loin de toute cette misère. »

Les jours précédents, il y avait eu l'échange des cadeaux. Pièces d'orfèvrerie, couverts en argent, coupes finement ciselées, meubles, œuvres d'art : autant de colifichets censés souder l'union non pas uniquement d'un homme et d'une femme, mais surtout de deux familles.

Les d'Espinay entraient dans la famille ducale par la porte de derrière, ricanaient les courtisans. En contrepartie, le duc avait fait sa fille comtesse de Clisson, un anoblissement consenti non pas vraiment à une fille légitimée, mais, comme à la sauvette, à une courtisane, en remerciement de ses services.

Raoul prononça le oui sacramentel. Françoise avait la gorge sèche et de violents étourdissements.

Tous les regards fixés sur elle, elle éructa un inaudible oui, puis elle songea aussitôt, le cœur transpercé par cent carreaux d'arbalète :

« Je suis morte ! »

* * *

Dunois retrouva Louis dehors sur le chemin de ronde. Le prince avait les mains posées à plat sur le renfort de pierre. Il respirait bruyamment par le nez.

— C'est la noce la plus sinistre à laquelle j'ai été tenu d'assister depuis des années, déclama le comte.

Louis renifla.

— La demoiselle a d'évidence le cœur pris ailleurs, ajouta Dunois.

Il devinait la tension qui habitait son cousin. À chaque noce ou presque, c'était la même chanson. Louis se tourna vers lui. Ses yeux étaient écarquillés, sa bouche entrouverte.

— Le duc n'a pas vraiment eu le choix, je suppose, poursuivit le comte. Derrière Raoul d'Espinay se tiennent Rieux, Rohan et leur clique. Par ailleurs, s'il croit s'attacher leur fidélité en donnant sa fille bâtarde à l'un des leurs, je…

— Pas le choix ? rétorqua Louis avec une fureur rentrée.

— Holà, cousin, je te vois venir…

— Et ma mère ! Crois-tu que c'est la peur, aussi, qui l'a forcée autrefois à me donner en pâture à Jeanne ?

Dunois recula. Entrer dans ce débat, c'était rouvrir d'anciennes blessures qui suppuraient encore aujourd'hui.

— Dans quel monde vivons-nous, où les époux s'aiment rarement ?

Dunois haussa les épaules. Les choses en allaient ainsi pour la plupart des gens — surtout pour les nobles comme eux. Pourquoi se questionner et se torturer quand il suffisait d'en prendre son parti et de chercher tout de même le bonheur ! Avec son épouse de préférence, ou, si les écarts étaient trop grands, dans la gloire, les batailles et les jeux de diplomatie.

— Ma mère, continua sourdement Louis, avait en vérité grand besoin de la dot de Jeanne pour nous tirer de la pauvreté.

Il frappa le merlon avec son gant. Sachant qu'il était inutile d'argumenter davantage, Dunois laissa son ami seul avec les noirs vautours qui lui servaient ce matin de pensées.

* * *

Pierre s'était caché au faîte d'une tourelle, sur les toits du château, un endroit d'où il pouvait voir la Loire dans toute sa splendeur, même aujourd'hui.

— Je t'en prie, geignit Simon, redescends !

Le grand garçon attendait piteusement sur les tuiles, en contrebas.

Pierre était monté dès l'aurore. Assez tôt, en fait, pour assister à l'entrée des futurs mariés et de leurs invités, escortés par quelques ménestrels réveillés à coups de pied.

En vérité, il n'avait pas dormi de la nuit. Pas depuis cette fameuse soirée, dans l'alcôve sous les toits, sa dernière passée avec Françoise, dans ses bras, dans la chaleur de ses étreintes, de ses caresses et de ses baisers.

Pierre s'imaginait à bord d'une chaloupe en route vers la liberté. À bord, il aurait du grain, du pain, de l'eau, des pommes. Et Françoise pagaierait à ses côtés.

Les cloches se mirent à sonner. Hélas, c'en était fini de son beau rêve. La chaloupe coula, et lui avec elle.

Une voix brève l'atteignit avec la force d'un caillou.

— Quand donc finiras-tu de te plaindre ?

Le Guin avait la main sur la garde de son épée. Sur son visage fermé flottait un rictus sauvage ; dans ses yeux verts tranchants, du mépris.

— Tu as reçu plus qu'aucun homme de ta condition. Qu'espérais-tu ? Oublies-tu qui tu es ? Sais-tu que cette fille t'a offert sa vie ?

Le jeune homme tiqua.

— Si son mari apprend que tu l'as prise avant lui… Tu as son amour. À présent, cesse de geindre et rêve à ta hauteur.

— Parce que je ne suis qu'un gueux ? éructa Pierre.

— Pour un soldat du duc, les donzelles ne manquent pas.

Pierre mesura à cet instant combien son aventure devait avoir secrètement froissé le capitaine. Lui n'avait en effet connu de l'amour que les brèves et froides joutes charnelles payées aux filles à soldats.

— Ton père, continua Le Guin…

— Ne me parle plus de mon père !

Le capitaine se renfrogna. Il n'avait jamais craint de dire les choses. Ce n'est pas maintenant qu'il allait commencer.

— Ton père, répéta-t-il un ton plus haut, était mon ami. Ta mère et lui s'aimaient, et ils étaient de la même condition !

Avait-il appuyé sur la dernière partie de sa phrase ? Pierre décida que oui. Pour le punir, pour se venger d'avoir été heureux avec Françoise.

— Accepte l'évidence, garçon, et vis. Ou alors, complais-toi dans ton malheur, saute et meurs !

Il redescendit et entraîna Simon de force. Il dut pousser le gros garçon dans le dos et lui répéter que Pierre ne sauterait pas, car l'autre voulait à toute force rester.

Les cloches sonnaient toujours. Peu après, les mariés sortirent de la chapelle. Il devait maintenant y avoir le repas de la noce et puis la suite des festivités. Les ménestrels reprenaient leurs instruments. Leur musique s'accommodait mal du son lancinant des cloches.

Françoise leva instinctivement les yeux vers la tourelle. Elle cherchait encore l'ange et l'oiseau, mais ne vit finalement ni auréole ni plumage.

CHAPITRE 37

Le coq ne chantera plus

Deux hommes discutaient à voix basse dans le fond de la taverne. Si les nobles célébraient des épousailles au château, les citadins fêtaient aussi aux frais du duc ! Bières et petits vins coulaient à flots, chacun tenait à en profiter au maximum. Comme le grognait un vieil homme édenté, on ne savait jamais de quoi demain serait fait, « alors, buvons ! »

Ce qu'il clama une fois encore en vidant son gobelet.

Deux musiciens se démenaient sur leurs violes et en tiraient, de l'avis des deux comploteurs, des sons à faire se dresser les morts. Heureusement, le brouhaha suscité par les joyeuses agapes couvrait leurs discussions.

— Je suis inquiet, murmurait Louis d'Orléans.

Dunois hocha la tête sans répondre.

Toute la journée, ils avaient participé aux célébrations de la noce de la bâtarde de Bretagne devenue comtesse de Clisson et baronne d'Espinay-Laval-Palet. En vérité, ils avaient feint de s'enivrer pour mieux entendre ce qui se disait d'important. Le soir venu, ils s'étaient retirés incognito pour mieux échanger leurs impressions.

Dehors s'abattaient les premiers frimas d'octobre. Même près des feux, l'on grelottait. Les Nantais se plaignaient de devoir aller chercher leur bois toujours plus loin dans la forêt à cause de ces maudits Français qui avaient, cet été, abattu tant d'arbres pour faire leur siège.

— Ce n'est que partie remise, souffla Dunois en parlant de la guerre. Le roi va vouloir prendre le plus de villes avant les froidures d'hiver. Et dès janvier…

Louis fit remarquer combien François II avait dû sermonner la petite duchesse Anne afin qu'elle fasse semblant, du moins en public, de ne pas trop afficher le mépris et la haine froide qu'elle éprouvait pour le maréchal de Rieux.

— François a trop besoin de lui pour oser déplaire.

— J'ai entendu dire que Dol, Saint-Aubin-du-Cormier, D'Auvray et d'autres cités sont déjà tombées aux mains du roi, fit Louis.

— Charles se venge de n'avoir pas pu prendre Nantes.

D'Orléans soupira, porta sa chope à ses lèvres.

— J'espère, ajouta-t-il, qu'il ne nous en voudra pas trop…

— Lui, non, cousin, mais sa sœur n'oubliera pas, tu peux en être certain. De plus, François manque cruellement d'argent…

— Suggérerais-tu que nous changions de camp? Si la Bretagne tombe, c'en est fini de la féodalité.

Dunois se fendit d'un drôle d'air.

— Serait-ce un si grand drame que d'avoir un royaume solide au milieu d'une Europe hostile?

Louis le dévisagea comme s'il avait affaire à un fou.

— C'est de nos terres et de nos droits ancestraux que tu parles!

Il ne lui vint pas à l'idée que son cousin pouvait avoir la vision d'une époque plus prospère et sécuritaire, tant pour les grands feudataires que pour les gens du peuple. Une époque où fleurirait enfin dans les cœurs un sentiment d'appartenance à une même nation, et non plus à une pléthore de comtés, de duchés et de seigneuries.

Le comte tapota l'épaule de son cousin.

— Ne bois pas trop. Tu sais qu'officiellement, cette guerre ne se fait pas contre le duc, mais contre nous qui trahissons prétendument le roi.

Qui trahissait qui dans cette histoire? Comme bien d'autres, Louis avait parfois du mal à séparer le vrai du faux.

Il ouvrait la bouche quand un vacarme épouvantable ébranla le plancher. Un homme s'écria. Un autre se prit un coup de poing au visage. S'ensuivit une altercation au couteau entre deux jeunes citadins.

— Oh! se récria Louis, n'est-ce point là quelqu'un de notre connaissance!

* * *

Pierre avait été traîné de force dans la taverne par Simon et un autre de leurs amis de la garde. Ce soir, il importait de tenir l'ancien palefrenier loin du château, loin, surtout, de l'appartement prêté par le duc aux nouveaux mariés!

Pour bien mener leur plan, ils avaient saoulé le jeune homme, qui peinait à se tenir debout tout seul. «Je suis capable! Je suis capable!» répétait-il pourtant à qui voulait l'entendre. Une chope renversée par mégarde, un mot de trop, un regard un peu torve avaient déclenché la bagarre.

Un maraud avait osé prétendre que d'Espinay épousait en ce jour une bâtarde qu'il essaierait dès cette nuit d'engrosser. Pierre avait sauté de son banc. L'autre avait alors beuglé à ses amis que le sang de la bâtarde ne serait pas le seul, ce soir, à couler. Et il avait dégainé un coutelas de boucher. Simon avait tenté de s'interposer, mais Pierre était trop hors de lui pour supporter un arbitrage. Il s'était emparé de la lame de son ami et avait culbuté l'infect personnage.

Hélas, ils n'étaient que trois, alors que l'autre était entré avec sa bande d'amis.

Les lames s'entrechoquaient trop près des poignets et des corps pour ne pas, bientôt, ouvrir quelques veines. Un homme monta brusquement sur une table et hurla que ce combat était plutôt une mise à mort.

On reconnut l'insolent que quelqu'un appela par dérision le « commandant ».

Dunois attrapa Louis par le bras.

— Je t'en prie, descends.

Mais le prince aussi était las, enragé et passablement ivre. Il tira sa lame, sauta dans la mêlée. Pierre et lui se retrouvèrent dos à dos avec une douzaine de marauds tout alentour.

Simon et l'autre garde tentèrent à nouveau de s'interposer. On brailla que le duc d'Orléans était fou de les défier. Le siège était fini. On n'avait plus besoin de lui. Savait-il qu'on allait le renvoyer en France en petits morceaux ?

Dunois se joignit à la fête. Il ne serait pas dit que le fils du héros qui avait secondé Jeanne d'Arc dans ses campagnes abandonne son cousin et ami !

Les choses allaient tourner court lorsque claqua un coup d'arquebuse. Une voix grave tonna dans le bouge :

— Honte à vous, Nantais !

Le Guin repoussa les marauds et rejoignit Pierre, Louis et Dunois.

— J'ai honte, répéta-t-il en fronçant les sourcils. Sans ces seigneurs, la cité serait aujourd'hui livrée aux Français, et notre duc, sans doute emprisonné.

Plusieurs vieux soldats reconnurent le capitaine.

Le Guin poussa Pierre dans leurs bras.

— Et ce jeune homme, dit-il, est le fils de Jean Éon Sauvaige !

Un silence de mort tomba dans la taverne. Tous, apparemment, connaissaient ce nom-là.

Un vieillard serra Pierre contre lui.

— Ton père, fils, marmonna-t-il, m'a autrefois sauvé la vie.

Les marauds lâchèrent une bordée de jurons, puis s'en allèrent boire et tempêter ailleurs. Le patron offrit une tournée de cervoise.

Louis sourit à Pierre :

— Soldat, nous devons la vie à la mémoire de ton père. Buvons !

Pierre ne comprenait pas tout ce qui venait de se produire. Immergé dans son ivresse, il ne retint que le tutoiement du prince et son sourire franc, d'homme à homme. Un signe de respect et de connivence qui, ce soir, lui faisait le plus grand bien.

* * *

Françoise avait été baignée, lavée, parfumée. Allongée seule dans le grand lit à baldaquin, elle attendait. Cette situation grotesque la jetait dans les pires tourments. Elle rit tout haut en repensant à la tête qu'avait faite la servante quand elle avait refusé qu'on la laisse nue. « Je veux ma chemise de nuit, mes bas et une deuxième couverture ! »

Une autre avait blanchi d'effroi, car elle tenait à la main un couteau à la lame très effilée.

— Maintenant, sortez toutes !

— Mais, madame…

— Dehors !

Françoise savait qu'on avait ordonné aux soubrettes de se cacher dans un coin de la chambre pour assister à sa défloration officielle.

Elle ricana.

« Qu'il vienne ! Qu'il ose venir… »

La journée avait été lugubre à tous les égards. Si personne n'avait songé à le dire, c'est que les ménestrels jouaient fort, que les odeurs de viandes braisées étaient appétissantes, que les desserts abondaient, que le vin coulait.

Françoise avait été comme cet oiseau de pierre qui s'était envolé des mains de l'ange. Ce soir, par contre, de colombe elle se changeait en louve.

— Je ne veux personne ! s'écria-t-elle encore.

Derrière la porte, elle entendait le caquetage effrayé des servantes. Elle reconnut la voix brève qui les tança. Peu après, la comtesse de Dinan entra, furieuse.

— Françoise, je vous somme de me donner ce couteau !

La jeune épousée se dressa dans le lit et présenta à la Dinan une figure si épouvantable que la gouvernante ressortit sans demander son reste. La jeune femme n'était pas fâchée de l'avoir enfin mouchée !

Raoul arriva fort tard et aviné. Avait-il été averti ? Sans doute, car il entra en armure, ce qui fit éclater Françoise de rire.

— N'ai-je pas raison de me présenter en tenue de combat, femme ? lança-t-il.

Françoise sentait les relents de l'alcool à trois mètres. Tandis que Raoul allumait les chandeliers, elle se dressa sur son séant, nue jusqu'à la taille.

Raoul eut un gargouillis de stupéfaction. Il s'attendait à trouver une pauvresse tremblante qui n'aurait pas été fichue de brandir le couteau qu'elle cachait, et il découvrait une femme hautaine qui le dévisageait et le défiait.

Il contempla la peau laiteuse sans aucun pli, le buste arrogant, les seins fiers et dressés. Mais elle se trompait si elle pensait l'impressionner. D'autres s'y étaient déjà frottées…

Il sauta incontinent dans le lit à grand renfort de cliquetis et se conduisit véritablement comme sur un champ de bataille. Prise de court, Françoise leva sa lame. Elle visait l'entrejambe.

L'instant d'après, elle reçut un violent coup sur la tempe et entendit la voix nasillarde, au-dessus de sa tête, qui la traitait de sale petite prétentieuse et d'impudente. Raoul lui arracha son couteau des mains, posa la lame sur sa gorge.

— Maintenant, madame, dit-il, choisissez. Soyez ma femme, ou bien mourez.

Ce disant, il écarta ses jambes de force et s'introduisit en elle.

Françoise ne desserra pas les dents. Raoul n'osa l'embrasser. Lorsqu'il eut terminé, il se leva et se retint à une des colonnes en bois. Tout essoufflé, le corps en sueur sous sa cotte, il chancelait. Il fit rageusement voler les couvertures, approcha une chandelle du drap, demeura quelques secondes ébahi.

Françoise le toisait en silence.

— Vous paraissez surpris, baron !

— On m'avait dit que d'autres étaient déjà passés.

Les taches de sang frais, sur le drap, semblaient cependant affirmer le contraire. Raoul songea que ses amis, qui avaient tous parié de grosses sommes, avaient perdu.

Il soupira d'aise, recula dans l'ombre tout en riant et ressortit d'un pas gaillard après l'avoir saluée bien bas et appelée sa « femme ».

Françoise se sentait vide, sale et pas même en colère tant il est vrai que le stratagème imaginé par Awena avait fonctionné.

Elle demanda un baquet d'eau chaude, des serviettes et du linge, et remercia en pensée la maîtresse de son père qui lui avait, plus tôt, fait don d'un minuscule flacon de verre contenant le sang d'un coq égorgé au matin.

CHAPITRE 38

Aux aurores

La chambre était glaciale, l'âtre, presque éteint. Le maître des chenets, qui venait dès l'aube ranimer les feux de cheminée, tardait à arriver. Awena se leva tout de même et vint se blottir contre le duc, debout près de la croisée.

— Monseigneur ? Cessez de vous torturer, implora-t-elle.

Il désigna les domestiques qui chargeaient les attelages dans la cour.

— Je ne croyais pas qu'ils partiraient si tôt. Oh ! Elle m'en veut. Je suis sûr qu'elle m'en veut. Tu penses, toi aussi, n'est-ce pas, que je suis plus un marieur qu'un père ou un duc !

Il ronchonna et ajouta que tout le monde en Europe pensait cela. Il se dégagea doucement de l'étreinte de son amante, fit les cent pas dans la chambre.

— Oui, elle me hait.

— Que nenni, monseigneur, je sais que Françoise vous aime et vous respecte. De plus, elle a l'âge depuis longtemps !

Le duc posa son front contre le verre froid et épais. Il utilisait ses enfants pour multiplier ses chances de conserver pour Anne une Bretagne libre. Toutes les têtes couronnées ne faisaient-elles pas de même ? Les unions arrangées étaient une arme au même titre que les armées, l'artillerie, les murailles autour des cités et les envois d'ambassades. Des armes de paix.

Avec Françoise, c'est la paix avec le clan du maréchal et celui de la comtesse de Dinan qu'il venait de s'acheter, sans frais excessifs de sa part, ce qui était encore mieux.

Il vit sa fille monter dans l'attelage de son époux. Tard dans la nuit, une servante était venue l'avertir que leur union avait été rondement consommée, ce qui avait soulagé François d'une contrariété supplémentaire.

Les festivités terminées, Raoul d'Espinay avait maintenant hâte de rentrer sur ses terres, qu'il disait avoir trop négligées depuis qu'il s'était mis au service de son duc — un euphémisme proche de l'arrogance et qui avait un goût de fiel.

Françoise était emmitouflée dans une épaisse houppelande de laine grise. Son père voyait-il qu'il perdait avec elle une alliée de choix ?

Awena était d'accord. Elle aussi regrettait le départ de la jeune femme. Une des seules, au château, à lui avoir tendu une main amicale et secourable.

Ils accueillirent le maître des chenets avec joie. L'homme se mit à son affaire, et bientôt les bûches crépitèrent dans la cheminée. Ce regain de chaleur releva l'humeur du duc. Il alla s'asseoir à sa table de travail, rédigea un pli, qu'il confia ensuite à Awena.

— Veux-tu bien aller lui porter ceci, ma mie ?

Il posa ses lèvres sur les doigts fins, la regarda enfiler sa houppelande et sortir des appartements. Dieu que sa présence, son entrain et sa jeunesse lui étaient précieux !

* * *

Françoise se ressentait encore de ses tourments de la nuit. Sa joue était tuméfiée, sa poitrine et ses côtes, douloureuses. Malmenés par la cuirasse et les chausses en cuir de Raoul, son bas-ventre et ses cuisses étaient au vif. La jeune épousée n'avait pu trouver le sommeil. Il était trop tard, désormais, pour songer à fuir avec Pierre. Elle aspira une longue bouffée d'air. Elle avait tout gâché.

Son mari était revenu fort tard durant la nuit. Immobile, elle avait feint de dormir.

Allait-il encore demander son dû ?

Fort heureusement, il s'était dévêtu et couché à son côté sans même chercher à la frôler. Après un long moment, elle avait été étonnée de l'entendre lui murmurer :

— Vous dormez ? J'ai été bougre. Veuillez me pardonner.

À présent, elle était frileusement assise sur le banc de l'attelage, et ses souvenirs défilaient devant ses yeux au regard éteint. Autour, des serviteurs allaient et venaient. Le pan de brocart se souleva. Françoise vit apparaître une jeune fille un peu lourdaude au visage ingrat, aux mains carrées.

— Madame, la salua-t-elle, je m'appelle Odilon. Je serai votre servante.

Françoise avait cru comprendre que Marie la suivrait à Champeaux, près de Rennes, où se trouvait la baronnie de Raoul.

La fille sentit la réticence de sa nouvelle maîtresse, mais n'en parut nullement affectée. Elle courba la nuque, prit la main de la baronne et dit simplement :

— Je vous servirai fidèlement.

Le contact de cette main était rugueux et cependant chaud et enveloppant.

— Merci, dit-elle.

Raoul avait répété à loisir que toute sa domesticité était prête à accueillir sa femme. Raison qui expliquait pourquoi il n'était pas nécessaire d'ôter au duc un membre de sa maison. C'était aussi forcer Françoise à l'isolement total et la laisser seule avec ses sombres prémonitions.

Elle contempla la façade de tuffeau blanc du Grand Logis et eut soudain encore plus froid. Jusqu'à aujourd'hui, jamais elle n'avait vraiment pensé qu'elle pourrait en quelque sorte être chassée de cette demeure où elle avait vécu une bonne partie de sa vie avec sa famille.

« La raison d'État. »

Elle n'était pourtant qu'une bâtarde ! Certes déguisée à présent en comtesse de Clisson et en baronne de Champeaux…

Ses mains tremblaient. Elle ne put retenir ses larmes plus longtemps.

Des bruits de pas ferrés retentirent. Elle souleva de nouveau le brocart. L'air vif lui piqua les yeux.

— Madame, la salua le capitaine Le Guin en souriant.

Il lui adressa un clin d'œil, puis alla s'expliquer au baron, qui s'étonnait que le duc craigne que les routes ne soient pas sûres.

— Mes hommes et moi allons vous escorter, déclara-t-il.

Raoul rechigna. Il avait sa propre escorte.

— Nous sommes au service de la comtesse, insista Le Guin d'une voix grave.

Le baron serra la mâchoire de rage. Au diable cet officier et son mépris !

Françoise chercha Pierre au milieu de son escorte sans, hélas, l'apercevoir. Le jeune homme était si fier qu'il devait tenir mordicus à son rôle d'offensé. Qu'était-ce que ce pale-frenier qui croyait avoir des droits sur elle ! Fâchée contre elle-même et contre son amour-propre blessé, elle se traita de folle.

C'est alors qu'Odilon monta à ses côtés. Un soldat lui tenait le bras.

— Merci, mon brave, lui dit la servante d'un ton bourru.

Françoise vit que le « brave » en question n'était autre que Simon. Le gros garçon ne l'aimait guère, lui semblait-il, car elle lui avait « enlevé » son meilleur ami. Pourtant, il souriait. À elle ou bien à la servante ?

Françoise s'interrogeait encore quand le convoi s'ébranla.

— Halte ! s'écria alors Le Guin.

Monté sur son destrier, Raoul pesta.

— Dame Awena a un pli du duc.

Le baron tendit le bras pour prendre le message, mais la jeune femme se dirigea plutôt vers l'attelage de Françoise. Les deux amies se prirent les mains et s'embrassèrent.

Françoise souffla :

— Merci pour tout.

— Non, répondit Awena, les larmes aux yeux, merci à vous.

— Prenez bien soin de mon père et de mes frères et sœurs !

Awena hocha du chef.

Peu après, plusieurs des cadeaux de la noce placés dans l'attelage tombèrent sur la nouvelle baronne et sa servante. Odilon éclata de rire, ce qui, malgré le supplice de ce voyage glacial en terre inconnue, augurait bien.

La fille tenta ensuite d'encourager sa nouvelle maîtresse.

— Vous savez, tout le monde vous attend, là-bas !

Ses dents étaient cariées, sa figure, très peu avenante. Pourtant, elle faisait de son mieux. Françoise accepta de sécher ses pleurs. Avant d'ouvrir le pli de son père, elle attendrait qu'ils fussent sortis de la cité, car ce départ sonnait pour elle comme un adieu. Le petit jour blafard, le froid mordant, les bâtiments, la découpe des murailles, le raclement des roues sur la terre dure et gelée le lui criait aux oreilles.

— Je crois que ce garçon me plaît, décréta soudain Odilon en parlant de Simon, qui trottait à leur côté.

Françoise sortit à contrecœur de sa détresse. La fille avait raison. Il fallait voir le bon côté des choses. Elle ouvrit le pli et commença à lire.

— Dites, l'interrompit la servante, c'est beau, ces lignes et ces traits. Je ne sais pas lire. Vous m'apprendrez ?

Le culot de cette Odilon était décidément sans borne et en même temps très rafraîchissant. L'autre attendait une réponse.

— Ma fille, rétorqua Françoise d'un ton bref, je…

Soudain, elle se tut. À sa façon bourrue, mais franche et honnête, Odilon lui rappelait Pierre. Elle se radoucit aussitôt et hocha la tête.

— D'accord, jeune présomptueuse. Mais, maintenant, laisse-moi lire tranquille.

Odilon haussa ses lourdes épaules et tendit sa figure hors de l'attelage pour reluquer Simon sur son cheval.

« Ma chère fille… »

* * *

Au même moment, une femme se tenait également aux croisées de sa chambre. Et comme le duc, elle contemplait le convoi qui sortait de la cour.

— Bon débarras, se délecta la comtesse de Dinan.

Elle inspira profondément. Françoise enfin partie, c'était aussi toute son influence auprès d'Anne qui s'en allait. La gouvernante ne pouvait que se réjouir de cet espace supplémentaire dans le cœur de la jeune duchesse, qu'elle allait s'empresser d'investir.

La veille, durant la cérémonie du coucher des deux jeunes filles, elle avait assisté à la pathétique scène des au revoir. Isabeau avait fondu en larmes, ce qui était assez dans son tempérament. Anne était demeurée stoïque, attitude bien plus complexe, curieuse et inquiétante qui dénotait une fois encore chez cette enfant une profondeur d'âme peu commune.

À cela s'étaient mêlés les sanglots de ce benêt d'Antoine, qui avait serré « Françoisine » dans ses bras. Ce faisant, il avait entraîné Isabeau, puis Anne elle-même. François II était entré dans la chambre et s'était joint à la danse. Tous les quatre s'étaient ensuite tenus par la taille en pleurant et en reniflant. La comtesse en avait été gênée pour le duc.

Le convoi passait à présent le pont-levis.

— Oui, répéta tout bas la comtesse, bon débarras !

* * *

— Vous souriez ! déclara gaiement Odilon.

Françoise essuya ses joues.

— Si vous me permettez, maîtresse, vous n'êtes pas une baronne comme les autres.

Décidément, cette servante avait du tempérament.

— Oh ! fit encore Odilon, regardez !

Un cavalier les attendait à l'orée du bois.

Le cœur de Françoise battit plus vite. Un nom, comme un oiseau prisonnier de ses lèvres, peinait à être prononcé. Mais elle reconnut Antoine et se rassit lourdement sur son banc. Son frère cadet s'approcha du carrosse. Raoul se plaignit du temps précieux qu'ils perdaient. Il ne pouvait cependant pas empêcher le frère de faire ses adieux à sa sœur.

Antoine se pencha.

— Prends bien soin de toi, balbutia-t-il entre ses larmes. Et n'oublie pas qu'on est là.

Antoine avait toujours été un broc ambulant plein de sanglots et de pleurs. Il méritait bien ce surnom de Dolus qu'Isabeau lui avait donné autrefois. Françoise était si émue qu'elle ne put lui dire combien, pourtant, sa présence la réconfortait.

— Et toi, veille bien sur notre père et sur les petites.

Le garçon trotta un peu, histoire de garder la main de sa sœur dans la sienne pendant encore quelques secondes. Et puis, sans prévenir, la forêt se referma brusquement sur Françoise.

Elle avait cependant sous les yeux les mots écrits par son père, ainsi que les deux petits messages rédigés par Anne et Isabeau, qui souhaitaient à leur chère Françoisine une nouvelle vie pleine de joie et de bonheur.

CHAPITRE 39

La baronne du Palet

D es morceaux de brume se détachaient des nappes profondes, épaisses, blafardes et cotonneuses, puis montaient silencieusement vers la nuit, tels des monstres qui regagneraient leurs tanières de ténèbres. Au travers perçaient les flèches et les toits du vieux château du Palet. Le voyage depuis Nantes avait duré tout le jour. Tantôt entrecoupé de haltes pour se restaurer et faire quelques pas, tantôt pour rééquilibrer la charge d'un chariot ou pour changer une roue, il laissait Françoise exsangue de fatigue et de douleur.

Odilon tapota l'épaule de la jeune femme : ils étaient enfin arrivés à destination. Tout ce que voyait Françoise se résumait pourtant à une nuit opaque qui avait les allures d'un linge immense posé sur le paysage, avec de-ci de-là les griffes blanches du brouillard, dont le jeu consistait à happer la silhouette des bâtiments et celle des hommes et des bêtes.

Au milieu de ces masses oppressantes s'allumèrent soudain de petites étoiles rouges. Françoise entendit des grognements suivis par une cascade d'aboiements. Des ombres efflanquées aux flancs tachés de boue surgirent du brouillard et entourèrent Raoul, qui riait à gorge déployée. Accroupi au milieu d'une meute de chiens, le maître des lieux se faisait faire la fête.

La portière du carrosse s'ouvrit. Un homme sans âge à la mine aussi expressive qu'un pot de chambre se tint devant Françoise. Sous des paupières lourdes, il avait des yeux aussi perçants que ceux de ses molosses.

— Voici Abellain Branelec, mon intendant, déclara Raoul sur le ton de l'excuse.

De la bave de chien barbouillait ses manches et le devant de son pourpoint. Étonnamment, c'était un autre homme que ce mari-là. Le teint rouge vif, l'œil brillant, le ton léger, il paraissait plus libre et à son aise qu'elle l'avait connu à la cour de son père.

Hélas, Françoise frisait l'épuisement. Elle hocha simplement la tête en guise de salut, et s'en remit à Odilon et à plusieurs domestiques. Ses malles semblaient flotter toutes seules dans la brume. Décidément, sa vie suivait réellement un cours nouveau, un courant vigoureux qui la menait, elle et ses biens, au cœur de ce monde froid et humide peuplé de noirceur, de bâtiments aux formes incertaines, de chiens effrayants un peu trop affectueux et de gens qui venaient un à un incliner la tête devant leur nouvelle maîtresse.

Elle demanda à se coucher. Mais Raoul se sentait plus fort sur son fief. Fringant cavalier, les cahots du chemin l'avaient ragaillardi. Il allait et venait, saluait ses gens, faisait allumer les âtres de la grande salle. Pourquoi ces choses-là n'avaient-elles pas été accomplies, d'ailleurs? Le fait qu'on ne les attendait que fort tard dans la soirée n'excusait pas, à ses yeux, ce manquement à la politesse.

Françoise excusa l'intendant. Elle était fort lasse. Que l'on fasse chauffer ses bouillottes, et elle en serait bien aise!

Bientôt, elle grelotta sous deux lourdes couvertures et se tint près d'un âtre immense, une boisson chaude et épicée à base de vin entre les mains, la fatigue lui tournant autour aussi vilement que des feux-follets chargés de l'achever.

Raoul avait envie de parler. De sa famille, de leur histoire, de sa personne. L'endroit convenait, puisqu'ils se trouvaient enfin chez lui. Dans la salle toute en pierre brute et en poutres de chêne, entouré de ses chiens qui grognaient, se grattaient et se disputaient des os que leurs mâchoires broyaient à grand renfort de bruit, Raoul parlait d'une voix posée, lente et un peu sourde. De temps en temps, il buvait à son hanap. Sous le drap de sa tunique et sa cape de laine, son long corps oscillait comme s'il se tenait sur un navire en pleine mer.

Françoise avait du mal à garder les yeux ouverts. Quand son mari et maître finirait-il de nommer ses ancêtres et de décrire leurs faits d'armes?

Odilon vint enfin la chercher. La jeune domestique avait de la présence. Même Raoul dut convenir que la nuit courait et qu'il était peut-être temps d'aller se coucher. Françoise craignit qu'il ne la suive jusque derrière le paravent où se trouvaient le broc d'eau et la chaise percée. Fort heureusement, Raoul sembla préférer la chaleur de ses chiens à celle de sa femme, ce qui convenait parfaitement à l'humeur de Françoise.

Il lui baisa les mains, et ce fut tout.

La nouvelle baronne suivit Odilon comme une somnambule, ne sachant pourquoi elle ne pouvait songer qu'à Doucette, sa haquenée blanche, dont elle croyait, au milieu des autres chevaux de l'écurie, reconnaître le hennissement.

Demain, il faudrait qu'elle aille la voir, la caresser, lui parler. Pierre lui avait mieux que quiconque appris à connaître les chevaux. Tel Raoul qui se plaisait cette nuit en compagnie de ses chiens, elle éprouvait un besoin presque physique d'enfouir son visage dans la crinière de Doucette, là où se trouvaient dissimulés en bouquets tous les parfums et les senteurs de son enfance et de sa jeune vie perdue.

* * *

Les terres baronniales du château du Palet étaient situées dans une enclave de vallons et de bocages, en un lieu dit de Champeaux, à peu de distance de Rennes. Formées également de bois, de collines, de ruisseaux et de futaies, elles constituaient le seul héritage consenti à Raoul par sa noble et puissante famille. Le fier édifice, tout en flèches présomptueuses, dominait un gros cours d'eau appelé « le Palet », d'où était naturellement venu le nom du château, puis, par extension naturelle, celui du bourg voisin et de toutes les terres alentour.

Dans les jours qui suivirent son arrivée, Françoise tint à parcourir cet espace et à se repaître de ses paysages. Elle ne savait trop si elle agissait par plaisir ou pour répondre à un besoin forcené de liberté. C'était tout du moins une habile manière de canaliser sa colère et sa peine. Mêlés en un puissant élixir, ces sentiments lui réchauffaient les veines et amenaient sur son visage un hâle frais très éloigné des teints cireux de convenance qui seyaient à la cour de Nantes — et cela l'enchantait !

Les palefreniers la guettaient le matin. Elle sellait Doucette et se hissait en homme sur son encolure. Née au château, Odilon expliqua à sa maîtresse les chemins et les sentes avec les yeux ronds d'une domestique qui hésite à fournir des informations qu'elle risquait plus tard de regretter.

— Ne me fais pas cette tête-là! tenait à plaisanter Françoise. Je suis bonne cavalière.

Au hameau du Palet, on voyait passer la baronne avec une indifférence doublée toutefois d'une certaine curiosité, surtout chez les plus jeunes. Au début, Françoise fit également preuve de réserve. Ces gens qu'elle ne connaissait pas la connaissaient encore moins. Mais portées par les frimas de l'hiver aussi bien que par le bavardage des lavandières, cuisinières, pages et autres servantes, les nouvelles vont vite. Ce que l'on murmurait d'elle revenait à ses oreilles. Tantôt elle était la fille du duc de Bretagne, tantôt sa bâtarde anoblie à la sauvette pour donner quelque or à son mariage avec Raoul.

Les enfants avaient surtout noté son expression ébahie, le premier matin. Françoise avait alors découvert que cette région éloignée de Nantes était aussi, le jour, bénie par le soleil, et que cette lumière donnait une vie chatoyante à ces bâtiments « aussi sombres que les ténèbres » qui l'avaient tant effrayée la nuit de son arrivée.

Le soir, Raoul venait à elle, mais il se tenait sagement à ses côtés dans le grand lit froid. Leurs pieds se partageaient les bouillottes. Les lueurs de l'âtre dessinaient en contre-jour les contours de leurs visages derrière les courtines. Le jour, le baron vaquait à ses affaires, qu'il avait si longtemps délaissées pour, affirmait-il, courir sus aux ennemis du duc. Il recevait des clercs, mais également les plaintes et les griefs de ses paysans. Litiges à régler pour les uns, dettes à rembourser pour les autres, modalités à trouver pour contenter tout le monde : Raoul se tenait fort occupé pendant que Françoise partait en amazone, de plus en plus souvent tirée et poussée par les vents humides de l'hiver.

Un jour qu'elle trottait sur un chemin cahoteux en direction du hameau, elle vit un renard sauter entre les sabots de Doucette. La jument se cabra. Un instant plus tard jaillit la meute de chiens. Françoise tira sur ses rênes pour laisser passer la charge. Une douzaine de cavaliers menés par Raoul lui-même lançaient leurs cris joyeux dans le ciel tour à tour bleu et gris semé de longs nuages effilés par les bourrasques. Par moments, la pluie hésitait à se faire neige ou bien grêlons.

Le forgeron passait dans la rue boueuse. Une paysanne surprise dans le bois se hâtait de rapporter chez elle ses fagots. Une autre tenait dans ses bras un large panier fermé par un couvercle en osier. Françoise imaginait déjà le fumet que donneraient les champignons qu'elle avait cueillis. Pilotées par un jeune garçon vêtu de haillons, des poules se dandinaient en caquetant vers leur enclos.

Ce jour-là, une averse glacée força Françoise à trouver refuge dans une masure. Elle poussa Doucette sous un porche et cogna à la lourde porte.

Françoise n'eut pas besoin de se présenter. Deux gamins la tirèrent par la main près de l'âtre, qui fumait plus qu'il ne réchauffait l'unique pièce. Outre les enfants, trois adultes se tenaient frileusement serrés près des flammes. Une grand-mère édentée, un très vieil homme qui devait être son époux, enfin, la mère de famille, les mains froissées sur son tablier.

Françoise expliqua que la pluie l'avait surprise. Puisque ses paroles ne suscitaient que des haussements de sourcils, elle utilisa le breton, langue dont Pierre lui avait au long de leurs discussions enseigné les rudiments.

Aussitôt, des sourires éclairèrent les visages, et l'on se rapprocha d'elle. Une cuillère en bois fut glissée dans sa main. Au-dessus de l'âtre bouillait une soupe dans un gros chaudron. Sur le sol de terre battue subsistaient quelques jouets : un cheval de bois grossièrement sculpté il y a des lustres et qui avait tout aussi bien pu servir à l'aïeul du temps de sa jeunesse, quelques billes et soldats miniatures, une poupée de chiffons. Dans un coin, Françoise aperçut un berceau vide recouvert d'un drap blanc, signe que la mort était dernièrement passée par là.

Tout le monde, maintenant, lui parlait à voix basse. Françoise apprit incidemment que Raoul lui-même ne savait pas le breton, ce qui le privait de l'intelligence et de l'amitié de nombre de ses sujets.

La jeune femme demeurait perplexe : ce monde à l'intérieur du grand monde — celui de son père — était rigoureusement le même. Il y avait là des paysans et leur seigneur. Et tout comme son père le duc était le suzerain de Raoul, ce dernier était celui de ses propres petits seigneurs. Elle hochait la tête au récit de la grand-mère tandis que le vieux demeurait immobile, les yeux fixés sur les flammes. Les voyait-il, ou vivait-il plutôt dans une autre époque ?

L'homme de la maison rentra peu après. Il tenait dans ses mains deux lapins étranglés et une hermine écorchée. En reconnaissant Françoise, son sourire de fierté à l'idée de rapporter ce soir pitance aux membres de sa famille s'effaça. Son teint prit une vilaine teinte grise. Mais Françoise leva sa main. Les temps étaient difficiles. Elle avait en outre entendu Raoul dire à son intendant qu'il autorisait ses paysans à chasser sur ses terres. Il n'y avait donc aucune raison de se cacher ou de se fâcher. De plus, l'averse était passée. On l'avertit qu'un froid plus vif suivait toujours la pluie, en cette saison.

— Alors, il est temps pour moi de rentrer, déclara Françoise, toujours en breton.

En regagnant le château, elle ne put s'empêcher de songer à Pierre. Si elle lui avait enseigné les rudiments de la lecture et de l'écriture en français, il avait en retour tenu à l'instruire de la langue de ses ancêtres, un bien des plus précieux dont elle avait pu, cet après-midi, mesurer tout le pouvoir.

Étrangement, elle se sentait plus légère. La vue de la meute grouillante de chiens qui se pressaient, glapissaient, grognaient et aboyaient contre la clôture de leur enclos ne lui apporta pas, durant la nuit, le même cortège de cauchemars.

Un soir qu'Odilon la préparait pour le coucher, Raoul rentra plus tôt que d'habitude et congédia les domestiques.

— Nous nous apprêterons nous-mêmes, lança-t-il.

Françoise craignit que son mari ne soit de nouveau sous l'emprise de l'alcool. Sous son manteau, elle découvrit qu'il portait sa cotte de mailles. Le blanc de ses yeux noirs était émaillé de fibrilles couleur de sang.

Depuis leurs derniers ébats — toujours aussi peu agréables pour elle —, Françoise s'était forcée à lui faire bon accueil. Si son corps appartenait à son époux, elle restait cependant maîtresse de ses pensées et ne se privait pas pour les peupler de celui dont elle était vraiment amoureuse…

Cela ne l'aidait pas à trouver les joutes de son mari plus excitantes, mais les rendait du moins supportables.

Elle feignait, et il le devinait bien. Alors, il se retirait, se rhabillait, enfilait son bonnet de laine et soufflait la bougie.

Ce soir-là, par contre, il parla des douleurs dont son épouse se plaignait après ses longues chevauchées dans les bois. Puis il exhiba une fiole en verre contenant un onguent.

— Inspirez…

Françoise reconnut les effluves de l'éther, mais aussi plusieurs épices que l'on mettait, spécialement l'hiver, dans le vin chaud.

— C'est une huile venue d'Orient, murmura Raoul.

Il l'allongea sur une grande peau près du feu et dénuda ses épaules. Françoise s'installa sur le ventre tout en serrant les dents. Elle savait trop bien où ce petit jeu allait les mener. Si Raoul s'imaginait que de la barbouiller d'huile pourrait les aider à…

Le baron avait pris la peine de se réchauffer les mains à la flamme. Il les posa sur les omoplates de Françoise et commença à la masser.

Tout d'abord, elle s'imagina que c'était Pierre et non pas Raoul qui se tenait derrière elle. Que c'étaient les mains de son amant qui dénouaient ses muscles, détendaient ses reins et s'approchaient aussi près que possible du haut de ses cuisses. Elle respira plus longuement, plus lourdement. Raoul ne parlait pas. Il prenait par ailleurs bien soin de ne pas trop peser sur son épouse.

De temps en temps, il ravivait les flammes. Puis Françoise sombra peu à peu dans une langueur où Pierre et Raoul tenaient tour à tour le rôle du séducteur et de l'amant. Le sommeil la cueillit, ce qu'elle regretta. Elle battit des cils. La lumière avait décru de moitié. Pourtant, elle avait chaud. Un ronflement sonore et régulier venait du lit. Elle se redressa sur un coude.

Raoul l'avait massée, puis recouverte de la couverture de peau. Il dormait maintenant dans le lit sans la moindre bouillotte, puisqu'il avait renvoyé les domestiques.

Françoise put alors vraiment se détendre. L'odeur épicée de l'onguent lui faisait un peu tourner la tête, sensation presque agréable si on la combinait aux effets du massage, de la chaleur des flammes et de la douce couverture sur ses épaules.

« Quel homme étrange… »

Pourtant, deux nuits plus tard, Odilon fut brusquement jetée au bas de sa couche par le bruit d'une porte qui se refermait avec violence. Raoul quittait la chambre, pestait et s'enfermait dans son bureau.

Derrière la porte, Françoise pleurait. Odilon résista à l'envie d'aller la consoler. Sa jeune maîtresse devait apprendre par elle-même la mesure, l'acceptation et l'obéissance. Toutes les femmes, peu importe leur condition, ne devaient-elles pas se soumettre à Dieu et à leur seigneur ?

Le lendemain, Raoul décida enfin de l'emploi qu'il ferait de la dot de sa femme…

CHAPITRE 40

De la poussière et des trous

C e matin-là, Françoise fit le deuil de sa promenade à cheval quotidienne et se rendit au moulin, où l'attendait son époux. Raoul n'était pas seul. Entouré par la foule nombreuse des habitants du hameau, il discutait avec un clerc venu de Rennes.

L'homme avait l'aspect austère des gens de son métier. Tout habillé de drap noir, reniflant et goutteux, il était venu enregistrer les édits du baron.

— Ah! Vous voilà! s'exclama Raoul en apercevant la jeune femme.

Tous s'écartèrent devant la maîtresse des lieux. Vêtue d'une robe de brocart beige rehaussée de parements en cuir pour l'hiver et d'une cape de laine, chapeautée et curieusement chaussée de bottes au lieu des habituelles poulaines, Françoise hésitait. Que signifiait cette convocation? Elle se força à sourire et esquissa un geste. Raoul lui prit cavalièrement le bras et la tira à lui.

— Messieurs, commença-t-il, il est grand temps d'accomplir ce qui avait été promis…

À ces paroles, les habitants, artisans, paysans, mais aussi leurs femmes se détendirent. Françoise quêtait une explication, qui vint finalement, mais sous la forme d'une longue énumération de travaux à engager.

— Ce moulin est vieux. Comme vous le savez, la meule est fêlée. Terminés la poussière et les trous ! Je m'engage donc et suis prêt céans à signer les documents pour...

Françoise écouta, les sourcils froncés. Raoul se proposait de rénover le moulin afin qu'il produise davantage de grains fins et de farine.

— Nous vendrons le surplus aux marchés de Rennes ! clama-t-il, enthousiaste.

Il ouvrirait aussi sa bourse pour faire réparer la digue qui enjambait le Palet et pour faire creuser un vivier à poissons qui servirait à tous sans exception et sans frais. Le lavoir aussi serait rénové.

Raoul termina en annonçant :

— Je ferai venir un instituteur de Rennes pour éduquer nos enfants.

À cet instant précis, il glissa un regard étrange en direction de sa femme.

— Le rez-de-chaussée de la vieille tour nord du château sera refait pour accueillir une classe.

Les enfants présents firent la moue, mais leurs parents hochèrent du chef. Garder leurs jeunes au chaud au lieu de les savoir grelottant dehors réduirait les risques de maladie et de mortalité. Tous firent une ovation à Raoul, mais aussi, car s'ils ne savaient lire ni écrire, ils n'étaient pas bêtes, à la nouvelle baronne.

Françoise répondit aux étreintes des femmes et serra quelques mains d'hommes.

* * *

La distance séparant le moulin du château se faisait facilement à pied, même aujourd'hui, sous le soleil pâle et le froid mordant, ce qu'ils firent tous deux en se tenant par le bras.

Raoul s'arrêta soudain. Françoise frissonna. Il la serra dans ses bras.

— J'ai fait un rêve, avoua-t-il d'une voix curieusement douce et basse. Je nous voyais au lit, et nous tenions un bébé entre nous.

Une fois encore, Françoise, mal à l'aise, se força à sourire.

En vérité, cela n'allait pas très fort, entre eux, à cet égard. Oh! Il la prenait à sa guise, et assez souvent. Elle ne ressentait hélas ni joie ni plaisir. L'âge de Raoul n'était pas en cause. Quoique maigre et osseux, son corps était ferme et ses muscles, encore vigoureux.

— Rêvez-vous aussi à cet enfant? s'enquit-il.

Elle fit un effort pour chasser les images qui lui venaient dans la tête et le cœur.

— Y rêvez-vous également? insista-t-il. On m'a dit que vous rêviez souvent, au château de votre père…

Le cœur de Françoise fit un bond dans sa poitrine. Quels affreux ragots avait-il entendus? Il fixa sur elle son regard noir si intense, et ses traits se crispèrent comme s'il avait devant les yeux non plus une jeune femme ravissante, mais un diable ou un esprit de mauvais augure.

— Je ne rêve plus, lâcha-t-elle sur le ton d'un chien battu.

Ce qui était la stricte vérité et ajoutait en fait à son désarroi. Car c'était la première fois depuis des années que

LES DAMES DE BRETAGNE

ses cauchemars n'écartaient plus pour elle les voiles troubles et souvent effrayants de l'avenir. Son don se dissipait-il ? Elle avait longtemps souhaité sa disparition dans ses prières. À présent qu'elle semblait en avoir été débarrassée, ce vide la plongeait au contraire dans la détresse.

Trois chiens les avaient suivis. Fort heureusement, ce n'étaient pas les plus féroces.

— Ces bassets sont de bons chasseurs, commenta Raoul.

Il s'arrêta, se laissa rejoindre et entourer.

Ils avaient le poil fauve. En plein jour, ils paraissaient aussi moins inquiétants.

— Approchez votre main, qu'ils vous sentent…

L'hésitation de Françoise sembla causer un vif chagrin à son époux.

— Si vous voulez qu'ils vous aiment, il faut vous ouvrir à eux.

Elle le considéra, troublée. Encore cette incohérence flagrante entre le baron fier, arrogant et opiniâtre, et l'homme plus doux et secret, caché en dessous, qui se plaisait à sculpter des cure-dents et à manier diverses pâtes, huiles et épices pour en faire des onguents.

Raoul frotta sa joue contre la gueule des chiens, puis les renvoya. Ils s'égayèrent joyeusement, et ce spectacle, pour une fois, ne fit pas frissonner Françoise d'angoisse. Le soleil y était peut-être pour quelque chose, comme les saluts et les sourires chaleureux des paysannes et de leurs enfants.

— Vous paraissez étonnée ! s'enquit Raoul.

Il reprit sans attendre :

— Je suis comme votre père, vous savez. Le sort de mes gens m'importe. Et votre venue…

Françoise hocha la tête. Sa dot, quoique plus modeste qu'espéré, trouvait enfin à être employée.

— Je suis ravie qu'elle serve à leur bonheur, assura-t-elle.

Une seconde, elle s'imagina de nouveau dans les bras de son vieux et cependant fougueux époux. L'image se cristallisa. Elle tenta de toutes ses forces de la maintenir vivante et de continuer à sourire…

Son regard croisa soudain celui d'un jeune paysan aux yeux clairs. Elle crut revoir Pierre. Le regard était intense. N'était-il pas, lui aussi, empli de reproches?

Françoise lâcha le bras de Raoul et courut jusqu'au porche de pierre. Le soleil s'était certes éteint derrière les nuages, mais elle ne fuyait pas seulement l'imminence d'une pluie glacée.

* * *

La nuit la trouva devant sa psyché en bronze. Odilon s'occupait de la coiffer. Démêler les longues mèches blondes n'était pas un ouvrage facile. Françoise était à la fois sensible et particulièrement impatiente ce soir.

— Arrête, ordonna-t-elle.

Et, plus bas :

— Ce n'est pas toi, rassure-toi, c'est moi.

Odilon laissa la jeune femme seule avec ses fantômes.

Françoise serrait le peigne en bois que lui avait sculpté Pierre. Un objet si doux qu'il semblait fait en os poli ou en ivoire. Elle rassembla les autres cadeaux que le garçon avait patiemment fait naître de ses mains habiles et les embrassa l'un après l'autre.

Sa pensée voyageait en direction du sud, vers Nantes, vers le château de tuffeau blanc, vers son Grand Logis et les poutres hautes de la tourelle où, peut-être, Pierre se tenait en ce même instant. Contemplait-il lui aussi le cadeau qu'elle lui avait offert en partant ?

Une envie de pleurer la submergea. Elle ne savait plus rien de lui ni de ce qui se passait dans le monde. Quels étaient les rapports entre la Bretagne et la France ? Comment auguraient les projets de mariage entre Anne et ses divers soupirants ? Son père était-il de nouveau malade ? Les espions qui l'entouraient lui causaient-ils des tourments ?

L'hiver était arrivé, et avec lui une paix fragile. La terre et les hommes disposaient d'un peu de répit. Mais qu'en serait-il du printemps prochain ?

« Les hommes sont fous. Dieu est un aveugle. »

Odilon revint l'interrompre.

— Votre seigneur vous attend, maîtresse…

Cette phrase avait été le cauchemar de Françoise. Elle devenait son habitude. En passant devant sa servante, la jeune femme sentit que cette dernière était crispée. Odilon lui posa une couverture sur les épaules, car le froid était vif et l'humidité perçait jusqu'aux os.

Raoul était couché, emmitouflé sous les couvertures, la tête nue. Françoise eut envie de rebrousser chemin et de laisser son mari s'arranger seul. Un poids lui écrasait les épaules. Celui des paroles échangées lors de leur serment de mariage. « Le poids du Bon Dieu », disaient les vieilles femmes qui avaient toute leur vie connu un amour qu'elles ne désiraient pas.

Ce soir, la colombe n'était pas libre de voler à son gré. L'avait-elle jamais été?

* * *

Raoul quitta la chambre aux aurores. Des signatures à donner avant le départ du clerc pour Rennes. Odilon trouva Françoise derrière le paravent non sur la chaise percée, mais accroupie sur le sol.

Elle se précipita.

— Je vais bien, bredouilla la jeune femme.

Son teint était livide. Odilon alla tirer la bouillotte au fond du lit et la plaça sur le ventre de Françoise. Puis, sans paraître le moindrement dérangée, elle nettoya les vomissures de sa maîtresse.

— Cela fait trois fois, aujourd'hui?

— Cinq, corrigea Françoise.

Odilon lui offrit son plus radieux sourire. Il semblait soudain que ses contrariétés de la veille s'étaient envolées.

— Maîtresse, fit-elle d'une voix enrouée par l'émotion, voilà de quoi donner à notre seigneur un très grand bonheur.

CHAPITRE 41

La fiole

— Ma fille, dit le prêtre, les enfants sont le miroir de Dieu sur la terre et celui de leurs parents. Ils viennent pour la gloire du Christ, mais aussi pour aider leurs père et mère à grandir en cette vie.

Cette déclaration n'aurait pas, Françoise le sentait, passé le test de la Sainte Inquisition. Mais Guy Desvaux, le curé de Champeaux, n'était pas un religieux ordinaire. Sa tonsure, son sourire et sa bonhomie naturelle en faisaient un être à part dont le bonheur consistait à prendre ses ouailles par la main pour les mener vers la lumière. Tâche qu'il accomplissait comme d'autres respiraient.

Françoise se débattait dans le noir depuis trop longtemps pour prendre avec légèreté l'annonce de cette vie nouvelle qui grandissait dans son sein. Aussi avait-elle décidé d'aller se confesser.

Le prêtre avait su gagner sa confiance. Malgré cela, c'est avec une terreur dans la voix qu'elle osa lui confier la vérité.

Le confessionnal était rudimentaire : un grand coffre de bois séparé du reste de la chapelle par un pan de tissu en drap noir. Françoise était assise face au prêtre, et il tenait ses mains dans les siennes. De bonnes et larges mains qui ne pouvaient que susciter toute l'honnêteté et l'humilité du monde.

L'homme de Dieu l'écouta jusqu'au bout. De temps en temps, il hochait la tête. Lorsqu'elle se tut enfin, sa peur d'être jugée et dénoncée à Raoul se raviva. Qu'avait-elle fait ! Qu'avait-elle dit ! Cet homme venait du Palet. Il avait sensiblement le même âge que son mari. Peut-être même était-il de ses intimes !

Guy Desvaux sourit légèrement, comme s'il se parlait en silence. Puis il déclara en dodelinant de la tête :

— Vous ne voyez plus ce jeune homme, n'est-ce pas ? Aussi, nous pouvons dire qu'il n'est plus entre vous et votre mari. Il ne reste (il lui serra les mains) que cette vie qui est maintenant en vous. Reconstruisez-vous en bâtissant sur cet enfant.

Françoise toisa l'homme tonsuré. Comment pouvait-il autant se leurrer sur son compte ? Car Pierre était au contraire constamment autour d'elle. Si le prêtre confessait aussi Raoul, il savait d'ailleurs combien leurs rapprochements intimes étaient ardus, et il pouvait d'emblée en tirer toutes les conclusions.

Le religieux souriait toujours. Françoise reçut tout de même l'absolution. Grâce à ce subterfuge et à quelques paroles sacrées, elle se sentit tout de suite mieux. À moins que ce soulagement ne provienne de sa certitude instinctive que le prêtre ne la trahirait pas.

Pourtant, le soir la trouva de nouveau plongée en plein tourment.

On cogna à son huis.

— Madame, brailla Odilon, la fête a déjà commencé. On vous demande !

Raoul donnait une grande réception pour célébrer la nouvelle de sa future paternité. Des notes joyeuses de flûte et de viole s'envolaient sous les poutres, vibraient entre les murs. Françoise demeurait immobile devant sa psyché, sa robe remontée dans ses mains jusqu'au ventre qu'elle exhibait, nu, au reflet de bronze.

Ainsi, l'acte mystique s'était accompli. Où? Quand? Et avait-elle ressenti du plaisir? Ne pas savoir, ne pas pouvoir se rappeler la jetait dans une perplexité teintée de tristesse et de rage. Bien entendu, elle n'avait pas tout révélé au bon prêtre. Ses regrets de ne pas s'être échappée sur le radeau avec Pierre, la joie sensuelle cent fois éprouvée dans les bras du garçon, ses rêveries romantiques vécues aux côtés de Pierre alors même qu'elle était allongée, immobile et glacée, près de Raoul. Elle avait gardé tout ça. Ces actes manqués, ces images et ces délicieuses sensations non expurgées et pardonnées lui tournaient dans la tête comme autant de noirs corbeaux avides de son sang.

— Madame!

Françoise débloqua l'huis et se présenta, tout habillée et coiffée. En bas ripaillait tout ce que la région comptait de personnalités. Peu de membres de la famille de son époux s'étaient déplacés. Un cousin. Une vieille tante et son équipage. Mais aucun de ses frères, dont le célèbre monseigneur l'archevêque qui les avait mariés.

— Je vous en prie, venez! insista Odilon.

— Attends.

La jeune femme entra résolument dans le bureau privé de son mari. La servante devint aussi blanche qu'un cierge.

— Madame!

— Quelques instants, seulement.

Françoise cherchait simplement de quoi écrire à sa famille pour la mettre au courant du bonheur de sa situation. Son père, elle en était sûre, serait en joie.

Dire qu'elle avait espéré être déclarée stérile et se faire répudier ! Mais quelle épouse intelligente et cependant malheureuse pouvait espérer pareille faveur après seulement un mois de mariage ?

— Le maître, madame, déteste que l'on entre chez lui, siffla la servante.

— Il ne m'en voudra certes pas de vouloir avertir son seigneur le duc !

Françoise avait volontairement insisté sur la seconde partie de sa phrase.

Le bureau était petit, sombre, encombré. Elle alluma une bougie, en promena la flamme sur le meuble grossier qui servait de table, sur les coffres et les tablettes accrochées aux murs. Un affreux mélange de vieux papier, de poussière, d'encre et d'épices lui donnait de nouveau envie de vomir.

— Si tu m'aidais au lieu de te tenir le ventre comme si tu étais toi-même enceinte, cela irait plus vite ! la tança Françoise.

Elles entendaient le braillement des invités jusqu'à l'étage. Ce soir, Raoul avait été généreux de son vin et de sa bière. Toutes les cheminées ronflaient de bûches tirées de sa réserve. Le bois craquait violemment et faisait écho aux rires, mais aussi aux aboiements des bassets et autres chiens de la meute.

Dans la pénombre dorée par la chandelle, son regard croisa celui d'une femme encore jeune, mais d'apparence hautaine. Le choc fut si violent qu'elle lutta pour étouffer le cri qui montait dans sa gorge. D'abord stupéfaite, Françoise approcha son visage de la toile accrochée au mur. Le cadre était de travers et installé bas, ce qui n'était pas un endroit des plus appropriés pour un portrait.

Odilon se raidit derrière Françoise. La jeune femme allait lui demander des explications quand des appels montèrent de la grande salle pour réclamer la maîtresse de maison.

— Madame…

— Je sais!

Les doigts de Françoise balayaient une étagère au-dessus de sa tête. Soudain, une fiole fut poussée hors de sa cache et s'écrasa au sol. Le bris du verre ne fut rien, comparé au parfum qui se répandit aussitôt en effluves puissants, lourds et capiteux.

Françoise fut instantanément emportée dans la ronde de ses souvenirs. En quelques secondes, elle refit le voyage de sa merveilleuse idylle avec Pierre et de ces moments, étranges et glacés, qu'ils auraient souhaité ne jamais vivre…

— Que se passe-t-il, ici?

Raoul se tenait dans le chambranle. Odilon était comme frappée de stupeur. Le baron leva son bras.

— Non! s'écria Françoise en sortant de l'ombre.

— Vous, madame?

Il s'attendait peut-être à ne trouver que la servante. Il huma les effluves du parfum de prix. Ses traits se figèrent, sa mâchoire se serra.

— C'est de ma faute, expliqua Françoise en tenant une plume et une feuille de parchemin. Je me fais une telle joie d'annoncer la bonne nouvelle à ma famille! Mon père, le duc, doit être prévenu.

Raoul cligna plusieurs fois des paupières et dit, comme tiré d'un sombre cauchemar:

— Certes. Je vais vous faire envoyer mon secrétaire pour rédiger la missive.

— Mais je sais écrire.

— Au château, il est responsable de tout mon courrier, madame.

— Certes, acquiesça à son tour Françoise.

Elle s'excusa pour sa maladresse, s'accroupit, ramassa les éclats de verre.

— Ce devait être un parfum de grande valeur. Offert à une ancienne flamme, peut-être?

Le ton était volontairement neutre et léger : tout le contraire de l'angoisse qui l'étreignait. Convaincu qu'il ne s'agissait que d'un incident, Raoul se détendit enfin. On le réclamait en bas. Les hommes avaient commencé une chanson au refrain paillard comme il les aimait.

— Non pas, chère. J'ai créé celui-là pour ma cousine.

Françoise fit celle qui ne comprenait pas.

— Françoise de Dinan, bien sûr! ajouta Raoul en lui tendant la main. Descendons ensemble, voulez-vous! Et au printemps, nous irons aux bois chercher les senteurs qui vous ressemblent le plus.

* * *

Après la fête, les hommes, fin ronds, ronflaient près des âtres. Les femmes étaient rentrées, les domestiques rangeaient, lavaient, nettoyaient. Françoise se tenait tantôt le ventre, tantôt la tête. On lui recommanda de monter se coucher, ce qu'elle accepta bien volontiers. Juste avant de gagner les escaliers, elle adressa un signe discret à Odilon, qui balayait la grande salle, et lui souffla quelques mots à l'oreille.

Demain, elle devrait dicter le message officiel à sa famille. « À mon seigneur, père et duc… » Mais Françoise avait pour cette nuit une idée autrement plus grave et pressante.

Peu après, un jeune homme entrait dans sa chambre. Odilon le poussa dans le dos, car le nouveau venu était visiblement pétri de timidité.

Françoise avisa son air pourtant jovial, la délicatesse de son visage, les boucles brunes qui sautaient sur son front haut. Un garçon bien fait d'environ seize ans, tout en force et en fausse pudeur.

— Il ne cause pas beaucoup aux grandes gens, maîtresse, dit Odilon, mais il est malin.

Françoise hocha la tête.

— Approche.

Elle remit au garçon un parchemin roulé fermé par un cordon en cuir de veau. Elle avait écrit ce pli dans la hâte, la nervosité et l'exaltation tout en prenant soin, tout de même, de le crypter. Une méthode simple inspirée de la technique employée à la chancellerie de la cour de Nantes, et basée sur le fameux chiffre de César, mais avec un décalage de onze lettres dans le code.

Cette missive secrète s'imposait, car ce soir, enfin, le hasard lui avait donné la réponse à une question qui les avait taraudés, Pierre et elle, pendant plus de deux ans !

Elle abaissa encore le ton.

— Tu devras remettre ce pli au conseiller Philippe de Montauban de main en main. Entends-tu ?

Le grand garçon plissa les lèvres, cligna une fois des yeux.

— Tu diras que c'est de ma part, Françoise de Maignelais, et de la plus haute importance pour la sécurité du duc, celle de sa famille et des affaires de la Bretagne. Tu te souviendras ?

— Il a bonne mémoire, madame, approuva Odilon.

Des grattements à l'huis les firent tous sursauter. Françoise poussa le battant. Personne. Elle était certaine, pourtant, d'avoir reconnu le bruit caractéristique des ergots de chien sur le plancher marqueté.

Elle tint son ventre, puis soupira :

— Pars de nuit. Chevauche d'une traite. Demain, on te fera porter malade.

Il salua vivement.

— Un instant !

Elle lui remit une de ses bagues.

— Pour ta peine.

Odilon embrassa le jeune messager sur la joue, lui donna une tendre accolade.

— Sois prudent, murmurèrent en même temps les deux femmes.

La servante se tourna ensuite vers Françoise et lui assura :

— Mon jeune frère ne vous décevra pas.

CHAPITRE 42

Des ombres comme de gros nuages de cendre

F rançoise se laissa envahir par ses images et ses sensations préférées. L'exercice se révélait souvent ardu tant pour son moral que pour son cœur. Cependant, chaque soir, avant de s'endormir, elle les égrenait comme d'autres se récitaient leur missel.

Les yeux clos, elle projetait sur l'écran de ses paupières un univers qui n'appartenait qu'à elle. Elle y mettait ses meilleurs morceaux de vie, ses plus vibrants souvenirs. Les premières séquences la montraient toute jeune, avec Antoinette de Maignelais, sa mère. Avec elles se trouvait un jeune garçon pâle et déjà fort lointain : son frère d'Avaugour. Leur père venait les rejoindre, et ils riaient tous ensemble. C'était avant la naissance d'Antoine, qui devait naître d'un autre lit, avant la mort d'Antoinette, et la venue d'Anne et d'Isabeau.

L'image suivante l'amenait ensuite irrémédiablement à cette froide nuit du 7 avril 1484, lorsque les barons rebelles avaient envahi le château de Nantes.

Il lui semblait que sa rencontre, romantique à ses yeux, avec Pierre sur le chemin de ronde, alors qu'elle se battait en rêve contre ces diables de Rohan et de Rieux, était une sorte d'événement fondateur de la femme qu'elle était devenue.

Pierre. Son visage carré respirant l'honnêteté, la bravoure, l'intégrité, la fidélité. Ses traits mâles bien dessinés, son nez fort et doux à la fois, son front de gladiateur romain, ses yeux... Françoise ne pouvait que plonger dans cet océan qui lui rappelait tant le ciel de Bretagne dans ce qu'il avait de plus frais et de pur, mais aussi la mer, l'été, près des côtes, d'un bleu jamais pareil et cependant limpide et sans malice.

Pierre. La solidité de ses bras, celle de ses épaules, ses mains qui la devinaient si bien, sa bouche qui savait réveiller ses désirs, ses ardeurs, ses envies les plus puissantes et inavouées.

Les cils baissés, seul lui parvenait, croyait-elle, le halo frémissant des flammes dans la cheminée. Le craquement des bûches lui rappelait qu'elle n'était pas entièrement détachée du monde. Elle flottait, certes, mais elle demeurait encore proche de son corps de chairs lourdes étendu sur le lit, sous le baldaquin, derrière les courtines.

Pierre devait être à cette heure en train de penser à elle. Françoise l'imaginait assis sur la plus haute poutre de leur rendez-vous nocturne habituel. Il se tenait là, au sommet de la tourelle, avec le grand escalier sous lui et sur sa droite, par la trouée de verre grossier à meneaux, un pan de paysage. Celui de la Loire, qui coulait devant le château et les bois, et les champs, et derrière lui, ce qu'il ne voyait pas, mais qu'il devinait, la cité de Nantes endormie, assoupie, en repos.

Il se tenait droit et gardait lui aussi les yeux clos, pour mieux voir et ressentir. Pour mieux faire fi de la distance qui les séparait. Oui, cette rencontre, songeait-elle en posant une main sur son ventre qui commençait à se gonfler légèrement, était fondatrice de celle qu'elle était devenue.

Un sanglot monta dans sa gorge. Peine et panique mélangées et inexprimables, car en tendant la main, ce n'était pas Pierre qu'elle risquait de toucher...

Elle entendit un cri dans sa tête. Le cri que poussait Pierre, sans doute, à des dizaines de lieues de distance, et qui paraissait pourtant venir de si près ! D'un champ voisin. D'une pièce qui serait située non loin de sa chambre.

Ce cri l'entraîna dans une rêverie moins réjouissante. Elle marchait dans un sombre corridor. Elle était même certaine d'avoir emprunté un large escalier à vis qui la conduisait plus bas que le niveau du sol. Comme si parvenue au rez-de-chaussée, elle poursuivait sa descente sans entrave, sans avoir conscience de s'enfoncer dans les entrailles de la terre.

Et puis, soudain, ce fut la chute.

Pierre aussi tombait. Avait-il glissé de la poutre ? Elle cria juste pour voir ce qui allait se produire. La margelle d'un puits se dessinait dans l'obscurité. Elle s'approcha, se pencha pour se rejeter aussitôt en arrière.

Elle s'éveilla en sursaut. Raoul se dressa à demi, marmonna quelques mots.

— Je vais bien, répondit-elle sourdement.

Elle se leva, passa derrière le paravent et vomit dans le broc en porcelaine.

* * *

Au même moment, Pierre balançait ses jambes au-dessus du vide. Installé sur la grosse poutre, il jouait nonchalamment avec le bracelet de cuir serti d'éclats de cristal qu'on lui avait dernièrement offert. Il le faisait rouler entre son pouce et son index, avec l'agréable certitude que Françoise sourirait de le voir ainsi, nuitamment réfugié dans leur tourelle, à écouter le vent froid passer dans les combles, le léger ressac du fleuve qui se pressait contre les murs du château. À écouter aussi la voix monotone du crieur de nuit qui annonçait régulièrement « que tout était calme, que tout allait bien ».

Un bruit de pas en provenance du corridor menant aux chambres retentit soudain. Le garçon crut avoir été suivi. Il anticipa la silhouette de Le Guin, qui le tenait à l'œil depuis quelque temps, et qui aurait surgi pour lui ordonner de regagner le casernement des soldats de la garde, ou bien de rejoindre immédiatement son poste près du pont-levis ou sur le chemin de ronde.

Mais Pierre n'était pas de service, ce soir. Ces temps-ci, il était affecté à des tâches moins exposées, à l'intérieur du château, sur la demande spéciale — il avait été le premier étonné ! — de la jeune Anne.

Il retint son souffle, puis soupira. L'homme qui venait n'était pas l'inflexible capitaine, mais l'arrogant François d'Avaugour.

Le bâtard de Bretagne prenait toutes les précautions pour ne pas être entendu. Mais on ne trompait pas l'oreille d'un soldat aguerri. Ce que Pierre était devenu à force de se soumettre aux exercices de tir et d'escrime que lui imposait son mentor. Il se disait volontiers que Le Guin tenait mordicus à faire de lui une sorte de double de son père, ce héros, ce soldat émérite qui avait sauvé la vie du duc.

D'Avaugour descendit les escaliers. Pierre renifla. Le fils aîné du duc n'allait certes pas rejoindre une de ses donzelles : il en avait déjà vu deux, aujourd'hui, au vu et au su de tout le monde. Pierre entendit le fer d'une épée claquant dans son fourreau contre la cuisse du jeune homme, un détail aussi révélateur qu'un parfum capiteux sur ses véritables intentions…

Le soldat sauta sur les marches, atterrit en silence, emboîta le pas à ce jeune intrigant qui se fourrait toujours dans les pires ennuis. Pierre se dit en souriant qu'en l'occurrence, il ne valait pas mieux que lui !

D'Avaugour se dirigeait vers les écuries. Il longeait les murs pour éviter de se faire voir à la fois des sentinelles postées sous la voûte menant au pont-levis, et de celles qui veillaient sur le chemin de ronde.

Le garçon régla son pas sur celui du fils du duc. Françoise lui avait révélé que son frère ne décolérait pas depuis que leur père avait fait d'elle la comtesse de Clisson, et lui seulement le seigneur de Goëllo. Clisson étant une cité à la fois riche et frontalière avec la France, d'Avaugour pensait sans doute en être plus digne qu'une simple fille !

Il ouvrit la porte de l'écurie, se faufila à l'intérieur. Pierre était perplexe. Le maître d'écurie dormait d'habitude avec ses palefreniers dans une suite de petites pièces attenantes aux stalles des chevaux.

Les sens en éveil, le dos collé à la paroi, il avança. Un bref moment, il se laissa distraire par la nuit froide, le ciel sans étoiles, le vent d'hiver, les flammes effarouchées qui voletaient au-dessus des braseros : toutes choses qu'il avait vues cent fois en compagnie de Françoise alors que tous deux faisaient comme d'Avaugour et se rendaient à leur rendez-vous secret.

Pierre trouva un carreau et devina, derrière le verre épais, la silhouette de d'Avaugour et celle d'un autre jeune homme qu'il reconnut presque immédiatement : François de Châteaubriant.

Pierre voyait, mais n'entendait rien. Il approcha de la porte mal refermée, tendit l'oreille.

— Tu as appris la nouvelle ? soufflait Châteaubriant.

D'Avaugour ne savait rien, ce qui expliquait d'ailleurs pourquoi il était venu. L'autre eut un rire bas de moquerie et de supériorité. Puis il conta à mi-voix que le roi et sa sœur venaient de nommer Louis de La Trémouille chef des armées.

— Tu sais ce que cela signifie !

D'Avaugour se mordit les lèvres.

— Ils rassemblent une grande quantité d'hommes, reprit Châteaubriant. Il est question de seize mille, peut-être davantage !

Ainsi donc, les Français ne les lâcheraient pas. Ils voulaient la Bretagne, ils feraient tout pour ça.

— En mars, la cour se logera au château du Verger.

— Mais c'est à la frontière !

Châteaubriant hocha la tête.

— Les hostilités vont reprendre, François…

Il laissa sa voix en suspens. D'Avaugour eut peur de comprendre et répliqua aussitôt :

— Je ne changerai plus de camp. Mon père…

— Ton père est déjà mort. Crois-moi, il faut dès à présent compter avec la France.

Un palefrenier approcha. Les deux jeunes nobles se cachèrent derrière les chevaux. Gelé jusqu'à la moelle par les bourrasques, Pierre décida de regagner sa couche.

Le lendemain, il reprenait son poste devant les appartements du duc. En après-midi, un messager se présenta, tout froid et crotté. Il apportait un pli du château du Palet. À ce nom, Pierre dressa l'oreille.

Awena sortit d'un petit salon et lui sourit. Il ne lui avait parlé que deux ou trois fois, pourtant Pierre avait la sensation qu'un lien invisible et ténu existait entre eux. Il ne pouvait décemment se faire des idées, car la belle jeune femme, ardemment désirée par tous les seigneurs ou presque, était déjà la maîtresse en titre du duc. Cependant, il était flagrant qu'Awena le trouvait sympathique.

Elle lui adressa un signe du menton, puis elle entra chez le duc à la suite du messager. Pierre ne put se retenir, et quoiqu'il éprouvât la déplaisante sensation de jouer les intrus, il s'approcha du battant.

Son cœur battait sourdement. Sa bouche était sèche.

Le Guin surgit au bout du corridor, le vit, mais soupira sans rien dire.

— Eh bien ! s'exclama le duc, derrière la porte. Voilà qui me comble !

Awena ajouta que la naissance devrait survenir aux premières chaleurs de l'été, période tout de même plus agréable que février ou mars quand le fond de l'air était encore par endroits aussi coupant que du verre.

— En voilà une de casée ! reprit joyeusement François II. Raoul ne pourra pas la répudier.

Pierre était pétrifié. Il reconnut ensuite la voix d'Anne, qui semblait bien heureuse pour son aînée, et celle de la Dinan, qui prétendait que son cousin Raoul n'était pas si méchant homme pour renier une aussi belle et jeune épousée que Françoise. Même si, elle dut l'avouer, des rumeurs persistantes existaient sur le caractère secret et violent du baron.

Le Guin jaillit soudain dans le dos de Pierre et lui intima l'ordre de reculer. Le jeune homme lui rendit son regard sombre et sulfureux, comme s'il rendait le capitaine coupable de son malheur et de cette détresse qu'il ressentait dans tous ses muscles et dans tous ses membres depuis le départ de Françoise.

* * *

Le bouge était réputé malfamé autant pour les citoyens ordinaires que pour les malfrats eux-mêmes. Il n'y avait pas une semaine sans que l'on découvre des cadavres dans le ruisseau ou dans les tas d'immondices.

Le Guin et Simon le Gros se trouvaient dans la rue sale, devant les portes de la taverne. Le soir, l'établissement ne désemplissait pas. Il était question, pour assurer la tranquillité de tous, d'obliger ces lieux de perdition, comme le clamaient les membres du clergé, à fermer à des heures décentes pour la morale.

Le Gros dodelinait de la tête.

— Ne me raconte pas d'histoires, glapit Le Guin. Je sais que tu sais où il est.

Sans attendre de réponse, l'officier entra résolument. Une forte odeur d'humains, mélange de saleté et d'alcool, lui sauta au visage. Les gargotiers reconnurent le capitaine, même si ce dernier avait revêtu une cape et qu'il gardait la nuque basse et sa lame au fourreau.

Le Guin les prévint qu'il ne s'agissait pas d'une descente. Il cherchait simplement un de ses amis. Ils le lui montrèrent, affalé sur une table au fond de la salle.

Pierre avait le visage posé de biais sur la table avec, tout autour, trois énormes chopes de bière vides. Les clients cessèrent de boire et de ripailler pendant quelques instants, le temps que Le Guin et Simon passent…

Le capitaine aurait pu ramasser son homme et l'emmener. Mais il considérait que forcer quelqu'un n'était pas toujours le meilleur moyen ni de le faire obéir ni de lui montrer le chemin. L'impulsion devait venir du principal intéressé.

Cette philosophie ne lui venait certes pas de l'armée ou de la religion. À force de combattre et de tuer, Le Guin avait appris par lui-même les mécanismes qui faisaient, la plupart du temps, agir et réagir les hommes. Aussi, au lieu de relever Pierre, il posa une main sur l'épaule de Simon et dit simplement :

— Laisse-le.

— Mais c'est un coupe-gorge, ici !

Plusieurs brigands auraient pu se sentir insultés et se fâcher. Les larges épaules de Simon et la lame de Le Guin étaient cependant assez dissuasives.

— Laisse-le, répéta le capitaine. Plus vite il sera au fond, plus vite il donnera le coup de talon qui le fera remonter à la surface.

Simon ne comprenait rien à cette croyance. Il ne voyait que son ami terrassé par des blessures qu'aucun apothicaire ou chirurgien ne pouvait soigner, et il en pleurait presque.

— Il va finir par comprendre et par oublier, ajouta Le Guin. C'est le fils de Jean Éon.

CHAPITRE 43

Deux pierres tombales

L'escalier à vis en chêne verni était large, solidement planté dans le sol. S'il ne constituait pas le principal accès aux étages de la demeure, il desservait quand même une suite de petites pièces aménagées en appartements secondaires pour les invités. Une main posée sur la rampe, Françoise ferma les yeux à demi.

Pour retrouver le souvenir de ses derniers cauchemars, elle devait faire le vide dans sa tête et dans son cœur. S'astreindre à cet effort était un défi. Car pourquoi vouloir à toute force ranimer des peurs?

Dehors, l'hiver frappait aux portes du château. Neige et grésil griffaient les carreaux, le vent jouait dans les tuiles et arrivait même en petits tourbillons jusque dans les âtres, avivant les braises ou bien éteignant les flammes naissantes.

La domesticité du château passait en silence de pièce en pièce et traversait le grand vestibule. Aussi Françoise devait-elle faire vite…

Elle trouva sans difficulté le symbole vu à trois reprises au cours de trois nuits consécutives, un signe qui ne trompait pas. Il s'agissait bien du même cartouche : le corbeau noir, l'épée et la fiole — ce troisième objet qui paraissait au premier abord mal sculpté, mais que Françoise avait vu très distinctement pas plus tard qu'au petit matin, juste avant de se réveiller en sursaut.

Dans les moments fragiles ou tragiques de son existence, son don s'était toujours affiné. Comme elle ne croyait pas un instant qu'il lui vienne du Malin — la Dinan le lui répétait pourtant à loisir! —, les images devenaient de plus en plus précises. Aussi savait-elle que cette fiole, dans le cartouche, était en vérité identique à celle qui contenait le parfum de la comtesse de Dinan : le parfum de la trahison.

— Madame?

Françoise se cogna le front en se relevant. Odilon se tenait devant elle, les mains cachées sous son tablier.

— Tu tombes bien, déclara la jeune femme. Approche! Tu as été élevée ici. Ne cherche pas à mentir. Je sais que cette demeure cache un secret, et je vais le découvrir.

Abellain Branelec passa à son tour, deux bassets fauves sur ses talons. Les ergots des chiens éraillaient le plancher de bois — ce même bruit strident et inquiétant que Françoise avait déjà entendu à plusieurs reprises.

— Vous cherchez quelque chose, baronne? s'enquit l'intendant.

Le ton était rude, le regard, soupçonneux.

— Je n'ai pas besoin de vos services, merci, répliqua Françoise.

Elle n'était pas en état de prendre des précautions ou de faire des gentillesses à quiconque. Elle attendit que les chiens disparaissent derrière le serviteur et se baissa à nouveau.

— Il n'y a pas de secret ici, maîtresse, plaida innocemment Odilon.

— Toi, tu ne sais vraiment pas mentir, ma fille.

Françoise appuya sur le corbeau, puis sur la fiole. Un panneau de bois se débloqua aussitôt. Un interstice d'ombre apparut entre le panneau et le mur.

— Aucun secret, dis-tu ?

Elle poussa Odilon dans l'alcôve.

Dissimulé sous le premier, un autre escalier s'évasait en une volée de marches en pierres grossièrement taillées, comme si ce passage, creusé en forme de cheminée, existait bien avant l'érection de la demeure actuelle.

— Sais-tu où nous conduisent ces marches, Odilon ?

La fille secoua frénétiquement la tête.

Françoise alluma une bougie. Une voûte faite de pierres brutes jaillit des ténèbres. Il faisait froid dans le passage. Il leur semblait que des souffles glacés les frôlaient, les transperçaient. Odilon déclara qu'il ne s'agissait pas d'un vent ordinaire, mais de spectres.

— Il y a eu des combats, ici, autrefois, balbutia-t-elle. À l'époque des rois de Bretagne.

Françoise lui prit la main : elle était aussi froide et dure que le marbre.

— Qu'y a-t-il au bas de ces marches, Odilon ? Parle !

Elle poussa la servante contre la pierre.

— Mais parle donc !

La fille secoua encore la tête, puis finit par avouer que le baron n'aimait pas que l'on s'introduise chez lui.

— Comme en haut dans son bureau ?

Odilon avait les traits aussi tirés que si des aiguilles étaient plantées dans ses joues et aux commissures de ses lèvres.

Une seconde voûte, fermée par une grille, donnait sur une pièce creusée dans la roche. En promenant le halo de sa bougie, Françoise put tirer quelques meubles et objets de la pénombre : tables, coffres, vieilles cartes accrochées aux murs, cheminée, vasques, ainsi que des cornues en verre.

Les fortes odeurs musquées, fruitées, épicées et boisées se passaient de toute explication.

— C'est donc ici que Raoul fabrique ses parfums ?

Françoise se parla tout haut :

— Il est très préoccupé par l'hygiène et fait rire tout le monde avec sa manie de se nettoyer les dents — chose qui n'est certes pas inutile. Même s'il ne brille ni par son courage ni par son talent à la guerre, les autres nobles le tiennent en haute estime. Se pourrait-il qu'ils aient un peu peur de lui ?

Odilon répéta en claquant des dents que le maître n'aimait pas que l'on fouille dans ses affaires.

— Il y a un portrait de femme dans son bureau, et il se trouve que je sais qui c'est.

Les yeux de la servante s'emplirent de frayeur.

— Cette femme m'a parlé en rêve, figure-toi.

Françoise soupira. Son ventre tirait vers le bas. Son bébé était trop petit, encore, avait assuré la sage-femme du château, pour lui donner déjà de la peine.

— Elle m'a parlé, répéta Françoise, et elle m'est apparue. Bien moins jolie, d'ailleurs, que sur la toile…

La lueur de la bougie oscillait devant les barreaux — ocre, jaune, brune et rouge avec des reflets mordorés à cause du métal rouillé.

404

— Cette jeune femme est morte, poursuivit Françoise. Je l'ai vue respirer le parfum d'un bouquet de fleurs, puis changer brusquement de couleur. Sa peau est devenue grise. Elle est tombée, comme foudroyée.

Odilon tremblait maintenant de tous ses membres.

— Tu le savais, n'est-ce pas? Tout le monde, ici, le sait.

La servante s'affaissa contre la paroi. Françoise releva la lourde fille. Il lui semblait qu'une force nouvelle habitait son corps.

— Allez, montre-moi, dit-elle encore.

Odilon remonta les marches en haletant. Elles ressortirent des tréfonds de la terre. Même s'il faisait gris dehors, ce faible apport de lumière leur fit le plus grand bien.

La servante conduisit sa maîtresse dans la petite chapelle. Au fond, sous un plafond bas à voûtes se trouvait une pièce nue dépourvue de fresques et de bas-reliefs, un endroit où aucune statue de saint, même, n'avait été placée.

Françoise avisa les quelques inscriptions gravées sur les dalles recouvrant le sol. Deux noms de jeunes femmes suivis par deux dates.

— Naissance et mort, commenta Françoise. Ce sont les deux précédentes épouses de Raoul, n'est-ce pas? Mortes brutalement de fausses maladies. Je comprends... termina-t-elle d'un ton rogue.

Ses souvenirs la ramenèrent en ce jour de pluie où la duchesse Marguerite était revenue du bois, un bouquet de fleurs à la main. Son cœur battit plus sourdement, son ventre se crispa.

Odilon lui prit les mains et secoua vivement la tête.

— Mais il ne vous arrivera rien de tel, maîtresse, l'assura-t-elle. Le maître vous aime!

Françoise haussa les épaules. Son instinct lui en disait plus que toutes les bouches et les langues des gens qui vivaient ici.

— Il aime surtout le fait que je sois la seule de ses épouses à attendre un enfant.

* * *

Au même instant, à Nantes, Simon secoua Pierre par l'épaule. Le jeune garde avait fini par s'endormir à son poste, ce qui n'était pas du tout dans ses habitudes. Pierre cligna des paupières et garda la bouche entrouverte comme s'il venait de voir des spectres. Il dévisagea son ami, qui avait veillé sur son sommeil. À son tour, il lui tapota l'épaule.

— Merci, dit-il simplement.

Simon le vit descendre les degrés menant à l'esplanade. Depuis quelque temps, il sentait que Pierre voyageait loin de lui. Le Guin avait beau parler de « coup de talon pour remonter à la surface de la vie », Simon voyait bien que son ami dépérissait. Tout ça pour une fille qui n'était même pas de sa condition ! Pour un amour sans autre issue que la frustration et un long voyage morne, sur ce sentier en pente, fait de mort lente, enténébré, sur lequel Pierre semblait s'être résolument engagé.

CHAPITRE 44

« Pas ces yeux-là ! »

Contrairement aux craintes de Françoise, Raoul ne s'aperçut de rien. Jour après jour, il la traita même davantage en véritable épouse, la sexualité en moins, car il respectait son état. À sa manière un peu brusque, mais avec une timidité nouvelle dans le geste, il posait souvent sa main sur le ventre rebondi de la jeune femme. Comme il le disait en souriant à demi, la moustache relevée, il surveillait l'avancée de son héritier.

— Un garçon ?

— Je le sens, ma chère, il sera beau et fort.

Un enthousiasme presque juvénile se peignait sur le visage de fouine de son mari.

Un soir que le baron contemplait son corps alourdi et qu'ils se trouvaient tous deux allongés devant la cheminée, Raoul se laissa aller à ses souvenirs. Les yeux posés sur les flammes dansantes, un hanap de vin chaud à la main — Françoise ne buvait que des tisanes relaxantes —, il évoqua son enfance difficile.

— Je suis né dans une fratrie de six, dit-il rêveusement, dont trois sont morts depuis. La compétition était dure, et notre père maniait la cravache avec célérité.

Françoise apprit ce qu'elle savait déjà à moitié par les domestiques, à savoir que son époux étant le cadet et le moins en santé des fils, il avait toujours compté moins que les autres. Il n'égalait ses aînés ni en escrime ni en équitation, et ce n'étaient pas les arts ou les parfums qui comptaient aux yeux de leur père. Les efforts physiques l'épuisaient à tel point que, chaque hiver, on pensait le perdre, insécurité constante qui expliquait peut-être pourquoi ses parents n'avaient jamais beaucoup misé sur lui.

Il vida son hanap.

— La preuve, encore aujourd'hui, gronda-t-il, ce domaine maraîcher du Palet !

Il fit une pause. Les ailes de son long nez se contractèrent. Il reprit :

— Le plus minuscule domaine de la famille...

Françoise le sentait las. Le hanap allait lui glisser des mains. Elle le lui retira doucement.

— Si nous allions nous coucher ?

Les chiens aussi étaient de cet avis. Ils posaient leurs yeux tristes, noirs et brillants sur leur maître, et ils frissonnaient au moindre de ses gestes. Abellain Branelec vint chercher les plus agressifs — Françoise avait du moins obtenu de dormir seule, ou presque, avec son époux ! L'intendant et le baron échangèrent un long regard impossible à traduire en mots, ce qui fâcha la jeune femme.

Finalement, les pieds posés sur les bouillottes et déjà à mi-chemin entre la veille et le sommeil, Raoul se délesta d'une information qui fouetta le sang de Françoise.

— Voyez-vous, dit-il d'une voix ensommeillée, j'ai été marié deux fois, déjà…

Il posa sa main sur le ventre doux et bombé, sourit sous sa flamboyante moustache.

— Mais, hélas, elles étaient stériles.

Il cligna plusieurs fois des paupières. Le vin, ce soir, l'apaisait au lieu de le stimuler.

— Oui? l'encouragea Françoise, le cœur battant.

— Je leur avais pourtant, comme à vous, offert un parfum à leur ressemblance.

— Vous me l'avez promis, mais non pas encore offert.

— Certes. Mais vous verrez, bientôt ce parfum révélera la femme que vous êtes sans le savoir.

— Vraiment? Vous m'effrayez.

Il embrassa la paume de sa main.

— Vous? Ne vous moquez pas.

Cette nuit-là, Françoise eut du mal à trouver le sommeil. Ce fut même de ce moment que le bébé commença à lui donner de sérieux coups de pied.

Par ailleurs, les travaux entrepris pour moderniser le domaine allaient bon train. Françoise ne voyageait plus qu'en litière, portée par quatre robustes domestiques. Odilon ne la quittait pas.

— Que voilà une mine affreuse, Odi! fit-elle un matin. Mais qu'as-tu donc?

La servante secoua la tête : elle allait très bien.

— Le baron n'a rien su de notre petite aventure, murmura-t-elle en se penchant. Rassure-toi.

Françoise surveillait l'utilisation de sa dot. Aux premières chaleurs du printemps, alors qu'elle ne cessait de grossir, les ouvriers terminèrent le moulin.

— Bientôt, s'exclama Raoul, nous mangerons notre premier pain !

La rénovation du toit fut aussi à l'ordre du jour. « Ce n'est pas trop tôt », songea Françoise, qui ne pouvait bien dormir à cause des tuiles qui dansaient comme des folles lorsque soufflait le vent.

De temps en temps, ils recevaient des messagers. Et à deux reprises, des nobles vinrent officiellement présenter leurs félicitations à Raoul… avant de s'enfermer avec lui dans son bureau pour discuter âprement.

Françoise était trop lourde, à présent, pour aller et venir seule. Même si elle brûlait de savoir ce qui se tramait en matière de politique en dehors du Palet, elle ne pouvait décemment sautiller jusqu'au battant pour écouter.

Cet enfermement lui donnait parfois l'impression d'étouffer. Au château de son père, elle se trouvait au cœur des intrigues et toujours avertie des nouvelles en premier. Ici, elle vivait en recluse. En plein air, certes, mais tout de même coupée des vraies choses.

— Voyez ces champs, le ruisseau, les prés, les bois, les arbres, lui déclama un jour Raoul alors que, justement, Françoise se piquait de ne rien savoir des événements extérieurs.

» Sentez ces fleurs nouvelles ! La nature se moque bien des hommes et de leur vanité. Elle les voit naître, grandir, se battre, puis mourir. Voici quelle est la vraie vie !

Il laissa s'envoler au vent un peu de terre qu'il avait dans sa main et ajouta encore :

— Voici ce que, en vérité, nous sommes, Françoise. Des étoiles venues du sein de Notre Seigneur mélangées à de la terre tirée de notre mère.

Il demeura pensif quelques instants. Le soleil dorait sa chevelure fauve, dardait ses rayons sur la coiffe en dentelle et les épaules de Françoise.

— Belle philosophie, mon époux, mais ô combien dangereuse.

Raoul haussa les épaules.

— Donner de la vie et une âme à la terre n'est pas bien vu des hommes d'Église, je sais. Pourtant…

Il évoqua le vieux prêtre de Champeaux avec qui il devisait souvent de choses et d'autres. Françoise éprouva un instant de panique.

— Vous le connaissez bien?

— Depuis toujours ou presque.

— Soutenez-moi, gémit-elle, je défaille.

Un autre jour, le fracas d'une course de cavaliers souleva la poussière du chemin menant à la demeure. Entre soleil éclatant et ciel bleu d'azur, Françoise reconnut soudain le capitaine Le Guin.

Elle fouilla aussitôt la troupe des yeux. Aussi grand qu'une montagne ambulante, Simon vint à elle. Il lui cacha le soleil durant plusieurs secondes pendant lesquelles elle savoura une véritable accalmie intérieure.

Hélas, le visage du jeune soldat était fermé. Et si Le Guin venait chargé de plis urgents à remettre à Raoul de la part du chancelier Montauban, il venait aussi de la part du duc et des jeunes duchesses.

Françoise reçut leurs témoignages d'amour avec un bonheur réel doublé de soulagement. Malgré ça, elle guettait Simon et Le Guin, qui demeuraient hélas, l'un et l'autre, muets sur l'essentiel.

— Cherchez-vous quelqu'un? lui demanda finalement Raoul.

— Non pas, affirma Françoise, aussi rouge qu'une pivoine.

Elle passait heureusement le plus clair de son temps seule avec elle-même. En vérité, les mains croisées sur son ventre, elle discourait avec son enfant. Elle croyait presque l'entendre respirer. Une respiration profonde et régulière. Était-il Dieu possible qu'une vie grandissait en elle?

Tout son corps le lui affirmait. Et la nuit, son âme aussi parlait. Dans ses rêves, des images fugaces se présentaient. Impossible, par contre, de savoir avec certitude si l'enfant serait mâle ou femelle. Il s'agissait peut-être d'un secret qu'il valait mieux, par respect et par obéissance divine, ne pas vouloir percer trop vite. Le Seigneur avait le droit de lui réserver la surprise, même si Raoul affirmait qu'il serait bientôt le père d'un garçon robuste et intelligent en diable. Il en avait eu la révélation dans son atelier souterrain, alors qu'il était penché sur ses cornues, à distiller ce parfum qu'il avait promis à sa femme pour fêter la naissance de leur fils.

Françoise demeurait des heures entières assise au milieu des fleurs et du bourdonnement céleste et apaisant des insectes — une recommandation de Raoul.

— C'est là le meilleur endroit pour être en paix avec nous-même!

La voix avait jailli des buissons. Une silhouette se précisa sous les frondaisons.

— Mon père?

Confessions obligent, le curé de Champeaux était de passage au Palet.

— Et vous voilà, ma fille, bien avancée dans votre grossesse. Besoin de soulager votre âme?

Françoise secoua la tête. Avec cet enfant dans son ventre, elle n'avait que de bonnes pensées. Ces mots avaient à peine franchi le seuil de ses lèvres qu'elle sut qu'il en allait en fait tout autrement. Car même si elle discourait muettement avec son enfant, pendant d'autres rêveries, elle se donnait toujours à Pierre, et avec autant de passion qu'avant! Elle lui parlait aussi de l'enfant, lui confiait qu'il était un peu de lui...

Ensuite, elle restait silencieuse à méditer sur ce que pouvaient bien vouloir signifier ces dernières paroles.

Depuis février, la mine que tirait toujours Odilon, avec son visage boursouflé d'angoisse, son impatience et ses manières brusques, lui gâchait ses journées.

— Va-t'en! Tu vois bien que tu m'insupportes!

Mais quand ses douleurs s'estompaient, Françoise faisait rappeler sa fidèle servante et lui prenait les mains.

— Qu'est-ce qui te tracasse autant?

Odilon secouait la tête, mais n'avouait rien.

Françoise faisait encore des cauchemars. Raoul y était plus grand et plus violent que nature. Il la tançait vertement et l'accusait sans qu'elle puisse comprendre, hélas, le sens de ses paroles. Il faisait froid dans ses mauvais rêves, et quelqu'un poussait des cris désespérés. «N'allez-vous pas secourir ce malheureux qui se plaint?» hurlait Françoise. Ce disant, elle avait l'impression qu'on lui arrachait son enfant des entrailles.

Un matin, elle s'éveilla sur cette atroce sensation et se tint le ventre à deux mains en inspirant très vite par le nez, puis par la bouche. Elle lâcha d'une voix sourde:

— Il vient !

La sage-femme dormait sur une paillasse à la place des chiens. Malgré son grand âge, elle sauta sur ses pieds et prit immédiatement les choses en main. Pour commencer, elle mit Raoul dehors.

Françoise entra ensuite dans ses douleurs. Pour mettre toutes les chances de son côté, Raoul alla prier aux côtés de Guy Desvaux, qu'il avait invité au Palet. Ils unirent leurs prières et demandèrent au Seigneur de donner toute la force nécessaire à la jeune femme.

— Courage, lui dit le prêtre, nous savons tous ce que représente un héritier pour vous et pour le domaine.

Au bout de sept heures de travail, Françoise mit au monde un enfant mâle parfaitement bien membré et constitué, et qui poussa son premier cri sans que la sage-femme ait besoin de faire quoi que ce soit.

Au moment de la naissance, la jeune mère entendit une voix forte au-dessus d'elle. Malgré son état d'épuisement avancé et le sang qui souillait les draps, elle s'écria :

— Arnaud !

Ce n'était pas le prénom qu'avait choisi Raoul, mais celui qui venait de retentir si fort dans sa tête. Le soleil entrait à flots par la fenêtre. La jeune femme y vit se glisser et se mouvoir les silhouettes luminescentes des anges qui venaient de lui amener son fils.

Raoul entra peu après, et elle répéta :

— Arnaud.

Le visage humide de larmes, le baron prit son fils et balbutia lui aussi ce nom qui semblait tout à coup lui plaire. Il le contempla longtemps. Dans la chambre, l'esprit était à la joie autant qu'au soulagement.

Et puis, soudain, Raoul changea brusquement d'expression. Il tendit le nouveau-né à la sage-femme, puis à la mère, et gronda :

— Ses yeux ! Il a les yeux bleus !

La vieille rétorqua que tous les nourrissons ou presque avaient les yeux clairs à leur naissance.

Mais Raoul n'en démordrait pas. La mâchoire serrée, il décréta, cette fois si proche de Françoise qu'elle sentit son souffle sur son visage :

— Pas ces yeux-là !

Il s'approcha encore et répéta sourdement contre son oreille :

— Pas ces yeux-là…

Puis, tenant toujours le bébé dans ses bras, il sortit de la chambre en courant et en hurlant comme un diable.

CHAPITRE 45

Séquestrée

L'écureuil, la belette et l'hermine vinrent tour à tour voir de quoi il s'agissait. Dans ce coude d'ordinaire tranquille du ruisseau, sur la berge tapissée de pierres et de mousse avait été déposé un paquet des plus étranges. Depuis des heures, les petits animaux du bois venaient lui faire une visite. Malgré la peur, ce fut l'hermine, plus rusée que la belette peureuse ou que l'écureuil angoissé, qui décida que malgré ses pleurs le nouveau venu ne constituait pas un danger.

Non loin pourtant, de la plus haute tour de la demeure, des cris autrement plus effrayants avaient retenti tout le jour, avant de se calmer peu à peu, puis de s'éteindre avec le crépuscule.

Toute la nuit, les petits animaux se relayèrent près du nouveau-né abandonné à l'humidité de l'air et de la terre, et aux remous des eaux du ruisseau. Un renard s'approcha aussi, mais il fut chassé par les trois gardiens improvisés. Les oiseaux de nuit vinrent également avant qu'au petit matin, le bébé, qui ne pleurait plus du tout, se mette finalement à sourire.

Et puis très vite, alors que le soleil perçait à peine au travers des frondaisons, un homme arriva et se pencha sur le
poupon.

— Toi, alors, on peut dire que tu veux vivre…

Il le prit et l'emporta.

* * *

Françoise flottait quelque part, elle ne savait où. Au ras du
sol ou bien près du plafond. Loin, en tout cas, de la masse de
chair abandonnée et froide de son propre corps, qui tremblait et geignait, recroquevillé sous la couverture.

Il est des circonstances dans la vie où l'étincelle divine
de l'être existe en dehors de ses limites ordinaires. Poussé
par des douleurs et des souffrances extrêmes, l'homme pouvait ainsi étendre sa volonté et son champ de perception au-
delà de lui, près de la fenêtre par exemple, même si celle-ci
avait été condamnée par des planches clouées de manière à
ce que le soleil et la lumière ne puissent plus entrer dans la
pièce. Ou bien tout contre la porte derrière laquelle Françoise
sentait l'haleine fétide des chiens de garde. Et même, songea-
t-elle avec une certaine allégresse, entre les poutres du
plafond.

Un instant, elle voulut aller encore plus loin, traverser la
pièce, s'élever et s'étendre comme l'eau versée sur le sol et
qui rampe, glisse et s'échappe. Afin de repousser toujours
plus au fond d'elle-même cette douleur qui lui broyait le
corps, elle imagina qu'elle flottait non plus dans le ciel de
cette pièce minuscule, mais dans le vrai ciel peuplé d'étoiles.

Elle ne criait plus, n'appelait plus. Sa voix s'était brisée.
Soudain, les murs volèrent en éclats. Rêvait-elle ?

Voyageait-elle ? Elle aperçut son fils, emmailloté, couché sur un lit de mousse verte et tendre, son visage rouge tourné vers le firmament. Il n'était pas seul, il n'était pas sans secours. Françoise le vit entouré par de vaillants et surprenants protecteurs qui se relayèrent toute la nuit jusqu'au matin.

Lorsque l'homme vint prendre Arnaud, Françoise hurla de plus belle. Ce choc brutal la fit retomber dans son corps. Sa douleur comme ses angoisses lui revinrent. Elle éprouva de nouveau les limitations ordinaires de son être ainsi que toutes ses faiblesses.

Des heures plus tard, elle crut reconnaître la silhouette d'Odilon. Elle se traîna sur le sol, s'accrocha aux pans de sa tunique. Elle voulait savoir. Mais la servante secouait la tête. Elle ignorait ce que l'on avait fait du bébé. Françoise sentit qu'on lui lavait le front, le visage, le cou. Ses seins étaient si gorgés de lait qu'ils allaient sans doute exploser.

— Je ne peux rien faire d'autre, hélas, maîtresse, murmura Odilon. Mangez, mais mangez donc !

Le silence revint. Pas longtemps, car il lui semblait entendre les conversations des domestiques qui passaient dans le couloir. Les chiens étaient toujours là, cependant. Françoise les écoutait grogner, gémir et se disputer.

Elle perdit le compte des jours et se réfugia dans la prière. Mais les mots ne sont que d'un réconfort précaire et souvent illusoire. Vient un moment où ils manquent cruellement. Alors, il ne reste plus que le silence à l'intérieur de soi.

Françoise n'avait plus même la force de faire appel à ses souvenirs. À un moment, elle crut que Guy Desvaux se trouvait près d'elle. Elle lui demandait des nouvelles de son fils. Hélas, lui aussi était tenu au silence. Il ne savait que répéter : « Le Seigneur pourvoie aux choses justes. Cessez de vous tourmenter et reprenez quelques forces. Mangez, mangez… »

Raoul vint aussi. Elle ne le voyait pas, mais savait que, d'une manière ou d'une autre, illusion ou bien réalité, il était là, à lui parler à voix basse.

— Je ne me laisserai pas couvrir de honte. J'ai assez connu le déshonneur dans ma propre famille, la faiblesse, le mépris. J'ai des gens à moi à Nantes, femme. Non, je ne laisserai pas votre crime envers moi impuni.

Elle bredouilla :

— Notre enfant, notre fils…

— Non pas, madame, le vôtre.

Il se leva, mais lui laissa un cadeau avant de partir, qu'il posa près d'elle en l'accusant encore une fois de traîtrise et de manipulation sournoise.

— Ouvrez, et vous comprendrez. Je vous laisse de la lumière.

Le temps passait, Françoise méditait les dernières paroles de son mari. La tâche n'était pas aisée, car les chiens derrière la porte faisaient un raffut de tous les diables. D'ailleurs, étaient-ils bien derrière la porte, ou bien tournaient-ils autour d'elle dans la pièce, promenant leur haleine, leur bave et leurs ergots qui crissaient toujours aussi fort sur le plancher ?

Elle parvint à allumer la mèche de la bougie. Une lueur blanche, si inespérée qu'elle semblait venir tout droit du ciel, l'enveloppa, la réchauffa. Elle ne s'attarda pas aux reliefs de ses repas, à la poussière, à la puanteur. Elle ne vit que le coffret de bois verni, dont les coins, en métal, luisaient doucement.

« Ouvrez ! » lui avait conseillé Raoul. Ce qu'elle fit, le cœur battant d'angoisse. Elle souleva le couvercle et poussa un hurlement. Une main tranchée était posée, crispée et livide, sur un lit de velours couleur crème. Le tissu était taché de sang. Mais le plus effrayant était la bague passée à l'index. Cette bague qu'elle avait offerte au jeune frère de sa servante.

* * *

Les nuits étaient dangereuses dans la basse ville de Nantes. Ce soir, une bagarre avait éclaté. Quatre hommes en avaient attaqué un cinquième, préalablement saoulé à la bière et au mauvais vin. L'affaire ne devait prendre que quelques instants ; elle dura plusieurs minutes, car la victime se défendit avec son épée, avec son poignard, enfin avec ses poings, ses pieds, ses ongles, ses dents.

Les brigands en vinrent pourtant à bout, même si trois d'entre eux tombèrent aussi dans la Loire.

Le lendemain, une lingère aperçut une jambe prise dans les roseaux de la berge. Elle appela la garde. Le Guin arriva aussitôt sur les lieux, accompagné de Simon. Pierre ayant disparu depuis trois jours, ils avaient fouillé toute la ville pour le retrouver. En vain.

Le capitaine plongea et remonta le cadavre. Le visage, hélas, était trop gonflé et déformé pour être identifié. Le mort tenait par contre un objet dans sa main droite. Simon desserra un à un les doigts bleus et hocha tristement la tête.

— C'est bien le même bracelet ? interrogea Le Guin.

— C'est la fille qui le lui avait offert juste avant de partir, se contenta de répondre tristement le garçon.

CHAPITRE 46

Un inconnu

Des chocs répétés contre les lattes de bois fixées au carreau réveillèrent Françoise. Un réveil différent des précédents, plus clair, plus vif. La jeune femme rampa sur le sol et se hissa sur la pointe des pieds.

Le jour était venu. Pourtant, seul le plafond de la pièce recevait la chaude lumière du soleil. Dehors retentissait le trille des oiseaux. À bien tendre l'oreille, cela ressemblait davantage, en fait, à une dispute domestique. Un nouveau choc fit vibrer le verre. Un bouquet de plumes noires s'éparpilla en grand désordre sur le plancher. Françoise se rappela le corbeau annonciateur de malheur qui était tombé sur la table basse, renversant les hanaps de vin chaud juste avant que la duchesse Marguerite ne meure brusquement.

Dans ses tentatives insensées, le stupide volatile finit par briser la vitre et par se tuer du même coup. La jeune femme avait cependant assez de présence d'esprit, cette fois, pour ne plus s'effrayer des signes qu'on lui envoyait. Elle traîna un tabouret vers la fenêtre, se hissa dessus et inspira avec délices l'air empli des senteurs agréables et sucrées du matin. Lui parvinrent des éclats de voix ainsi que le piétinement sourd d'une troupe à l'arrêt.

Elle enleva les débris de la vitre en s'enveloppant les mains avec du linge, puis tendit la tête. En contrebas attendait effectivement une petite compagnie de cavaliers. Françoise crut reconnaître les emblèmes héraldiques des familles de Rieux et de Rohan. Que venaient faire ces barons au domaine?

Quelques instants plus tard, son mari sortit tout harnaché et monta en selle. Abellain Branelec s'approcha, le dos voûté. Raoul lui transmit sans doute des recommandations à son sujet, car ils levèrent ensuite tous deux les yeux vers sa fenêtre.

Elle écouta décroître le bruit des sabots sur la terre durcie par le soleil. Au-dessus de sa tête, l'arête de la vitre brisée gardait encore la trace du sang de l'oiseau qui venait, en quelques tentatives désespérées, de mettre un terme à son long emprisonnement.

Comme chaque matin, Branelec viendrait faire son tour. Elle choisit parmi les débris l'éclat de verre le plus effilé et le dissimula sous sa robe. Odilon venait souvent, ensuite, avec des linges de rechange, un broc d'eau et un autre, vide et propre, pour les besoins naturels. Mais tout d'abord surgissait l'intendant. Avant et non après, comme l'aurait commandé la bienséance. Prenait-il plaisir à constater sa déchéance? Sa chevelure sale et emmêlée, sa peau couverte de poussière, ses mains noires, ses vêtements souillés?

Elle demandait chaque jour des nouvelles de son fils. Et chaque jour, elle ne recevait en retour que silence et mépris. Ce matin, même si les chiens accompagnaient Branelec, les choses en iraient différemment...

La main crispée sur son éclat de verre, elle attendit, tous ses muscles tendus et endoloris à force d'inaction. Elle vivait à l'avance dans sa tête et en détail tout ce qu'elle allait faire dès que les bassets entreraient dans la pièce. Suivrait l'intendant. L'homme affectionnait un long fouet en cuir qu'il réservait ordinairement aux chiens. Mais Françoise devinait, à son expression torve, qu'il rêvait de le lui faire goûter.

Les heures passèrent. Branelec ne vint pas.

Seule Odilon se montra, et pas plus loin que derrière la porte. Le soupirail s'ouvrit. La servante passa les brocs, les serviettes, la cruche d'eau et la nourriture pour la journée en s'excusant pour ses manières. Autour de la fille, Françoise sentait la présence des chiens.

Déçue, elle en voulut au corbeau, qui lui avait donné tant de faux espoirs. Le soir vint, et avec lui le désespoir et son cortège de doutes.

La nuit, à présent, était totale. Nul souffle de vent, aucune lune. Elle dormait quand un grincement la tira de son néant. Les lattes de bois gémirent. Elle reconnut le glissement familier des ergots de chien sur le plancher et se redressa avec peine, dos au mur.

Les couvertures de sa couche jetée sur le sol étaient en désordre. Branelec — car il s'agissait bien de lui — écrasa un éclat de verre sous sa botte. Ce bruit l'inquiéta. Il leva sa main. Françoise vit alors scintiller la lame de son épée.

Saisie de frayeur, elle voulut bouger son bras armé du morceau de verre, mais découvrit, atterrée, qu'elle n'en avait plus la force.

— Madame ! souffla la voix inattendue de sa servante.

Branelec se retourna et éructa un ordre bref. Françoise n'était pas certaine de comprendre. Pourtant, il semblait qu'une seconde silhouette d'homme se dressait maintenant dans le chambranle, à côté d'Odilon.

— Attaquez, les chiens! grogna l'intendant.

L'inconnu bougea rapidement. Trois chuintements secs retentirent, suivis par autant de flèches qui se plantèrent dans la chair des molosses foudroyés en plein bond. Branelec, alors, se rua sur Françoise. La jeune femme lui faucha les chevilles avec une jambe, et le reçut sur le corps.

L'autre homme vérifia que les chiens étaient bien hors d'état de nuire, puis il s'approcha de la prisonnière et de l'intendant évanoui. Françoise le regardait s'avancer à travers ses longues mèches, qui tombaient sur son front et ses yeux.

— Madame… répéta Odilon, un ton plus haut.

Françoise fut soulevée. La force de l'homme était incroyable. À moins, se dit-elle, qu'elle n'ait beaucoup maigri durant sa captivité.

Un seul mot lui vint aux lèvres :

— Mon fils!

Odilon tenait un paquet de linge. Pour toute réponse, elle exhiba le poupon, dont le petit visage blanc paraissait si calme, si immobile. Toujours soutenue par l'inconnu, Françoise reçut enfin son fils contre son sein. Elle riait et pleurait tout à la fois. L'homme les considéra quelques instants, puis il l'appela par son prénom.

Odilon alluma alors une bougie. La lueur fauve éclaira la chevelure noire, le visage mâle, les yeux si beaux et si bleus…

— Pierre? bredouilla Françoise, incrédule.

Il hocha la tête.

— Pierre! répéta-t-elle, avec cette fois un bel élan de ferveur dans la voix.

Elle ajouta :

— Mais comment ?

— Ton mari est parti pour la guerre.

— La guerre ?

— Il nous faut partir aussi.

Il lui tendit la main :

— Viens, je t'emmène !

Françoise considéra cette main et songea à tout ce qu'elle représentait pour elle de soutien, d'attention, d'espoir et d'amour. En même temps, elle sut qu'Odilon s'approchait, comme ensorcelée, du coffret que lui avait un soir apporté Raoul. Elle anticipa le geste de la servante et s'écria :

— Non !

Mais il était trop tard. Odilon contemplait, muette de frayeur et de douleur, la main tranchée de son malheureux frère.

La fille retenait ses larmes. Pourtant, son visage si rond était tout crispé. Branelec reprenait lentement ses esprits. Françoise se ressentait de son cruel enfermement. Mais à présent qu'elle tenait son fils dans ses bras, il n'y avait plus trace de haine dans son cœur.

Odilon ne se priva pas et bourra l'intendant de coups de pied en le traitant d'assassin. Les domestiques s'agglutinaient dans le couloir. Hommes, femmes, vieillards, toute la maisonnée venait aux nouvelles.

Le ciel se teintait de voiles roses et pourpres. On cria au feu. Des lamentations montèrent des autres dépendances du domaine.

— Votre réserve de fourrage, décréta Pierre. Pour couvrir notre fuite, il le fallait bien. Mais ne t'inquiète pas, il n'y en avait presque plus.

Françoise clignait des yeux très rapidement. Elle réfléchissait à ce qui venait de se produire. À ce qui venait d'être brisé, ce soir, sans doute à jamais.

— Comment as-tu su ? bredouilla-t-elle.

— Je t'ai vue en rêve. Tu souffrais, tu étais dans le noir. Alors, je suis venu.

Les serviteurs se relayaient déjà pour former une chaîne, du ruisseau à la réserve. On sortait les chevaux de l'écurie, on cherchait des bâches pour étouffer le début d'incendie.

— Viens, répéta Pierre.

— Mon fils…

— Lui aussi.

Françoise considéra Odilon, qui pleurait sans plus de retenue. Son frère avait été tout ce qui lui restait de famille.

Elle prit sa décision.

— Rentrons à Nantes, décida-t-elle.

— Nantes ? Mais c'est la guerre ! répéta Pierre.

Puisque le jeune frère d'Odilon n'avait jamais pu livrer le message qu'elle destinait à son père, elle murmura simplement :

— Les espions.

Et puis, plus haut et sur un ton sans réplique :

— Il nous faut rentrer à Nantes.

CHAPITRE 47

Vers un affrontement de fin du monde

Françoise marchait au milieu d'un champ de morts. Des centaines d'hommes gisaient dans l'herbe et la boue, sur le dos, le ventre, le flanc. Partout où elle posait le regard, ce n'étaient que spectres moribonds, étendards déchiquetés, abattus, ensanglantés. L'odeur était épouvantable, et si la colline en mi-pente qui servait de charnier était à cette heure recouverte par d'épaisses écharpes de brume, la douleur, les gémissements et les cris de désespoir montaient, poignants, de ces masses floconneuses, blanchâtres, informes.

La jeune femme marchait… À chaque pas, elle découvrait un homme nouveau, soldat français ou breton, mercenaire suisse, espagnol, anglais ou lansquenet de l'Empire. Tous agonisaient et mouraient dans l'indifférence. Pourquoi s'étaient-ils battus? La gloire, la liberté, le devoir, l'argent? Ils gisaient désormais brisés, dépecés, éventrés, désossés, décapités. La mort se moque des vaines raisons invoquées par ses victimes pour se jeter dans ses bras. Elle rit et les prend tous.

De temps en temps, un cheval hennissait. Car les bêtes aussi avaient souffert et péri. Par endroits, dans cette campagne sinistre à la fois déserte et densément peuplée se répercutaient les bruits que faisait une autre armée, vivante celle-là, à la fois terrible et ignoble, souterraine et secrète : les détrousseurs de cadavres.

Ils venaient après les hérauts des deux armées chargés de compter les morts, de reconnaître les nobles et de ramasser, si la chose était encore possible, les quelques survivants. Des fonctionnaires des deux armées belligérantes avaient travaillé, entourés de leurs aides, leurs longues listes dans les mains. Ils avaient patiemment rayé des feuillets entiers de noms.

Mais les détrousseurs ne s'embarrassaient pas de ces formalités. Ils volaient les armes et les bijoux, tranchaient les doigts pour arracher les bagues, les mains pour les bracelets et les cous pour ravir les colliers aux pendants précieux d'or, de pierreries, d'argent ou de cuivre. Ils mettaient également les cadavres des braves combattants à nu pour les délester de leurs surcots en mailles fines, de leur linge de corps en lin ou en soie, quand d'aventure ils avaient affaire à un noble.

Françoise assistait à tout cela en tant que spectatrice seulement. Elle le savait, elle le ressentait, elle ne faisait pas vraiment partie de cette réalité passée, probable ou bien prédestinée. Elle était venue voir pour ensuite témoigner, prévenir.

Ce dernier mot, avec son cortège d'angoissants sous-entendus — n'avait-elle pas déjà fait des rêves semblables et tenté de changer le cours des événements ? —, la fit frissonner. Ce verbe la ramena brusquement dans sa réalité propre, dans son corps, dans un lit.

Tous les sens en éveil, les membres roides, la peau hérissée de frissons, elle examina la pièce dans laquelle elle avait dormi. Elle ne se trouvait plus en sa demeure du Palet ; elle s'était enfuie aux côtés de Pierre avec son fils Arnaud et Odilon en larmes.

Ils avaient galopé toute la nuit et une partie du jour en suivant des chemins détournés, car Pierre prétendait que les Français avaient de nouveau envahi la Bretagne. À l'entendre, ils étaient partout. Mais à part une cité assiégée qu'ils avaient entraperçue de loin à la lisière d'un bois, ils avaient pu sans encombre regagner Nantes.

De cela, Françoise se souvenait fort bien.

Elle était par ailleurs trop éreintée pour être autre chose qu'une âme en peine qu'on avait encouragée, soutenue, poussée, guidée, tirée.

— Morbleu ! s'écria-t-elle après un temps de réflexion, mais c'est ma chambre !

La petite pièce était effectivement sa chambre d'autrefois. Les odeurs étaient les mêmes : apaisantes, calmes, douces, rassurantes. Elle se redressa. Sa première pensée fut d'aller trouver son fils. Elle posa ses pieds au sol. Le plancher était froid. Pourtant, le soleil jouait à sa fenêtre, et elle était sûre d'entendre des oiseaux chanter au-dehors.

Un éblouissement la gagna au moment de se lever. Ses jambes étaient de coton, son équilibre, précaire. Des voix filtraient de la chambre voisine. Elle souleva la pièce de tapisserie peinte et s'engouffra dans le passage dérobé. Elle arriva, toute haletante, dans l'appartement de ses demi-sœurs, qu'elle trouva étrangement changé et dépouillé. Où étaient passés les riches ornements en or massif, les toiles de maîtres ?

Un babillement lui vint droit au cœur.

— Anne?

— Françoisine! s'exclama Isabeau en courant vers elle.

Les deux jeunes duchesses jouaient avec Arnaud.

— Qu'il est beau et fort, ton fils! fit Anne en souriant.

Elle tenait dans ses mains les doigts minuscules du bébé. Odilon vint, accompagnée de la nourrice choisie pour Arnaud.

— Il a des yeux!… ajouta encore Anne, comme absorbée dans un monde à part, un univers qui n'appartenait qu'à elle.

Françoise serra longtemps son fils dans ses bras. Puis, alors que la nourrice prenait le relais, elle contempla ses sœurs. Quelque chose avait changé dans la pièce, c'était évident. À bien y réfléchir, elle se souvenait de son arrivée. Le silence était palpable. Un silence lugubre bien différent de l'animation qui régnait habituellement à la cour si raffinée de son père.

Anne suivit sa pensée et déclara de sa voix si nette :

— Les usuriers sont revenus et ont emporté d'autres objets de valeur.

Sa voix se brisa, elle laissa échapper quelques sanglots.

— Même la couronne ducale…

Leur père, Françoise le savait, était très attaché à cet ornement qui était le symbole de sa puissance et de sa souveraineté sur la Bretagne. La jeune femme avait en imagination sous les yeux ce bijou irremplaçable fait d'un cercle d'or à huit fleurons, chacun incrusté de quatre rubis, d'une vingtaine de perles, de trois émeraudes et d'un diamant. Elle ouvrit la bouche, mais Anne poursuivait :

— Les combats ont repris ce printemps. Écoute! Tu entends? N'essaie pas, il n'y a plus personne.

Elle expliqua que l'escalade des sièges, des batailles et des villes perdues n'avait d'égale que l'ignominie de certains seigneurs et courtisans.

— Notre père a dû rassembler en hâte une armée faite de bric et de broc. En tout, environ douze mille hommes dont seulement un tiers sont réellement des Bretons, m'a-t-on dit.

Elle parlait en serrant la mâchoire et en gardant le regard droit et ferme comme si elle voyait cette armée en ordre de bataille. Comme si elle se trouvait en personne juchée sur une haquenée blanche, en tête de troupe.

— Nous avons appris hier matin que Fougères est tombée. L'armée devait se mettre en marche pour la libérer. D'Albret, Rieux, mais aussi Louis d'Orléans n'arrivaient pas à se mettre d'accord…

Anne ressemblait à un véritable général et se tenait, seule et droite, dans une tache de soleil. Françoise voyait les mains de sa sœur se crisper. Elle gonflait sa poitrine et soupirait longuement, comme pour mesurer toute l'urgence et le tragique de la situation.

— Écoute ! répéta-t-elle, cette fois les larmes aux yeux.

Couché sur le sein de la nourrice, Arnaud babillait.

— Où est Antoine ? s'enquit Françoise.

— Il voulait s'engager, lui aussi, répliqua Isabeau. Mais le conseiller Montauban nous a pris en pitié et l'a enfermé dans une pièce du château. Je vais aller le voir et lui apporter à manger, ajouta-t-elle, le regard malgré tout rempli de joie et de soleil.

— Nous sommes aujourd'hui le 27 juillet, poursuivit Anne. Hier, en fin de matinée, les commandants se sont finalement mis d'accord. Ils ont décidé de mettre le siège devant Saint-Aubin-du-Cormier. Ce sera un engagement décisif. En face, ils vont avoir Louis de La Trémouille et ses quinze mille hommes bien équipés, entraînés et soldés, dont de nombreux Suisses appuyés par une artillerie outillée par des Italiens.

À l'entendre, le risque était assez grand.

Françoise revit le champ de cadavres. Elle était certaine, aussi, d'avoir entendu ce nom de ville dans son rêve : Saint-Aubin-du-Cormier.

Une nouvelle venue les trouva et accusa quelques secondes d'étonnement. La comtesse de Dinan-Laval se dressait face à Françoise, et elle était aussi arrogante, aussi venimeuse, aussi intransigeante qu'autrefois.

— Ainsi donc, vous revoilà !

— Me revoilà, rétorqua Françoise en la toisant au fond des yeux.

La gouvernante, finalement, baissa le regard, mais sans montrer l'ombre ni d'une peur ni d'un remords. Elle avait trahi, pourtant, espionné et intrigué pendant des années pour la France contre le duc. Dans quelle mesure avait-elle été mêlée à la mort de la duchesse Marguerite ? Et, Françoise y songea soudain, aux multiples malaises, maladies et agonies manquées de son père ? Les parfums de Raoul étaient-ils vraiment empoisonnés ? Et les vins ?

Tout cela passait dans les yeux de Françoise. En bonne diplomate, la comtesse ne pouvait manquer de le deviner. Le maintien, la droiture, la tension qui habitaient Françoise clamaient tout haut ce que sa bouche n'osait, faute de preuves, encore annoncer. Les deux femmes se mesuraient l'une l'autre dans ce silence incroyable, lourd et glacé qui planait sur le château depuis le départ des hommes.

Françoise revint tout à coup au présent.

— Tous les hommes sont-ils partis ? demanda-t-elle, un ton plus aigu qu'elle n'aurait souhaité.

Anne hocha la tête.

— Tu dormais encore. C'était hier, je te répète.

— Pierre ?

— Pierre comme les autres. Il m'a d'ailleurs transmis un message pour toi. Il l'aurait volontiers écrit, mais il ne se sentait pas encore très à l'aise…

La comtesse ne bougeait pas. Finalement, Anne répéta fidèlement le message :

— Il a dit être en dette vis-à-vis de Louis d'Orléans, qui l'a bien aidé, je ne sais pourquoi. Raison pour laquelle, s'il revenait à Nantes, il s'engageait à combattre à ses côtés.

Françoise demeurait statufiée.

— Les yeux de ce bébé ! pérora la comtesse. D'une teinte de bleu clair et pur que nous n'avons pas dans la famille. Ni dans la vôtre, d'ailleurs… Ah ! Est-ce de ce palefrenier voleur que vous parlez ? ajouta-t-elle avec une dose volontaire de perfidie.

— Il n'a jamais été un voleur ! s'emporta Françoise.

Mais elle se tenait la tête, et ses oreilles bourdonnaient. Elle prit les mains d'Anne. Sa voix tremblait.

— Il ne faut pas, dit-elle.

— Pas quoi ? voulut savoir Isabeau, qui s'apprêtait à quitter la chambre avec un panier de provisions sous le bras.

— Il ne faut pas que nos hommes livrent cette bataille.

— Encore vos cauchemars que vous souffle le diable ! lança la comtesse. Prenez garde !

Françoise l'ignora avec superbe. C'est à Anne qu'elle s'adressait, et à elle seule.

— J'ai vu nos étendards au sol, piétinés, et des tas de cadavres.

— Les batailles en sont faites, en effet, appuya la Dinan.

N'y tenant plus, Françoise quitta la chambre. En passant devant Odilon, et Awena, qui venait d'apparaître, elle lui souffla :

— Je vous confie mon fils. Aimez-le aussi fort que moi.

— Où vas-tu ? lui crièrent ses sœurs.

* * *

Françoise se rendit d'abord à l'armurerie. Elle ne fut pas longue à trouver, parmi les cottes de mailles et les différentes pièces d'armure laissées par les hommes, celles qui convenaient à sa taille. Puis, toute harnachée, elle marcha jusqu'aux écuries.

Les lingères et quelques vieux soldats la considérèrent avec effroi.

Doucette n'étant pas le cheval le plus approprié pour le projet qu'elle avait en tête, elle choisit un destrier, certes âgé, mais qui ferait l'affaire. Anne la rejoignit, la Dinan sur ses talons.

— Que veux-tu faire ? lui demanda la jeune duchesse.

— Les rattraper, les prévenir.

— C'est insensé.

— Je suis bien de cet avis, haleta la comtesse en se tenant la poitrine tant elle avait couru.

Françoise plaça son heaume sur sa tête.

— Il le faut, pourtant !

— Quelle cavalière vous faites là ! se moqua la Dinan.

La jeune femme se hissa sur le cheval qu'elle venait de seller.

— Ce vieux canasson ne vous mènera guère plus loin qu'à une dizaine de lieues.

— Il ira où j'irai.

— Mais… s'alarma encore Anne.

Françoise se pencha et lui prit la main.

— Tu m'as dit que notre père accompagne l'armée !

— En litière, oui. Tu le connais, il ne voulait pas rester en arrière à attendre. Mais…

— Si je ne les persuade pas et qu'ils engagent malgré tout la bataille, elle sera perdue, et nous et la Bretagne aussi. Entends bien mes paroles. S'ils se battent, c'en est fini.

Des paroles lui revenaient maintenant dans la tête. Ces mots qu'une voix monocorde prononçait durant son cauchemar et qui prophétisaient précisément que la Bretagne cesserait d'exister en tant que nation souveraine si les hommes se rendaient et combattaient à Saint-Aubin-du-Cormier.

— C'en sera fini, répéta Françoise en menant son destrier sur l'esplanade.

— Vous courez à une mort certaine, la prévint encore la Dinan. Les routes ne sont pas sûres. D'ailleurs, j'en suis certaine, votre époux qui se trouve en tête de l'armée désapprouverait votre…

Françoise lui décocha un regard si noir que la comtesse se tut.

Un homme se présenta juché sur un palefroi qu'il venait de voler dans l'écurie.

— Simon ?

— Je viens avec vous, madame.

Françoise hocha du chef. Elle ne serait pas seule.

— Vous êtes perdue, répéta la Dinan.

La jeune femme donna un coup de talon au flanc de son destrier. L'animal s'ébroua, puis s'engagea sous la voûte du pont-levis. Si elle avait pu se retourner, elle aurait vu Anne lever sa main pour lui souhaiter bonne chance et la Dinan, qui souriait de la voir repartir en aussi pauvre compagnie.

Françoise ne savait pas que la comtesse avait, avant de les rejoindre à l'écurie, envoyé un serviteur aux limites de la ville, dans une certaine taverne, un repaire de brigands. Le messager était chargé d'un pli secret et d'une certaine somme d'argent à remettre à des coupe-jarrets. Tout ce que savait la jeune femme, c'était l'urgence de la situation et le devoir qu'elle s'était juré d'accomplir.

Simon à son côté, elle franchit la porte haute et s'en fut au galop sous le couvert de la forêt en direction du nord…

CHAPITRE 48

Un nouveau chevalier

Dimanche 27 juillet 1488

L e duc Louis d'Orléans se dirigeait mollement vers la grande tente installée sur un tertre au milieu du campement.

— On dirait que tu marches à la mort, lui glissa son ami Jean de Chalon, le prince d'Orange.

Louis ne releva pas le cynisme de cette remarque : il savait trop bien à quoi s'en tenir, et Jean aussi.

— Dunois me manque, répondit-il en soupirant.

— Crois-moi, il est mieux là où il est plutôt qu'ici.

Ici, c'était un coteau proche du petit village d'Orange, situé à quelques lieues seulement de Saint-Aubin-du-Cormier. Ils étaient arrivés la veille avec plus de onze mille hommes de troupe. La nuit était tombée. Heureusement, la chaleur du jour perdurait. Les soldats pourraient dormir à leur aise. « Enfin, songea Louis, ceux qui le peuvent ! » Il savait hélas qu'il ne ferait pas partie du nombre. Tant de contrariétés tournaient dans sa tête ! Ce qui le rassurait était, comme l'avait dit Jean de Chalon, la présence de Dunois resté auprès du duc François II, à Rennes.

Louis se remémora les péripéties des dernières quarante-huit heures. Durant la journée, un affrontement avec les forces françaises avait été évité de justesse. En soirée, des coureurs et des estafettes des deux armées s'étaient rencontrés. S'en étaient suivis quelques escarmouches, qui avaient encore fait monter la tension d'un cran.

Les quatre capitaines français qui accompagnaient Louis et Jean demeuraient silencieux. Ils appartenaient au duc et le suivaient une fois encore dans ses campagnes et ses chevauchées. Louis entendait le cliquetis des armes que l'on fourbissait, le léger brouhaha des hommes qui se parlaient à mi-voix. Ordre avait été donné de ne pas distribuer trop de bière. Il était sage, en effet, de garder les soldats alertes. Malgré tout, autour des braseros sur lesquels cuisaient des cailles et autres petits animaux sauvages, l'atmosphère était sombre. La preuve ! Des prêtres circulaient pour bénir et confesser à qui mieux mieux. Le samedi, les filles de joie avaient donné du plaisir aux soldats. Mais ce soir, elles campaient derrière l'état-major et se faisaient discrètes. L'heure était au recueillement, avant l'affrontement prévu le lendemain.

Ils parvinrent devant la tente. Un capitaine souleva un pan de toile.

— Puisqu'il le faut… murmura Louis avant d'entrer.

L'endroit était sobre d'apparence, sans meubles ni luxe ostentatoire. Une table posée sur des tréteaux était recouverte d'un drap de lin blanc. Dessus se trouvaient des cartes ainsi que des hanaps de vin. Tout autour étaient regroupés les chefs et la noblesse bretonne restée fidèle à François II.

Le bruit des conversations s'interrompit à l'entrée des Français. Le maréchal de Rieux se racla la gorge. Tous les regards convergèrent vers Louis et Jean.

— Nous discutions de la composition de notre armée, fit Raoul d'Espinay.

En fin renard, ce grand escogriffe de rouquin avait pris sur lui de briser la glace. Les rumeurs allaient en effet bon train. L'on murmurait, dans la piétaille, que le duc Louis d'Orléans avait vendu les Bretons au roi. Ce qui expliquerait pourquoi les éclaireurs de l'armée française étaient tombés sur leurs coureurs quelques heures plus tôt.

Louis et Jean prirent place autour de la table. Les capitaines restèrent debout derrière.

— Je croyais que nous en avions déjà décidé, dit Louis, méfiant.

— Les événements sont changeants, mon cher duc, rétorqua Rieux.

La tente était vaste. Pourtant, l'espace semblait tout entier absorbé par les barons et leurs armures cliquetantes. Quelques flambeaux jetaient leurs ors sombres et mouvants sur les silhouettes. Par moments, les épées scintillaient aux hanches.

Était également présent le seigneur Alain d'Albret. À lui seul, le bouillant Gascon en valait trois. Les sieurs de Sourléac et de Villeblance gardaient la mine basse. Trois jeunes nobles se tenaient derrière, les dents longues. Il s'agissait de ceux que l'on appelait les trois François : François d'Avaugour, François de Rohan, âgé de dix-neuf ans, qui se battait dans le camp de ses aïeux tandis que son propre père se trouvait dans celui des Français, et enfin, François de Châteaubriant, à qui, justement, l'on venait d'offrir la cavalerie ainsi que l'arrière-garde.

On discutait de stratégie. L'avant-garde irait à Rieux ; la bataille, soit le deuxième corps d'armée, à d'Albret. Outre ce choix décidé dans le dos de leurs alliés français, Rieux exposa la suite de son plan ou ce qu'il appelait en souriant à demi « sa ruse ».

— Les archers de notre ami Lord Scales ici présent sont redoutables. Aussi, nous avons pensé surprendre notre bon sire le roi en déguisant mille sept cents de nos propres hommes en Anglais. Autant d'hommes portant les hoquetons aux croix rouges de saint Georges donneront, j'en suis sûr, des sueurs froides aux hommes de La Trémouille ! se rengorgea Rieux.

Le maréchal était à son aise sous une tente. Des cartes étalées devant lui, des hommes en armure tout autour, il jouait au grand seigneur. Pourtant, Louis savait qu'il n'avait accepté cette bataille rangée qu'à contrecœur. En un mot comme en mille, il croyait peu en leurs chances de réussite.

Pour en arriver là, il avait fallu que surviennent plusieurs événements, dont la perte tragique, quelques jours plus tôt, de la ville de Fougères, prise par les Français. Louis pensait au duc François II, trop affaibli par la maladie pour présider ce conseil de guerre, à la petite Anne, si jeune et pourtant si fière, si courageuse !

Sa propre situation était complexe, car Louis était à la fois le cousin du roi, l'héritier légitime du trône de France et le mari de Jeanne, la sœur de Charles. Il était par ailleurs également le cousin de François II et donc celui d'Anne, qui lui était encore plus ou moins promise. Enfin, s'il parvenait jamais à faire annuler son satané mariage avec Jeanne.

Le maréchal parlait encore. Demain, ce serait la Saint-Samson, et il convenait de choisir un cri de ralliement pour les troupes. Alors que la propagande royale annonçait une grande victoire pour le roi, Rieux aboya qu'il ne fallait pas succomber à la peur — même si leur armée était des plus hétéroclites.

Pour la rassembler, le duc François II avait une fois de plus levé de nouveaux emprunts et donné en usure ce qui lui restait d'objets d'art. Il avait également promis la main de ses filles à qui les voulait bien, c'est-à-dire presque tout le monde. D'Albret figurait au nombre des candidats. Il était donc venu avec cent lances et un millier de mercenaires prêtés par l'Espagne. Rieux possédait ses propres troupes levées dans ses campagnes. Il y avait les lansquenets allemands de Maximilien d'Autriche, des mercenaires payés à prix d'or et les archers anglais. Le reste n'était composé que de paysans et de miliciens, drapiers, marchands, ouvriers bretons. On évitait de parler des problèmes de discipline et de l'inexpérience de la piétaille.

Louis songeait encore à sa mère, qui avait vécu, avant sa mort survenue en été 1487, en concubinage avec son propre majordome, à ses sœurs religieuses, à ses domaines confisqués par le roi. On disait que Charles avait tout de même fait preuve de générosité à l'égard du duc François. Ne lui avait-il pas déjà octroyé deux trêves consécutives !

Quand, soudain, Raoul d'Espinay évoqua la suspicion qui divisait les troupes.

— À savoir, et je n'invente rien, fit-il, que vos capitaines, monseigneur, ont des intelligences avec l'ennemi.

Louis se raidit. Insinuait-on qu'il fût un renégat ? Lui qui avait tant de fois, déjà, prouvé sa valeur et son engagement à la cause bretonne ! Il échangea un coup d'œil avec Jean de Chalon et ses capitaines. Il ne pouvait cependant pas en vouloir aux barons. Ils avaient peur. Tout comme lui, d'ailleurs ! Il convenait donc de faire un nouveau geste d'apaisement.

— Soit ! lâcha-t-il.

Il proposa donc de combattre à pied avec ses hommes au milieu des lansquenets et de la bataille dirigée par le seigneur d'Albret. Cette proposition eut l'heur de plaire aux barons, qui applaudirent le courage et la sagesse du duc.

Louis sourit. Il avait réussi à désamorcer ce qu'il prenait pour une tentative d'intimidation de la part de Raoul d'Espinay, et donc de Rieux. On le fêtait encore qu'il prit brusquement conscience qu'en se portant ainsi volontaire, il se mettait, avec ses hommes, en grand danger.

Un regard du prince d'Orange, qui n'était pas tombé de la dernière pluie, lui fit également comprendre qu'en combattant à pied, il se privait lui-même de tout poste de commandement, ce qui faisait aussi le jeu des barons.

— Qu'il en soit ainsi ! répéta Louis en feignant la bonne humeur.

* * *

Au même instant, Pierre était allongé sur le ventre dans l'église voisine. La froideur qui montait des dalles lui entrait dans le corps. Les travées avaient été occupées par des paysans et leurs familles venus prier pour que l'affrontement du lendemain ne déborde pas trop sur leurs champs. À présent, la nef était déserte. Seul le curé, réquisitionné à la dernière minute, se préparait dans un coin.

Pierre frissonnait après son bain rapide pris dans un tonneau vidé de son vin. Silencieux et recueilli en ce lieu sur la demande expresse du duc Louis d'Orléans, il se sentait étrangement séparé de la réalité. Était-ce dû aux vapeurs d'alcool, ou bien à son état d'extase personnel ? Où était le prince en cette heure ? Tout heureux et surpris d'avoir vu Pierre au milieu des troupes, le prince l'avait interpellé pour lui transmettre cette consigne des plus étranges : « Tu m'attendras cette nuit dans l'église d'Orange. Nous y aurons à faire… »

Ces quelques paroles lancées alors qu'ils chevauchaient tous deux, la veille, en direction de Saint-Aubin-du-Cormier avaient fait fleurir un sourire sur le visage sombre du capitaine Le Guin.

— Qu'a-t-il voulu dire ? s'était enquis Pierre.

Son mentor n'avait pas répondu.

Les yeux clos, le souffle régulier, Pierre flottait maintenant entre le sol et les voûtes, au-dessus des bancs et des quelques statues de bois noircies par les siècles. Il laissait venir à lui toutes les images issues de sa courte vie. Il avait exactement vingt ans. Breton, fils d'un soldat et d'une nourrice, il était orphelin. D'abord garçon d'écurie au château de Nantes, il avait été recueilli sous l'aile protectrice du conseiller Philippe de Montauban, grâce à qui il avait ensuite été initié aux armes. Depuis, il s'était fait soldat et écuyer.

Mais, surtout, Pierre songeait à Françoise.

Ils s'aimaient toujours aussi follement.

« Depuis le premier regard, se disait Pierre, lorsque je lui ai sauvé la vie alors qu'elle allait se jeter du haut des remparts, dans les douves, la nuit où sont venus les cavaliers… »

Les images refluaient. Il ne faisait rien pour les contenir. D'abord, ils s'étaient apprivoisés. Cela avait pris du temps : celui, fort agréable et néanmoins agaçant, du jeu de la séduction et du rapport de force. Peu à peu, leur amour avait fleuri comme ces herbes qui poussent entre les cailloux et les ronces. Amours clandestines, cachées, secrètes, haletantes, merveilleuses.

Et aujourd'hui, même si Françoise était mariée au baron Raoul d'Espinay, même si elle venait d'accoucher d'un enfant de son époux, c'est vers elle qu'allaient toutes les pensées du jeune homme.

Le prêtre lui murmura quelques mots à l'oreille. Pierre retomba brutalement dans son corps. Des pas retentissaient. Des hommes montaient le perron de l'église. On poussa le battant de la lourde porte.

— Ce sont eux ! Ne bougez pas, mon fils, souffla l'ecclésiastique.

On alluma un chandelier. Six chevaliers encadrèrent Pierre. On déposa un drap blanc sur son dos.

— Il est temps, fit une voix près de son visage.

Il tourna la tête et reconnut le duc d'Orléans, accroupi.

— Mon père ! appela le prince en s'adressant à l'homme de Dieu.

L'héritier de France remit à Pierre une croix en cuivre.

— Le blanc est pour la lumière, dit le duc d'une voix profonde. Le rouge est pour le sang que tu devras verser. Tu t'es purifié par le bain. Maintenant, il est temps de prêter serment.

Le prêtre avança une Bible. Pierre tremblait de froid et d'émotion.

— Pose ta main dessus et jure.

Louis ânonna le serment du chevalier.

— Tu devras croire en l'Église…

Pierre se retint de rire, car il n'était guère croyant. Juste ce qu'il fallait, en fait, pour n'être point mis à l'écart.

— Tu défendras le faible…

Cela, le jeune homme l'avait déjà fait. Il savait aussi qu'il le referait avec joie.

— Tu aimeras le pays où tu es né…

N'était-ce pas pour défendre ce pays, justement, qu'il était venu alors même que Françoise aurait voulu le garder près d'elle en sécurité ?

— Tu ne fuiras pas devant l'ennemi…

Pierre n'en avait pas l'intention. Où que le prince aille, il irait aussi.

— Tu ne mentiras point et tu seras fidèle à ta parole…

Pierre redressa le front : c'était pour tenir une promesse faite au duc qu'il se trouvait en ce moment à ses côtés.

— Tu seras libéral et généreux, le champion du droit et du bien contre l'injustice et le mal. Et tu combattras les infidèles.

Soit qu'il fût pressé d'en finir pour aller prendre quelques heures de repos, soit qu'il sentît que cet adoubement, dans cette église de campagne, était une drôle d'aventure, mais Louis d'Orléans reprit très vite :

— Brise ce serment, et tu seras déclaré indigne d'être chevalier. On te recouvrira d'un drap noir, tu seras porté à l'église comme un mort, on récitera pour toi la prière des défunts, ton épée sera brisée, ton écu, attaché à la croupe d'un cheval, puis traîné dans la boue.

Pierre songea que ce que le duc faisait ce soir pour lui, il l'avait fait pour le roi, à Reims, la veille de son sacre.

Les capitaines français le relevèrent. Louis lui donna l'accolade. Pierre était désormais un chevalier à part entière. Un homme qui s'engageait maintenant à prêter le serment lige à son seigneur, signe de fidélité et de soumission à son parrain d'armes.

Non loin, entre les colonnes, se tenait le capitaine Le Guin. Le vieux soldat breton avait les larmes aux yeux. Son pupille, le fils de son meilleur ami, devenait chevalier. Autant dire qu'il surpassait son père !

— Ami, déclara Louis d'Orléans après que Pierre se fut de nouveau relevé, voici ton épée et ton armure.

Le duc lui expliqua qu'il lui remettrait son écu après la bataille du lendemain.

Il laissa sa voix en suspens, car ils n'étaient pas sûrs d'en réchapper. Louis le dit, d'ailleurs, et il ajouta même, son œil bleu mélancolique et un sourire un peu triste accroché à son visage blanc et étroit :

— Si l'on s'en sort, je promets de te donner aussi un étendard ainsi qu'un fief issu de mes propres terres.

Il renifla de nouveau, car pour l'heure, renégat à son propre roi, Louis se trouvait aussi démuni de terres que d'argent et d'honneur, sauf celui déjà engagé auprès de François II et de la petite Anne.

Il soupira longuement, puis déclama :

— Compagnons, allons dormir un peu ! Demain, Pierre, tu combattras, tu vivras ou tu mourras pour moi et pour la Bretagne.

INDEX DES PERSONNAGES HISTORIQUES

Alain d'Albret : seigneur d'Albret et de Navarre, puissant allié, puis opposant au duc François, également prétendant malheureux, mais obstiné, d'Anne de Bretagne. Ancêtre du futur Henri IV.

Anne de Beaujeu : fille aînée et aimée de Louis XI qui l'initie secrètement aux affaires. Épouse de Pierre de Beaujeu, régente du royaume de France pour le compte de son jeune frère, Charles VIII. D'après son père, c'est « l'être le moins fol de France ».

Anne de Bretagne : fille aînée (si l'on excepte Françoise, qui est illégitime) du duc François II, future duchesse de Bretagne et reine de France.

Charles VIII : fils de Louis XI, roi de France en 1483 à la mort de ce dernier, premier époux d'Anne de Bretagne, dernier roi de la branche aînée des Valois.

François d'Avaugour : fils illégitime de François II et d'Antoinette de Maignelais, frère de Françoise et demi-frère d'Anne et d'Isabeau, comte de Vertus, de Goëllo, baron d'Avaugour.

François de Châteaubriant : fils de Françoise de Dinan-Laval, seigneur de Châteaubriant.

François de Dunois : comte de Dunois et de Longueville, cousin bâtard de Louis d'Orléans et son ami fidèle. Fils d'un père célèbre. Intelligent, entreprenant, courageux, il défend ses droits de seigneur face à l'expansion du pouvoir royal.

François II : dernier duc d'une Bretagne indépendante (dans le contexte des liens l'unissant étroitement au royaume de France), père entre autres d'Anne, d'Isabeau et de Françoise. Il a passé les dernières années de sa vie à tenter, par tous les moyens, d'empêcher son duché de tomber aux mains du roi de France. Passé maître dans l'art de tisser des liens matrimoniaux pour marier ses filles, c'est un bon vivant, hédoniste, généreux, bon, doux avec ses enfants, sa femme et ses maîtresses.

Françoise de Dinan-Laval : noble dame de Bretagne, gouvernante d'Anne et d'Isabeau, comtesse de Laval apparentée aux Rohan, amie du duc François II. Intrigante, elle s'allie tantôt avec le duc, tantôt avec les barons.

Françoise de Maignelais : demi-sœur d'Anne, fille de François II et d'Antoinette de Maignelais, titrée dame de Villequier. Nous ne connaissons que peu de choses au sujet de Françoise.

Isabeau : sœur cadette d'Anne et de Françoise, décédée d'une pneumonie à l'âge de douze ans.

Jean II de Rohan : noble breton, le plus proche héritier de la Bretagne après le duc François, opposant au duc, puis son allié et de nouveau son adversaire. Il croyait pouvoir marier ses deux fils aux jeunes duchesses, d'où sa rage et sa frustration quand il voit que François œuvre si fort pour les marier ailleurs.

Jean IV de Rieux : ou maréchal de Rieux. Noble breton, tour à tour allié, puis opposant au duc, selon où le portent ses intérêts.

Jeanne de France : fille cadette de Louis XI, première femme de Louis d'Orléans, bossue, déformée, pieuse, aimante, mais laide. Sœur de Charles VIII et d'Anne de Beaujeu. Elle aimera jusqu'au bout son mari ingrat. Compassion, bonté et grandeur d'âme, innocence, patience figurent parmi ses qualificatifs. Hélas, elle n'était pas belle. Que n'aurait-elle fait si elle l'avait été !

Louis d'Orléans : duc d'Orléans, premier prince du sang et héritier présomptif de la couronne de France, futur Louis XII et deuxième époux d'Anne de Bretagne.

Louis de La Trémouille : noble homme de guerre, chevalier et jeune général des armées françaises durant la bataille de Saint-Aubin-du-Cormier.

Louise de Savoie : cousine du roi, élevée par sa tante, Anne de Beaujeu. Future mère de François 1er et ennemie de la reine Anne.

Marguerite d'Autriche : fille de Maximilien d'Autriche, le « roi de Rome », petite fiancée de Charles VIII, répudiée en 1491 pour permettre au jeune roi d'épouser Anne de Bretagne. Charmante, intelligente, elle se sentira trahie et rejetée par la France, et en gardera un ressentiment éternel et tenace.

Marguerite de Foix : mère d'Anne et d'Isabeau, morte en 1486. Jeune, belle et innocente, elle accepte pourtant les maîtresses de son mari, ainsi que ses enfants illégitimes.

Philippe de Montauban : conseiller et ami fidèle de François II. Il apprécie vraiment le duc, le comprend et partage sa vision. Il sera d'une fidélité indéfectible à la duchesse Anne.

Pierre de Beaujeu : époux d'Anne de Beaujeu, corégent, un fidèle de Louis XI, puis de Charles VIII. Sage, posé, intelligent, bon gestionnaire et assez humble pour à la fois aimer et craindre sa femme.

Pierre Landais : ministre et conseiller du duc François, fils de drapier, mal-aimé par les nobles de Bretagne, car il s'approprie leurs prérogatives en manœuvrant pour devenir l'unique conseiller du duc François. Farouche défenseur de l'indépendance de la Bretagne contre les visées expansionnistes des rois de France, il sera pendu en juillet 1485.

Prince d'Orange (Jean de Chalon) : neveu du duc François et oncle du jeune Charles VIII, tour à tour allié, puis adversaire du duc et du roi.

INDEX DES PERSONNAGES FICTIFS

Abellain Branelec : intendant de la maison du baron d'Espinay-Laval au domaine du Palet.

André Le Guin : capitaine de la garde ducale, supérieur et ami de Pierre.

Arnaud d'Espinay : fils de Françoise et du baron Raoul d'Espinay.

Awena : jeune maîtresse du duc François II.

Bernard de Tormont : vicomte français apparenté à Louis de La Trémouille, bon escrimeur et compagnon.

Guy Desvaux : curé de Champeaux, homme sage, intelligent et ouvert d'esprit.

Meven : servante de la maison de Marguerite de Bretagne, messagère et espionne.

Norbert Aguenac : chanoine attitré à la famille ducale à Nantes.

Odilon : servante de la maison du baron Raoul d'Espinay, passée au service de Françoise.

Pierre Éon Sauvaige : fils de Jean Éon Sauvaige, soldat au service du duc et mari de la première nourrice d'Anne de Bretagne (deux personnages ayant réellement existé).

Raoul d'Espinay-Laval : baronnet d'Espinay, affidé du maréchal de Rieux, cousin de Françoise de Dinan-Laval, prétendant, puis époux de Françoise de Maignelais.

Simon, dit le Gros : garçon d'écurie, puis écuyer et chevalier aux côtés de son ami Pierre.

QUELQUES REPÈRES HISTORIQUES

7 avril 1484 : Conjuration des barons, qui investissent le château des ducs de Bretagne, à Nantes.

Octobre 1484 : Traité de Montargis signé entre le roi Charles VIII, sa sœur Anne de Beaujeu et les barons en révolte contre le duc François II.

De janvier à septembre 1485 : La Guerre folle entre les princes français en révolte menée par le duc Louis d'Orléans contre la régence d'Anne de Beaujeu.

Février 1486 : François II réunit les états de Bretagne à Rennes pour faire reconnaître Anne et Isabeau comme ses héritières officielles, en violation avec les termes du traité de Guérande.

15 mai 1486 : Décès de Marguerite de Bretagne, épouse de François II et mère d'Anne et d'Isabeau.

Mars 1487 : Pacte de Châteaubriant entre les barons de nouveau en révolte et Anne de Beaujeu.

Mai 1487 : L'armée française envahit la Bretagne, prenant de nombreuses villes.

De la mi-juin au début d'août 1487 : L'armée française met le siège devant Nantes.

Décembre 1487 : Retour en grâce des barons rebelles, pardonnés par François II.

19 juillet 1488 : Les Français prennent Fougères, qui se rend après une semaine de siège.

28 juillet 1488 : Grande bataille de Saint-Aubin-du-Cormier.

À suivre dans

LES DAMES DE
BRETAGNE

TOME 2
1488~1492
Rebelles

De la lande de Saint-Aubin-du-Cormier au mariage, puis au sacre d'Anne de Bretagne à Saint-Denis, la basilique des rois de France, vivez la suite des aventures de Pierre, de Françoise, de Charles, d'Anne et de Louis…

Extrait
du premier chapitre
du tome 2

CHAPITRE 1

L'homme-ours

Sur la route de Saint-Aubin-du-Cormier, dimanche 27 juillet 1488.

Agrippée à l'encolure de son cheval, Françoise de Maignelais luttait pour chasser les images de mort et de désolation qui envahissaient son esprit. Son cauchemar de la veille lui revenait en force, à tel point qu'elle avait l'impression de galoper dedans. Heureusement, tout cela n'était qu'illusions et chimères. Simon le lui disait, le lui criait, parfois !

Il se penchait et prenait sa main :

— Nous ne sommes plus très loin, madame…

« Le Gros », comme on le surnommait, savait que la jeune femme n'allait pas bien. Le vieux destrier de Françoise souffrait aussi. Ils avaient quitté Nantes des heures auparavant, s'étaient égarés à plusieurs reprises à cause des chemins de traverse qu'il fallait prendre pour éviter de tomber sur des Français.

À la nuit tombée, ils s'engouffrèrent dans une forêt touffue. Animaux et habitants effrayés fuyaient pêle-mêle leurs tanières et leurs maisons, et peuplaient ces bois. Les deux cavaliers trouvèrent refuge contre un pan de roche : un abri de fortune qui n'était même pas une grotte. Les chevaux s'abreuvèrent. Eux-mêmes mangèrent le peu qu'ils avaient emporté.

Françoise s'assoupit pendant que Simon prenait son tour de garde. La jeune femme avait rassuré son compagnon : elle aussi veillerait pour lui laisser le temps de récupérer. En vérité, elle dormit d'un sommeil agité traversé de tant de songes inquiétants que le jeune homme n'eut pas le cœur de la déranger.

L'aube arriva, et avec elle des bruissements secrets, comme si la forêt accueillait en son sein des milliers de soldats invisibles. La brume jouait à hauteur d'homme, et tous les spectres se mélangeaient : ceux encore vivants ce matin et ceux qui seraient morts ce soir.

Françoise se leva trop vite. Un violent étourdissement la força à se rasseoir.

— La terre bascule, gémit-elle. Trop de victimes. Elle boit leur sang.

La fille aînée du duc de Bretagne perdait-elle l'esprit ? Simon hésitait. Françoise avait toujours été à ses yeux la *fille*, celle qui avait surgi dans la vie de Pierre, son meilleur ami, pour le lui voler. Celle aussi qui disait lire l'avenir dans ses rêves ou ses cauchemars. Il y a quatre ans, d'un seul baiser, elle avait fait échouer le projet de fuite des deux garçons.

Depuis, elle entretenait avec Pierre une relation brûlante, secrète, dangereuse. Ce jeu les menait aujourd'hui au cœur de cet enfer tissé par un brouillard aussi gluant que mille toiles d'araignées.

Françoise insista pour remonter en selle. Elle prétendait savoir où se trouvait l'armée bretonne. « Toujours son idée fixe, se dit Simon : aller trouver les chefs et tenter de les dissuader d'affronter les Français. »

De temps en temps, la jeune femme tirait sur ses rênes.

— Simon, avoua-t-elle, je ne sais pas si nous allons réussir. Les images…, les images sont si précises, si réelles dans ma tête !

Son visage était tendu, tordu, même, sous l'emprise d'une douleur et d'une horreur intérieures qu'elle ne pouvait pas, avec la meilleure des volontés, partager avec son compagnon.

— Vous êtes épuisée, maugréa Simon. Et ces bois ne sont pas sûrs.

— Nous ne pouvons plus rebrousser chemin. Ils sont près, je le sens.

Le jeune homme hocha la tête. Lui aussi savait qu'ils n'étaient pas seuls dans ce brouillard. Non loin renâclaient d'autres chevaux. En combattant aguerri, Simon savait reconnaître la présence des hommes en armes. Des centaines, voire des milliers de soldats étaient rassemblés non loin, et pourtant cachés, dérobés par les bancs de brume.

L'angoisse l'étreignait aussi à cause de ces autres hommes, leurs poursuivants, dont il avait presque senti l'haleine durant la nuit. Il hésitait à en parler à Françoise, de peur de lui causer davantage de soucis.

Car la *fille* souffrait. Non pas pour elle-même, mais pour Pierre. L'amour était une chose incroyable et périlleuse que Simon ne connaissait pas encore. Mais après avoir vu son ami se débattre dans ses filets, il n'était pas trop certain de vouloir un jour éprouver cette émotion puissante qui vous mettait l'âme et le cœur à nu.

— Madame… lâcha-t-il soudain en dégainant son épée.

— Là! s'exclama Françoise, un village.

« Ou un hameau », songea Simon.

Ils venaient d'atteindre Moronval, un bourg voisin de Saint-Aubin-du-Cormier. La rue unique était déserte. Les maisons qui la flanquaient gardaient leurs portes et leurs volets clos. Les feux étaient éteints, la place, vide. Quelques cheminées fumaient, signe que les habitants s'étaient cloîtrés. Ils avisèrent plusieurs chèvres et brebis qui bêlaient et allaient au hasard. Des traces de bataille et de sang encore frais étaient visibles sur les murs et près de l'unique puits.

— Il y a eu des combats, ici, grommela Simon.

Il tenait sa lame basse, prête à fendre. Il entendit soudain le déclic métallique familier de l'arbalète que l'on charge, fouilla les taillis du regard…

Françoise mettait pied à terre. Elle s'approchait d'une porte… Simon perçut le feulement du carreau.

— Attention! hurla-t-il.

Il se rua sur Françoise et la renversa. Une idée battait ses tempes. S'il arrivait malheur à la fille que Pierre aimait, jamais son ami ne lui pardonnerait! Le jeune homme reçut les deux carreaux d'arbalète destinés à la fille dans les reins. Peu après, trois hommes jaillirent du bois et s'approchèrent.

— Fuyez! râla Simon.